中华传统文化经典系列丛书

中国家书经典

国务院参事室　中央文史研究馆　编
主编　高　雨　袁行霈　　本卷主编　罗　杨

文化藝術出版社
Culture and Art Publishing House

图书在版编目（CIP）数据

中国家书经典 / 罗杨主编 . — 北京：文化艺术出版社，2024.3
ISBN 978-7-5039-7551-6

Ⅰ . ①中… Ⅱ . ①罗… Ⅲ . ① 书信－文化研究－中国
Ⅳ . ① I207.6

中国国家版本馆 CIP 数据核字（2023）第 243287 号

中国家书经典

本 卷 主 编	罗　杨
本卷副主编	张　丁
责 任 编 辑	丰雪飞
责 任 校 对	董　斌
书 籍 设 计	赵　矗
出 版 发 行	文化藝術出版社
地　　　址	北京市东城区东四八条 52 号　（100700）
网　　　址	www.caaph.com
电 子 邮 箱	s@caaph.com
电　　　话	（010）84057666（总编室）84057667（办公室）
	84057696 — 84057699（发行部）
传　　　真	（010）84057660（总编室）84057670（办公室）
	84057690（发行部）
经　　　销	新华书店
印　　　刷	北京雅昌艺术印刷有限公司
版　　　次	2024 年 9 月第 1 版
印　　　次	2024 年 9 月第 1 次印刷
印　　　张	31.5
字　　　数	400 千字　图片约 300 幅
开　　　本	710 毫米 ×1000 毫米　1/16
书　　　号	ISBN 978-7-5039-7551-6
定　　　价	320.00 元

版权所有，侵权必究。如有印装错误，随时调换。

中华传统文化经典系列丛书

组委会

主　　任：高　雨　袁行霈

副 主 任：冯　远　王卫民　郑宏英　徐　畅

委　　员：（以下按年龄排序）

　　　　　叶嘉莹　欧阳中石　孙　机　程毅中　沈　鹏　傅熹年
　　　　　李学勤　王　蒙　陈高华　樊锦诗　刘梦溪　薛永年
　　　　　赵仁珪　陈祖武　葛剑雄　仲呈祥　陶思炎　田　青
　　　　　苏士澍　陈　来　陈平原

办 公 室：耿识博

编委会

主　　任：袁行霈

副 主 任：冯　远

委　　员：（以下按年龄排序）

　　　　　仲呈祥　田　青　陈瑞林　姜　昆　冯双白　罗　杨
　　　　　陈洪武　马新林

办 公 室：耿识博　杨文军　郭小霞

秘　　书：郝　雨　公　宁　李　璐　张　璐　许　骁

《中国家书经典》编委会

主　　编：罗　杨

副 主 编：张　丁

顾　　问：毛福民　陈祖武　仇润喜　魏明孔

编　　委：张　朔　张海燕　张颖杰　文婷婷

中华传统文化经典系列丛书序言

习近平总书记指出,中华优秀传统文化是中华文明的智慧结晶和精华所在,是中华民族的根和魂。而经典则是这硕大根系中最茁壮的、生命力最强的部分。中华传统文化经典丛书通过选编中华优秀传统文化中经典文论、词赋、戏剧、音乐、书画、建筑等多领域的精华内容,面向广大文化艺术工作者和全社会全面推介、宣传、普及中华优秀传统文化,以期为提高广大人民群众的文化修养和鉴赏眼光、加深他们对中华文明的认知贡献一点力量。

2015年,国务院领导同志在国务院参事室参事、中央文史研究馆馆员座谈会上,倡议编纂一部关于中国传统文化的文选,这个倡议得到馆员们热烈的响应。2016年,国务院参事室、中央文史研究馆组织馆内外专家学者编纂的《中华传统文化经典百篇》一书由中华书局正式出版发行。该书出版后立即获得了社会各界的持续关注与好评,并被评选为"2016年度中华书局双十佳图书"。

2017年,在《中华传统文化经典百篇》出版取得成功的基础上,为持续大力弘扬中华民族优秀传统文化,彰显传统文化在当代的意义,为实现中华民族伟大复兴的中国梦提供精神助力,国务院参事室、中央文史研究馆接续策划启动中华传统文化经典丛书编撰项目,延展编纂以"中华传统文化"为主题的文化艺术丛书。

一代人做一代人的事。中国优秀传统文化博大精深,它滋养着中华民族在新的历史条件下的新创造、新发展,给我们的文化自信打下了最深厚的历史根基;它宛如浩荡东流的江河,海纳百川,虽有涨落曲折,但百折不挠，滚滚向前。当代从事中华传统文化研究的学者，应当为实现中华民族的伟大复兴贡献力量，这是我们的社会责任和义务。在中华传统文化经典丛书的编纂过程中，我们力图用当代人的眼光重新审视传统文化，从丰富多彩的中华传统文化中精选具有代表意义的文化遗产和作品，以图文并茂、深入浅出、易于普及的形式汇编成书，希望能够既立足于现实的需要、追求专业质量与高水准，又坚守学术的规范、兼顾读者的需要。但限于我们的水平，书中难免有疏漏谬误之处，诚恳欢迎广大读者批评指正。

中央文史研究馆

家书抵万金
（代　序）

"云中谁寄锦书来？"似乎已经是久违的美妙感觉了。通信技术的发展不断地改变、颠覆着人与人之间的联系方式。我们走过了以往的书信时代，经过了电邮时代，又进入了即时通信时代。这使传承久远的以书信传递人们情感和信息的传统方式被今天的社会生活所普遍放弃。

随着通信载体和方式的变化，人们的情感和话语表达方式也发生了变化。曾经的一封信被一段话所代替，一段话又被一句话所代替，一句话再被一个表情符号所代替。然而人们却发现，通信效率提高了，交流的质量却下降了；交往的空间距离缩短了，人们的情感却拉远了。无疑，"欲寄彩笺兼尺素，山长水阔知何处？"已成了人们在享受现代文明的同时所产生的隐忧和惆怅。试图挽住书信的臂膀已成为不可能，有时间坐下来写信也成为一种奢侈。

书信的遭遇在传统文化的流失中表现得尤为剧烈，作为一种曾经的全民性的文化行为，如今似乎已成为历史。或许渐行渐远的书信不会重回人们的生活，但书信中千年传承的中华文脉不能被割断，书信中的人文精神不能死去，书信之美应永远存在。时代的车轮可以碾碎如梭的岁月，但不能碾断我们心灵回家的路。

书信中镌刻着我们民族心灵深处的、最为动情和柔软的美丽与哀愁。我们怀念书信，不是幻想重回手写书信的时代，而是期盼今天的人能够重读书信中鲜活的心灵表白，重温书信中高贵的精神气息，体味书信中的人间情感对白，传承书信中的家国情怀。

所谓"家是最小国，国是千万家"，中华传统伦理以家庭为起点，再由家及国及社会。书信是人与人之间情感传递、文化接续的纽带，并由此不断化育出一个个家庭的风气和一个个家族的个性品格，乃至升华为一个社会的道德伦理。为了今天的人重温渐行渐远的书信之美，我们从历史长河中打捞出百余封书信，以弘扬传统文化为脉络，以优秀文化传承为重点，其内容都紧扣讲孝道、重人伦；讲品德，重修身；讲做人，重诚信；讲持家，重勤俭；讲自立，重慎独。从中我们可以在笔墨中读出那些仁人志士的慷慨悲歌、文人雅士的千古绝唱、平民百姓的微言大义。书信中既有生活点滴中折射出的人生哲理，也有岁月流逝中沉淀出的人生智慧。一封封一页页都浓缩为文化的经典和鼓舞人心向上的能量。读读这些书信和书信背后的故事，可以帮助那些快速前行的当代人浮躁的心灵安静下来。

一切文化形式都会随时代的发展而变化，就像从楚辞汉赋到唐诗宋词，再到明清小说，文学的形式依次改变，但文学的核心精神没变，人们追求真善美的愿望没变。传统书信的形式一定会因时而变，只要我们留住了书信里蕴含的文化基因，作为一种迷人的传统，书信文化就会有无限丰富和发展的可能。

习近平总书记 2015 年在主持十八届中央政治局第二十六次集体学习时指出："革命烈士的家书是进行理想信念教育最生动、最有说服力的教材，应该编辑成册，发给广大党员、干部，大家都经常读一读、想一想。"

同样，我们也期待读者能从这些发自肺腑的字字句句中，为心灵找到归宿，为灵魂找到知音。

罗 杨

2019 年孟夏

目　录

一　赤胆忠心见真情——共产党员、革命先辈的红色家书

做一个利国利民的东南西北人
——1923 年 1 月 10 日　俞秀松致父母亲 ·················· 003

革命党员先要革自家的命
——1927 年 1 月 18 日　陈毅安致妻子李志强 ·············· 006

赴汤蹈火而不辞，刀锯鼎镬而不惧
——1928 年 9 月 7 日　贺锦斋致弟弟 ···················· 011

我们宁愿玉碎却不愿瓦全
——1928 年 10 月 10 日　陈觉致赵云霄 ·················· 013

在字里行间我追随着你的忧愁或高兴
——1929 年 3 月 18 日　瞿秋白致杨之华 ················· 017

我们是真理的追求者
——1929 年 12 月 22 日　高文华致父亲 ·················· 021

我的生命不是我自己可支配的
——1930 年 3 月 11 日　殷夫致大哥徐培根 ··············· 024

一息尚存，终当努力奋斗
——1933 年 1 月　王若飞致表姐夫熊铭青 ················ 031

生是为中国，死是为中国
——1935 年 3 月 16 日　刘伯坚致凤笙大嫂等 ············· 035

不要忘记你的母亲是为国而牺牲的
　　——1936 年 8 月 2 日　赵一曼致儿子陈掖贤（宁儿） ⋯039

要为改造不合理的社会而奋斗
　　——1937 年 4 月 18 日　韩雅兰致父母亲 ⋯⋯⋯⋯⋯⋯042

我们要坚持到底
　　——1937 年 12 月 3 日　左权致母亲 ⋯⋯⋯⋯⋯⋯⋯⋯048

我愿意担起音乐在抗战中伟大的任务
　　——1937 年 12 月 31 日　冼星海致妈妈 ⋯⋯⋯⋯⋯⋯051

参加救国工作为的是尽自己之天职与能力
　　——1940 年 2 月 11 日　符克致父亲、大哥 ⋯⋯⋯⋯⋯056

你是我终身的伴侣
　　——1941 年 5 月 20 日　左权致妻子刘志兰（节选） ⋯⋯059

"和谐"永远存在着我俩之间
　　——1941 年 12 月 24 日　彭雪枫致妻子林颖 ⋯⋯⋯⋯064

为了这饥寒的一群奔波奋斗
　　——1946 年 4 月 25 日
　　冯庭楷致大哥冯庭樟、二哥冯庭榕 ⋯⋯⋯⋯⋯⋯⋯⋯068

我这 10 年的斗争是无比的光荣
　　——1948 年 8 月 20 日　许英致母亲 ⋯⋯⋯⋯⋯⋯⋯⋯075

今天北平已经是人民的城市了
　　——1949 年 2 月 13 日　宋云亮致未婚妻胡玉华 ⋯⋯⋯081

渡江来信
　　——1949 年 6 月 1 日（端午节）　袁志超致八弟袁军 ⋯087

能多做事即心安
　　——1950 年 1 月 21 日　谢觉哉致谢子谷、谢廉伯 ⋯⋯103

待胜利重归，那种情景何等愉快
　　——1951年4月19日　朱锦翔致鹿鸣坤 ……………… 106

为祖国实现新民主主义而斗争
　　——1952年10月27日　卢冬致姐姐卢诗雅 …………… 111

争取戴上大红花，使得全家光荣
　　——1953年3月　李征明致妹妹李晖、李曼 …………… 116

做党外的积极分子最重要
　　——1953年9月28日　徐特立致女儿徐静涵 …………… 120

响应国家一切号召才是对的
　　——1955年1月7日　李振华致父亲 …………………… 122

无一日、一时、一刻不思归国
　　——1955年6月15日　钱学森致太老师陈叔通 ………… 127

眼前需要的是理智战胜情感
　　——1956年10月1日　贾树端致张培和 ………………… 130

作一个忠实的布尔什维克
　　——1959年4月5日　张凤九致哥哥张龄九 …………… 137

时时觉得对国家、社会贡献太少
　　——1960年2月1日　吴玉章致吴本立、吴本渊等孙辈 … 142

做一个高尚正直的人，虽苦犹乐
　　——1972年2月14日　胡华致胡宁等诸儿 ……………… 151

全家人什么也不用多想
　　——1979年1月10日　马新华致妈妈、姐姐、弟弟 …… 158

人是要有点精神的
　　——1979年3月18日　汤钦训致弟弟汤文藻等 ………… 161

革命者是要经常保持乐观主义态度的
　　——1986年1月25日　李真致弟弟李振岐 …………… 165

人不可能生活在真空
　　——1994年6月21日　何显斌致女儿何金慧 …………… 170

二　欲寄家书意万重——长辈与晚辈之间的亲子家书

今视汝书犹不如吾
　　——西汉　刘邦致太子刘盈 ………………………… 179

受福则骄奢，骄奢则祸至
　　——西汉　刘向致儿子刘歆 ………………………… 181

誉成于友，德立于志
　　——东汉　郑玄致儿子郑益恩 ……………………… 183

淡泊明志，宁静致远
　　——三国　诸葛亮致儿子诸葛瞻 …………………… 187

当思四海皆兄弟
　　——东晋　陶渊明致陶舒俨、陶宣俟等五个儿子 …… 189

热不见母热，寒不见母寒
　　——北周　宇文护致母亲阎姬 ……………………… 193

尽心向前，不得避事
　　——北宋　欧阳修致十二侄欧阳通理 ……………… 197

吾心独以俭素为美
　　——北宋　司马光致儿子司马康 …………………… 200

可读史书，为益不少也
　　——北宋　苏轼致侄子苏千之 ……………………… 206

识圣人之志，则能继吾志矣
——南宋　文天祥致继子文升 …………………… 209

好子弟谓有好名节
——明　罗伦致叔父、兄长 …………………… 212

尔辈须以仁礼存心
——明　王守仁致子侄 …………………… 216

汝宜加深思，毋甘自弃
——明　张居正致三子张懋修 …………………… 219

当官无复生人半刻之乐
——明　袁宏道致舅父龚惟长 …………………… 222

立志之始，在脱习气
——明末清初　王夫之致子侄 …………………… 225

人生孰无死？贵得死所耳！
——清　夏完淳致母亲 …………………… 227

天下事有难易乎？
——清　彭端淑致子侄 …………………… 232

望尔成一拘谨笃实子弟
——清　林则徐致次子林聪彝 …………………… 235

惟学做圣贤，全由自己作主
——清　曾国藩致儿子曾纪鸿 …………………… 238

读书要目到、口到、心到
——清　左宗棠致儿子孝威、孝宽 …………………… 241

望尔之做一清白官
——清　丁宝桢致长子丁体常 …………………… 245

务必养成一军人资格
——清　张之洞致儿子 …… 250

好官必不爱钱
——清　吴汝纶致儿子（节选）…… 253

以笔舌报国于万一
——1915年3月22日　胡适致母亲 …… 256

尽忠即所以尽孝也
——1919年5月17日　闻一多致父母亲 …… 259

做一件不可磨灭的事业
——1927年1月20日　陶行知致母亲 …… 266

尽自己能力做去，做到哪里是哪里
——1927年2月16日　梁启超致孩子们 …… 269

我实在不愿意放过这美景
——1928年1月11日　傅雷致母亲 …… 273

病已向愈，万请勿念
——1936年7月6日　鲁迅致母亲 …… 277

中国人应该要顶勇敢
——1937年7月　林徽因致女儿梁再冰 …… 281

真诚是第一把艺术的钥匙
——1956年2月29日　傅雷致儿子傅聪 …… 286

我在这里思亲断肠
——1980年12月　蔡健予致妈妈 …… 291

总觉得有很多东西要学
——1982年2月17日　谢湘致爸爸妈妈 …… 297

儿未再婚
——1988 年 6 月 18 日　张天保致妈妈 …………………… 303

对不起，妈，我生病了！
——2017 年 4 月　李真致母亲 …………………………… 308

三　云中谁寄锦书来——兄弟、爱人及朋友之间的亲情家书

母毋恙也
——战国　黑夫、惊致兄长衷 ………………………… 317

白头吟，伤离别
——西汉　卓文君、司马相如互通家书 ………………… 321

报任安书
——西汉　司马迁致任安 ……………………………… 324

操琴咏诗，思心成结
——东汉　秦嘉、徐淑互通家书 ………………………… 333

与山巨源绝交书
——三国　嵇康致山涛 ………………………………… 338

登大雷岸与妹书
——南朝　鲍照致妹妹鲍令晖 …………………………… 348

昔日缠绵，总成幻影
——南朝　谢氏致丈夫王肃 ……………………………… 353

劳苦变动，而后能光明
——唐　柳宗元致王参元 ……………………………… 356

事不如意，十常八九
——宋　黄庭坚致益修四弟 ……………………………… 359

不屈折于忧患，则不足以成其学
——明　方孝孺致许廷慎……………………… 361

人之相知，贵相知心
——清　黄宗羲致陈介眉（节选）…………… 364

愚兄平生最重农夫
——清　郑燮致堂弟郑墨………………………… 369

地位益高，生命益危
——清　林则徐致夫人郑淑卿………………… 374

以德不修、学不讲为忧也
——清　曾国藩致四位兄弟……………………… 377

生生世世，同住莲花
——清　谭嗣同致妻子李闰…………………… 382

吾意蕙仙不笑我，不恼我
——清　梁启超致妻子李蕙仙………………… 384

助天下人爱其所爱
——1911 年 4 月 24 日　林觉民致妻子陈意映……… 390

弟之心无刻不念君
——1915 年　邵飘萍致妻子汤修慧 …………… 395

文学革命，须从八事入手
——1916 年 8 月 21 日　胡适致陈独秀 ……… 399

硬唱凯歌，算是乐趣
——1925 年 3 月 11 日　鲁迅致许广平 ……… 404

何必因了一点小障碍而不走路
——1926 年 11 月 16 日　许广平致鲁迅 ……… 410

我便成了抱红鸟了
　　——1927年4月7日　朱湘致妻子刘霓君 ·················· 414

险些性命丢给豹做大餐
　　——1934年6月9日　许地山致妻子周俟松 ·················· 417

泰山鸿毛之训，早已了然于胸
　　——1937年10月18日　谢晋元致张萍舟 ·················· 422

古来征战几人回
　　——1941年12月27日　褚定侯致大哥褚定浩 ·················· 426

为国战死　事极光荣
　　——1942年3月22日　戴安澜致妻子王荷馨 ·················· 430

我这辈子只谈这一次恋爱
　　——1973年1月20日　叶辛致王淑君 ·················· 434

这次地震对我们都是考验
　　——1976年8月4日　高御臣致邢文琴 ·················· 437

惜慈母已故，悔之晚矣
　　——1977年3月24日　张闻乔致胞妹张骅 ·················· 442

人不可能十全十美
　　——1981年7月9日　孙长河致黄少阳 ·················· 448

那一箩一筐的隽语，都消失了
　　——1983年3月20日　黄永玉致曹禺 ·················· 454

我在你身边，是不会变冷的
　　——1983年4月2日　曹禺致黄永玉 ·················· 459

川流不息的信邮局也烦了吧
　　——1987年1月8日　卢世璟致王洁君 ·················· 464

我时常会在梦里回家
——1987年5月11日　马友德致弟弟马友联……………468

我恨不得飞到你的身边
——1991年3月31日　谭安利致尹慕莲……………472

普及科学思想、科学方法更重要
——1999年1月31日　王巨榛致大姐王竞……………478

后记……………………………………………………483

一

赤胆忠心见真情
——共产党员、革命先辈的红色家书

做一个利国利民的东南西北人

——1923年1月10日 俞秀松致父母亲

作者简介

俞秀松（1899—1939），原名寿松，字柏青，浙江诸暨人。中国共产党早期组织发起人之一、中国共青团创始人。1916年考入浙江省立第一师范学校。五四运动时，是杭州学生领袖，后与同学宣中华、施存统、夏衍等一起创办刊物《浙江新潮》，对社会制度和封建礼教进行猛烈抨击，宣传马克思主义，成为浙江新文化、新思想的一面旗帜。1920年与陈独秀等发起成立中共上海发起组，8月，组织成立上海社会主义青年团，任书记。1922年8月，俞秀松以个人名义加入国民党，10月，赴福州担任许崇智东路讨贼军总司令部参谋处一等书记官，实际任机要工作，并参加广州战役，是中共最早参加军队与作战的军事工作先行者。

俞秀松

原信

父母亲:

　　十二月十六日寄来的信，于二十二日收到。军官讲习所大约不办了，因为广东现在内部非常纷乱，滇军桂军已集中肇庆，所以我们也积极准备进行，直驱羊城当非难事。我现在的职务是关于军事上的电报等事，对于军事知识很可得到。并且现在我自己正浏览各种军事书籍，将来也很足慰父亲的希望罢。父亲，我的志愿早已决定了：我之决志进军队是由于目睹各处工人被军阀无礼的压迫，我要救中国最大多数的劳苦群众，我不能不首先打倒劳苦群众的仇敌——其实是全中国人的仇敌——便是军阀。进军队学军事知识，就是打倒军阀的准备工作。这里面的同事大都抱着升官的目的，他们常常以此告人，再无别种抱负了！做官是现在人所最羡慕最希望的，其实做官是现在最容易的事，然而中国的国事便断送在这般人的手中！我将要率同我们最

1937年5月，俞秀松（右三）与新疆民众反帝联合会成员在迪化（今乌鲁木齐）城郊过组织生活的合影

神圣最勇敢的赤卫军扫除这般祸国殃民的国妖！做官？我永不曾有这个念头！父亲也不致有这样希望我罢。

我现在的身体比到此的时候更好了，每天起居饮食比上海更有秩序而且安宁。我自己极快乐，我的身体这样康强，精神上也颇觉自慰。我是最重视身体的人，知道身体不好是人生一桩最苦楚的事，社会上什么事更不用说干了。这一点尽可请父亲母亲放心。

家中现在如何？我很记念。我所最挂心者还是这些弟妹不能个个受良好的教育，使好好一个人不能养成社会上有用的人——更想到比我弟妹的命运更不好的青年们，我不能不诅咒现在的制度杀人之残惨了！我在最近的将来恐还不能帮忙家中什么，这实在没法想呢。请你们暂且恕我，我将必定要总报答我最可爱的人类！我好，祝我父、母亲和一切都好！

秀松
中华民国十二年一月十日
于福州布司埕

再者：我们总司令部已搬迁到前道尹公署，所以我们未出发前有信请寄福州布司埕总司令部参谋处便可。或者寄福州城守前私立职工学校内民社，陈任民先生转。陈是我到福州后新结交的同志，人很靠得住。当我出发时，必有信通知家中，勿念。

松又及

品读

1923年，虽然中华民国已经成立12年，但深受军阀势力困扰的民国政府并没有给人民带来多少好处。此时，包括俞秀松在内的一批先进的知识分子已经对政府的腐败无能、军阀的贪婪跋扈有了清醒的认识，意识到只有武装自己、建立新政权才是中国人民走向自由民主的唯一道路。

俞秀松的这封信代表了当时多数革命人士的信念和价值追求。

革命党员先要革自家的命
——1927年1月18日 陈毅安致妻子李志强

作者简介

陈毅安（1905—1930），湖南湘阴人。1920年考入湖南省立甲种工业学校，在校期间开始接触马克思主义，1922年加入中国社会主义青年团，1924年加入中国共产党。1926年黄埔军校第四期毕业，参加了北伐战争。1927年9月参加秋收起义，后随部到井冈山，任工农革命军第一师一团连长、营长，参加创建井冈山革命根据地。曾任红五军副参谋长、参谋长。1930年6月任红三军团第八军第一纵队司令员，长沙战役中任前敌总指挥。在掩护军团机关转移时，壮烈牺牲，年仅25岁。

陈毅安和李志强合影，1927年春摄于广东韶关

原信

　　爱字3号　　十八号　　正月

志强[1]吾爱惠鉴：

　　接情字一号的信，我的灵魂安慰极了，几日间的怀疑，都冰消瓦释，并使我爱你的心头成了一种不可思议、不可形容的状态。

　　我自来到广东，已一载有奇[余]了，我的行动我的言语都是革命的，都是光明的。不独不打牌不吃酒，而纸烟都不吃的，至于不道德的行为，可说绝对的没有。尤其现在担任党代表的工作，要为人家的模范，要去指导人家，一举一动，都是特别的留心。革命党员先要革自家的命，然后可以把人家革命化。我不是一个糊涂虫，不是一个怪物，当然不要你操心。不过你的规劝、你的批评，我是十二分的诚意欢迎而接受的。不受劝改、不受批评的，可说不是一个革命党员。

　　你说我们不要个人的愉快，要为一般受痛苦的着想，这话我非常的钦佩，希望你在实际行动中表现出来。我们的地位本来可以说是一个小资产阶级，虽就受了许多的压迫许多的痛苦，仍就是带了许多小产资阶级的性质，甚至还有资产阶级的行动。我们即[既]明瞭世界的潮流，有了阶级的觉悟，我们的行动、言语就要无产阶级化，就要做一个为无产阶级利益而奋斗的革命党员。这不过是将你所发表的意思补充一下，有不当处，请不客气的批评！

　　你说你同你的朋友冲突。这事我说你也有一点不当处。你在这次事实当中要去寻找你应得的教训。她们不是一个反革命，她们都是你的朋友。对于反革命当然是不客气的，不姑惜[息]的，以革命的手段对待她（们）。她们即[既]是你的朋友，就要指导她们，规劝她们，使她们也走上革命的大道。这样如不发生效力，就要用旁的方法去刺激她们，使她们知道不正当

---

[1]　李志强：1905年生，湖南省稻田女子师范毕业。1923年与正在湖南省甲种工业学校读书的陈毅安相识，此后两人主要依靠书信联系，一再推迟婚期，1929年二人在井冈山结婚。

家书手稿

的事情，是不得做的。你要指出她们的黑暗，因为她们羞耻的关系，所以她们就不顾一切要起来暴动了。尤其你不应该打她们，这是你的大错误。我们当了一个革命的党员，就要知道做革命工作的方法。我们要看于〔如〕何使得革命工作顺利，处处要对〔从〕革命观点上着想，这点我是希望你特别努力的。

我生日那天，我连兵士送了许多的礼物，我的朋友也是一样，我用去了几十块钱，我负了一身的债。过阳历年的时候，我奖了兵士十元，生日奖一十五元，以及应酬等项用去了几十元，我真是没有办法。我对士兵做工作是很顺利的，如严师又如慈母，这事也是不要你操心的。

我本来想到广州去游玩一下，因为要在韶州[1]工作，不能推闲一点。我营有两连开到了马坝，我连开差到始兴县去了，在两三天内就可以返韶州，将来是否也要开到马坝，现在还不能逆料[2]，看将来如何，当有函告，来信请仍由常兄转罢。

我最亲爱的妹妹！我的心灵！我不知道要对你说些什么话！我不知道要如何安慰你？！唉！你不要挂念我！你自己珍重罢！此复，顺祝
革命敬礼！

毅安　草复

品读

陈毅安与李志强情投意合、恩爱有加。从恋爱到结婚直到壮烈牺牲，陈毅安在戎马倥偬的短暂革命生涯中，给李志强一共写了54封家书。家书中不乏这对青年爱侣的相思情话，同时也充满着作者对于革命事业的忠贞不渝以及对于国家和民族的大义情怀。

1931年3月的一天，李志强接到了一封寄自上海的来信，然而两张信纸上竟

---

[1]　韶州：今广东韶关。
[2]　逆料：预料。

空无一字！这让李志强伤心欲绝。因为写信的人是她的丈夫陈毅安。之前丈夫就曾对她讲过，"如果哪天你要是收到我的一封无字书信，就说明我已经离开人世，你就不要再等我了"。在收到"无字书"后的很长一段时间里，李志强都不愿相信自己的爱人已经牺牲了，仍不停地多方打探消息，痴痴地等待他归来。

　　6年之后，李志强抱着一线希望，给延安八路军总部去了一封挂号信，询问丈夫的情况。不久，她收到八路军副总司令彭德怀的亲笔回信："毅安同志为革命奔走，素著功绩，不幸在一九三〇年已阵亡，为民族解放中一大损失。"噩耗传来，李志强五脏俱裂，泣不成声。

赴汤蹈火而不辞，刀锯鼎镬而不惧
——1928年9月7日 贺锦斋致弟弟

作者简介

贺锦斋（1901—1928），原名贺文绣，湖南桑植人。1919年进入贺龙部队当卫士，由于作战勇敢，由士兵逐级递升至团长。1927年参加南昌起义，1928年任工农革命军第四军第一师师长，同年在战斗中牺牲。

原信

吾弟手足：

我承党殷勤的培养，常哥[1]多年的教育以至今日。我决心向培养者、教育者贡献全部力量，虽赴汤蹈火而不辞，刀锯鼎镬[2]而不惧。前途怎样，不能预知，总之死不足惜也。家中之事我不能兼顾，堂上双亲希吾弟

贺锦斋

---

[1] 常哥：贺龙，原名贺文常，字云卿，湖南桑植人。中国人民解放军的创始人和主要领导者之一，中华人民共和国十大元帅之一。
[2] 刀锯鼎镬[huò]：刀、锯：古刑具，也指割刑和刖刑。鼎镬：古炊具，也指烹刑。泛指各种酷刑。

好好孝养，以一身而兼二子之职，使父母安心以增加寿考，则兄感谢多矣。当此虎豹当途、荆棘遍地，吾弟当随时注意善加防患（范），苟一不慎，即遭灾难。切切，切切。言尽于此，余容后及。

兄 绣
一九二八年九月七日于泥沙

附诗二首：
云遮雾绕路漫漫，一别庭帏[1]欲见难。
吾将吾身交吾党，难能菽水[2]再承欢。

忠孝本来事两行，孝亲事望弟承担。
眼前大敌狰狞甚，誓为人民灭虎狼。

品读

1928年9月8日，为掩护贺龙率部突围，贺锦斋亲率警卫营和手枪连奋勇冲杀，壮烈牺牲，年仅27岁。

也就是说，在写这封信的时候，作者已经知道自己必死无疑。因此，虽然在信里写到"余容后及"，但附在后面的诗，却清楚地告诉弟弟：孝敬父母的事，希望你来承担，我已经把自己的生命交给了党的事业：为民灭虎狼。

---

[1] 庭帏：古时指父母居住处，此处借指父母。
[2] 菽[shū]水：指所食只有豆和水，形容生活清苦，此处指晚辈对长辈的供养。

我们宁愿玉碎却不愿瓦全
——1928年10月10日　陈觉致赵云霄

作者简介

陈觉（1903—1928），原名陈炳祥，湖南醴陵人。1925年加入中国共产党，同年冬进入莫斯科中山大学学习。1927年回国继续参加革命，11月到湖南醴陵参加了年关暴动，不久被调回中共湖南省委机关，组建湘南特委。1928年，由于叛徒告密，陈觉被敌人逮捕，10月，英勇就义，年仅25岁。

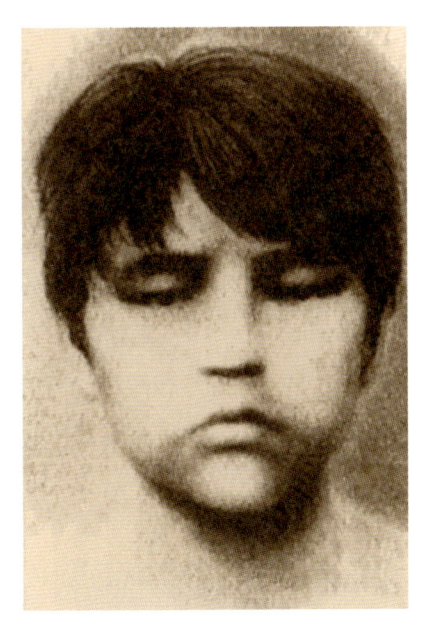

陈觉　　　　　　　　赵云霄

原信

云霄我的爱妻：

　　这是我给你的最后的信了，我即日便要处死了，你已有身，不可因我死而过于悲伤。他日无论生男或生女，我的父母会来抚养他的。我的作品以及我的衣物，你可以选择一些给他留作纪念。

　　你也迟早不免于死，我已请求父亲把我俩合葬。以前我们都不相信有鬼，现在则惟愿有鬼。"在天愿为比翼鸟，在地愿为并蒂莲，夫妻恩爱永，世世缔良缘。"回忆我俩在苏联求学时，互相切磋，互相勉励，课余时间闲琐谈事，共话桑麻，假期中或滑冰或避暑，或旅行或游历，形影相随。及去年返国后，你路过家门而不入，与我一路南下，共同工作。你在事业上、学业上所给我的帮助，是比任何教师任何同志都要大的，尤其是前年我病本已病入膏肓，自度必为异国之鬼，而幸得你的殷勤看护，日夜不离，始得转危为安。那时若死，可说是轻于鸿毛，如今之死，则重于泰山了。

　　前日父亲来看我时还在设法营救我们，其诚是可感的，但我们宁愿玉碎却不愿瓦全。父母为我费了多少苦心才使我们成人，尤其我那慈爱的母亲，我当年是瞒了他出国的。我的妹妹时常写信告诉我，母亲天天为了惦念她的远在异国的爱儿而流泪，我现在也懊悔此次在家乡工作时竟不曾去见他老人家一面，到如今已是死生永别了。前日父亲来时我还活着，而他日来时只能看到他的爱儿的尸体了。我想起了我死后父母的悲伤，我也不觉流泪了。云！谁无父母，谁无儿女，谁无情人！我们正是为了救助全中国人民的父母和妻儿，所以牺牲了自己的一切。我们虽然是死了，但我们的遗志自有未死的同志来完成。大丈夫不成功便成仁，死又何憾！此祝

健康　并问

王同志好！

觉手书
一九二八·一〇·一〇

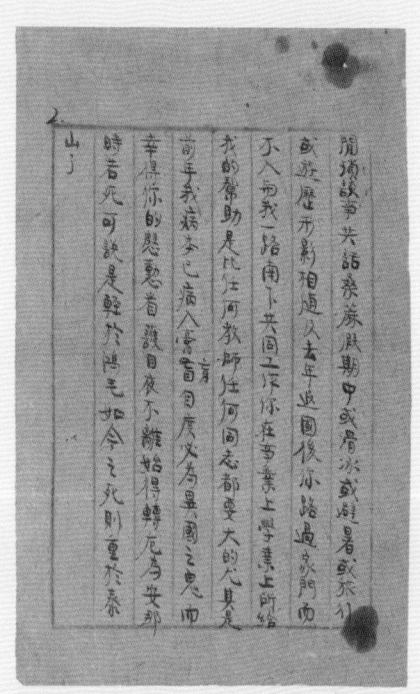

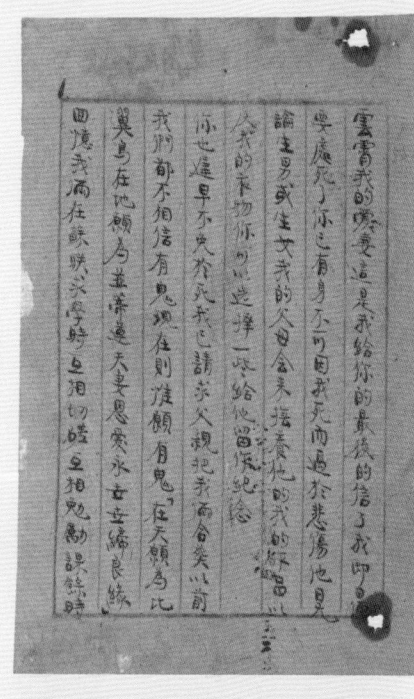

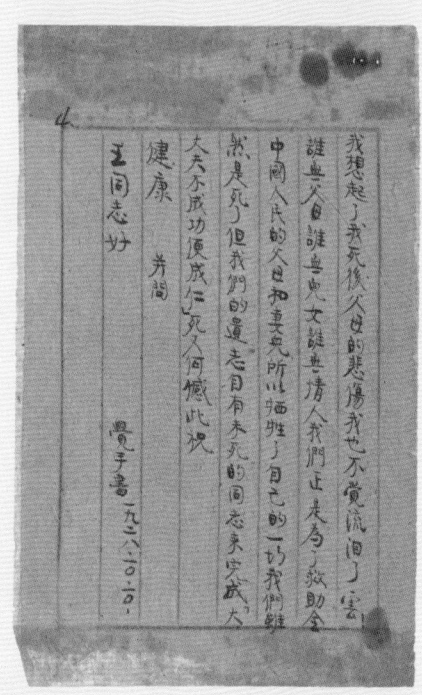

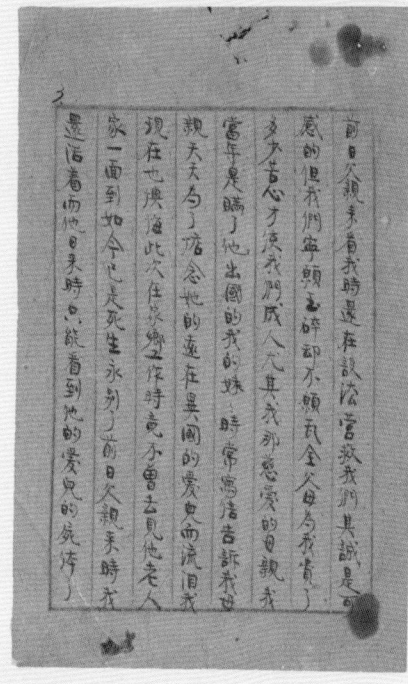

家书手稿

品读

　　这是陈觉牺牲前写给爱妻赵云霄的诀别信，饱含着革命志士宁为玉碎不为瓦全的英雄气概和对妻子的一往情深，以及对父母无限的感激和思念。

　　陈觉与赵云霄既是夫妻，又是战友，两人一同进入莫斯科中山大学学习，学习期间结为夫妻，1927年又一道回国革命。1928年，由于叛徒告密，他们分别被敌人逮捕，关押在长沙陆军监狱。10月，陈觉就义，年仅25岁。次年3月，赵云霄就义，年仅23岁。

　　陈觉牺牲前，未能见到自己的孩子。赵云霄因怀有身孕，刑期推迟5个月。次年2月，赵云霄在狱中生下一名女婴，并给女儿取名"启明"。3月26日，赵云霄为孩子喂完最后一次奶，从容赴死。

　　牺牲前两天，赵云霄给女儿留下一封遗书，明确告诉女儿，"你的父母是共产党员，且到俄国读过书"，她希望女儿好好读书，明白父母之死的伟大意义，继承父母的事业。令人痛心的是，被祖父母从监狱接出后抚养的小启明，并没有像母亲希望的那样"长大成人"，在11个多月的时候生了一场大病，十几天后不幸夭亡。

在字里行间我追随着你的忧愁或高兴
—— 1929年3月18日　瞿秋白致杨之华

作者简介

　　瞿秋白（1899—1935），江苏常州人。1919年参加五四运动，加入李大钊等发起的马克思主义研究会。1920年作为记者赴莫斯科采访，次年在东方大学任教。1922年春加入中国共产党。1922年年底，受陈独秀邀请，离开莫斯科启程回国工作。后任《新青年》主编、上海大学教务长兼社会学系主任。参与第一次国共合作。1925年1月当选为中共四大中央执行委员中央局成员。1927年5月在中共五大上当选为中央委员，中央政治局委员，7月负责中央工作。1934年2月到达瑞金，任中华苏维埃共和国中央政府人民教育委员会委员。红军主力长征后，瞿秋白留在南方，任苏区中央分局宣传部长。1935年2月在福建长汀县被国民党军逮捕，6月18日英勇就义。代表作有《赤都心史》《饿乡纪程》《多余的话》《江南第一燕》《哭母诗》等。

瞿秋白在长汀中山公园凉亭留影，摄于 1935 年 6 月 18 日

原信

好爱爱：

　　昨天晚上写了一封信，现在已经觉得又和你离别了不知多少时候了，又想写信。

　　亲爱爱，再过四天，我俩可以见面了，我是多么高兴！今天这里的天气非常好，青天白云，太阳光耀着，冷风之中已经含着春意，在那里祝贺我俩的叙首呢。我数了一数你写给我的中俄文信一总有三十封了！我读了又读，只是陶醉在你的爱之中，象醇酒一样的甜蜜，同时，在字里行间我追随着你的忧愁或高兴，我觉得到你的一切一切!!好爱爱，我吻你。

　　我最近又常常想起注音字母，常常想起罗马字母的发明是很重要的，我想同你一起研究，你可以帮我做许多工作。这是很有趣味的事。将来有许多人会跟着我们的发端，逐渐的改良，以至于可以通用到实际上去，使中国工农群众不要受汉字的苦。这或许要到五十年一百年之后，但是发端是不能怕难的。好爱爱，我们每人必须找着一件有趣的大部分力量和生活放进去的事，生活就更好有意趣了！亲爱爱，好爱爱，我吻你，吻你。

　　你说，决定暂时不用功而注意身体。这是很好，我原是时时想着的，时时说的。好爱爱，这不好是灰心，而是要觉得自由自在的。自己勉强固然是必须的，但是不是要自己苦自己。我俩虽

瞿秋白和杨之华，1924 年年底摄于上海

瞿秋白与杨之华合影

已到中年了，可是只〔至〕少还有二十年的生活呢，不要心急，不好焦灼。我一生就是吃这个苦。我是现在听着爱爱的话，立志要改变我的生活。好爱爱，亲爱爱，你自己也要如此，你要如此!! 你是顶乖的。亲爱爱，我抱你，吻你。

我俩快见面了 !!!

你的阿哥
三月十八日

品读

  1929年，瞿秋白因肺病加重被共产国际安排到莫斯科以南的库克斯克州利哥夫县玛丽诺休养所休息疗养，当时他的妻子杨之华正在莫斯科中国劳动者共产主义大学学习，没有同行。此后一个多月，两人频繁通信，互诉衷肠，上面这封信就是其中的一封。从书信可以看出一个人的多面性，瞿秋白既是一位立场坚定的革命家，又是一位才华横溢的作家。他的情书就像情感饱满的散文，热烈奔放，真诚坦荡。

  杨之华，1900年生于浙江萧山，曾就读于浙江女子师范学校。1922年，她到上海参加妇女运动，认识了向警予、王剑虹等人，并于1923年年底被上海大学社会学系录取。1924年11月杨之华与瞿秋白结婚，两人志同道合，彼此爱慕。瞿秋白曾自制印章一枚，印文是由夫妻二人名字穿插而成的"秋之白华"，意味着二人你中有我、我中有你，心心相印的爱情佳话。

我们是真理的追求者
——1929年12月22日　高文华致父亲

作者简介

高文华（1907—1931），江苏无锡人，化名程清，笔名高潮。1922年考入南京东南大学附中。1924年考入黄埔军校第三期学习，参加讨伐军阀陈炯明的东征战役。1925年加入中国共产党。1926年参加北伐战争。北伐战争后期，进行秘密的反蒋活动。1927年3月，他离开军队回到无锡。"四一二"反革命政变后从事农民运动，任共青团无锡县委书记。1928年3月被捕，1931年于狱中牺牲。

原信

亲爱的父亲：

今天已是十二月二十一号，只有九天就要过年了，雪下的这样深，天气是这般的冷，在我倒不觉得什么，就困苦了家里了。我每每喜欢下雪，不是吗？雪景是多么美丽，银白的宇宙，咳！银白的屋，银白的天空，银白的地面，一切是白了，一切都闪闪的发亮了，就连那粪

高文华

家书手稿

坑、秽堆都穿上了最光荣最洁白的雪了。虽然它的本身是那末糟,但是在我眼里却只看见一个整个的银白的宇宙了!因此,我是十二分的喜欢!喜欢这样的雪永远永远压盖着宇宙。父亲,你说我是怎样的回转到小孩一样的心地了。

父亲,我诚然很年青,我应该还是个小孩才好呀!但在过去却偏偏又是老大得了不得,几乎什么都像八十岁的老公公了。我自己也总喜欢去学着老,总以老的为好的,老资格为光荣的事体;但现在转变了,我处处都想学着小孩子,学着她那种天真、自然的形状,我只觉得我应该请小孩子做我的先生呀!

父亲的身体如何?母亲的身体如何?我非常想念。我总希望母亲也能看穿些,快活些,不必兢兢于一切,不必过分忧愁忧思呀!这是一时的情形,这是一个必然的过程。做人不吃苦,人是不能算人的,我们也真像吃青果一样的有滋味,我们在辛涩的里面有甜味。我们虽然苦,但我们的良心没有受罪。我们虽然苦,我们依旧有我们至高无上的精神的愉快。总之,我们是真理的追求者,我们是最公正无私的人,我们是最快活的人呀!

十八年[1]过去了，这是一封十八年底的家信，照理应该将我这一年来的读书情形、心里的变动、环境的转化，等等，详详细细的报告给父亲听听，但是，父亲啊！这又怎样报告起呢？父亲，我只有一句话告诉你："我竟将十八年荒废了去了。"我只有恳求你宽恕我的堕学，只有请你准许我的要求："给我在十九年里有一个自新努力读书的机会罢！"

再谈了。

祝父亲母亲

康健愉快！弟弟妹妹身体好！用功读书！并颂

新年快活！

儿子潮上
1929.12.22

品读

在这封信的字里行间，处处能看到一个青春活泼的青年形象。在父母面前，他是一个敬老爱亲的孩子，在追求真理的路上，他又显露出超出年龄的成熟。"我们虽然苦，但我们的良心没有受罪。我们虽然苦，我们依旧有我们至高无上的精神的愉快。总之，我们是真理的追求者，我们是最公正无私的人，我们是最快活的人呀！"正是抱着这样的理想，高文华的生命虽然休止在24岁的芳华，却成为名传千古的英烈。

---

[1] 十八年：中华民国十八年，1929年。

我的生命不是我自己可支配的
——1930年3月11日　殷夫致大哥徐培根

作者简介

殷夫（1909—1931），乳名徐柏庭，学名徐祖华、徐白、徐文雅，笔名殷夫、白莽、任夫等，浙江象山人。作家、中国共产党党员，"左联"五烈士之一。1923年开始创作新诗。"五卅"运动中，参加学生运动。1926年加入共青团。1927年"四一二"反革命政变后被捕，不久由兄托人保释，同年9月转为中共党员。1928年秋复被捕，由其嫂托人保释。1929年5月结识鲁迅，获得器重，7月参加罢工斗争再次被捕，获释后得到鲁迅接济。1930年加入中国左翼作家联盟。1931年1月被捕，2月7日被秘密杀害。

殷夫

原信

亲爱的哥哥[1]：

你给我最后的一封信，我接到了，我平静地含着微笑的把它读了之后，我没有再用些多余的时间来想一想它的内容，我立刻把它揉了塞在袋里，关于这些态度，或许是出于你意料之外的吧？我从你这封信的口气中，我看见你写的时候是暴怒着，或许你在上火线时那末的紧张着，也说不定，每一个都表现出和拳头一般地有一种威吓的意味，从头至尾都暗示出：

"这是一封哀的美敦书！"[2]

或许你预期我在读时会有一种忏悔会扼住我吧？或许你想我读了立即会"觉悟"过来，而从新走进我久已鄙弃的路途上来吧？或许你希望我读了立刻会离开我目前的火线，而降到你们的那一方去，到你们的脚下去求乞吧？

可是这，你是失望了，我不但不会"觉悟"过来，不但不会有痛苦扼住我的心胸，不但不会投降到你们的阵营中来，却正正相反，我读了之后，觉得比读一篇滑稽小说还要轻松，觉到好象有一担不重不轻的担子也终于从我肩头移开了，觉到把我生命苦苦地束缚于旧世界的一条带儿，使我的理想与现实不能完全一致地溶化的压力，终于是断了，终于是消灭了！我还有什么不快乐呢？所以我微微地笑了，所以我闭了闭眼睛，向天嘘口痛快的气。好哟，我从一个阶级冲进另一个阶级的过程，是在这一刹那完成了：我仿佛能幻见我眼前，失去了最后的云幕，青绿色的原野，无垠地伸张着柔和的胸膛，远地的廊门，明耀地放着纯洁的光芒，呵，我将为他拥抱，我将为他拥抱，我要无辜地瞌睡于这和平的温风中了！哥哥，我真是无穷地快乐，无穷快乐呢！

---

[1]　哥哥：徐培根（1895—1991），字石城，著名军事理论家，人称"中国近代兵学泰斗"。毕业于保定陆军军官学校第三期、陆军大学第六期、德国参谋大学毕业。时任国民党军官。

[2]　哀的美敦书：意为最后通牒。

不过，你这封信中说："×弟，你对于我已完全没有信用了。"这我觉得你真说得太迟了。难道我对于你没有信用，还只有在现在你才觉着吗？还是你一向念着兄弟的谊分，而没有勇敢地，或忍心地说出呢？假如是后者的对，那我不怪你，并且也相当地佩服你，因为这是你们的道德，这是你们的仁义；如果是前者的对，我一定要说你是"聪明一世，曚瞳（懵懂）一时了"。

为什么呢？你静静气，我得告诉你：我对你抽去了信用的梯子，并不是最近才开始，而是在很早，当我的身子，已从你们阶级的船埠离开一寸的时候，我就开始欺骗你，利用你，或甚至卑弃你了；只可惜你一些都没有察觉而已！

在一九二七年春季！你记得吗？那时你真是显赫得很，C总司令部的参谋处长[1]，谁有你那末阔达呢？可是你却有一次给我利用了，这是你从来没有梦想过的吧？自然，这时我实在太小，太幼稚，这个利用，仍然是一种心底的企图，大部分都没有实现，尤其是因为胆怯和动摇，阻碍了我计划的布置，这至今想起来有些遗憾，因为如果我勇敢地"利用"你了，我或许在这时可以很细小的帮助一下我们的阶级事业呢！

"你这小孩子，快不要再胡闹，好好地读书吧！"你在C总司令部参谋处里，曾这样地对我说。

"这些，为什么你要那末说呢？我不是在信中给你说过了吗？"我回答。

"但是，"你低声地说，"我告诉你，将来时局一下变了，你是一定会吃苦的。"

"时局要变，你怎末知道呢？"

"我……怎末不知道？"

"那末，告诉我吧！"我颤抖了，那时我就在眼前描出一幅流血的惨图。

"你不要管，小孩子，我要警告你的是：不要再胡闹，你将来一定要

---

[1] 1927年1月，徐培根因"宁海战役"得到蒋介石赏识，被任命为国民革命军总司令部参谋处处长。

悔恨……"

那时，一名著名的剑子手，姓杨的特务处长进来了：他那高身材，横肉和大眼眶，真仿佛是应着他的名字，真是好一副杀人的魔君相，我悸襟（噤）着，和后来在法庭中见他一眼时一样的悸襟（噤）。

你站起了说：

"回学校去吧？知道了吗？多用用脑子，多看看世面！"

我颤战着，动摇着走回去，一路上有两个情感交战着：我们的劫难是不可免的了，退后呢？前进呢？这老实说，真是不可赦免的罪恶，我旧的阶级根性，完全支配了我，把我整个的思维，感觉系统，都搅得象瀑下的溪流似的紊乱，纠缠，莫衷一是。

一直到三天后，我会见了C同志，他才搭救了我，他说：

"你应该立即再去，非把详情探出来不可！"

"是的。"我勇敢地答应了。

可是这天早晨再去见你，据说C总司令部全部都于前一夜九点钟离开上海了！我还有什么话说呢，就在这巍峨的大厦前面，我狠命的拷我自己的头。

过了一夜，上海便布满了白色的迷雾，你的警告，变成事实来威吓我了。

到后来，你的预言，不仅威吓我，而已真的抓住我了：铁的环儿紧扣着我的手脚，手枪的圆口准对着我的胸口，把我从光明的世界迫进了黑暗的地狱。到这时候，在死的威吓之下，在答楚皮鞭的燃烧之下，我才觉悟了大半，我得前进，我得更往前进！

我在这种彻悟的境地中，死绝对不能使我战栗，我在皮鞭扭扣我皮肉的当儿，我心中才第一次开始倔强地骂人了：

"他妈妈的，打吧！"

我说第一次骂人，这意义你是懂得的，我从小就是羞怯的，从来没骂过人呢！

同时我说："我还得活哟，我为什么应该乱丢我的生命，我不要做英雄，我的生命不是我自己可支配的。"所以我立刻掏出四元钱，收买了一个兵士，给我寄一封快信给你；这效力是非常的迅速，那个杀人不眨眼的人虎，终于也对我狠狠地狞视一会，无声地摆头示意叫他的狗儿们在我案卷上写着两字：

"开释。"

这是我第二次利用你哟。

出狱后，你把我软禁在你的脚下，你看我大概是够驯伏的了吧，但你却并没知道我在预备些什么功课呢？

当然，你对待我，确没有我对待你那样凶，因为你对我是兄弟，我对你是敌对的阶级。我站在个人的地位，我应该感谢你，佩服你，你是一个超等的"哥哥"。譬如你要离国的时候，你送我进D大学[1]，用信，用话，都是鼓励我的，都是劝慰我的。我们的父亲早死了，你是的确做得和我父亲一般地周到的，你是和一片薄云似的柔软，那么熨贴（帖），但是试想，我一站在阶级的立场上来说呢？你叫我预备做剥削阶级的工具，你叫我将来参加这个剥削机械的一部门，我不禁要愤怒，我不禁要反叛了！

D大学的贵族生涯，我知道足以消灭我理想的前途，足成为我事业的威吓，我要以集团的属望来支配我自己的意志，所以我脱离了，所以我毅然决然的脱离了，也可说是我退一步对你们阶级的摆脱。

但我不是英雄，我要利用社会的剩余来为我们阶级维持我的生命，所以我一，再，三的欺骗你的钱，来养活我这为我企图消灭的社会所吞噬的生命。

我承认欺骗你，你千万别要以为我是忏悔了，不，我丝毫也想不到这讨厌的字眼！我觉得从你们欺骗来一些钱，那是和一颗柳絮给春风吹上云层一般地不值注意的。你们的钱是那儿来的？是不是从我们阶级的身上抽刮去的？你们的社会是建筑在什么花岗石，大理石上的？是不是建筑在我们阶级

---

[1] D大学：指同济大学。此时徐培根即将赴德国深造，希望借助在同济大学的德国关系来约束殷夫。

的血肉上的？虽然我明白，欺骗不是正当的方法，我们应该用的是斗争，是明明白白的向你们宣言，我们要夺回你们手中的一切！但是，即使是欺骗，只不过是一个不好的方法，绝不是罪恶！

我说了这一大篇，做什么呢？我不过想证明给你，你到现在才说对我失了信用，是已经迟到最最迟了。

最后，我要说正面的话了：

哥哥，这是我们告别的时候了，我和你相互间的系带已完全割断了，你是你，我是我，我们之间的任何妥协，任何调和，是万万不可能的了，你是忠实的，慈爱的，诚恳的，不差，但你却永远是属于你的阶级的，我在你看来，或许是狡诈的，奸险的，也不差，但并不是为了什么，只因为我和你是两个阶级的成员了。我们的阶级和你们的阶级已没有协调，混和的可能，我和你也只有在兄弟地位上愈离愈远，在敌人地位上愈接愈近的了。

你说你关心我的前途，我谢谢你的好意，但这用不着你的关心，我自己已被我所隶属的集团决定了我的前途，这前途不是我个人的，而是我们全个阶级的，而且这前途也正和你们的前途正相反对，我们不会没落，不会沉沦到坟墓中去，我们有历史保障着；要握有全世界！

完了，我请你想到我时，常常不要当我还是以前那末羞怯，驯伏的孩子，而应该记住，我现在是列在全世界空前未有的大队伍中，以我的瘦臂搂挽着钢铁般的筋肉呢！我应该在你面前觉得骄傲的，也就是这个：我的兄弟已不是什么总司令、参谋长，而是多到无穷数的世界的创造者！

别了，再见在火线中吧，我的"哥哥"！你最后的弟弟在向你告别了，听！

一九三〇年，三月，十一日晨。

品读

殷夫自幼聪慧颖悟，在家排行最末，备受宠爱。因少年丧父，长他15岁的大哥徐培根在生活上给予其父辈般的照应呵护。但二人终因信仰不同，分道扬镳。这体现了殷夫深明大义，以中华民族的解放为己任的崇高情怀。

　　如果殷夫跟随自己的哥哥，在哥哥的庇荫下，也许会衣食无忧。但真正的革命者都有一个信念：这前途不是我个人的，而是我们全个阶级的！

一息尚存，终当努力奋斗
——1933年1月　王若飞致表姐夫熊铭青

作者简介

王若飞（1896—1946），贵州安顺人。1919年10月，赴法国勤工俭学。1922年6月，同赵世炎、周恩来等发起成立"旅欧中国少年共产党"，曾任中央执委会委员，同年秋，加入法国共产党。1923年，赴苏联莫斯科东方劳动者共产主义大学学习，4月，转为中国共产党党员。1925年3月回国，先后任中共豫陕区委书记，负责河南、陕西党组织的领导工作，年底任中共中央秘书部主任（秘书长）。大革命失败后，先后任中共江苏省委常委、农民部部长和宣传部部长。1928年任中共驻农民国际代表团成员。1931年回国任中共西北特委特派员，同年10月被捕。1937年被营救。1944年参加重庆谈判。1946年因飞机失事遇难。

王若飞

原信

铭兄[1]：

　　岁尾年头，最易动人怀抱。况我今日处境，更觉百感烦心，念国难之日急，恨己身之蹉跎。冲天有志，奋飞无术。五更转侧，徒唤奈何？虽然楚囚[2]对泣，惟弱者而后如此。至于我辈，只有坚忍以候。个人生命，早置度外。居狱中久，气血渐衰；皮肉虚浮，偶尔擦破，常致溃烂。盖缘长年不见日光，又日为阴湿秽浊所熏染。譬之楠梓豫章之木，置之厕所卑湿之地亦将腐朽剥蚀也。又冬令天短，云常不开；又兼房为高墙所障，愈显阴黑，终日如在昏暮中，莫能细辨同号者面貌。人间地狱，信非虚语。有人谓矿工生活，是埋了没有死，大狱生活，是死了没有埋。交冬以来，吾日睡十四小时（狱规：晚六时即须就寝，直至翌晨八时天已大明方许坐起），真无殊长眠。当吾初入狱时，见一般老难友对于囚之死者，毫无戚容，反谓"官司打好了"，深诧其无情。后乃知彼等心理皆以为与其活着慢慢受罪，反不如一死爽快也。每月逢七、一日允许囚人亲友来监探视；难友皆戏称此接见日为"上坟"、"烧纸"，狱囚每月有来"烧纸"者，约三分之一。此辈获亲友银钱之接济，生活自较完全无人"上坟"、"烧纸"者为好。一般完全无人"上坟"者，只有盼望每年狱中例给之三次馒头（平日均食小米，惟元旦、端午、中秋给一餐馒头）。因而患病，是最苦事。吾所居号对面，相距数尺，即为病号，早晚时闻号呼惨痛之声。吾于彼等，不哀其死，而伤其病。虽常给以物质帮助，然鬼而为鬼烧纸，所能分惠亦不多也。

　　以上琐琐叙述大狱生活，吾兄阅后，或将以为弟居此环境中，将如何哀伤痛苦。其实不然。弟只有忧时之心，一息尚存，终当努力奋斗，现时所受之苦难，早在预计之中，为工作过程所难免，绝不值什么伤痛也。因此弟之

---

[1] 铭兄：指熊铭青，王若飞表姐夫，贵州贵阳人，时任国民革命军成都中央军校上校政治教官。

[2] 楚囚：原指被俘的楚国人，后用来借指处境窘迫的人，此处有明志意。

精神甚为健康，绝不效贾长沙[1]之痛哭流涕长太息；惟坚忍保持此健康之精神，如将来犹有容我为社会工作之机会，固属万幸，否则亦当求在狱能比较健康而死，弟并无丝毫悲观颓丧之念也。与吾同号者，尚有五人，彼等官司皆在十年以上，时常咨嗟太息，以为难望生出狱门。我尽力慰解彼等，导之有希望，导之识字读书，导之行乐开心（下棋唱歌），一面使彼等有生趣，一面使我每日的生活亦不空虚。当彼等诅咒此大狱生活时，我尝滑稽地取笑说："我们是世间上最幸福的人，每天一点事不做，一点心不操，到时候有人来请睡，一睡就是十四点钟；早上有人来请起，饭做好了就请我们吃；上厕所还有人跟随；冬天又烧火炕，难道还不够舒服么？"同时又叙述遭受天灾或兵灾区域难民的痛苦，冰天雪地中沙场战士的生活，我们较之，实已很舒服。自然，任何人都愿在沙场争战而死，不愿享受大狱的舒服，吾之为此言，一面取笑，一面亦示人世间尚有其他痛苦存在，不可只看到自己也。即如吾兄现时之生活，想来亦必有许多难处，不过困难内容性质与弟完全不同耳。弟处逆境，与普通人不同处，即对于将来前途，非常乐观。这种乐观，并不因个人的生死，或部分的失败，一时的顿挫，而有所动摇。弟现时所最难堪者，为闲与体之日现衰弱，恨不能死于战场耳！每日天将明时，枕上闻军营号声，不禁神魂飞越！嗟乎！吾尚有重跃马于疆场之日乎？

以上为二十三日（即昨日）所书，今晨于放厕时，忽闻可惊之消息，即由军犯口中传出，得之于昨日望彼等之友人所言，云日军已攻下山海关，正进犯热河，傅主席将率三十五军东上作战。

又：前日因闻日军攻下榆关，进犯热河。傅作义主席将率兵东上作战之讯，精神至为兴奋，因想写一信致傅，说明我对抗日战争的工作意见，并对我个人问题有所要求，现此信已写好，将托狱长寄出，特抄在下面，请转给舅父一阅。

弟　若飞

一九三三年一月二十四日

---

[1]　贾长沙：指西汉著名文学家贾谊，因曾任长沙王太傅，故称贾长沙。后为梁怀王太傅，因怀王坠马死，贾谊常伤心哭泣，不久去世。

品读

　　王若飞是中共早期领导人。1931年被捕,度过了近六年的牢狱生涯。入狱后,他始终保持乐观精神,积极锻炼身体。信中写道:监狱为了摧残犯人意志,责令犯人连续睡14小时,一般"老号"痛不欲生,反倒希望一死了之。但王若飞以"惟坚忍保持此健康之精神,如将来犹有容我为社会工作之机会"为信念,始终没有屈服。

生是为中国，死是为中国
——1935年3月16日　刘伯坚致凤笙大嫂等

作者简介

刘伯坚（1895—1935），四川平昌人。早年就读于成都高等师范学堂（四川大学前身）。1920年，赴欧洲勤工俭学。1922年转为中共党员。1923年，入莫斯科东方劳动者共产主义大学学习。1926年，他应邀在冯玉祥部任国民军联军政治部副部长，后来再次被派往苏联学习军事。到中央苏区后，任苏区工农红军军事学校政治部主任，参与领导了宁都起义，后任红五军团政治部主任。中央红军长征后，留在苏区坚持斗争。1935年3月，率部队突围时不幸负伤被捕，拒绝敌诱，21日，壮烈牺牲。

刘伯坚　　　　　　　刘伯坚和王叔振的结婚照

原信

凤笙大嫂[1]并转五六诸兄嫂：

本月初在唐村写寄给你们的信、绝命词及给虎、豹、熊[2]诸幼儿的遗嘱，由大庾县[3]邮局寄出，不知已否收到？弟不意尚在人间，被押在大庾粤军第一军军部。以后结果怎样尚不可知。弟准备牺牲，生是为中国，死是为中国，一切听之而已。

现有两事须要告诉你们，请注意：

一、你们接我前信后必然要悲恸失常，必然要想方法来营救我，这对于我都不须要，你们千万不要去找于右任先生[4]及邓宝珊[5]兄来营救我，于邓虽然同我个人的感情虽好，我在国外叔振[6]在沪时，还承他们殷殷照顾，并关注我不要在革命中犯危险，但我为中国民族争生存争解放与他们走的道路不同。在沪晤面时，邓对我表同情，于说我所做的事情太早。我为救中国而犯危险遭损害，不须要找他们来营救我帮助我，使他们为难。我自己甘心忍受，尤其要把这件小事秘密起来，不要在北方张扬，使马二先生[7]知道了，做些假仁假义来对付我。这对我丝毫没有好处，而只是对于我增加无限的

---

[1] 凤笙大嫂：指梁凤笙，刘伯坚爱人的大嫂，生活在西安。
[2] 虎、豹、熊：刘伯坚的儿子刘虎生、刘豹生、刘熊生。
[3] 大庾县：今江西大余。
[4] 于右任先生：于右任，陕西三原人。早年加入中国同盟会，1926年，曾代表国民党赴苏联促冯玉祥速回国参加北伐战争，后与刘伯坚建立了友谊。
[5] 邓宝珊：原名邓瑜，甘肃天水人。平津战役时期，担任解放军与傅作义之间的调停人，为北平和平解放作出了贡献。新中国成立后，历任西北军政委员会委员、甘肃省省长等职。
[6] 叔振：即王叔振，陕西三原人，原名淑贞。1920年，入陕西省立第一女子师范学校学习。1927年4月，与刘伯坚结婚，婚后被安排在国民军联军总政治部担任秘书工作，并经刘伯坚介绍加入中国共产党。1930年，到中央革命根据地，曾任中共苏区中央局秘书科长。1934年，中央红军主力长征后留在根据地坚持斗争。
[7] 马二先生：指冯玉祥，字焕章，安徽巢县（今安徽巢湖）人，生长于直隶省保定府（今河北保定）。民国军阀，国民革命军陆军元帅，西北军领袖。

侮辱，丧失革命者的人格。至要至嘱。

二、熊儿生后一月即寄养福建新泉芷溪黄荫胡家。豹儿今年寄养在往来瑞金、会昌、雩都[1]、赣州这一条河的一只商船上，有一吉安人罗高，二十余岁，裁缝出身，携带豹儿。船老板是瑞金武阳围的人，叫赖宏达，有五十多岁，撑了几十年的船，人很老实，赣州的商人多半认识他。他的老板娘叫郭贱姑，他的儿子叫赖连章，媳妇叫梁照娣。他们一家人都很爱豹儿，故我寄交他们抚育。因我无钱，只给了几个月的生活费，你们今年以内派人去找着还不致于饿死。

我为中国革命没有一文钱的私产，把三个幼儿的养育都要累着诸兄嫂。我四川的家听说久已破产又被抄没过，人口死亡殆尽，我已八年不通信了，为着中国民族就顾不了家和个人，诸兄嫂明达当能了解，不致说弟这一生穷苦，是没有用处。

诸儿受高小教育至十八岁后即入工厂作工，非到有自给的能力不要结婚，到三十岁结婚亦不为迟，以免早生子女自累累人。

叔振仍在闽，已两月余不通信了。祝诸兄嫂近好！

弟 伯坚
3月16日于江西大庾

品读

从信中可以看出，刘伯坚被捕后不希望亲属营救自己，尤其不要使人为难。对于自己被迫寄养在外的两个儿子，倒有详细的交代。有信仰、有血性的革命者，才能在危急时刻奉献自己的生命。

1935年3月11日，刘伯坚在狱中写下了气吞山河的千古绝唱《带镣行》：

---

[1] 雩都，旧县名，位于江西南部。西汉高祖六年（前201）建县，以北有雩山得名，1957年改称"于都"。

带镣长街行，蹒跚复蹒跚，市人争瞩目，我心无愧怍。

带镣长街行，镣声何铿锵，市人皆惊讶，我心自安详。

带镣长街行，志气愈轩昂，拚作阶下囚，工农齐解放。

自己被捕，两个儿子被寄养，妻子两个月杳无音信，这就是刘伯坚在生命危急时刻面临的亲情考验。即便如此，他并不后悔，更未屈节事敌，反而英勇赴死，真大丈夫也！

幸运的是，刘伯坚的三个儿子都活了下来。1936年，在西安的长子刘虎生被大嫂梁凤笙交给了周恩来，不久被接到延安。刘虎生后赴苏留学，回国后成长为一名出色的技术专家。1949年，周恩来派人在江西瑞金郭家找到了刘伯坚的二儿子刘豹生，刘豹生后考入中国人民解放军军事工程学院（今哈尔滨工程大学），毕业后分配到上海，长期从事技术研究工作，成为航空技术领域的一名高级工程师。1953年，刘熊生在闽西农村黄家被找到。知道自己的身世后，刘熊生为报答养父母的养育之恩，没有离开成长之地，当了一辈子的农民。

不要忘记你的母亲是为国而牺牲的
——1936年8月2日　赵一曼致儿子陈掖贤（宁儿）

作者简介

赵一曼（1905—1936），原名李坤泰，四川宜宾白花人。1924年加入中国社会主义青年团，1926年加入中国共产党，同年11月，进入中央军事政治学校武汉分校学习。1927年9月，去苏联莫斯科中山大学学习，学习期间与同学陈达邦结婚。1928年冬，奉命回国。1929年2月在宜昌生下儿子，取名"宁儿"。

1931年"九一八"事变后，调到东北工作，先是领导工人运动，后来调任中共珠河中心县委委员，兼任东北抗日联军第三军第二团政委，率部活动于哈尔滨以东地区，给日伪以沉重打击。1935年11月在与日军作战中受伤被俘，后被送至哈尔滨市立医院进行监视治疗，遭受敌人的种种酷刑而坚贞不屈。1936年8月2日在珠河英勇就义。2009年，赵一曼被评为"100位为新中国成立作出突出贡献的英雄模范人物"之一。

赵一曼与宁儿，摄于1930年4月

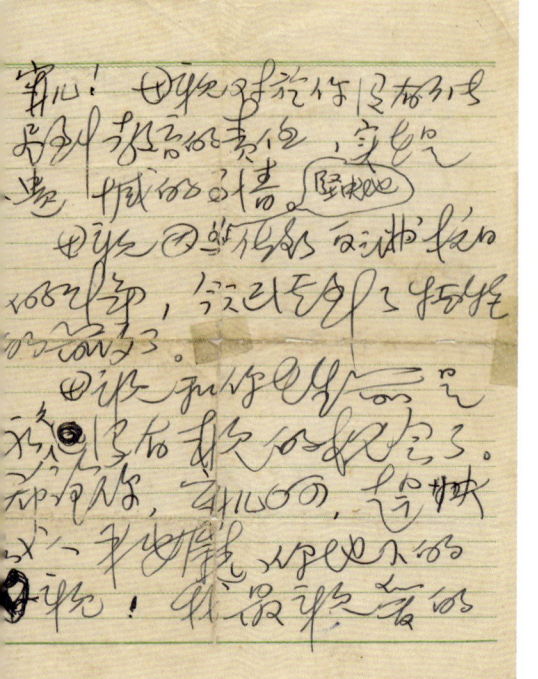

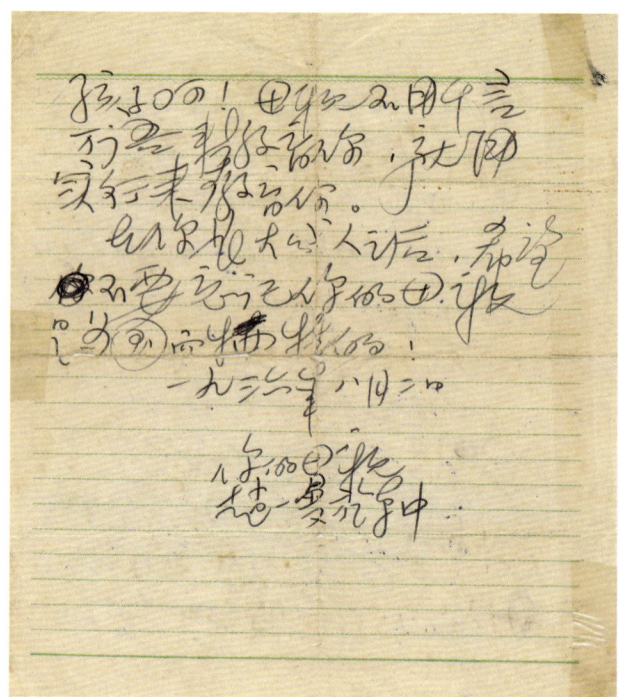

家书手稿，陈掖贤（宁儿）抄件

原信

宁儿！

母亲对于你没有能尽到教育的责任，实在是遗憾的事情。

母亲因为坚决地做了反满抗日的斗争，今天已经到了牺牲的前夕了！

母亲和你在生前是永久没有再见的机会了。希望你，宁儿呵，赶快成人，来安慰你地下的母亲！我最亲爱的孩子呵！母亲不用千言万语来教育你，就用实行来教育你。

在你长大成人之后，希望不要忘记你的母亲是为国而牺牲的！

一九三六年八月二日

你的母亲赵一曼于车中

陈掖贤夫妇与两个女儿合影，摄于1982年

品读

  1936年8月1日，已被日军折磨了9个月的赵一曼，被押往珠河县。根据日伪档案记载，1936年8月2日，赵一曼被押上开往刑场的火车。她虽感到死亡迫近，却丝毫没有表现出惊慌的神态。在生命最后时刻，她最为牵念的是唯一的儿子。她向看守人员要来纸和笔，在颠簸的车上，给儿子陈掖贤写下了这封遗书。

  寥寥150多字，有天下兴亡匹夫有责的家国情怀，有虽九死而不悔的无畏气概，更有舐犊情深不忍舍离的慈母大爱。

  1982年，陈掖贤因病去世，没有给女儿留下任何家产，只有寥寥数行的几句话："不要以烈士后代自居，要过平民百姓的生活，不要给组织上添任何麻烦。以后自己的事自己办，不要给国家添麻烦。记住，奶奶是奶奶，你是你！否则，就是对不起你奶奶。"

要为改造不合理的社会而奋斗
—— 1937年4月18日　韩雅兰致父母亲

作者简介

韩雅兰（1905—1943），陕西蒲城人。20世纪20年代在陕西省立女子师范学校上学期间加入中国共产党。大革命失败后，1930年3月赴上海，后入复旦大学中国文学系学习。1936年从复旦大学毕业。同年秋，由上海返回陕西，在西安女子中学教书。1936年年底赴延安。全面抗战爆发后，韩雅兰奉党的指示返回西安从事地下工作，参加陕西妇女抗日救亡运动。1943年不幸病逝，年仅38岁。

韩雅兰

原信

亲爱的父亲、母亲：

儿过去曾寄过几次信给大人，想早赐阅矣。但至今未见大人的训示，想大人必因儿不告而走之故怪罪于儿，生气不理了，所以儿对此点终不能安心。

最近有友人从西安来此，听说父亲和母亲对儿之走很觉伤心，祖母恐怕更难过。儿听了也万分凄惨。大人平时最知儿之心情，也最

陕西妇女界代表与丁玲（着军装者）合影，丁玲右后方为韩雅兰（二排右二），抗战期间摄于西安

疼爱儿的，这点儿早已深知，同时也是儿一往对家庭留恋的主要原因之一。当那年玉妹被捕之事[1]发生，大人连年节都不过了，星夜的赶到上海，为她设法，使儿等更感到父母爱儿女之心太迫切了。那时父亲回家后，曾给儿一信。嘱咐儿应安心读书，不要再像玉妹一样教大人担心睡不着。那时儿接读信后，难过了几天，想想我们真有点对不住父母之爱。此后儿是时刻都不会忘记父亲痛心的话。然而儿不愿作个时代的落伍者，不愿落人后，同时又被感情支配着，这极痛苦大人是不会了解的。谁料前年又遭受圣域这样的侮辱[2]。为了不让大人难过，为了孩子的问题，忍耐一切痛苦到现在。但是从那时起，儿已认清自己应走的正大的光明的道路，更认清了一个女子不应只靠一个丈夫。若完全依靠丈夫，结果会落得求死不得求生不能的苦境。亲爱的慈祥的父亲母亲，假如儿没有大人的疼爱和体贴，假如没有求得一点不

---

[1] 指写信人的弟媳杨玉珊，于1927年加入中国共产党，1934年在上海被捕。当时因为写信人的弟弟在国外上学不在家，其父得知这个消息后，抛下全家老小，孤身一人，连年节都不过了，赶往南京、上海，企图设法营救，但未果。

[2] 此处指1935年写信人的丈夫王圣域纳妾之事。

受人欺侮的知识，那儿现在也只有死路一条了。圣域他固然给了我苦头吃，然而他也毁灭了他自己。儿想，他所受的损失或者比儿还要大呢。儿已受够了痛苦，人不能就这样消沉下去，自己毁灭自己。儿要为改造不合理的社会而奋斗，为后来女子求幸福，也要和男子一样为国家民族求解放，作一点有意义的事业，总比被人家气死有价值的多。这就是儿此次来延安的主要原因，请大人想想，章乃器、沈钧儒他们[1]都起来挽救国家，儿受家庭社会的养育一场，怎能坐视不顾？所以儿决定来此学习一点真实学问，去应社会，求中国民族解放的方法。

家书手稿

大人爱儿也必知儿之性，对任何事，决不会轻举妄动，儿都经过长期的考虑过。这次到三原晓得了此地招生的事，儿曾经仔细地考虑过后才决定走的。因为时间的关系，不能回西安面商于大人。想大人看现在全国人民抗日的热情，也许会不再生儿之气。总之，儿不是不懂事的，盲目的瞎跟人跑的，跟人说的，儿现在所走的爱国的路，想必能得社会人士的谅解的。恳祈大人恕儿不告之罪，而仍以从前的爱儿之心来爱儿，则儿幸甚。

这里[2]的物质生活比较外面苦些，但精神方面则比外面快乐的多。什么话都可讲，很自由很坦白。凡是到这里来参观的没有不对这里发生好感的。前天来了两位大学教授，同时也是申报周刊编辑，他们参观的结果，印象非常的好，今天已经走了。最近外边到此地来的参观的非常多，时常有人来。

---

[1] 指1936年11月22日救国会的主要负责人沈钧儒、章乃器、邹韬奋、李公朴、沙千里、王造时、史良七人被国民党政府逮捕之事，史称七君子事件。

[2] 指陕北延安和抗大。

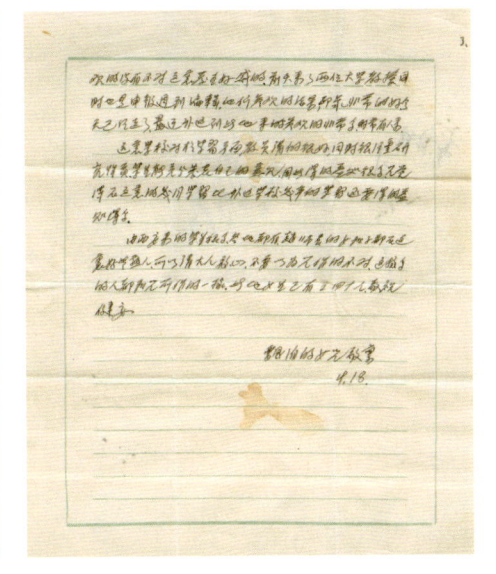

家书手稿　　　　　　　　　　　家书手稿

　　这里学校对于学习方面,教员讲的很好,同时很注重研究性质,学生能充分发表自己的意见,因此得的益处很多。儿觉得在这里的几月学习比外边学校几年的学习还要得的益处得多。

　　由西安来的学生很多,各地都有,赵师长的女和子[1]都在这里,好些熟人,所以请大人放心。不要以为儿作的不对。这样多的人都和儿所作的一样,此地女生已有三四十人。敬祝

健安

漂泊的女儿敬禀
4.18

---

[1] 赵师长,指杨虎城部三十八军第十七师师长赵寿山(1894—1965)。抗战期间,原杨部被改编为三十八军和九十六军,赵任三十八军军长。1941年,赵寿山加入中国共产党,后任西北野战军副司令员、青海省主席、陕西省省长等职。其女指赵铭锦,当时也在抗大第二期第四大队女生区队学习,抗大毕业后,由罗瑞卿等介绍入党,组织"血花剧团"派往杨部三十八军工作,后入学校学医,解放后担任医生。其子指赵元介,抗大毕业,长期从事戏曲教育工作。

韩雅兰与父亲韩望尘合影，20世纪30年代初摄于上海

品读

这是一封追求理想与幸福的宣言书、陈情表。

韩雅兰去延安之前没有将此事告知自己的父母,到延安后虽曾几次写信回家说明,但一直未接到回信。她怕老人生气,故于4月18日写了一封信,详细讲述了自己去延安的缘由并介绍延安抗大的情况,以便让父母谅解、放心。韩雅兰从1930年离家到上海,在外多年,后由于丈夫纳妾,她有家不能回,所以给父母写信就署了个"漂泊的女儿"。

韩雅兰父亲韩望尘(1888—1971),早年加入同盟会,1913年东渡日本留学,入明治大学学习。回国后参加过护国运动。西安事变期间,他支持张、杨义举,响应中共对西安事变和平解决的号召。

身教重于言教,由此不难看出,韩雅兰毅然从生活富足的家里不告而走,投身到延安艰苦卓绝的革命洪流和抗日救亡工作中,正是受家庭影响的必然结果。1948年夏,韩雅兰的儿子韩蒲沿着母亲的足迹,从北平赴华北解放区进入华北联大、华北大学学习,后为中国人民大学历史教员。

我们要坚持到底
——1937年12月3日 左权致母亲

作者简介

　　左权（1905—1942），原名左纪权，湖南醴陵人，黄埔军校一期生，八路军高级将领，无产阶级革命家、军事家。1925年加入中国共产党，同年12月赴苏联学习。1934年参加长征，参与指挥强渡大渡河、攻打腊子口等战斗。长征到达陕北后，左权率部参加了直罗镇战役和红军东征。1936年，他担任红一军团代理军团长，率部西征并参与指挥山城堡战役。抗日战争爆发后，左权任八路军副参谋长，协助彭德怀指挥八路军开赴华北抗日前线，粉碎日伪军"扫荡"，发展壮大人民武装力量，取得了百团大战等许多战役、战斗的胜利。1942年5月，日军对太行抗日根据地发动大"扫荡"，左权指挥部队掩护中共中央北方局和八路军总部等机关突围转移，壮烈殉国，年仅37岁。牺牲后，晋冀鲁豫边区政府为其举行追悼会，并改辽县为左权县。

左权

原信

母亲：

亡国奴的确不好当，在被日寇占领的区域内，日人大肆屠杀，奸淫掳抢，烧房子……等等，实在痛心。有些地方全村男女老幼全部杀光，所谓集体屠杀，有些捉来活埋活烧。有些地方的青年妇女，全部捉去，供其兽行。要增加苛捐杂税。一切企业矿产，统要没收。日寇不仅要亡我之国，并要灭我之种，亡国灭种惨祸，已临到每一个中国人民的头上。

现全国抗日战争，已进到一个严重的关头，华北、淞沪抗战，均遭挫败，但我们共产党主张救国良策，仍不能实现。眼见得抗战的失败，不是中国军队打不得，不是我们的武器不好，不是我们的军队少，而是战略战术上指挥的错误，是政府政策上的错误，不肯开放民众运动，不肯开放民主，怕武装民众，怕改善民众的生活。军官的蠢拙，军队纪律的坏，扰害民众，脱离民众……等。我们曾一再向政府建议，并提出改善良策，他们却不能接受。这确是中国抗战的危机，如不能改善上述缺点和错误，抗战的前途，是黑暗的、悲惨的。

我们不敢〔管〕怎样，我们是要坚持到底，我们不断督促政府逐渐改变其政策，接受我们的办法，改善军队，改善指挥，改善作战方法。现在政府迁都了，湖南成了军事政治的重地，我很希望湖南的民众大大觉醒，兴奋起来，组织武装起来，成为民族解放自由战争中一支强有力的力量。因为湖南的民众，素来是很顽强的，在革命的事业上，是有光荣历史的。

左权母亲

我军在西北的战场上，不仅取得光荣的战绩，山西的民众，整个华北的民众，对我军极表好感，他们都唤着"八路军是我们的救星"。我们也决心与华北人民共甘苦、共生死。不敢〔管〕敌人怎样进攻，我们准备不回到黄河南岸来。我们改编为国民革命军后，当局对我们仍然是苛刻，但我军将士，都有一个决心，为了民族国家的利益，过去没有一个铜板，现在仍然是没有一个铜板，过去吃过草，准备还吃草。

母亲！你好吗，家里的人都好吗？我时刻记念着！

敬祝

福安！

男 自林
12月3日于洪洞

品读

左权是抗日战争中八路军牺牲的职务最高的指挥员。"名将以身殉国家，愿拼热血卫吾华。太行浩气传千古，留得清漳吐血花。"这是朱德为悼念左权将军壮烈殉国而写的一首诗。左权虽然捐身赴难，但留给后人们一封封熏染着硝烟的家书，震撼着每位中国人的心灵。这封写给母亲的信，同样充满着斗志以及对腐朽、低效的政府的不满。

左权自19岁离家至牺牲，再也没有回过家里。1949年，解放军南下，入湘部队去看望左权将军的老母亲。英雄母亲才知道自己日思夜想的小儿子已为国捐躯7年了。听到儿子壮烈殉国的消息，坚强的母亲没有恸哭，而是请人代笔撰文悼念儿子。文中说："吾儿抗日成仁，死得其所，不愧有志男儿。现已得着民主解放成功，牺牲一身，有何足惜，吾儿有知，地下瞑目矣！"

我愿意担起音乐在抗战中伟大的任务
——1937年12月31日　冼星海致妈妈

作者简介

冼星海（1905—1945），曾用名黄训、孔宇，广东番禺（今广东广州）人，出生于澳门。中国近代著名作曲家、钢琴家。1926年冼星海考入北京大学音乐传习所，1928年进上海国立音专学习音乐。1929年去巴黎勤工俭学，师从著名提琴家帕尼·奥别多菲尔和著名作曲家保罗·杜卡斯。1934年考入巴黎国立音乐戏剧学院。1935年回国后，积极参加抗日救亡运动。1938年赴延安，担任鲁迅艺术学院音乐系主任。1939年3月创作《黄河大合唱》，6月加入中国共产党。1945年10月，因病在莫斯科去世，年仅40岁。

冼星海

原信

妈妈：

　　上海"八一三"的炮声[1]使整个中华民族有血气的民众觉悟了、团结了！从此以后，国土四周围都布满着敌人的火焰，每个中国人都免不掉危险。六年前[2]的三千万流民的印象当我还没有忘记的时候，如今又遭到更大的浩劫，更残忍的屠杀了。在这关头，我们每一个中华民族的国民再没有第二句话，"只有保卫国土来参加这伟大而神圣的战争！"我们并不赞颂战争，可是没有战争或许就不能发现人类的真理，没有战争就失掉自由和博爱的存在。

　　亲爱的妈妈，我是在上海开火后五天离开那素称安逸的上海的。沿一条弯曲的苏州河向前进，一路上也都是四处炮声，头上也都是敌机盘旋。同行十四人一样地不顾一切向前，为着踏上一条大路，竟没有顾到目前所坐的是一只拖粪小船的臭味和肚里的饥饿。但，妈妈，你得明白我们并不是逃难，我们十四人都是救亡的勇士，虽然还没有实现我们预期的愿望，可是我们每一个人都明了自己对国家应负的责任。从出发到今天已经是四个多月了，一百多天的旅程，一百多天的过去，国土又不知沦陷多少，同胞又不知被屠杀多少？！但我们并不悲观，也许我们失去了的土地会被炸成一片焦土，但到最后胜利在我们手里的时候，我们还可以收复已失的土地，更可以重建一切新的建筑、新的社会。伟大的先驱告诉我们："没有破坏便没有建设。"只有赶走了敌人才是我们唯一的出路！

　　现在我们已到武汉了，并且不久又快去重庆。在这无一定的飘〔漂〕流生活，虽然也为着国家作救亡工作，但遇到像今天晚上的漫漫的黑夜，那凄凉冰冷的四周，我好像耳边有无数的失去了儿子的母亲和失去了母亲的儿子在哀诉。那不能告诉人的潜伏般的音乐，很沉重地打动我，使我不能不又想

---

[1] 上海"八一三"的炮声：1937年"八一三"事变，是日本侵略者在上海发动的又一次侵略行动。

[2] 六年前：1932年"一·二八"事变。

起了我唯一的你——妈妈。我想在每一个母亲也想念着她自己的儿子出发为国宣劳的时候，或许会更恳切些吧！是的，或许会更恳切的！因此，我半夜没有酣睡。但想念着国家的前途和自己应负的责任，我又好像不得不要暂时忘记你了，忘记一切留恋。但我并不是忘记了你伟大的慈爱和过去五十多年的虔养和飘零生活，我更不是忍心地来抛弃你去走千百万里的长程。可是我明了我自己的责任，明了中华民族谋自由、独立解放的急切。我是一个音乐工作者，我愿意担起音乐在抗战中伟大的任务，希望把宏亮的歌声震动那被压迫的民族，慰藉那负伤的英勇战士，团结起那一切苦难的人们。但，妈妈，我常感到自己能力的薄弱和自己实际生活的缺乏，虽然有时站立在整千整万的民众面前，领导着他们高歌，但有时我总有战栗，因为我往往不能克制自己的情绪又想到遥远的妈妈了！可是当我每到一个地方的时候都被那民众歌咏的情感征服我，令我不特忘记了自己，忘记了你，而且又更加紧我的工作。和他们更接近，更使我感觉自己的情绪已移向到民众了。我不时都在妈妈面前说过，我不是一个自私自利、自高自大的音乐家，我要做个生在社会当中的一个救亡伙伴，而且永远地要从社会的底层学习。过去二十多年的流浪生活，就指示了我一个实际生活的经验是超越了学校的功课的。我常常感到民众的力量最伟大，民众对音乐的需要，尤其在战时，那使我不能不忍痛地离开你而站在民众当中。他们热烈地爱着我，而我也热烈地爱护他们。

  自我离开上海后，妈妈必定感到很寂寞，因为并没有亲近的人在你身旁。连可靠的亲友也逃避到香港去了。但我很希望妈妈放心，这次抗战是必定得到胜利的，只要能长期抵抗下去。但在英勇的抗战当中，我们得要忍耐，把最伟大的爱来贡献国家，把最宝贵的时光和精神都要花在民族的斗争里，然后国家才能战胜。所以在争取民族解放的国家当中，我们更需要伟大的母性的爱来培植许许多多的爱国男儿——上前线去，或在后方担任工作。这样才能够发展到每个人对国家的爱最急切。妈妈！我更有一件事情可以安慰你的，就是现在我已经开始写《中国兵》了。这作品是继续《民族交响乐》之后的，是纯用音乐来描写中国士兵抗战的英勇，保卫国土的决心。那伟大士兵的抗

延安鲁艺合唱团排练《黄河大合唱》

战精神，已打动每一个父母的心。在《中国兵》作品当中，我们可以听到每一个不怕死的士兵在向前冲。每一个做妈妈的都能够忍痛地抛弃私爱，来贡献她们唯一的儿子出征。《中国兵》的写作就是根据爱的立场，偏重爱民族的伟大任务。我也曾和伤兵们谈话，我也听过很多士兵冲锋和游击军的故事。可是我也得亲历其境，并且要参加作战，才能更明了《中国兵》的伟大。我除写作之外，我还想走遍各后方，作救亡歌咏宣传运动。

在武汉七天后，我们预备去重庆各处担任后方宣传工作。我想在这远程的旅途中，我可以受很多社会的启示，得许多作曲的材料。我虽然时常地要想起妈妈，但理智会克服我，而且我自己知道在这动乱的大时代里，没有一个被侵略的人民不是存在着至死不屈的精神。如果将来中国打胜仗以后，那一切的母亲们和儿子们都能有团叙的一天。国家如果被敌人亡了的话，即使侥幸保存性命，但在贪生怕死的生活和不纯洁的灵魂的痛苦中，比一切肉体的痛苦更甚了。为着中华民族的生存，我希望一切的母亲们和儿子们都勇敢地向前，中华民族解放的胜利，就是要每一个国民贡献他们的纯洁的爱给国家，同心合力在民族斗争里产生一个新中国。

别了，亲爱的妈妈！祖国的孩子们正在争取不愿做没有祖国的孩子的耻辱，让那青春的战斗的力量支持那有数千年文化的祖国。我们在祖国养育之下正如在母胎哺养恩赐一样，为着要生存，我们就得一齐努力，去保卫那比自己母亲更伟大的祖国。

妈妈看了这封信以后，我想，在您的皱纹的脸上也许会漾出一丝安慰的微笑吧。

再见了，孩子在征途中永远祝福着您！

星海
一九三七年十二月三十一日

品读

1937年全面抗战爆发后，冼星海参加了上海话剧界战时演剧二队，进行抗日文艺宣传。12月31日，在演出途中，他给远在上海的母亲写了这封长信，表达了一个音乐家、一个无私无畏的勇敢爱国者把救亡歌曲当武器，把每一个音符当作射向敌人的子弹的豪情壮志，以及以鼓舞被压迫的中国人民团结起来，与日本侵略者展开英勇斗争，勇赴国难为己任的决心与信心。

这封写于1937年12月31日的两千多字的家书，既是一个儿子写给母亲的私语，也是一位青年对于国家的告白。民族危亡时刻，一个青年应负什么责任？作者用如火的文字，向亲爱的母亲倾诉，读来如行云流水，并不觉得冗长。它出自一位音乐家之手，好像一首激情澎湃的交响曲，直抵人的内心深处。

参加救国工作为的是尽自己之天职与能力
——1940年2月11日　符克致父亲、大哥

作者简介

符克

符克（1915—1940），原名符家客，海南文昌人。1927年参加昌洒乡童子团，并任团长。1933年侨居越南任小学教员，1935年考入暨南大学。1938年春赴延安陕北公学学习，加入中国共产党，同年秋，到越南发动华侨支援祖国抗日。1939年2月，日军入侵海南岛，同年夏，符克率领四十余名旅越琼侨进步青年参加抗战。1940年8月，被国民党反共势力杀害。

原信

爸爸和大哥：

　　前月在港时曾付上一函，未悉收到否？念念！家惠兄于前月来港得遇，知悉阖家均告安好，生意也比前兴旺，喜慰得很！

我于去年底本拟返贡一行，奈因环境不许，不得不作罢论了。正在此时琼侨救总会[1]诸公，为展开琼崖救济工作，加强华侨与当地政府的联络，乃设立总会救济会琼崖办事处，其主任一职要我来负，同时总会各服务团[2]总的领导人又是我，因此之故，这次我不得不重返琼崖负责进行救乡工作。于是，返贡之念暂时只好打消了。爸和哥！别挂心吧！鬼子赶出国土以后，我们一定能够得以共叙天伦之乐的！

符克给爸爸和大哥的信

我已于前月底携带大批西药品及慰劳品抵广州湾，因年关关系，没有船只来往，迫得暂住这里。料再逗留数天，便能渡海了。

我近来身体都比前健康，故乡物质生活虽然是艰苦一点，但精神总是愉快的，故并未感到任何痛苦的地方。至于工作虽然是在危险的环境中去进行，似随时有生命之虞，但我能时时谨慎小心，灵活机警且人吉天相，想必安然无恙也。假使遇有不幸，也算是我所负的历史使命完结了，是我的人生的最大休息了。总之，恳望你们保重身体，和睦共聚，经营生意，谋将来家庭之

---

[1] 琼侨救总会：全称是琼崖华侨救乡总会，1937年"七七"事变后成立，郭新任主席。其中，越南琼崖华侨救乡总会，以陶筼庭和符克为领导，后改为越南琼崖救国会总会。

[2] 服务团：即琼崖华侨联合总会回乡服务团，由中国香港和新加坡、泰国、越南、马来西亚等地民众组成，活跃在琼岛各地，成为一支宣传抗日、战地救护、输送抗日物资的重要力量，符克任团长。

发展，勿时常挂我于心也。

爸和哥！你们宠爱和抚育我的艰苦和尽致，我时刻是牵记着的。不过，在中国这样的国家里头，特别是在这样严重的国难时期中，我实在是没有机会与能力来报答你们的。也许你们会反骂我不情不孝吧。爸和哥别怀疑和误会吧！我之自动参加救国工作，不惜牺牲自己生命，为的是尽自己之天职与能力贡献于民族解放之事业而已。我相信你们是了解的，国家亡了我们就要做人家的奴隶了。抗战救国争取胜利，不是少数人所能负得起的。我之参加革命工作也希望你们放大眼光与胸怀，给予无限的同情与原谅吧！谨此祝阖家均安！

克上
二月十一日于西营

品读

日寇侵华，不仅激起了国内各阶层民众的奋勇反抗，而且激发了海外华侨华人的爱国热情，他们纷纷宣传抗战，捐款捐物，华侨青年踊跃回国效力。这封家书就是华侨青年倾力回国参加抗战的见证。

海南岛是中国著名侨乡，琼崖侨胞素有爱乡助乡的优良传统。20世纪30年代末至40年代初，"琼侨联合会"回乡服务团在符克的领导下，分成若干工作队，在多地开展抗日救亡宣传活动，组织战地救护、救济难民和为群众送医送药等工作，为抗战做出了巨大贡献。符克在信中向父兄申明抗战大义，感念父兄抚育之情，表明"我之自动参加救国工作，不惜牺牲自己生命，为的是尽自己之天职与能力贡献于民族解放之事业而已"的抱负和胸怀。这种置生死于度外、"明知山有虎，偏向虎山行"的豪迈气概，是当时无数热血青年、抗战勇士共有的民族情怀，也是抗战能取得胜利的重要保障。

你是我终身的伴侣
——1941年5月20日 左权致妻子刘志兰（节选）

作者简介

左权（1905—1942），原名左纪权，湖南醴陵人，黄埔军校一期生，八路军高级将领，无产阶级革命家、军事家。1925年加入中国共产党，同年12月赴苏联学习。1934年参加长征，参与指挥强渡大渡河、攻打腊子口等战斗。长征到达陕北后，左权率部参加了直罗镇战役和红军东征。1936年，他担任红一军团代理军团长，率部西征并参与指挥山城堡战役。抗日战争爆发后，左权任八路军副参谋长，协助彭德怀指挥八路军开赴华北抗日前线，粉碎日伪军"扫荡"，发展壮大人民武装力量，取得了百团大战等许多战役、战斗的胜利。1942年5月，日军对太行抗日根据地发动大"扫荡"，左权指挥部队掩护中共中央北方局和八路军总部等机关突围转移，壮烈殉国，年仅37岁。牺牲后，晋冀鲁豫边区政府为其举行追悼会，并改辽县为左权县。

左权

左权与妻子刘志兰、女儿左太北合影，摄于 1940 年 8 月

原信

志兰，亲爱的！

一月廿七日与三月七日两信均于最近期内收到。

前托郭述申[1]同志带给你的一包东西，有几件衣服几张花布一封信，听说过封锁线时都丢掉了，可惜那几张布还不坏，也还好看，想着你替小太北做成衣服后，满可给小家伙漂亮一下，都掉了，这怪不得做爸爸的，只是小家伙运气太不好了。

时间真过得快，去年的现在你已进医院了，那时你还怕着这样，顾虑着

---

[1] 郭述申：原名郭树勋，湖北孝感人，当时任新四军第二师政治部主任，赴延安途经晋东南。

那样，我亦在担心着，但总在鼓你的勇气不要怕，几天后五月廿八日（大概是廿八日我记不准确了）太北就很顺畅的出世了。不久后我才把我去太南时你给我的信交还给你，证明你过多顾虑之非，不是么！到现在，今年的五月廿八差不几天就整整的一年了，太北也就一岁了。这个小宝贝小天使我真是喜欢她。现在长得更大更强壮更活泼更漂亮，又能喊爸爸妈妈，又乖巧不顽皮，真是给我极多的想念与高兴。可惜天各一方不能看到她抱抱她。那里会忘记呢！在工作之余总是想着有你和她和我在一块，但今天的事实不是这样的。默念之余只得把眼睛钉到挂在我的书桌旁边的那张你抱着她照的像片上去，看了一阵后也就给我很大的安慰了。

牡丹虽好，绿叶扶持，这是句老话。小太北能长得这样强壮活泼可爱，是由于有你的妥善养育，虽说你受累不少，主要的是担（耽）搁了一些时间，但这也（是）件大事，不是白费的。你要我作出公平的结论，我想这结论你已经作了，就是说"我占了优势，你吃了亏"。不管适合程度如何，我同意这个结论。

两信均给我一些感动与感想。你回延后不能如我们过去所想像的能迅速处理小儿马上进到学校，反而增加了更多的烦恼，度着不舒适的日子、不快乐的生活。我很同情你，不厌你的牢骚。当看到你的一月廿七日信时，我很后悔，早知如此，当时不应同意你回延的处置，因为同意你回延主要的是为了你学习，既不能入学，小儿又不能脱身，在前方或许还方便一些。后来看到你的三月七日信，已找到保母，小儿可以脱身，你可于四月初入学，我也就安心了。

……

你累次要我对你多提出意见，在过去的一段生活上，我回忆，一般的我觉得都很好。但我去太南时你给我的信以及三月七日的信给我应（印）像颇深，两信中之共同缺点：就是顾生活问题（不是物质生活）过多，有些冲动，有些问题考虑不周。有的同志说你有些自负自大，只能为人之上，说话有些过

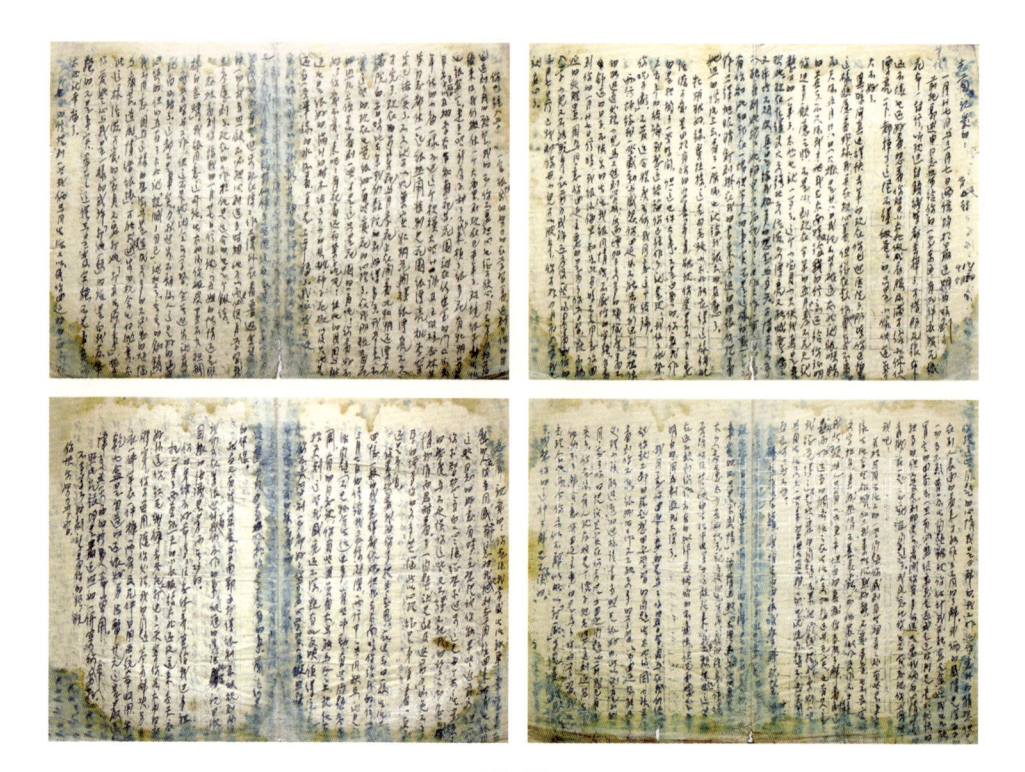

家书手稿

于尖刻，这些我感觉你还不深，既有此反映，值得注意。

你如已入学则一切都好了，你可安心学习，有暇照顾□□活泼可爱的孩子，我们的小宝贝。□□□□□兰！你是我终身的伴侣。

战局又有新的发展，晋南鄂西打得很利（厉）害，敌机到处轰炸。我们亦在紧张进行着我们应作的事。敌寇的造谣挑拨，亲日派顽固派的侮蔑是劳而无功的。

你的身体不好，希多多注意休养，莫给我过多担心。

托人买了两套热天的小衣服给太北，还没送来，冬天衣服做好后送你，红毛线裤去冬托人打过了一次寄你。如太北的衣服够穿，你可留用，随你处理。我的问题容易解决。另寄呢衣一件、军衣一件、裤两条及几件日用品统希收用，牛奶饼干七盒是自造的，还很好，另法币[1]廿元，这是最近翻译了一点东西的稿费，希留用。

照片几张，均是最近照的，一并寄你，希安好。

不多写了，时刻望着你的信。祝你快乐，努力学习。

你的时刻想念着的人，太北的爸爸

五月廿晚

品读

1940年8月，因筹划百团大战军务繁忙，左权同意刘志兰带着出生不久的女儿左太北回延安。妻子走后，左权心里割舍不下，每当有人去延安，他都要给妻子带一个包裹，里面有信，有营养品，还有自己译著的稿费及托人给女儿做的小衣服等。刘志兰也常给丈夫写信，信中可以说是无话不谈，有安慰，有分别后的情况介绍，也不免有对幼女拖累、生活艰辛的牢骚和埋怨。

这封信写于1941年5月20日，是左权接到妻子的来信后写的回信，原文很长，此处为节选。此信写得情真意切，感情饱满，展现了驰骋沙场的铁骨将军的热血柔肠。在战火纷飞的环境中，身为指挥千军万马的将军，还能细心地为妻女准备牛奶、饼干、毛线裤、热天的小衣服和其他生活日用品，可见他对妻女爱之深切。当然，他的爱并不是只表现在这些物品上。在信中，他反复劝慰和鼓励妻子要不断学习。几十年的岁月沧桑过去了，今天我们捧读左权将军的这封家书，仍能感受到爱情的纯真与伟大。

---

[1] 法币：1935—1948年中央银行、中国银行、交通银行、中国农民银行发行的纸币。

"和谐"永远存在着我俩之间
——1941年12月24日 彭雪枫致妻子林颖

作者简介

彭雪枫（1907—1944），原名彭修道，河南南阳镇平七里庄人。早年在家乡读私塾。1921年，考入南开中学。1924年，学校迁至北京，更名为"育德中学"，彭雪枫在此期间接受进步思想，1925年，加入中国共产主义青年团。1926年9月，加入中国共产党。1930年，彭雪枫到上海中共中央军委工作，后被派到苏区。1934年10月，参加长征，任军委第一野战纵队一梯队队长等。1936年秋，被派往太原等地，做团结各界爱国人士、联合阎锡山抗日的统一战线工作。抗战全面爆发后，任八路军总部参谋处处长兼驻晋办事处主任。1938年春，调赴河南确山竹沟，任中共河南省委军事部部长，组织训练抗日武装。同年9月，组建新四军游击支队，任司令员兼政委，领导开辟豫皖苏边区抗日根据地。1941年皖南事变后，任新四军第四师师长兼政委。1944年9月，在河南夏邑八里庄指挥作战时壮烈牺牲，时年37岁。

彭雪枫与妻子林颖在洪泽湖根据地

原信

大弟[1]：

今天是我们结婚的日子，三个整月了，日子过得真快！然而一起相处，还不到一个星期，这恐怕是古今中外所不多见的吧？我知道你，以及我自己，却并不因之而有所怨尤。这是为了工作。大时代里的青年，革命夫妇，是不足为怪的。这是你常以此来劝勉我的话，我不会忘记！不过当此纪念之日，特向你祝福，祈望着健康永远跟随着你，"和谐"永远存在着我俩之间。

今天又到东门外小庙里，我那两间"密室"[2]里，修改我的演说稿。那是在一个干部会上关于路西[3]三月反顽斗争战术上的教训，一篇颇长的东西。将来打算印成小册子，也好使人家了解我们在路西奋斗中的经验教训。你督促我写军事论文，连我自己也经常在鞭策着自己，不过一则时间不多，二则惰性又压迫着我，所以终于不常写。不过最近在写作方面是努力起来了，而且有我的成绩，你应当奖励我呀！

我们的学习组，督促着我读书，《左派幼稚病》[4]以及党十年来八十三种文件，是必读物，我在努力的（地）读着。此外藉以调剂的是一些较软性的读物如小说之类。财政处新由沪上购买杂志多种，其一是名叫《万象》[5]的，杂文及短篇小说，颇有风趣，不少进步内容，在上海能如此已经可贵了。待我看完后，陆续的寄给你。多年以来，对于小说之类不感兴趣已极，曾有人劝导说，生活上小说可以调剂，不妨耐着看看，看了一些，也给了不少的启示，可以振奋人心。此亦艺术之所以为艺术欤？

---

[1] 大弟：即彭雪枫妻子林颖，1920年生，湖北襄阳人。1938年加入中国共产党，1941年与时任新四军第四师师长兼政委的彭雪枫结婚。

[2] "密室"：位于新四军军部驻地半城镇东门外的一座小庙，彭雪枫常在这里读书写作。

[3] 路西：指津浦铁路以西的豫皖苏边区抗日民主根据地。

[4] 《左派幼稚病》：列宁著作，当时被中共中央列为"干部必读书"之一。

[5] 《万象》：民国时期出版的一种杂志，后停刊。

家书手稿

　　前你寄来的东西，所包的纸，原是你的"自传"稿，大概是此次干部审查的作品了，我希望一读，那比你口讲，会更味浓些吧？一个少女的自传，是会引起人家的注意的，何况我乎？

　　苏明[1]昨天回湖东了，送他一本战斗条令。我希望你对军事也逐渐兴趣浓厚起来，以便将来作一个"花木兰"[2]"梁红玉"[3]一流的人物，起码也可以"参赞戎机"[4]呀！这话不知你爱听不爱听？

---

[1]　苏明：浙江镇海人，时任淮宝县委民运部长。
[2]　花木兰：北魏宋州虞城（今河南商丘虞城）人，巾帼英雄，忠孝节义，以替父从军闻名天下。
[3]　梁红玉：原籍安徽池州，生于江苏淮安，宋朝著名抗金女英雄。
[4]　参赞戎机：参谋军事活动。

最近，仗大概是打不成了。我们在准备过新年。

白 雪[1]

一九四一年最后一个月的纪念日[2]，

午后二时十分于洪泽湖畔小庙内

品读：

彭雪枫和林颖相识于抗战的战火烽烟之中，彭是新四军的将领，林为中共地方组织的工作人员。1941年9月4日，彭雪枫在写给林颖的第一封信中就表达了他理想伴侣的标准："我心中的同志，她的党性，品格和才能，应当是纯洁，忠诚，坚定而又豪爽。"结婚后，他们因为工作相隔较远，长期不在一起生活。据林颖回忆，他们结婚三年，共同生活尚不足半年时间，只能通过一封封书信互诉衷肠，又相互勉励。彭雪枫把对妻子的爱，倾注到家书的字里行间。

彭雪枫是有名的"儒将"，酷爱读书，学识渊博，擅长讲演，写得一手好文章，被誉为"文武兼备"的"一代英才""潇洒将军"。他牺牲后留下了八十余封家书，生动表现了这位"潇洒将军"的另一面。林颖曾深情地回忆说："为了寄托对他的无限思念，我常常要取出我所珍藏的他写给我的信，细细阅读。这时，我又仿佛回到了那如火如荼的民族解放战争的年代……"[3]

---

[1] 白雪：彭雪枫自称。
[2] 纪念日：1941年9月24日，彭雪枫与林颖结婚，后来两人把每月的24日作为纪念日。
[3] 林颖编：《彭雪枫家书》"前页"，文物出版社1985年版，第1页。

为了这饥寒的一群奔波奋斗
——1946年4月25日 冯庭楷致大哥冯庭樟、二哥冯庭榕

作者简介

冯庭楷（1923—1946），山西平定人。1938年5月参加八路军。1939年3月后任八路军385旅独立2团政治处宣教干事。1940年6月后任385旅14团司令部测绘员、参谋。1943年3月，在太行军区3分区司令部作战股任参谋。1945年10月，在晋冀鲁豫野战军3纵队9旅司令部作战股任参谋。1946年1月，在晋冀鲁豫野战军第3纵队第9旅26团司令部任作战参谋，同年9月，在山东巨野作战时遭敌机轰炸牺牲。

原信

樟[1]、榕[2]二兄：

弟自事变[3]后，毅然走出饥寒的家庭，参加了人民的子弟兵——八路军，将近九年光景，因不了解咱乡的社会情况，未敢冒然写信，恐信到家后引起不幸之事件（过去曾以做生意为名与家寄信两封，均未见回音）。

---

[1] 樟：指写信人的大哥冯庭枋，原名冯庭樟，1916年生，1938年参加革命，时任太岳区安泽县五区武委会主任，1995年去世。
[2] 榕：指冯庭楷的二哥冯庭榕，1919年生，1938年入党。
[3] 事变：指1937年7月7日卢沟桥事变。

收信人冯庭枋（左二）与战友合影，1946年12月摄于山西和川镇

  咱家的情景，我是想像到的，尤其想到在贫苦的日子里熬煎着的苦命的双亲，及年迈的祖母，他们也许……我不敢往下想。哥哥你们会意味到我没有直接给二老写信的意思吧。

  由于旧社会制度的黑暗，而造成我们连年不能翻身的贫困。我们应认识，这并不怪我们的命运不好，也并不是上帝的安派，这只不过是自己骗自己，自己安慰自己的说法。我不相信我们生来就是要受苦的。难道我们就不会享福吗？！我们如果还一味的谜［迷］信、糊涂，还在祈祷、依赖上帝[1]，埋怨命运，那就成了笑话了。我们还是要自己跌倒自己爬，要听民主政府的话，始终跟着人民的救星——毛主席走。

  灾难深重的中国少衣无食者，不仅咱一家，弟这几年来正是为了自己，

---

[1] 1934年，冯庭楷一家在当时的消极社会气氛中参加了天主教活动。从1938年开始，他的祖父、父亲、二叔、三叔相继参加革命。

全家合影，中坐者为冯庭楷的母亲，后排右一为收信人冯庭枋，1955年5月摄于北京

为了这饥寒的一群，奔波奋斗。而当这和平建设时期[1]，弟将更努力，为群众服务，为新社会服务，一待更进一步、更彻底的完成民主和平改革的大业，而能得到巩固，那是我的光荣，是父母的光荣，是群众的光荣，也是新社会的光荣。

回想当初，从家门走出，在途中独行的我，心中是怎么兴奋，但又是如何悲伤呵！爹娘呀，你这刚能扎翅远飞幼稚的孩儿，从此就不能顾念到你们了。哥哥呀，我对爹娘应敬的一切也完全交付你们了。

入伍初期，思家心尤切。一天正在念着父亲[2]这几年来体衰面瘦，显然

---

[1] 1946年1月，国共两党签订停战协定，并与其他民主党派和无党派人士代表召开政治协商会议，通过了和平建国纲领等五项协议，当时称为"和平建设时期"。
[2] 冯庭楷之父冯清泰，抗日战争初期加入中国共产党，是村里较早的党员之一。

是由于长期负着咱一家生死重担，常受饥寒威胁，而苦愁所致。正在沉默思念，适逢父亲从遥远的家乡，在兵马荒乱中冒着一路艰险，在昔阳之皋落镇与我见面了。

父亲深锁着愁眉，睁着一对深深的大眼，看着我，但又说不出什么来。我突然感到了一种说不出来的伤惨。但是父亲内心的悲哀，又是怎么样呢？

第三天，我送父亲出了村口，一阵阵的悲酸直涌上心头来，但在父亲面前强为欢欣，表露着愉快的情绪，硬着心肠说几句安慰父亲的话。我望着父亲的背影直到看不见时，方才回转身来。在父亲面前不忍流下的泪珠才一连串的汤〔淌〕了下来。我简直想放声大哭，呵！这也许是最后一次见面吧……一连好几天，总在担心着这一段遥远艰险的路程上，年老身孤的爸爸。

中国人民的灾难，和我们一生所以得到这样的遭遇，只得憎恨日本法西斯的凶恶残暴，也不得不埋怨我国当权者的腐败无能。

提起来话儿长，记得在一九三九年的春天，偶遇一熟人告我说，"你去后不久，即有坏份〔分〕子恶意造谣云：皇军讨伐大捷，八路大部溃散，冯家儿子已毙命疆场……故家人日夜痛哭不止（特别是母亲）"。我听了，突然心头狂跳，对恶意造谣者恨之入骨。然愤恨之余，又不觉凄然泪下。妈妈，我们应擦干自己的眼泪。我万一不幸为人民战死，那也无须乎〔呼〕哭。你看，疆场上躺着的那些死尸，那一个不是他妈妈的爱儿？

离别之情，一言难尽。我每次提起笔来即想到我辈一生之患难遭遇，使我心绪撩〔缭〕乱，手指颤抖，简直写不出什么来，只好搁笔而去。哥哥，这封信，我鼓了很大的勇气和决心才写出来呢。

我现在很健壮，一切均不感困难。想咱一家最幸福最愉快的就数我自己了，请不必顾念。我在晋冀鲁豫军区第三纵队步兵第九旅第廿六团任作战参谋，现驻在安〔阳〕西曲沟集。来信可交河南安阳交通总局转九旅第廿六团交我即可。

我在情况许可时回家一探，希千万不要来找，因部队驻防不定，或东或西，恐不易找寻。

家书手稿

家书手稿

请即来信告以祖母、父母、叔伯、婶母、兄弟姊妹等的详情。

遥祝

阖家老幼安康！

（来信示知，咱乡为平东县或平西县及第几区）

弟 庭楷

四月廿五号（旧历三月廿三）

品读

在全民抗战的形势下，年仅15岁的冯庭楷毅然走出家庭，参加八路军，投身抗日战场。直到23岁牺牲，甚至连一张模糊的照片也没有留下。

这封弥足珍贵的家书是冯庭楷从军8年后寄给家里的第一封信。此前，他曾寄过两封信，可惜家里没有收到。在此信中，他备念兄弟手足情、父母养育恩，尤以回顾父亲冒险探望和离别的一幕感人至深。是真君子亦多情，此情更显出冯庭楷舍小家为大家、舍私情为民情的民族大义、大爱情怀。

2005年，冯庭楷烈士的侄子冯双平把精心保存的叔父的三封家书捐赠给抢救民间家书项目组委会。2006年，此封家书被推荐给中国国家博物馆永久收藏，后来另两封家书在中国人民大学家书博物馆长期展出，家书的故事被央视等多家媒体报道。

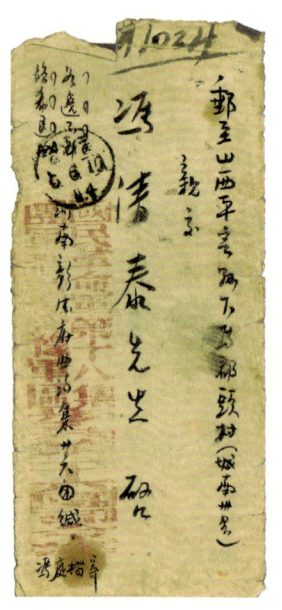

家书信封

我这10年的斗争是无比的光荣
——1948年8月20日 许英致母亲

作者简介

许英（1921—1948），原名许彭山，祖籍河北饶阳良见，1921年生于黑龙江齐齐哈尔，小学文化。1938年参加冀中抗日游击总队，1939年在抗大三团学习并加入中国共产党。历任冀中第一游击总队战士、班长、文书，冀中警备旅文化干事，抗大六分校政教干事，晋绥二支队指导员，东北人民解放军4纵12师35团2营教导员等职。1948年9月塔山阻击战前，4纵奉命肃清塔山防线之敌，12师35团2营教导员许英和营长李文斌率部收复大东山。27日，许英在战斗中受伤，因流血过多牺牲，时年27岁。

原信

母亲：

　　我想你！

　　十年来，我想着那出门在外，远不知天边的山儿。我眼里含满了泪。他难道还会活在人间吗！忘记是那一天，我记得好像是有一只燕子，代〔带〕来了一封长长的山儿的

许英，摄于1948年

民國廿五年英兒在保定攝影時年十五歲

民國廿六年七七抗日襄應八月十二日室人率三子回籍由保定登車英兒身著青色小襖袜搜白綫毯立敵蓬車中余鵠立站台直至望不見人始忍淚歸此余與英兒最後一面十二年後送兒入土寧不痛哉 八年五月五日

许英 15 岁时的照片

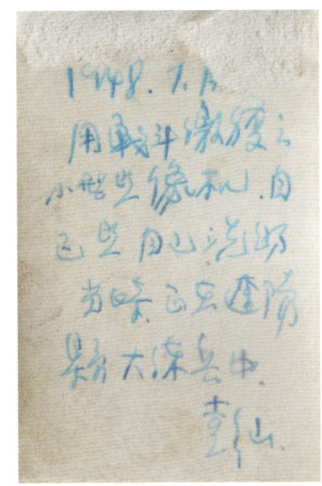

许英随信寄给家人的照片和留言

家信。啊！那是梦吧！起初我还终日不断的想念着我的儿子，现在十年了，也许他再不存在于人间了，以后我便有时想起，却又很淡漠的从我的心坎间掠过，也许很少再忆起这令人心肠欲断的念子的事。

　　妈！你是这样的在想念着你的山儿吗！现在我回来了！我这封信如果能够寄到你的面前，就好像我回到你的面前一样。可是，我却仍在遥远的东北人民解放军中服务，我真没想到会在军队里过了十年，现在我已是成年人了。十年的革命锻炼教育了我，我完全明白我这十年的斗争是无比的光荣伟大。我忍受了一切艰难困苦，在生死的危机情况下进行着顽强的流血的斗争。这是为了母亲、弟弟的永远解放。再不受旧社会对父亲职务的危协〔威胁〕而颠波〔簸〕流离，为着母亲的幸福，为着全人类的自由解放，我情愿以死杀敌，我的光荣正是母亲的光荣，全家的光荣。

　　我在抗战胜利后往东北的途中偶然遇见了金烤、洪风[1]，知道家里已是自

---

[1]　金烤：指许英的同乡许金考，为解放军四纵队一二三师三六八团战士，牺牲于河北张北。洪风：指许英的同乡许洪峰，为解放军四纵队一二三师三六八团战士，牺牲于河北丰宁。

家书手稿

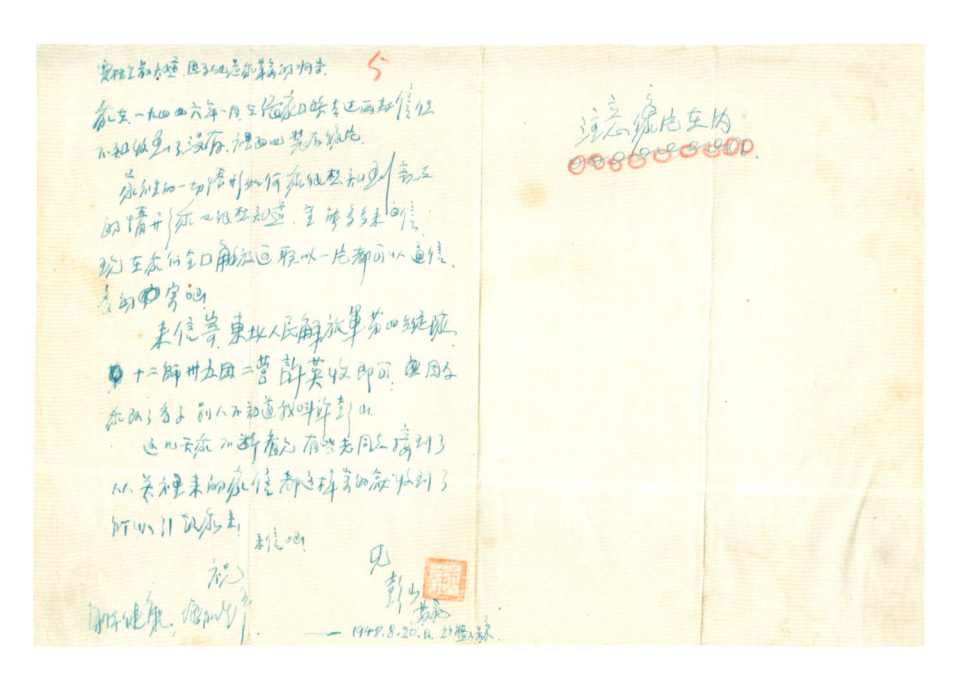

家书手稿

耕农，我想，家是解放区，咱们可能画[划]为富裕中农，也许以后平分土地时，部份[分]的土地分出去了。如果确是这样，望母亲不必难过，我们多余的土地既是剥削而来，真理就该退还农民，没有什么可留恋的，我们应该依《土地法大纲》去做，遵守政府法令，更应积极生产，支援前线，一切都要为全人类打算，不能为个人家庭利益计较。你有了这为人类解放事业而斗争的光荣儿子，你就是为人类解放事业而斗争的光荣母亲。我想母亲见广闻多、通达真理，也许早做了模范母亲哩！

儿，现在，于东北人民解放军第四纵

家书信封

队第十二师卅五团二营任教导员，改名叫许英，为着完成党给予任务，到东北后，我曾日夜不停的工作着，也很有兴趣，生活很好。

明年我们应会打进关去，东北我们有强大的炮兵、飞机、坦克，百万大军，将来轰轰烈烈的打进关去，全国的胜利就在眼前，那时再见吧！

  祝
母亲健康

你的英勇的为人类解放事业而斗争的儿子
彭山．敬礼．
1948.8.20.日
于辽宁盘山县

品读

  许英在写给母亲的家书中，开头就表达了对母亲的想念，接着化身母亲，以散文的笔法，倾诉了母亲对儿子的极度思念，实际上这也是儿子对于母亲的极度思念。许英离开家整整10年了，当年还是17岁的少年，现在已经成长为一名人民解放军的指挥员了。10年来，"为着母亲的幸福，为着全人类的自由解放"，许英忍受着一切的艰难困苦，经历了无数次流血斗争，终于要迎来胜利的曙光了。经过人民军队的锻炼，许英深感所进行的革命事业的光荣，也希望母亲做一个积极支持革命的光荣母亲。许英盼望着，解放军打进关内，早日与母亲和家人团聚。可惜的是，许英没能等到这一天，他的生命永远定格在1948年9月27日。

  大东山战斗后，营长李文斌为烈士装殓遗体时，从许英衣兜里发现了两封没有来得及寄出的家书，一封写给母亲，另一封写给两位弟弟。当时因战事繁忙，直到平津战役后，李文斌才将烈士的家信寄出。烈士家属收到来信如获至宝，却不知许英已牺牲一百多天。

今天北平已经是人民的城市了

—— 1949年2月13日　宋云亮致未婚妻胡玉华

作者简介

宋云亮（1923—1977），陕西临潼人。1937年赴延安。1939年入抗日军政大学学习，同年入党。1940年1月，从抗大毕业后，到晋察冀三分区一支队政治处任干事，参加了百团大战。后在晋察冀三分区一支三队任副政治指导员。1945年2月入晋察冀军区炮兵训练队学习。同年10月任晋察冀军区炮兵团二营四连政治指导员。1949年任华北军区第66军炮兵团二营营长。1951年任第66军第198师炮兵团代理团长。抗美援朝战争期间，任中国人民志愿军第66军第198师炮兵团团长。1955年被授予中校军衔。1977年因病去世。

宋云亮与胡玉华，摄于1949年10月

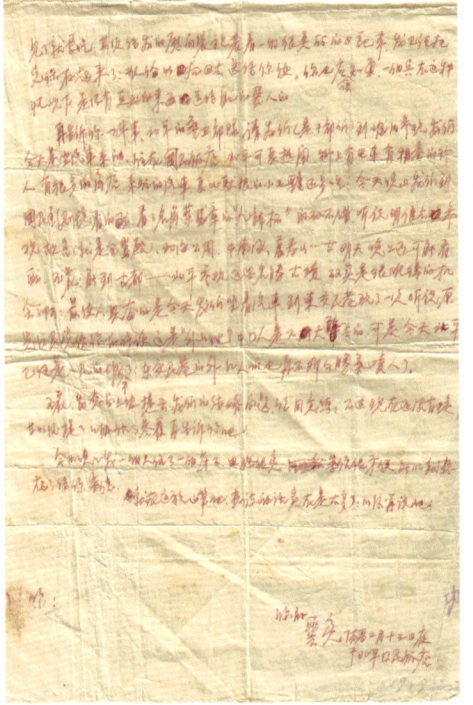

家书手稿

原信

亲爱的玉花：

前次在保定城内给你寄去的信收到了吗？至今算起来已将近两月未给你去信，你和妈妈的身体都好吗？甚念！

玉花，我说的话不错吧。在寄信时不是告诉了你"平津不久即会解放"，为时不及一月已成了事实。告诉你：我们从保定出发，一直就往北走，在山里走了六七天，本来想赶去参加新保安战斗的，但我们刚到平绥路上，新保安就解放了；后来想去参加打张家口，还没有出发，张家口又解放了；所以在涿鹿住了不久就奔向平津前线。在这一路行军就有几天，真是冷的〔得〕要死，严寒的北风吹到身上真像刀割似的。我自己想，如果没有棉帽子真会把耳朵冻掉，但是为了歼消敌人，终于克服了这些困难。当走出了南口，下了山

宋云亮与胡玉华，摄于 1952 年 8 月

以后天气就暖和多了。解放天津的战斗我们没有参加，是东北部队打的。我们是准备攻取北平的，在城下已经筑好了阵地，但是傅作义和城内的敌人完全投降了，所以也没有打成。玉花，这次胜利可不小啊！解放了北平、天津、塘沽、张家口等城市，歼消敌人五十多万。看样子，华北的全部解放已不会有多少日子了！

亲爱的玉花，不见面已经一年多了，想我不？当别人的爱人来了时我就想起了你。当这种时候我自己心想，还是不要想，想这些事干什么，但是我又觉得人是有感情的动物，怎么能抑制住不想呢？何况这又不是什么非法的事情，你说对不？玉花，告诉你，你也告诉妈妈，我很好，身体很健康，可别惦念。我们在平北昌平县住了很久，这里离北平城不远，只有五十多里路，我们是在这里过的年，很热闹，生活也很好，吃了不少的慰劳品（猪肉、大鱼、大米、白面……等）。现在我还有两包饼干，想给你留着吃，但是又想可能留不住，因为别的同志看见了就要吃。其次给我的慰问袋里装着一个很美丽的日记本，我已经把它保存起来了，准备以后回去送给你使。你也应该知道，一个兵在这种情况下是没有更好的东西送给自己的爱人的。

再告诉你一件事。北平的警卫部队请我们（是干部们）到城内参观，我们今天是坐汽车来的，住在国民饭店。北平可真热闹，街上有电车，有稠密的行人，有很多的商店，来往的汽车真比驮粮的小毛驴还多哩！今天晚上我们到国民影剧院看的戏，看了名角叶盛章的"九龙杯"，的确不错。听说明天让去参观故宫（就是金銮殿）、北海公园、中南海、万寿山……等，明天晚上还可能看戏。玉花，能到古都——北平参观这些名胜古迹，确实是很难得的机会啊！最使人兴奋的是，今天我们坐着汽车到东交民巷玩了一次。听说原先国民党统治的时候，这是"外国地"，中国人是不大敢去的，可是今天北平已经是人民的城市了，东交民巷的外国人们也再不那么胜〔盛〕气凌人了。

玉花，我想向上级提出我们的结婚问题，你同意吗？不过现在还没有提，等以后提了，上级作了答复再告诉你吧！

今天晚上我一个人住了一个房子，电灯很亮，写信很方便，所以就想起了给你写信。

就在这里止笔吧，想说的话实在是太多了！以后再说吧！

吻你！

你的云亮
阳历二月十三日夜
于北平国民饭店

品读

这是解放军一位军官写给未婚妻的情书，通篇充满了对女友的思恋和爱意，又不乏作为胜利大军一员的自豪与喜悦。这封情书让我们知道，在北平和平解放

的历史大潮中，还有这么一位情感细腻的解放军指挥员，第一次走进北平这个大都市，把所见所闻所感跟最亲爱的人分享的浪漫故事。

收信人胡玉华，小名玉花。1930年生于河北保定，1948年加入中国共产党。在天津护士学校毕业后，留校当职员。1970年到陕西临潼县文教局担任文秘工作。1980年调入西北纺织学院，从事党务、人事等部门的工作。1989年离休。

宋云亮与胡玉华

据胡玉华女士介绍，她和宋云亮的相识颇具传奇色彩。

1946年的秋天，一位解放军指挥员在与国民党军队的战斗中负了伤。那时，胡玉华刚满16岁，正在家乡上学，与乡亲们一起做支前工作。是她和乡亲们救护了这位解放军同志，并为他包扎、医治。当时，这位细心的解放军伤员记下了胡玉华的姓名、住址和学校名。后来，胡玉华才知道，她救的伤员，是一位晋察冀野战军炮兵部队的指挥员，名叫宋云亮。

宋云亮伤愈归队后，立即给胡玉华写信，对她和老乡们的救治表示衷心的感谢，同时也热心地鼓励胡玉华努力学习，不断进步。胡玉华收到这封信后，马上回信，表达了对解放军的崇敬之情，并决心学好文化，争取进步。

在解放战争的三年里，宋云亮与胡玉华尺牍频繁，鸿雁往复。随着漫长的书信来往，两人的感情也日益加深。

1948年7月，宋云亮第一次提出两人结婚的要求。在随后的信中，宋云亮对胡玉华的称呼从"亲爱的妹妹"变成了"亲爱的玉花"，而且在信的结尾，都会说上一两句只有情人之间才会有的亲昵话语，如吻你、紧握你的手等。胡玉华被这个感情细腻、乐观开朗的年轻军官深深吸引。当宋云亮再次提出结婚的请求时，胡玉华终于腼腆地同意了对方的要求。然而至此，这对年轻人一共才只见过两次面。

在两个年轻人相互许下婚姻的承诺之后，作为部队党员干部的宋云亮，主动向组织汇报了恋爱对象胡玉华的情况。部队对胡玉华进行了组织调查，并通过了对胡玉华的审查。于是，宋云亮在1949年8月向组织递交了结婚申请。

1949年9月17日，宋云亮奉命从天津开赴北平，参加开国大典的大阅兵。10月2日回到了部队驻地天津。不久，他的结婚申请得到了组织的正式批准。胡玉华得知消息后，向学校请了假，同母亲一起从保定赶到了天津。1949年10月24日，两人举行了婚礼。

渡江来信

——1949年6月1日（端午节） 袁志超致八弟袁军

作者简介

袁志超（1925—2003），山东临沂人，生于1925年，1944年参加革命，在山东大学工作。1946年入伍，加入中国共产党。1947年，调至豫皖苏军区政治部，后编入第二野战军，在十八军司令部、政治部任秘书。马金岭战斗之后，第十八军一部西进鄱阳湖，解放九江、庐山，保障我南下大军粮道安全。1950年，袁志超随十八军进军西藏，西藏和平解放后，他长期扎根在青藏高原，为守卫边疆、建设边疆作出了贡献。离休后回到石家庄，2003年去世。

袁志超

原信

亲爱的八弟：

你阳历四月廿三日寄给我和你四哥的信，我于五月廿八日收到，我看了你的信，发现你比以前有了很大的进步，信写的很好，希望你要更好的学习。

我接到你来信的地方，是江西省东北方向乐平县城里，你们一定是想不到的吧！我们应该谢谢作邮务工作的同志，我真想不到在战争中，又是这样远的路还能接到你们的信。

亲爱的八弟，你就拿起这封信来去读给母亲听吧，她老人家听了心里一定很欢喜的，我现在就把我们过江以来的许多事情捡重要的讲给你们听吧！

你们应该知道，在四月五日到二十日的十五天中，我们是和国民党谈过和平的，我们的毛主席为了少打仗，少叫老百姓受苦，少破坏许多财产，少死伤人，于是提出了八个条件叫国民党接受，谁知国民党这伙反动家伙顽固到底，不愿意接受和平条件，于是在四月廿一号那天，毛主席和朱总司令下了命令，叫我们三路解放大军一齐过江，去把国民党反动军队消灭光，解放江南人民，建立自由、幸福的新中国。我们接到命令后就过江了，因为队伍成千成万的，很多，一时过不完，我们等到廿四日才渡过长江的。廿三这天晚上，我们冒着大雨跑了七十里路，赶到长江边，住到一个村子中，这地方是安徽省桐城县，这村子的名字叫随河集，到长江只二里路，村旁有条河直通长江的，我站在这河堤上顺着河面一直望去，只见白茫茫一片，问老百姓以后，知道这片水就是长江。有许多挂着白帆的船从那里开来，停在村子旁，江边住的十七军的同志告诉我，这许多船都是回来休息的，刚才有我们大批队伍过江去的。

回到村子中，一心盼着快天黑再快天明，好快些过江，看看长江到底是个什么样子。我们有许多同志知识缺乏，不懂事，在过江以前闹过许多笑话，有的说长江没有边，过半个月还看不见岸，有的说长江的水面善心恶，看着好像没有事，一出了事就没有命了，也有的说江里有江猪，来了一群一家伙就把船撞翻了……闹的许多同志害怕。这次来到江边，并且马上就过了，大家都想好好看一下，到底是个什么样子，看看到底有没有江猪。这天晚上，我在灯下拿出纸和笔来要写信给你，想把许多事情告诉你，我写了一张就再也写不下去，原因是我疲劳得很，我想伏在桌子上想想写什么，结果睡着了，所以信没写起来。

第二天一早起来，跑到江边，这时有十多条帆船靠岸排着，天气很阴沉，下着蒙蒙的细雨，一眼望去，白茫茫的一片水。对岸的树看起来很小，要往东西望，就望不到边的，船夫说这地方的江面是四里路宽，我们上了船，静静地在水上走着，十多条船一齐开，船头上的水打着船板，泼啦泼啦地响，在岸上看江面还不算宽，船一到江心，就看出江面是很宽了，岸上的人群远远望去，好像许多蚂蚁一样。

我就和水手谈起话来了，我问他第一批队伍是怎样过的，他说：

廿一号下午，太阳还没有落，许多解放军就来了，船是早一预备好了的，大炮都架在船上，机关枪架在船头，岸上也架满了大炮，一阵风把船推开江岸时候，机枪大炮就打起来了，这时候耳朵只听见轰轰地响，啥也听不见了。

"敌人在那边也打枪打炮的"，他指着船桅上的一个洞说："这个窟窿就是被国民党军队打的。"

"以后呢？"我问他。

"以后敌人没等你们上岸就逃走了，你们人一上岸就追，我开船回来的时候，是带了七个俘虏回来的。"

"嘿，我一辈子也没见这样多的队伍，过了四天四夜都没过完。"我告诉他，"这些队伍不过是一小部分，有几百万人都在一齐过江呢！"

"嘿，"水手伸伸大拇指头说："我是和同志们第一批打过去的。"他对参加作战，觉得很光荣。

船有四十分钟的工夫就到对岸了，这时候下起雨来了，我下船时一不小心

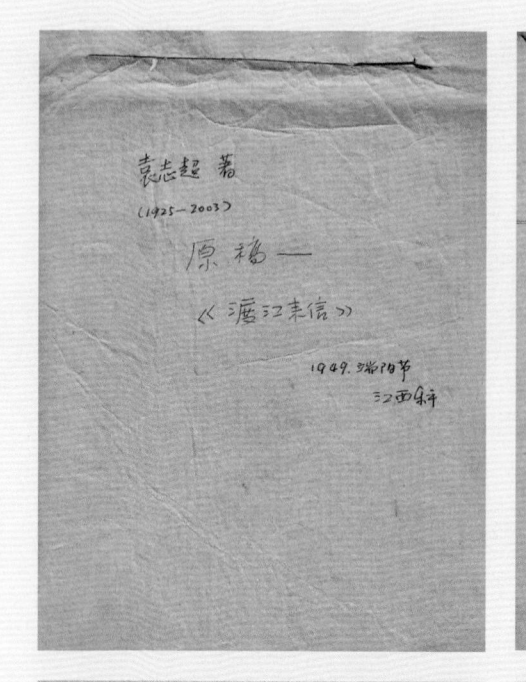

家书手稿

家书手稿

家书手稿

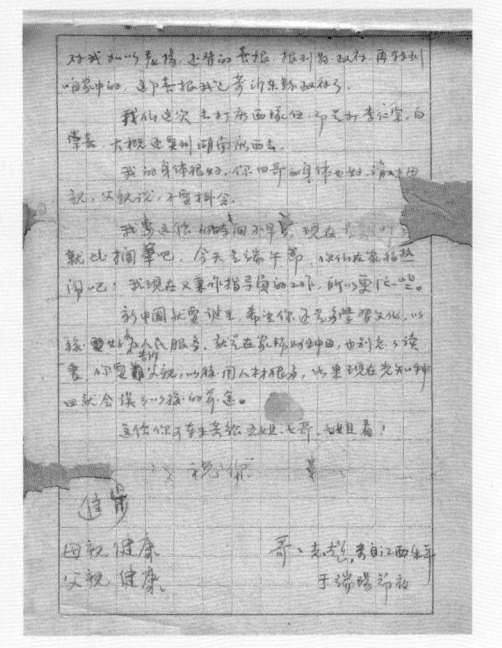

家书手稿

战斗间隙写家书，摄于1949年

跌倒在泥里去了，大家都笑起来。

南边岸上敌人挖了许多战壕，修了许多地堡。在这战壕、地堡周围有许多大大小小的坑，那都是被炮弹炸的。田里的麦子像用镰割了一样，还都烧焦了，也都是炮弹炸的。从这上面看，当时我们的炮火，打得敌人头都抬不起来的。

一过江，走了两天，就到山里来了（过江去的地方是安徽贵池县），这时候天天下雨，没有看到晴天过，有时晴半天，马上又下起雨来了。我们都有伞，身上湿不了，但是脚天天插在水里。这地方的山，满山上生了许多树木，野草都长得很深，还有许多竹子，满山满谷的长着。天一下雨，山沟里的水就涨大，从山顶流到山下，哗啦哗啦一天到晚都是哗啦，说话都听不见。山里有很多云彩，一下雨，云就把山包起来了，天一晴，云就变成一块一块的在山尖上飘来飘去。山上开满许多野花，红红绿绿很好看，有一种花很香，一路上时时闻到一股清香。

走到贵池县的南边，老百姓因为不了解我们是什么队伍，他们听了国民党的欺骗宣传，说是共产党见了妇女就拉走，见了青年就叫当兵，所以都跑掉了。我们在路上走了五六天，就没见到一个老百姓，他们都跑到山上去躲起来了。住到一个村子，一个人不见，吃粮食找不到人，烧草也找不到人，我们只好拿老百姓的柴烧，烧了以后拿出钱放到他家。有一天到了一家，我们都住在楼上，这楼上相当漂亮，有字画，桌子、几子摆的很整齐，看去是个地主，家里人是一个也没有。刚解放过来的许多同志，看见他家没有人，就乱翻乱找，想找好东西，都被我批评了。第二天临走时，你四哥写了一封信贴在他家墙上，告诉他们不要害怕，解放军是不打人不骂人不害苦老百姓的。这些老百姓因为不了解我们，跑到山上去逃难。天又下雨，也没有避雨的地方，又没饭吃，淋的浑身是水。一家人在树底下，又冷又饿，衣服湿了都贴在皮上，像猴子一样，光瞪着眼睛喘气。有一家五天没吃饱饭，饿死一个小孩子，老头子饿得走不动了就躺在山上。有的老百姓觉着在山上也是淋死饿死，不如下去看看。胆子大的硬着头皮回家，进家一看，队伍一个没有了，东西一点也不少，烧的草吃的米还留下钱。他们看了又惊又喜，想不到世界上还有这样好的队伍，于是就回到山上把所有的人都叫回来。我们走在路上看见许多男男女女，老老少少的一群一群的回家，有抱着孩子的，有挑着担子的，有背着包袱的。我们见了就向他们宣传，说我们是解放军，是爱护老百姓的，看见他们的小孩子饿就拿出我们带的饭给他吃。他们就不怕我们了，谈起来，他们大发牢骚，骂国民党不是好东西，不该欺骗人说共产党杀人放火，吓得他们淋了几天雨，饭都吃不上。他们说，谁再听国民党这些王八蛋的话，就不是娘养的。我们看了又是好笑，又是同情。他们里面年轻的妇女、姑娘都穿起老太婆的衣服来，装有病，还把脸上弄得很脏，等到一看到我们再好也没有的时候，就都到河里去洗脸，有病的也都好了，都说："快回家吧！"她们背的包袱被雨打湿了，好几十斤重，背起来越走越沉，越沉越背不动，真是活受洋罪。他们也都又气又喜，气的是受了国民党的骗，吃了个大苦头，喜的是碰上了好军队，财产没损失，人也平平安安。我想，他们以后见到解放军一定不会再往山上"逃难"了吧！

五月一日，我们到了安徽南部的祁门县。这天我们爬了一个高山，这山叫大横岭，上七里路，下八里路，我们爬了一上午才爬上去。在山上一望，下面的人好像一个一个的小黑豆子一样，马就像一个个小蚂蚱。在这山顶上一望，只看见大山、小山，乱七八糟都是山，一山挤着一山，路都是绕在山腰上，有的就在山顶上。这天大家情绪特别高，大家鼓起勇气爬。文工团的军乐队在山顶上吹起军号，打起铜鼓，唱歌子。军号的声音又嘹亮，又清楚，他们一齐吹起《解放军进行曲》，号声传的很远，大家一听就不觉疲劳了，都加油往上爬。大家你帮我挑挑子，我帮你背背包，他帮他扛枪，互相帮助，互相友爱，互相鼓励，结果大家都胜利的到达山顶。

祁门县到浙江不远的，这地方过去是红军活动的地方。我们在许多村子的墙上看到过去老红军写的标语，有写"中国工农红军万岁"的，有写"打倒帝国主义"的。我们看到了这标语，心里对它很亲切，想起当时我们的老大哥在这里奋斗是多么不容易呢！今天共产党的军队又回来了，把国民党军队消灭了。我想，我们今天有这样许多伟大的胜利，也都是因为有红军老大哥奋斗的结果。

五月六日，我们已经（来到）浙江省边了，在安徽祁门县和浙江开化县交界的地方有一个山叫马金岭，上十五里路，下十五里路，上下就有三十里路，这一天爬了这座山。七号，驻浙江省开化县西北部马金镇的一个小村子叫下田，在这里我们打了一个漂亮仗。

国民党的安徽省主席、上将张仪纯带了安徽省保安司令部和保安五旅跑到我们附近的一个村子叫田畈庄的，这些人一共有五千多，有炮两门，轻重机枪三百多挺。他们本来想跑到浙江溪口去找蒋介石一伙的，但是没有走多少路时，杭州被解放军打下了，过不去，又想到江西上饶（就是国民党囚禁我们新四军同志的地方），但是上饶又被我军占领了。他们又想回头北窜，这一天就碰上我们十八军了。他们不知道我们来的这么快，就住下来做饭吃。他们就玩起老把戏来了，杀鸡、杀猪、把老百姓的牛捉来杀。老百姓看事不好就把牛绳放开，放到山上去，蒋匪们就去追，追不上就用枪打。村子的妇女都被他们强奸了，老百姓说你们不是说中央军不害老百姓吗，蒋匪们说："现在是困难时期，你们应该帮忙。"老百姓都吓跑了，也就来我们那里报告了。军首长一听这消息，就马上下命令，调了部队截住打他们。但这时是没有多少队伍的，集中了三百多人，把这五千多人截在山里，不让他们跑掉，同时打电报，调五十三师赶快来包围。

这天夜里我正在打电话问我们站岗放哨的情况，忽然电话不通了，原来是张军长[1]和陈参谋长[2]在谈作战问题，听见张军长说：

"把敌人阻止住，用炮轰他一家伙，不让他跑掉，如要跑掉就坚决的打……"

我因为这是有关军事秘密的，不能听，就赶紧放下了耳机子。这时候炮声轰轰地响了起来，机枪也达达（哒哒）地叫起来了，秘书处里的几个小同志高兴的跳起来。大家一心要看看打仗，我批评他们，谁也不准乱跑，但他们坐不住，都溜出去望，见有往那边来的同志就打听消息。

这一晚上，我就没有睡觉，一会电话铃叮铃铃地响了：

"喂，喂，你是袁秘书吗？你赶快通知派人到东头小村子上放一个班的哨……"

电话铃又响了：

"喂！喂，你是袁秘书吗？赶快通知侦察营一连送重机枪撞针来，赶紧送炮弹去……"

这样的事情一会儿就来了，一会儿就来了。

半夜里电话铃又响了：

"喂喂，袁秘书吗？现在已捉到俘虏二百多名了，机枪缴到三十挺了。"

电话又来了：

"袁秘书！袁秘书！马上准备能容三百俘虏的房子，马上，马上，

---

[1] 张国华（1914—1972），江西永新怀忠人。1929年奔赴井冈山，1931年加入中国共产党。参加长征、抗战和解放战争。1949年，任第二野战军第五兵团第十八军军长，率部参加挺进中原、淮海、渡江和进军西南的多次重大战役战斗。1950年1月，奉命率十八军进军西藏，促成了西藏和平解放，后任西藏军区司令员、军区党委第一书记等职。1955年被授予中将军衔。

[2] 陈明义（1917—2002），河南商城人。1931年参加红军，1933年加入中国共产党。参加了长征，在抗日战争、解放战争中浴血奋战，后任豫皖苏军区参谋长、第二野战军十八军参谋长。1950年，任进藏后方部队司令员兼政治委员、西藏军区副司令员兼参谋长等职。1955年被授予少将军衔。

快，快……"

第二天早晨，来了大批的俘虏。男的、女的、戴眼镜的、穿皮鞋的、留洋头的、穿一只鞋的、想换老百姓衣服只换了一半的、包着头的、扎着胳膊的、瘸着腿的、姑娘、小姐、少爷、老爷一大堆，一大堆的都押着送来了，都押在昨夜找好的一个大院子中。

下午，王副政委[1]喊我：

"喂，袁秘书，赶紧组织放俘虏，这任务交给你，赶快，放他们一部分快走，盛不下了……"

我回到秘书处，马上把你四哥和王同志、章同志、李、宋、夏……等各同志召集起来，发钱的发钱，发米的发米，写证明的写证明，检查的检查，登记的登记。由敌工部里把要放的俘虏一批一批的介绍来，我们就一批一批的放出去。

"唉！长官呀，多给点钱吧！……"

"报告长官，路条的日子多写几天吧！……"

释放的这些俘虏都是些中小官员和他们的老婆、孩子。这些家伙平日喝老百姓的血，今天什么把戏也没有了。

"袁秘书，这一批是五十七名，交给你……"

"袁秘书，又来了一批，这是四十五，是释放的。"

一批一批的放，简直是忙不过来，组织部郑干事、任干事也都来帮忙了。

天晚了，好容易休息一下，到街上散步，有几个释放的俘虏又跑回来了。这几个都是官员，呢子军装没有了，又大又重的包袱也不见了，光着膀子，气呼呼地跑回来，像老鼠一样，又慌张，又机警，一双眼睛溜溜地乱转，口口

---

[1] 王幼平（1910—1995），山东桓台人，1931年加入中国共产党，参加了宁都起义，后参加了工农红军和长征。解放战争时期曾任十八军副政委。新中国成立后调到外交部门工作，先后任驻罗马尼亚、挪威、古巴、苏联等国大使，也曾任外交部副部长等职。

声声说是"被土匪抢了","被土匪抢了",大惊小怪。

我说:

"你乱喊什么?什么是土匪?你们过去对待老百姓太好了,这是你们自己找的!"

我们清楚知道这事情,一定是受他们害的老百姓今天来报仇的,这些家伙杀老百姓的牛、猪、鸡,抢老百姓的米。我们的房东一点米都没有的吃,猪也被杀吃了,鸡剩下一个会飞的逃掉。附近几个村子受害也不浅,一个六十岁的老大娘也被他们好几个人强奸了,这里的老百姓一见有这样的机会一定会来报仇的。

说呀说的,又有一群刚才放走的俘虏官光着膀子跑回来了,衣服、包袱、皮鞋、眼镜,发给他们的米、钱统统没有了,慌慌张张,也是呼呼呼呼地喘气,心扑扑地跳,不用说,又是被老百姓截下了。我想,你们把人家的牛都杀了,妇女都强奸了,今天脱光了衣服算什么?

这一群逃回来的俘虏官,惊惶失措,说他们中有一个人被打死了,是用石头砸的。有一个说是亏他跑的快,要慢两步就有性命危险。有一个上校办事员,把血腿举给人家看,说是这是刀子劈的,说起来装个可怜样子给别人看。

"长官想办法呀,一个米也没有呀,冷呀……"

他们好几个嘴一齐向我说这样的话,嗡嗡嗡嗡塞了我一耳朵。我说:

"你们杀老百姓的牛,杀老百姓的猪,老百姓在一旁给你们叩头,叫老子,你们良心动了一动没有?你们强奸妇女,人家跪下哀告,你们良心发现了没有?你们这是自作自受。路费、米都统统发过了,你们自己想办法,我们一概不管!"

"呀!长官哪,我们没有杀牛呀,也没有欺辱妇女呀,那都是别人干的……"

"不要多讲,就是别人干的,你们在一旁说句公道话没有?牛被杀,人被强奸,老头子被拉走,被打死的时候,你们说句公道话没有?你们好好想想!"我严厉地熊了他们。我说:

"统统都走!不要站在这里!"

于是他们都成群结队的走了。

袁志超（右）与八弟袁军，1988年摄于临沂

一会儿又跑回来了，说是东边的路也走不通，原来往东路去的俘虏官也同样的赤手空拳光着膀子回来了。他们联结一队，说明天傍着解放军走，就安全了。

我大声告诉他们说：

"你们今后要好好记住，你们要害老百姓，老百姓也决不饶你！"

这一次战斗结果是俘虏敌人四千五百多，活捉安徽省主席张仪纯，机枪三百多挺，其他缴获也很多。

在这战斗以后，我们在浙江开化县华埠镇住了一个星期，就开始到江西乐平出发了。往乐平去中间经过德兴县，这县内有方圆五十里路大的地方，居民很少，四处都是荒野，原因是这地方的水不好。凉水喝了就会涨大肚子，骨头发酸，十年廿年也治不好，也死不了，两条腿插在水里日子久了，就变成乱〔烂〕腿了，肿得很粗，起瘤子，流清水，一直到死不会好。德兴附近的老百姓，轻易不敢到这地方，有事经过，也都是快快地走过去，不敢久住。我见到好多生在这块地方的人，都是粗肿腿。问他怎么搞的，都说是水不好。有一个二十多岁的青年，一条腿粗，一条腿细，粗的发紫，许多瘤子好像一堆堆的紫樱桃。他说这条腿有十多年了，从十几岁就有，一到秋天就流水，发痛。一知道这个情况，我们大家都互相警告，任何人都不准喝冷水，不准用冷水洗脚，据说烧滚的水是不要紧。这地方有三千多亩平田，没有人敢去种。经过这个地方，我们急急忙忙赶过去，没敢停留。因为这地方人少，所以野猪很多，三十五十一群，不算回事。

  我写信的地方是乐平县城内，你四哥前一天到后方去带病号去了，是到上饶，有火车、汽车可通，过几天才能和其他同志回来。我这次在行军中立了功，是个三等功，上级对我加以表扬，还发的喜报，报到县政府，再转到咱家中的，这个喜报我已寄沂东县政府了。

  我们这次去打广西队伍，即是打李宗仁、白崇禧，大概还要到湖南、广西去。

  我的身体很好，你四哥的身体也好，请对母亲、父亲说，不要挂念。

  我写这信的时间不早了，现在是鸡叫了，就此搁笔吧。今天是端午节，你们在家很热闹吧！我现在又兼作指导员的工作，所以更忙一些。

  新中国就要诞生，希望你还是多学习文化，以后好多为人民服务，就是在家帮助种田，也别忘了读书。你要告诉父亲，以后用人材很多，如果现在光知种田就会误了以后的前途。

  这信你可转寄给五姐、七哥、七姐看。

  祝你

   进步！

母亲健康

父亲健康

哥哥志超寄自江西乐平
于端阳节夜

品读

  袁志超在兄弟姐妹八人中是老大，收信人袁军是他最小的弟弟。在和睦的家庭中，他对八弟格外疼爱，所以这封长信就是写给八弟的。

  自从1949年4月下旬随军渡过长江以来，追击残敌，每天行军，一个多月过去了，他有太多的话要跟弟弟讲，以至于写了整整15页信纸，足足有五六千字。他告诉弟弟，由于自己出色的工作，在这次追击行动中立了三等功，荣获立功喜报。他详细介绍了自己的渡江经历，以及渡江后向安徽、浙江进军的情况，还有几段关于沿途老百姓的描述，极为生动。袁志超亲自参与了处理俘虏问题的工作，家书中也有着具体的描述。

在南征北战远离家乡的征途中，袁志超从不间断地给弟弟妹妹们寄信，热情地关心他们的成长与进步，弟妹们受益匪浅，彼此之间也建立了深厚的感情。袁志超是一个非常勤奋的人，在那么紧张艰苦的日子里，他每年除了给家里寄回大量的书信以外，自己还写下了好多本《南下日记》和《进藏日记》，这都是留给后人的宝贵财富。2005年，年逾七旬的袁军把这封珍贵的《渡江来信》捐赠给了抢救民间家书项目组委会。次年6月，信件被中国国家博物馆收藏。

能多做事即心安
——1950年1月21日　谢觉哉致谢子谷、谢廉伯

作者简介

谢觉哉（1884—1971），原名谢维鋆，字焕南，别号觉斋。"延安五老"之一、社会活动家、人民司法制度的奠基者。1905年谢觉哉考中晚清秀才，后曾在湖南省立第一师范学校任教。1919年参加五四运动，1921年加入新民学会，1925年加入中国共产党。1933年，调往中央苏区，1934年参加长征。1937年"七七"事变后任中共中央驻兰州八路军办事处代表。1939年2月任中共中央党校副校长。1948年9月任华北人民政府司法部长。新中国成立后，谢觉哉担任中央人民政府内务部部长。1959年4月任最高人民法院院长。1964年12月至1971年担任政协全国委员会副主席。

谢觉哉

于裕庐伯：

免子要来西欧视父视此处有乞要子是人情之常吾。

到下你们很穷，此地方是亂军做九人。你们菩路考之无多，到达里我子要替你们搁佳的吃的必要件麻烦事。如你们還澳起早吃一下。

等到今年秋收後，估计那時候長会好一些。到那時来賣我是一樣吃。俸幸是沒有的，因為任仍人坐車都要買票宗。

你们会说我这个官是進。官，是的官而不甚，天下大亂，官而乱乎。特乱為安。有诗一首：

你们说我做大官，我官好比園老官（奇才大老官），起特早来眠侍晚，能多做事即仁爱。

问你母親好。

父字

八月卅一

家书手稿

原信

子谷、廉伯[1]：

儿子要看父亲，父亲也想看看儿子，是人情之常。

刻下你们很穷，北方是荒年，饿死人。你们筹路费不易，到这里，我又替你们搞住的吃的。也是件麻烦事。如你们还没起身，可以等一下，等到今年秋收后，估计那时候光景会好一些。到那时来看我，是一样的。打听便车是没有的。因为任何人坐车，都要买票。

你们会说我这个官是"焦官"[2]。是的，"官"而不"焦"，天下大乱；"官"而"焦"了，转乱为安。有诗一首：

你们说我做大官，我官好比周老官[3]（奇才大老官）。起得早来眠得晚，能多做事即心安。

问你母亲好。

父　字
一月廿一

品读

这封信写于1950年1月21日，新中国刚刚成立，很多地区还没有解放，国家财政非常紧张。谢觉哉非常明确地拒绝了儿子来京，称自己为"焦官"。

得益于谢觉哉的严格要求，他的子女都是普通干部。他的夫人王定国，百岁高龄时依然奔波奋斗，无私奉献。

---

[1]　子谷、廉伯：谢觉哉的两个儿子。
[2]　"焦官"：意思是不挣钱的官。
[3]　周老官：名字叫周奇才，谢觉哉家乡一位勤劳能干的雇农。

待胜利重归,那种情景何等愉快
—— 1951年4月19日　朱锦翔致鹿鸣坤

作者简介

朱锦翔,1933年生于浙江台州。1950年加入共青团,后参加中国民主同盟。1949年应征入伍,成为解放军华东空军文工团团员,先后担任飞行部队供应大队见习会计、通讯队会计和师政治部文化补习学校文化教员。1951年作为空军后勤人员参加抗美援朝。1954年转业,考入北京大学新闻学专业学习。1958年毕业后,分配到甘肃兰州从事新闻工作,80年代调入兰州大学新闻系任教。退休后,定居上海。

1951年,朱锦翔参加抗美援朝时,摄于辽宁凤城

鹿鸣坤送给朱锦翔的纪念照片,

照片背后有亲笔写的一段文字:"锦翔同志留念:望你加强学习,提高阶级觉悟,在工作中锻炼自己,忘我精神,继续努力。鹿鸣坤"

原信

鸣坤同志：

　　昨天晚上回去，你定感到不高兴，因为我没有合你理想的答复。可是我也同样带来一颗不愉快的心境。回到宿舍里开始思想斗争了。

　　鸣坤同志，这短时间斗争的决定，也可能使你失望。昨天晚上，我也很清楚的[地]对你说过，目前，抗美援朝运动在这样高涨的声浪下，美机又时常来我东北领空扫射，将威胁着整个中国的安全，确实我再不忍坐视了。虽然留在这儿同样是为这个目标而奋斗，但是我总认为亲身参战（当然供应大队不一定在前方）是更有价值，尤其参加国际战争，机会少有。同时，我想早有这样一个念头去见识见识，也只有生活在不平凡的环境里，才能磨练出来，实在我太幼稚了，由于入伍时间不长，自己对政治认识还差得很。我也告诉了你，在供应大队犯了两次不算小的错误，所以也只有以今后实际工作的体验才能使小资产阶级出身的旧意识铲除干净。我也知道，此去困难不少，钉子更多。首先因为我是女同志而且也只有我这么一个女同志，又是初出茅庐，从未离开家乡到老远的北国。但是我想任何困难都可以克服的，我可以将我们的事情公开大胆的[地]对他们说，让他们不再存在着不正确的想法。而且大部分同志都还好，平时我也可以请他们多照顾，况且还有其他女同志（虽然他[她]们都已结过婚）也总比较好。

　　鸣坤同志，为了将来的幸福，为了以政治为基础的感情建筑得更巩固，在目前，我们只有各奔前程，待胜利重归，那种情景何等愉快。所以，我考虑结果，还是跟供应大队走吧！……

　　请你安心工作，熟练技术，完成飞行任务，勿要使自己的思想有所分化，不然会影响事业。昨天晚上你讲的话，我听了感到很难受。虽我们不够了解，但在几次的谈话与通信已有了一种革命同志的感情。当然，别离难免伤感，但是，我们要想到，为了战争多少同胞家破人亡，妻离子散，所以，也只有彻底消灭他们，将来才能使每个人都有好日子过。上次你不是说现鸣嵩同志：

昨天晚上因志保感到不多决，因为我没有合你理想的答案，万昱如也同样带来一颗不愉快的心境。回到宿舍关闭的思考，争议鸣嵩同志在短时间之争的决定也方能使你失室。昨天晚上我也很清楚的对你说过目前挺麦接翻运到主型样的峡时声嘎下，莫如之时常末将东北颁军扫射了冯南省逼顺中国的老全部军都具不品牛光已是型党至色党同样量担地把目标而奋斗，但是我继私场我目零战（当然使亚大队是主前军）是要有价值。左其参如国际军事知军的胡问时与若单看这样一个亲友书见党识也总看生活至不平凡的环境生才能磨练至秀冀王我本幼稚。由于这儿的时间不俗自主对政治执识色差得很，我也告诉保至楼亚大队犯了西次不算油谐误所以也属少今甾突求工作的体验，才能便小资产阶级的富原品剩课经界。我也知道以主同性不久，部之更多，首元国尾而是如同志而且也只有我已个一个同意又是和马革争掠末高用冠郡的者色的地遁。但是我想任何怠意都必要服的我方没佩们土目的时使们遇很他们而且想在看石正确的想法。而且大部分同志都是以革时我也为了请他多照时的还且还能他好同识（主为他们都是化这个的）也能以松号

鸣嵩同志，为了将末的幸福搞好心政治悟思想的感情造其得更本固。目前我们只有奋军前程，待胜利里蜂，即那情景并何步愉快，所以西考虑结果还是跟使亚大队走吧！

请保害以工作无练按时、完成我行任意，如要收自主的思想有些分此，不些舍影响的。昨天晚上保讲的话我听了感的很难受，更我们不妈了解，任至儿次的谈话也适份了有一种以军同志的感情，当然引离性是保感，但是我们的学习如之任革之的同朝家报人云栗帮的散，这么也只看敢意情感她们作东年就使我加人都有白的遁。上次保未曾读捉主交通才方便─。我们互次多通信、写好人家你的感到单位。我们想个切存如鸣？看你最边十什时候请写我的再读一次谈、候吐书解未而同伏的想头，保意如何？如同意则你感觉定时间通知香。

时间木早了，最后祝保愉快善心

此致

敬礼！

锦耀 19/4 於

在交通方便……。我们可以多通信,至于人家拆信或押信,我们想个办法好吗?看你最近什么时候有空,我们再谈一次话,倾吐与解决不愉快的想头,你意如何?如同意则你决定时间通知我。

时间不早了,最后祝你愉快、安心

再见! 致

礼!

锦翔 草

19/4 夜

品读

收信人名鹿鸣坤,又名鹿明坤,1925 年出生于山东莱阳话河。1940 年 1 月参军,1943 年 8 月加入中国共产党。曾任县大队独立营通信员,胶东军区海军支队副班长、班长、副排长,牡丹江军区二支队排长、副指导员,牡丹江军区独立二团指导员,东野一纵一师一团干事。1949 年 12 月到五航校学习,次年 10 月毕业于该校一期甲班,任解放军空军第二师第六团飞行员、副大队长。

朝鲜战争爆发,朱锦翔和鹿鸣坤所在的空军第二师第六团接到参战任务。誓师大会上,战士们个个义愤填膺,写血书,表决心……朱锦翔也在千人大会上发言,要求到前线参战,被批准,成为通讯队的唯一一

朱锦翔,1951 年摄于上海机场

名会计。

当时，朱锦翔与鹿鸣坤是经组织批准的公开合法的对象关系。朱锦翔说，那个年代，最亲密的感情表达方式就是握手。他们在上海的最后一次见面，是在程家桥高尔夫球场。那天，鹿鸣坤送给朱锦翔一件特别的礼物：色如绿宝石的小号关勒铭金笔。他俩坐在球场边的一块高地上，谈话总离不开赴朝参战的内容。这次分手，他们照样握手告别，都没有说过"我爱你"之类的话，可谁也没有想到，这竟然是永别。临别时，鹿鸣坤只是说："到了前线，我给你写信。"

1951年12月，朱锦翔随师部机关奉命先行撤回。没想到，回到上海不几天，就传来噩耗：在一次空战中，鹿鸣坤不幸牺牲了！当隐约知道此事后，朱锦翔既不相信这是真的，又克制不住哭泣，还不好意思在人前流泪。只好一个人哭，以至于不吃不喝在床上躺了三天。

多年以后，朱锦翔女士谈起她的初恋男友鹿鸣坤，仍然一往情深。朱锦翔说，虽然他们的初恋从没有说出一个"爱"字，但心中一直牵挂与思念着对方。

为祖国实现新民主主义而斗争
—— 1952年10月27日　卢冬致姐姐卢诗雅

作者简介

卢冬，原名卢观颐。1932年出生于天津塘沽，1935年随家庭迁至汕头。1937年，抗战全面爆发，一家人定居香港。1948年，在香港培正中学初中毕业。同年9月，到广州市第一中学读高中。1949年4月，解放大军南下，卢冬返回香港，投奔中国共产党领导的广东人民抗日游击队东江纵队游击队。8月，成为东（莞）宝（安）地区粤赣湘边纵队东江1支队3团3连（海鹰队）战士，加入中国新民主主义青年团。解放后编入珠江军分区独立16团2营，历任排长、连队文化教员、营部文化干事。1951年，朝鲜战争爆发，战火迅速蔓延到了我国东北边境。卢冬坚决请战，被编入志愿军19兵团65军，随部队驻守在开城前线临津江畔。后被调入195师政治部文工队，在前沿阵地演出。

1953年，卢冬因患肺病回国，当年12月转业到广州市工商业联合会工作。1956年，考入北京大学中文系读书，1961年毕业，分配到广西任教。1985年，调至广东教育学院任副教授，兼任广东、海南两省教育学院系统中国古代文学教学研究会会长。1992年10月离休。

卢冬，摄于1949年

原信

诗雅姊:

你九月的先后两封来信都已收到了,因这一时期工作较忙未能立即回信,大概你已完成了到首都去的旅程了吧,怎么样?在天安门前看到了毛主席吗?看到了祖国的伟大场面了吧。你能参加上是多么的荣幸呀。这一切都是我们日夜想念的,希望你能告诉我任何一些祖国的事情。我们在朝鲜更能感到年青〔轻〕的祖国的伟大,和生长在毛泽东时代的光荣,这里是用新的胜利来作国庆的献礼的。

你的理想是宝贵的,是可以实现的,作一个青年团员,是每一个青年的意志,是进步的方向。在你面前我觉得惭愧,我是一个青年团员,但在以前一贯对你没有任何的帮助,就是政治上的帮助,是做得很差的。青年团员的任务就是学习,为祖国实现新民主主义而斗争,所以不单是为个人生活而去工

志愿军文工队员(后排左二为卢冬)合影,1952 年摄于朝鲜

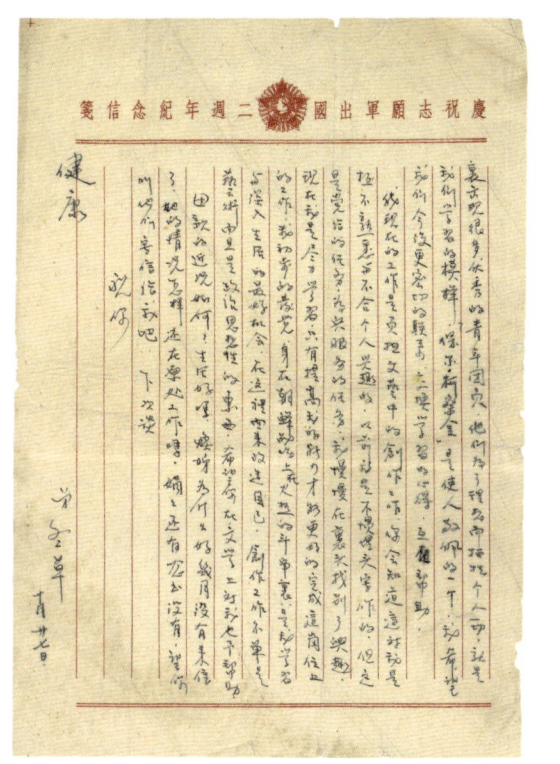

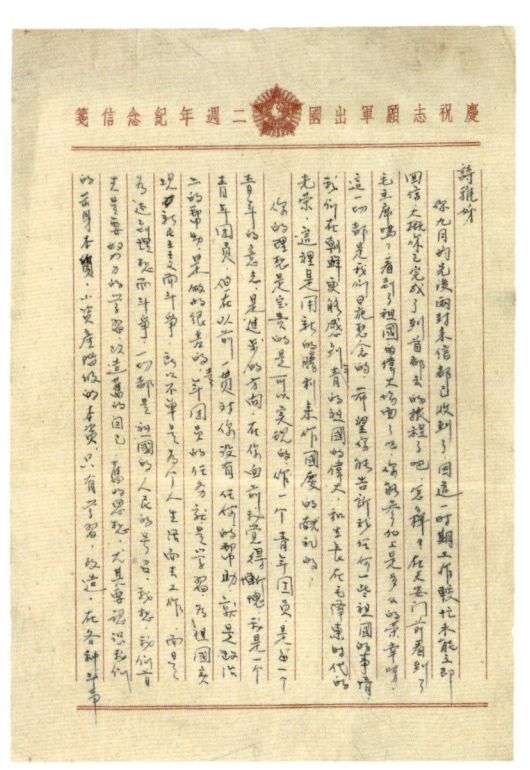

家书手稿

作，而是为达到理想而斗争，一切都是祖国的人民的号召。我想，我们首先是要努力地学习，改造旧的自己，旧的思想，尤其要认识我们的出身本质，小资产阶级的本质，只有学习、改造。在各种斗争里出现很多优秀的青年团员，他们为了理想而牺牲个人一切，就是我们学习的模样，"保尔·柯察金"是使人敬佩的一个，我希望我们今后更密切的〔地〕联系，交换学习的心得，互相帮助。

　　我现在的工作是负担文艺中的创作工作，你会知道这对我是极不熟悉与不合个人兴趣的，以前就是不惯埋头写作的，但这是党给的任务，为兵服务的任务，我慢慢在里头找到了兴趣。现在我是尽力学习，只有提高我的能力才能更好的〔地〕完成这岗位上的工作，我初步的发觉身在朝鲜战场上，在火热的斗争里，是我学习与深入生活的最好机会。在这里面来改造自己，创作工作不单是艺术而且是政治思想性的东西，希望你在文学上对我也予帮助。

卢冬与大姐卢诗雅，1949年12月摄于广州柔济医院

卢冬与大姐卢诗雅，摄于2018年2月春节期间

  母亲的近况如何？生活好吗？焕姊[1]为什么好几月没有来信了，她的情况怎样，还在原处工作吗？娟娟还有念书没有，望你叫她们写信给我吧。下次谈。

  祝你

健康

弟 冬 草
十月廿七日

---

[1] 娟娟：作者的妹妹卢娟娟。

品读

　　这是卢冬从朝鲜前线写给大姐卢诗雅的一封家书。在家书中，卢冬与姐姐相互勉励，共同进步，同时介绍了参加抗美援朝对自己的锻炼。

　　卢冬从参加革命后便追求进步，克服种种困难，坚持申请入党，终于在1985年8月实现了加入中国共产党的愿望。1992年10月离休后，卢冬仍在广东教育学院"关工委"和"老年协会"中担任工作。

争取戴上大红花，使得全家光荣
——1953年3月　李征明致妹妹李晖、李曼

作者简介

李征明（1930—1953），1930年生于江苏宿迁侍岭李小圩。1950年入伍，1952年赴朝，在中国人民志愿军第24军第70师第201团教导队任文化教员，荣立二等功。1953年6月牺牲于朝鲜。

原信[1]

李征明

亲爱的晖妹[2]：

你怎么不写信给我，我很希望你常常给我写信，报告你的学习情况，让我好高兴！你也可将你的最喜欢的事情告诉我，关于家中的一切情况也好告诉

---

[1]　本文写作方式较特殊，编者据原信整理。
[2]　晖妹：排行老八的李晖，幺妹。

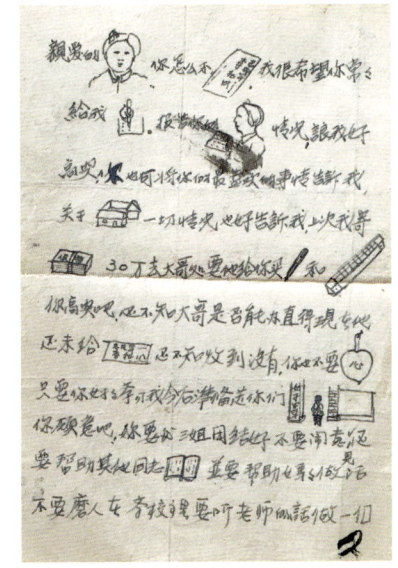

家书手稿（部分）　　　　　家书手稿（部分）

我，上次我寄30万[1]去大哥[2]处，要他给你买钢笔和口琴，你高兴吧，还不知大哥是否能办。直到现在他还未给我来信，还不知收到没有。你也不要挂心，只要你好好学习，我今后准备送你们上女子中学，你愿意吧！你要与三姐[3]团结好，不要闹意见，还要帮助其他同志学习并要帮助妈妈做活，不要磨人，在学校里要听老师的话，做一个优秀的少先队员。我在上甘岭一切都好，不要挂念。我要努力学习，积极工作，坚决杀美国鬼子，争取戴上大红花，使得全家光荣。现在我已经戴上祖国人民赠送的勋章了，你看见恐怕也很高兴吧！我还正在争取戴上军功章回去见毛主席。你说好吧，再谈。

你的哥哥征明，敬礼

1953年3月25日

---

[1]　30万：旧币，当时的1万元等于1955年的新人民币1元，30万元即30元。
[2]　大哥：排行老大的李旻，作者长兄。
[3]　三姐：排行老七的李曼，作者三妹。

上　李征明（二排中）立功时与战友合影
下　李征明烈士的兄弟姐妹，右起：四弟李智、三弟李昀、大哥李旻、大姐李昳、三妹李曼、小妹李晖，摄于1998年8月

曼妹：

你寄来的信我以（已）收到了，甚慰，知你已升上三年级为颂，希望你和八姐[1]继续团结下去，好好读书。你们来信都说不要口琴，这个问题我已经寄信给大哥了，还要他买《新花木兰》等书给你们读，不要急，买点东西也不要紧，家中生活困难我再（想）办法来解决，不要愁，只要你们能好好学习，我可以把我的每月津贴都可以寄回家去。下次再来信可将你们学校情况告诉我（地点，人数，学习情况），并将我写的信是否都能猜到，告诉我。

此致

敬礼！

你的二哥写的

1953年3月31日

品读

这两封家书是志愿军战士李征明从朝鲜前线写给妹妹的，寄出这两封信不到三个月，李征明就在战场上英勇牺牲了。

当时李征明的两个妹妹正上小学，识字不多，作者在信中除了文字，还配有许多图画，不仅表现了作者对妹妹的细腻关爱之情，也显示出他的才华和意趣。2020年10月，在纪念中国人民志愿军抗美援朝出国作战70周年之际，李征明烈士带有图画的家书经媒体披露后，被誉为"表情包家书"，经网络广泛传播，一度刷屏，感动了无数网友。

李征明兄妹8人，在写给父母和妹妹的信中，李征明告诫他们要努力学习文化知识和政治常识，跟上时代的发展，并用自己的津贴结余为妹妹购买学习用品，鼓励弟弟妹妹们入团入党。字里行间体现了他对新中国的热爱和拥护，以及对家人的挚爱和眷念，家国情怀扑面而来。

---

[1] 八姐：排行老八的幺妹，小名叫小八姐。

做党外的积极分子最重要

——1953年9月28日　徐特立致女儿徐静涵

作者简介

徐特立（1877—1968），原名懋恂，字师陶，湖南善化（今长沙）人。毛泽东和田汉等著名人士的老师。1911年参加辛亥革命。1927年加入中国共产党，同年8月参加南昌起义。1931年11月当选为中华苏维埃共和国中央执行委员会委员。1934年参加长征。新中国成立后，曾任中央人民政府委员会委员等职。

原信

守珍[1] 吾儿：

来信收到，知道你们夫妇已经解决了失业问题，希望你们努力工作，并关心其他失业的人们。你们虽然还不是共产主义者，不过是组织问题，首要的还是思想问题和行动问题，在这一方面做到了不一定要加入组织，做党外的积极分子最重要。我是五十一岁才加入党。

---

[1] 守珍：即徐静涵，徐特立的女儿。

徐特立

我没有入党的要求，自以为资格不够，只是努力工作。在大革命失败后，有些动摇分子退出党，我党的负责人以我够党外的党员，于是才有人介绍我入党。我希望你们每一日每一时都不要只为自己着想，上半晚想自己的困难，下半晚一定要想群众的困难，以及政府的困难、机关负责人的困难。这样去做人，自己的个人苦恼没有了，胸怀开展了，就不知不觉变成了一个前进分子，甚至成了一个非党的本质上无异于党员的积极分子。你们两人都是劳动者，没有家累，不必愁身后问题，比起我更自由。我实在忙，没有时间写信，希望你们尊重我在百忙中写的信。我在上海会见你们后，我也相信你们，爱护你们，由于相信就希望你们跟着我走，成为我们党外的同志！

特　立

一九五三年九月廿八日

品读

　　徐特立的两个儿子都是少年离世，膝下只有两个女儿。按照资历，徐特立是"延安五老"之一，适当照顾女儿也不为过，但是从信中看出，女儿夫妇双双失业，他没有出手帮助，而是让他们自己努力再就业。

　　中国共产党党员品德高尚、不徇私利，唯有民众之幸福是革命之动力，这是我们从胜利走向胜利的必胜法宝。

响应国家一切号召才是对的
—— 1955年1月7日 李振华致父亲

作者简介

李振华（1909—1988），山西长治人。1937年6月参加"牺盟会"，1938年2月参加八路军，同年12月加入中国共产党。从一名战士、文书、司务长、供给员、粮秣股长、军械股长，成长为解放军第60军第178师司令部管理科科长。经历了豫北战役、临汾战役、太原战役、扶眉战役、成都战役、川西剿匪等战役。1950年4月至1953年5月先后在四川省广汉县、绵竹县和什邡县分别担任税务局局长、县长。1953年6月至1954年10月在中央政治法律干部学校学习。1954年11月任四川省高级人民法院民事庭副庭长。1956年9月赴重庆中央第七中级党校学习1年。1981年当选自贡市政协委员，1988年去世。

李振华

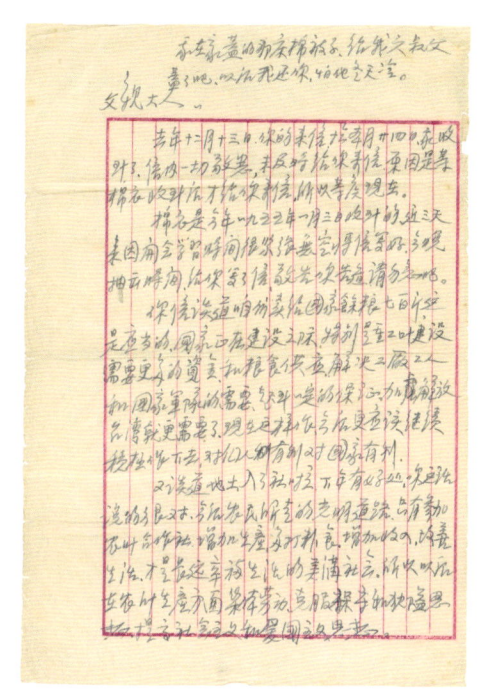

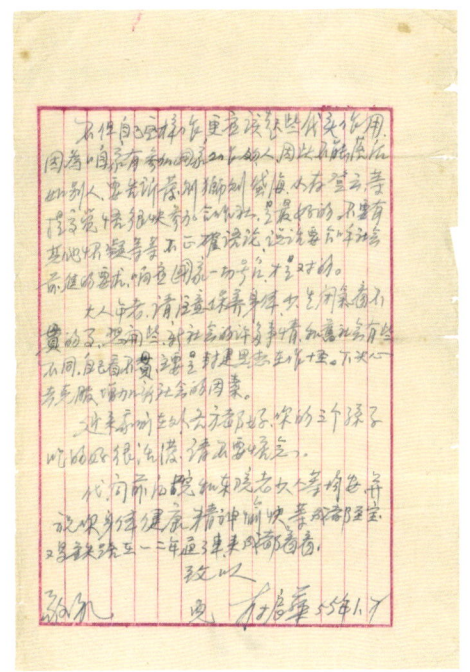

家书手稿

原信

父亲大人：

去年十二月十三日，你的来信，于本月廿四日，我收到了，信内一切敬悉。未及时给你来信，原因是等棉衣收到后，才给你来信，所以等候现在。

棉衣是今年，一九五五年一月三日收到的，近三天来因开会学习时间很紧张，无空将信写好，今晚抽出时间，给你写了信，敬告你先道，请勿念吧。

你信谈道〔到〕咱们卖给国家余粮七百斤，这是应当的。国家正在建设之际，特别是重工叶〔业〕建设需要更多的资金和粮食供应，解决工厂工人和国家军队的需要，起到一定的保证。加上解放台湾就更需要了。现在这样作〔做〕，今后更应该继续积极作〔做〕下去，对个人有利，对国家有利。

又谈道〔到〕地土入了社啦，下年有好处。你这话说的〔得〕很对，今后农民所走的光明道路，只有参加农叶〔业〕合作社，增加生产，多打粮食，增加收入，改善生活，才是长远幸福生活的美满社会。所以以后在农叶[业]生产方面集体劳动、克服保守和狭隘思想，提高社会主义和爱国主义思想。

不但自己这样做，更应该起些代[带]头作用，因为咱家有参加国家工作的人，因此不能落后如别人，要告诉发则、狮则、黛[岱]海、小存、登云等提高觉悟，很快参加合作社，是最好的。不要有其他怀疑等等不正确语论，说话要合乎社会前进的要求，响应国家一切号召，才是对的。

大人年老，请注意保养身体，少生闲气。看不惯的事，想开些。新社会的许多事情和旧社会有些不同，自己看不惯，主要是封建思想在作怪，下决心去克服，增加新社会的因素。

近来我们在外各方都好。你的三个孙子吃的[得]好，很活泼，请不要惦念。

代问前后院和东院老少人等均安，并祝你身体健康，精神愉快。等成都至宝鸡铁路在一二年通了车，来成都看看。

　　　　　致以

敬礼

　　　　　　　　　　　　　　　儿　李振华
　　　　　　　　　　　　　　　[19]55年1.7

我在家盖的那床棉被子，给我六叔父盖了吧，以后我还你，怕他冬天冷。

李振华全家福，1956年摄于自贡

李振华（前排中）与家人合影，摄于 1979 年 3 月 24 日

品读

　　这封家书是在四川省高级人民法院工作的李振华，收到父亲从山西老家的来信后写的一封回信。当时正值国家号召农民加入农业合作社。老人是从旧社会走过来的，对有些事情看不惯、想不通，李振华在信中开导他，并劝家里人提高觉悟，积极进步。写完这封信不久，李振华就调到自贡市中级人民法院任院长。

　　李振华的女儿李自英保存着父亲与家人之间的近千封家书。为了探寻父亲那一辈人对党坚定信仰、不断追求进步的精神品格，传承父亲的家风，李自英积极参加抢救民间家书活动，并从 2009 年开始，系统整理父亲所留下的书信、日记等资料。2012 年 4 月至 7 月，她追寻父亲的足迹，去了父亲曾经工作过的广汉、什邡、成都、温江、北京、长治等地，采访了诸多单位和个人，了解到许多家书背后的故事，在此基础上，整理了大量有价值的李振华家书资料。2020 年年初，她把所保存的近千封家书捐给了中国人民大学家书博物馆。

无一日、一时、一刻不思归国
——1955年6月15日　钱学森致太老师陈叔通

作者简介

钱学森（1911—2009），生于上海，浙江临安（今浙江杭州）人。1934年毕业于交通大学机械工程系。1936年获美国麻省理工学院博士学位。1939年获美国加州理工学院航空、数学博士学位。1947年，任麻省理工学院终身教授。1955年回国。长期担任中国火箭、导弹和卫星研制的技术领导职务，中国科学院和中国工程院院士，"两弹一星"功勋奖章获得者，被誉为"中国航天之父""火箭之王"。

钱学森在轮船上留影　　　　　　1955年9月17日，钱学森一家踏上归程

原信

叔通[1]太老师先生：

　　自一九四七年九月拜别后，久未通信，然自报章期刊上见到老先生为人民服务及努力的精神，使我们感动佩服！学森数年前认识错误，以致被美政府拘留，今已五年。无一日、一时、一刻不思归国参加伟大的建设高潮。然而世界情势上有更重要更迫急的问题等待解决，学森等个人们的处境，是不能用来诉苦的。学森这几年中惟以在可能范围内努力思考学问，以备他日归国之用。但是现在报纸上说中美有交换被拘留人之可能，而美方又说谎谓中国学生愿回国者皆已放回，我们不免焦急。我政府千万不可信他们的话，除去学森外，尚有多少同胞，欲归不得者。以学森所知者，即有郭永怀[2]一家（Prof. Yong-huai Kuo, Cornell University, Ithaca, N.Y.），其他尚不知道确实姓名。这些人不回来，美国人是不能释放的。当然我政府是明白的，美政府的说谎是骗不了的。然我们在长期等待解放，心急如火，惟恐错过机会，请老先生原谅，请政府原谅。

　　附上纽约时报旧闻一节，为学森五年来在美之处境。

　　在无限期望中祝您

康健

　　　　　　　　　　　　　　　　　　　　钱学森谨上

　　　　　　　　　　　　　　　　　　　　一九五五年六月十五日

---

[1]　陈叔通（1876—1966）：政治活动家，爱国民主人士，是钱学森父亲的好友，时任全国人大常委会副委员长。

[2]　郭永怀：钱学森师弟，当时与钱学森境遇相同，1956年回国，中国近代力学奠基人之一。

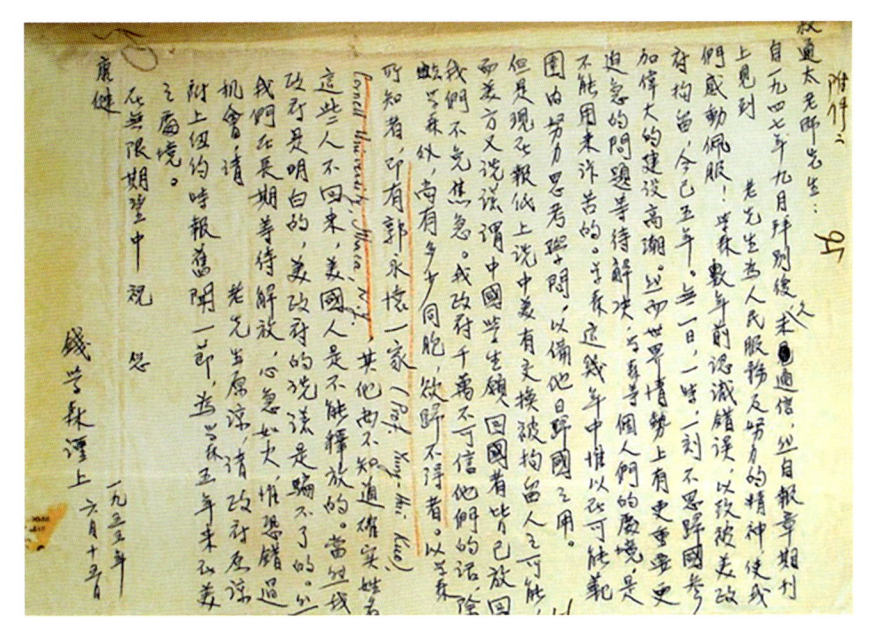

家书手稿

品读

新中国成立后，身在海外的学人备受鼓舞，纷纷启程回国。然而钱学森却被美国阻挠，不能如愿踏上归国之路。1955年6月，处于软禁中的钱学森从一份中文画报上看到全国人大常委会时任副委员长的陈叔通老先生出席活动的照片，于是用香烟纸给陈老先生写了上面这封信，请求祖国就回国之事给予帮助。钱学森把这封信夹在夫人蒋英寄给比利时妹妹蒋华的信中，从比利时转往中国。陈叔通收到信后立即交给了周恩来。不久，赴日内瓦参加中美大使级谈判的中方代表在会谈中出示了钱学森的这封亲笔信，最终迫使美国放钱学森回国。

眼前需要的是理智战胜情感
——1956年10月1日　贾树端致张培和

作者简介

贾树端（1931—2016），汉族，四川井研城关人。1950年3月参加工作，1952年10月在四川日报社入党，1956年9月至1959年8月在中国人民大学新闻系学习。毕业后回到四川，先后在阿坝州委宣传部、岷江报社、四川工人日报社等单位工作，历任岷山报社社长、四川省委宣传部新闻宣传处副处长、四川工人日报社副总编辑等职。

贾树端在四川省广旺矿务局唐家河煤矿采访留影，摄于1990年

原信

培和：

  这些日子里，都不收到您的来信了，大概是您工作忙吧！

  今天是国庆，在首都的确是非常热闹的，"八大"闭幕，还有许多外国代表团来到了北京，今天的游行盛况也许您是会想像得着的。只可惜的是从清早起便一直下着雨，这是多么的不凑巧。

  我没有去参加游行，并不是因为怕雨，是前几天便决定了的。今年游行的名额有限，我们班上只分配了几个，大家都想去，都想能看毛主席，事实上又不可能都去，在这种情况下，我只好勉强地弃权了。当然很可惜，不过，我把希望寄托在两天后。后天北京市要为印尼总统苏加诺召开欢迎大会，我要去参加，我们班上要去九个人，我们都怀着毛主席要去参加大会的希望，可不知这愿望能否实现？

  时间过得真快，学习生活已过了一个月了，从昨天下午放假后，我回顾了这一阶段的学习，学得还不是那么深入踏实的。学习只能算是刚刚摸上了门路，已经感到时间紧迫了。现在我们已经每个礼拜都有课堂讨论，或者是学习检查，几乎是每个礼拜天都要作准备，课堂讨论比在机关讨论时严格多了，每个人都得作发言提纲，也必须要有思想准备，回答老

贾淑端与张培和，摄于 1956 年

贾树端的大学毕业证

师临时提出的问题,我们已经经过一次中国革命史的讨论了,讨论后,给人留下的印象是深刻的。

在学习中还有一个问题,是读原著,马列主义基础课现在学《共产党宣言》,哲学课现在读恩格斯著《费尔巴哈与德国古典哲学的终结》,这些书,过去都很少仔细读过,读起来是比较费劲的。总之,这一个月的学习,使我更比较深刻地认识了自己,理论知识是非常贫乏的,这也就是过去作不好工作的根源。有这三年的学习时光,的确是应该珍惜它,不要辜负了大好时光,以后就会老大徒伤悲的。您说是吗?

学习,只要花费艰苦的劳动,是总可以学好的,我一定是下决心这样作,一面学习,一面改进学习方法,在这三年里,真正能踏踏实实地学一点东西。

在生活上,这些日子里,已比刚来时,习惯多了。早上起来,我也跑跑步,作作体操,参加体育锻炼,然后便开始了一天紧张的学习生活,生活得正规,有纪律,饭量也大增了。人适应环境的本能的确是大的,您能说,过

中国人民大学新闻系第一届第一班毕业合影，二排右一为贾树端，摄于1959年8月1日

上三年，我还不全部北方化吗？在生活问题上您已全部不必为我担心了。

我的关节炎，现在每个礼拜在校医室诊断两次，吃药打针，腿痛比过去有所减轻，当然天冷了还痛，医生叫我服中药有效些，我已在校本部门诊部进行预约挂号了。看中医的人也不少，每天又只能诊断五个人，我的预约挂号已在11月22日，目前仍然先吃西药，看来问题已不是太大了。

这些日子里，想告给您的，就是这些事情，本来打算实行我的约言，半个月给您一次信，可是这几天有三天假期，除了温习功课外，再也没有什么事干，抽出一点时间写写信，您也是不会拒绝的。

您呢？近况如何？我知道的情况却总是那么少，您知道我是如何眷念您啊！时时刻刻，特别是在吹风下雨的时候，我记挂着您的棉衣已从成都带回去吗？您的过冬的衣服已否全部做好？冬天您不要光穿空心棉裤，那是会冻坏的，您应该预备两条薄的棉毛裤和一条厚的线绒裤，下乡的时候，应多带些衣服，以免受寒。

您的工作呢？是在机关，还是下乡呢？工作中忙忙碌碌的事务主义作风，已有所克服吗？

业余学习规划，还有正规的理论学习，都学得好吗？明年暑期可要进行总检查哩！

培和：来北京后的这些日子里，想念您的心情，是比在四川时更甚了，我也不知道，这是什么原因。过去，也常是一直不和您在一起，常在农村里东跑西跑，生活也不安定，虽然思念您，可却没有现在思念得深，也许是距离得太远的原因吧！班上的同学有不少是家在北京的，每逢假日，他们都回家去了，留在学校的人，除了看看书外，的确不好玩。为了工作，为了学习，也为了未来，我们是分开了，感情上是让我们分开不了的，七八月份在茂县时共同生活的一幕一幕的情景，常都涌现在我眼前。但是，眼前需要的是理智战胜情感，让那甜蜜的回忆，成为推动我们搞好工作，搞好学习的动力，您说是吗？

前次您要我加洗的照片，我已去加印了，在本月十日左右便可取。由于底片已不太好，我已没有加洗几张，只您的照片放大加洗两张，其余的加洗一张，

家书手稿

是在比较高级的相馆里洗的，可能比在成都洗得好些，洗好后，便可寄您。

您曾来信告我说，您已给爹爹去信了，可是爹爹在九月十五日来信时说，并没有收到您的来信，是否通讯〔信〕地址写错了，还是您没有写，家中的通讯〔信〕处应是"井研胜利街61号，交贾趾公收"。

您要的衣服现在还没作，钱我存在银行的，我打算假期去作，或委托同学在上海作了，您先告给我，需要什么颜色，什么质料的？

千言万语，是没有办法在这里叙述完的，随着这封信，带去我的问好和祝福！

紧握您的手！

树端

国庆节下午

中国家书经典

家书手稿

品读

收信人张培和是贾树端的丈夫，1927年生于山西保德，1944年8月参加工作并加入中国共产党。先后在老家任小学教员、保德县政府财政科科员、晋绥日报社校对科科员等。1949年8月南下四川，历任川西日报社校对科负责人，四川茂县县委副书记、书记，阿坝州人委文教处副处长、州人委副秘书长、民政局局长，四川省医药管理局政治处副主任、机关党委书记、纪检组副组长。1984年6月离休，2017年10月去世。

1949年8月，张培和南下四川后和贾树端一起在川西日报社工作，其间他们相识、相恋，1956年7月结为伉俪。9月，贾树端离别新婚的丈夫，来到中国人民大学新闻系读书，不久就迎来了国庆节，10月1日下午，她给远在四川茂县的丈夫张培和写了上面这封信。

在北京读书的三年间，两人鸿雁传书，互诉衷情。现留下90封家书，其中贾树端写了68封，张培和写了22封。这些书信较为完整地记录了一位20世纪50年代大学生的生活，读书、学习、为人民服务是每一封书信的主题，反映出那个时代年轻人奋发有为的精神面貌、对于党和国家的忠诚和文化知识的渴望。在繁忙的学习、工作中，这对分居异地的年轻夫妻也把对对方的思念和关爱诉诸笔端，留下了一段富有时代特色的爱情记忆。

作一个忠实的布尔什维克
—— 1959年4月5日　张凤九致哥哥张龄九

作者简介

张凤九（1932—2018），辽宁凌源人，1948年参军，1952年2月加入中国共产党。先后在赤峰、承德等地工作，曾任河北省供销处总会计，承德市兴隆县供销社财务科长、县政府办公室秘书，县政策研究室及地区社队企业局办公室主任、县供销社系统工会主席等，多次被省、地、县及本系统评为先进工作者、优秀共产党员、优秀工会干部等。

张龄九、张凤九陪母亲游北京，摄于1962年6月

原信

龄九胞兄如面：

您好？全家也好？

今天我接到两封信，有您一封，有大哥一封，我很高兴。说真的，自从春节分别后接到家中、您那儿、兴隆等地的来信实在不多，特别大哥一直到今天才回信，我快急坏了。今天接到你们来信，

张凤九和张龄九在家中观看旧时照片，摄于 2009 年 9 月

我这心里也豁亮些，知道了各地情况。（像〔相〕片收到了。）

在没写上面话以前，弟应该先给你道喜，几年的政治生命解决了，这是不容易获得的光荣。获得这些，是从工作实际、思想表现，以致对党忠实等争取的，当然我们应当共同高兴，并且我要祝贺您要在不久的时间真正迈到党的门里，作一个忠实的布尔什维克。没别的，为了您的光荣，为了党增添了血液，为了我们弟兄永远为共产主义事业献身，我要向您祝贺，祝贺礼是给着邮局寄去款贰拾圆。其意义，除向您祝贺，也是为对生活的补助和为了孩子们读书。请您查收。并回信。

我这次给北京宝盛旅馆写信叫他们交给您。这封信里我特别多的提到您如何争取政治生活问题，可惜您没接到。这次您来信谈已经解决了，因此，弟为之高兴。

大哥给您那儿去信不多，先把大哥给我的来信转给您，也等于了解了家中情况。

我的工作很好，几次去信都告诉您了，可能已经知道的不少了。还有一件事大概没和您说，自春节回来以后，我的文化学习在省直干校报了名，参

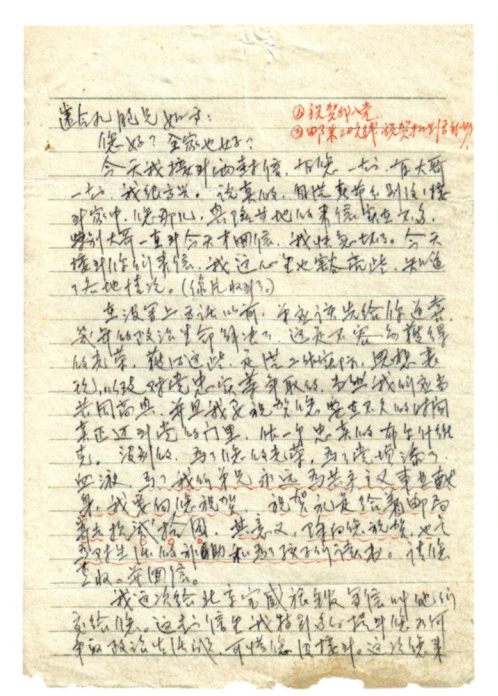

家书手稿

加初中历史和高中语文两班学习，上课的时间是礼拜2、4晚上学历史，礼拜3晚上和礼拜日学语文，很好。学习越紧张，我感觉越起劲，一定争取攻文化关。这两天我还有一个新的打算：初中历史再有一个来月可以学完，这样初中我就毕业了。剩下，除了学习高中语文以外，还想报名学学外文（俄文），不过这个我还没到干校打听，我是准备这样作〔做〕。最近一个月里还实现不了，因为历史没学完，突击三门是吃不消的。

上次信可能没说清，不是卖手表，还是那块怀表，因为太老了，人家都不要，如果遇上茬就卖了。上次我由天津买去的闹表走的怎样？如果不准可捎天津修理。

再谈吧，经常通点信，可以互相了解情况。

祝您和全家安康。

三弟凤九 草

59.4.5

张龄九和女儿在家书博物馆合影，摄于 2018 年 6 月 7 日

品读

1959年3月，张龄九成为一名预备党员。当他把这一喜讯写信告诉弟弟张凤九后，弟弟给他回了上面这封信。

加入党组织是他们兄弟长期的追求。弟弟张凤九解放前参军，解放后不久就入了党。哥哥张龄九，长弟弟3岁，1952年参加工作，参与了创办信用合作社，1953年年末参加中共中央东北局召开的信用工作经验交流会，并在大会上发言，介绍了创办信用合作社的经验。1954年至1955年热河省供销总社召开奖模大会，张龄九所在的滦平街信用部被评为全省的一面旗帜。

张龄九说，看完弟弟的来信后他万分激动，更加努力工作，以党员的标准严格要求自己，在艰苦年代经受住了种种考验，于1960年3月如期转正，成为一名中国共产党党员。

离退休之前，他们兄弟二人都在搞工会工作。张凤九在承德市兴隆县供销社担任系统工会主席，张龄九在滦平农行担任系统工会主席，均被评为优秀工会干部和工会积极分子。1990年，河北总工会表彰全省基层工会和优秀工会干部，兄弟二人的名字同时被刊登在《河北工人日报》，并被印在同一本光荣册上。

2005年，张龄九征得弟弟和全家人的同意，把345封家书捐给了抢救民间家书项目组委会，其中的2封次年被中国国家博物馆收藏，部分家书常年在中国人民大学家书博物馆展出。2015年七一前夕，"中央新影"把他们兄弟俩的事迹拍摄成了纪录片《红色家书》之《兄弟情深》，分别在中央电视台和北京电视台播出，并被共产党员网转载。2019年春节期间，他们的家书实物和家风故事入选了在北京中华世纪坛举办的"中华家风文化主题展"，受到观众的好评。

时时觉得对国家、社会贡献太少
——1960年2月1日 吴玉章致吴本立、吴本渊等孙辈

作者简介

吴玉章（1878—1966），原名永珊，字树人，四川荣县人。无产阶级革命家、教育家、马克思主义历史学家和语言文字学家，新中国高等教育事业的奠基人和开拓者之一。

吴玉章早年先后在成都尊经书院、泸州川南经纬学堂和日本、法国的学校读书。1922年到1924年任成都高等师范学校（四川大学前身）校长。1925年任南充高中首任校长。1938年出任鲁迅艺术学院院长、延安大学校长。1948年任华北大学校长。1950年2月，中央人民政府任命吴玉章为中国人民大学第一任校长，直至1966年12月12日去世。

吴玉章历经戊戌变法、辛亥革命、讨袁战争、北伐战争、抗日战争、解放战争、新中国建设，参加

吴玉章

了同盟会、广州黄花岗起义、保路运动、内江独立、二次革命、南昌起义、开国大典等影响中国历史的重大活动，成为跨世纪的革命老人，与徐特立、谢觉哉、董必武、林伯渠一起被尊称为"延安五老"。

原信

本立、本渊、本浔、本蓉[1]好孩子们：

你们的贺年信我收到后知道你们学习的成绩都好，使我非常喜欢。本蓉继续保持三好学生的名称；本浔最差的语文一课，这次期考也得了五分；本渊数学竞赛取得了全班第一；本立的学校1959年高考成绩是北京市第一，特别值得高兴的是你和同学们抱雄心、立大志、赶福建、超福建，要努力学习，成为全面发展的新人。同学们干劲都非常足。你想学尖端科学：原子能、自动化控制……总之什么最难学、什么最需要，你就想学哪一门，任何困难你都不怕。这种坚强的意志是很可宝贵的。你决心要加入共产党，学习共产党员的道德品格，作[做]一个红透专深的共产党员。这很好。现在你还是共青团员，到了合格的年龄自然可以入党，主要的是要政治挂帅，要作[做]一个工人阶级知识分子，一定要有无产阶级的世界观，即马列主义的世界观。去年年底中国青年杂志社特派了两个同志到广州来要董老[2]和我对于青年在中国社会主义建设的新阶段中，要如何树雄心、立大志发表一点意见，我们的谈话登在一月这一期的《中国青年》杂志上[3]，想你已看到了。这一期杂志上有很多好文章。还有《人民日报》今年一月一日《展望六十年代》和1月23日《社会主义建设的新阶段》这两个社论是极好的文章，

---

[1] 本立、本渊、本浔、本蓉：分别为吴玉章的孙女吴本立，当时在中国科技大学读书；孙子吴本渊，当时在哈尔滨军事工程学院读书；孙子吴本浔和吴本蓉，当时均在北京上中学。

[2] 董老：即董必武，当时任中华人民共和国副主席。

[3] 《中国青年》1960年第1期刊载了《革命长辈谈立大志——董老、吴老访问记》一文。

1896年，吴玉章与游丙莲女士结婚，数十年间，吴玉章奔波在外，全仗夫人操持家务，后排右一为吴玉章、中排坐者左起：游丙莲、二嫂、大嫂

最好的理论联系实际的读物，你必须读来背得。现在学校教学中所选的中文读物太不能令人满意了。我常告诉你们要把去年我在上海用拼音字母注音的党的六中全会《关于人民公社若干问题的决议》的第一大段约1500字读熟，就是为了补助你们的学习读物，必须用点苦功来记诵几篇文章，才能改善现在教学工作中最薄弱的教学语文教学课。语文和数学是学校学习时期最基本的两门课，你们四人数学都还好，就是语文差。本立这次的信写得很好，文笔通顺，志愿弘大，尤其可喜的是要作〔做〕一个好共产党员，又红又专的工人阶级知识分子。党的决议和毛主席的著作是现代最好的文章，在书报上你们已经看见许多文章谈这一问题，你们必须细看和互相帮助学习和讨论。不要多花时间去看小说。两个小弟弟还小一点，理论高一点的书还不能看。大的两个已经十七、八岁了，正是青年蓬勃发展的时期，必须趁此时机加十

倍百倍地努力学习。关于个人的品格也就是现在作〔做〕一个共产党员的品格，你们要熟读刘少奇同志的《论党》和《论共产党员的修养》等书。人民大学出版的《中共八届八中全会学习文件汇编》中选有这些文章，可要来学。本立信上说你爸爸是一个非常好学的人，很有学问。不错，你父亲震寰[1]是一个很好的水电工程师。他在法国毕业后就在法国作（做）了几年工程师。1934年我要他到莫斯科来学马列主义的革命理论，他到后不愿到我们的训练班学习，要到苏联的建设委员会去作（做）水电设计工作，苏联也很欢迎他，我不答应。杨松[2]同志为他劝我说：他是专家，让他多作（做）一些研究和取得经验，以便将来回国作（做）我们的建设人才。我才答应了。1938年他同我回国后不久就在长寿龙渊洞作（做）水电工程师，工作很有成绩。国民党人知道他是我的儿子，久已蓄意害他。1949年北京解放后，他很高兴，想把他的病医好后更好为人民政府工作，就在成都华西医院去动手术，两次开刀都延长到三、四个钟头，终于把他害死了。多少听到这种以人命为儿戏的医法是特务杀人的行为，但中了敌人的奸计也无法追究了。这就是没有提高警惕，也就是只专不红，为科学而科学，没有政治挂帅的惨痛教训。你们的爸爸是我的好儿子。因为我去日本留学九年（1903—1911），使我的儿女没有能够好好地有钱去上学念书，所以中文都不好。你爸爸法文学得很好，数学、科学都有些天才和特长，可惜思想没有得到彻底改造，他只知道跟着我走革命道路就行了，还有资产阶级知识分子的为科学而科学的错误思想。但是他的品质是好的。他常对我说，1911年7—9月的短短时间中我教了他许多东西，特别是孟子所说的"富贵不能淫，贫贱不能移，威武不能屈"这三句话。他常常牢牢记在心中，决心身体力行。事实也是如此。国民党虽是知道他是我的儿子，但他没有短处使国民党能陷害他。相反，抗日战争胜利后国民政府

---

[1] 震寰：吴震寰，原名吴宗俊，吴玉章独子，出色的水电专家和革命家。1949年在成都被害，留下四个儿女，最大的才8岁，最小的当时还没有出生。
[2] 杨松：中共党员，1933年调莫斯科职工国际东方部工作。

行政院长翁文灏[1]，派他为东北接收六人委员之一，要他去接收小丰满水电厂[2]，因为翁知道他人好，工作作〔做〕得好。但国民党人不让他去东北，而把他派到海南岛去接收，他二月多点时间任务完成后即交与国民党人去升官发财，自己又回到长寿去工作。他的学问品质是好的，可惜没有思想改造、马列主义的世界观，只能是一个好科学家，而不是一个又红又专的工人阶级的知识分子。你说"要青出于蓝而胜于蓝"，后人要胜过前人，这是马列主义发展学说的真理。你要看上面所说人民大学出版的书281页列宁论马克思的辩证法一段[3]就知道得清楚了。总之由你这次的信看来，你的志气是很好的，但是要虚心学习，不要骄傲自满，对人要和气亲热，走群众路线等等。至于你对我的估价很高，是的，我是有雄心大志的。我很小时自尊心很强，父、兄教导我要作〔做〕一个顶天立地的有志气的人。七岁上学记忆力和理解力都很好，很受家庭和亲友的钟爱。不幸上学不过三个月父亲[4]就去世了，因家庭怜我幼丧父，留在家中侍奉八十三岁的老祖母，过了三年祖母去世。这三年中受了祖母和母亲许多教育，使我决心要作〔做〕一个好孩子。过了两年我二哥[5]带我到成都尊经书院，他一边学习，一边教我，使我得到非常快的进步。可痛的是母亲急病去世，弟兄奔丧回家十分悲痛，我二哥是一个讲孝道的人，他一定要庐墓三年，我和大哥[6]每晚送他去母墓旁草棚中。当时正

---

[1] 翁文灏：字咏霓，浙江鄞县（今宁波）人。著名学者，中国早期著名的地质学家，对中国地质学教育、矿产开探、地震研究等多方面有杰出贡献。

[2] 小丰满水电厂：1937年日本侵占东北时期开工兴建，是当时亚洲规模最大的水电站。1942年大坝蓄水，1943年首台机组投产发电。

[3] 指中国人民大学出版的《中共八届八中全会学习文件汇编》所载的列宁的《卡尔·马克思》一文中的"辩证法"一节。

[4] 父亲：吴世敏（1937—1885），字时逊，号学斋，四川荣县人，在家务农，农闲读书。

[5] 二哥：吴永锟，号紫光，吴玉章读书和革命的领路人。曾就读成都尊经书院，19岁中秀才。闻戊戌变法失败，悲不自禁，与吴玉章一道在家祭奠。1903年与吴玉章一起赴日留学，后参加同盟会。1913年二次革命失败后，自缢而死。

[6] 大哥：吴永樨，号祥慈，读书而兼管家务。曾留学日本，参加同盟会后改名匡时。1903年，他变卖田产，凑得了二百多两银子，支持两个弟弟赴日留学。

家书手稿

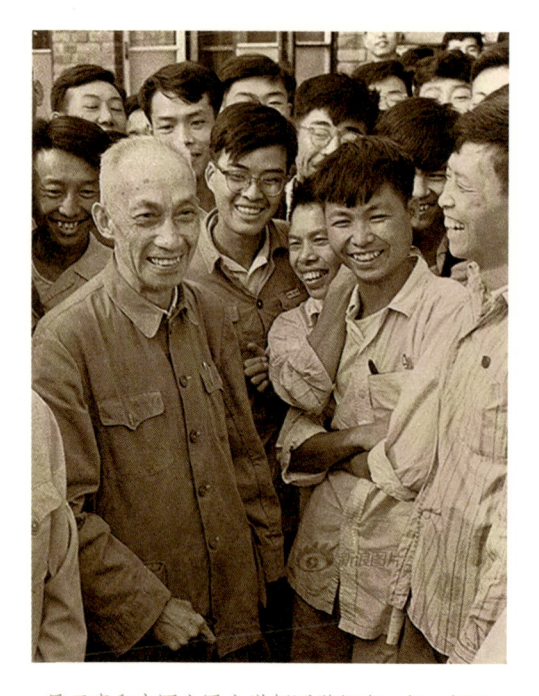

吴玉章和中国人民大学新同学们在一起，摄于1961年

是中日开战和中国失败的时候，我们弟兄正在读历史，宋朝受辽金入侵，中国失败至于亡国，这就使我们有救亡图存的志愿。以后我们对于戊戌变法很赞成，并参加同盟会努力作〔做〕革命工作。辛亥革命成功不久袁世凯背叛，我又参加了反袁的二次革命，失败的消息传到成都，我二哥回家，因贫病交加，革命又失败，遂自缢而死。我所以写这些事实告诉你们，是要使你们知道革命有今日这样伟大的胜利不是容易得来。我们现在是处在社会主义阵营和帝国主义阵营斗争的时代，又是东风压倒西风、争取和平共处、和平竞赛，以利我们努力建设社会主义并向共产主义伟大目标前进的时代，国内外形势都大有利于我们。我很庆幸能在我们伟大的党和最英明的毛主席领导之下学习到许多东西，能作〔做〕一些工作，能够很好地为人民作〔做〕点有益的事情，来达到我"先天下之忧而忧，后天下之乐而乐"的素〔夙〕愿。我应当作〔做〕的事情很多：关于历史，特别是关于中国六十年来革命运动史，我有责任把所见所闻和自己亲身经历的事实写出来，党和许多同志都希望我作〔做〕这一工作，现在还未完成。文字改革我认为是一个特别重要的工作，党和政府把这一责任交给我，现在才开始上路。这一个巨大而长期的工作，还要作〔做〕一番艰苦奋斗的努力才能有成效。人民公社这一新的、伟大的社会组织，是多年盼望而这两年才产生的，我极愿出一份力量使它日趋完善。这些应作〔做〕的工作很

多，使我不能不以"唯日不足"[1]的心情奋勇前进。我时时觉得对国家、社会贡献太少，而党和政府给我以崇高的地位、优厚的待遇，特别是青年们及我所到地方的同志们、工农广大群众的欢迎接待，使我深深感激，而不敢不力求进步以报答党和政府及人民对我的厚爱。我并无过人的特长，只是忠诚老实，不自欺欺人，想作一个"以身作则"来教育人的平常人。我是以随时代前进不断改造自己，使不至成为时代落伍的人。我常常觉得自己缺点、错误总不能免，去年九月写了一个座右铭[2]，你们曾经看到，因为用了许多典故，你们不易看懂，待我回北京后和你们细讲。写得太多了，两个小弟弟不易看懂，可请你们妈妈讲解一下。我二月五、六号就动身回四川家乡，把家乡的文改工作和人民公社试点工作的许多事情亲身去体验学习一下。在实践中来提高自己。我打算四月中回北京，望你们努力学习。

祝你们春节快乐！

你们的祖父 玉章
1960.2.1.

---

[1] 唯日不足：只觉时日不够。语出《尚书·泰誓中》："我闻吉人为善，惟日不足，凶人为不善，亦惟日不足。"

[2] 座右铭："我志大才疏，心雄手拙。好学问而学问无专长，喜语文而语文不成熟。无枚皋之敏捷，有司马之淹迟。是皆虚心不足，钻研不深之过。年已八一，寡过未能。东隅已失，桑榆非晚。必须痛改前非，力图挽救。戒骄戒躁，毋怠毋荒。"

品读

  这封信长达3000余字,如果按照300字一页的信纸来写,要写10多页。可见吴玉章对后辈的殷切希望。

  写这封信时,吴玉章已经82岁了,他的孙辈或上大学或读中学。尽管已到耄耋之年,吴玉章仍有一颗不落人后的心,努力不让自己与时代脱节。他在信中自述"觉得对国家、社会贡献太少",因此仍要努力工作。

  吴玉章是我国著名教育家,这封家书以现身说法、直击心灵的方式对孩子们进行教育,既有说服力,又有亲和力,洋溢着对孙辈的关爱之情。

做一个高尚正直的人，虽苦犹乐

——1972年2月14日　胡华致胡宁等诸儿

作者简介

胡华（1921—1987），浙江奉化（今属浙江宁波）人。著名历史学家、中共党史研究专家。中国新民主主义革命史和中共党史学科的重要奠基人和开拓者。1937年肄业于浙江省立高等师范学校，在家乡参加了抗日救亡运动。1938年10月，奔赴延安，历经艰险，进入陕北公学学习。1939年2月参加中国共产党。毕业后留校任教，随华北联大挺进敌后，一边打游击，一边教学。曾于华北大学、中国人民大学工作，主要从事中国革命史、中共党史的教学与研究。1956年被评为教授。1972年，受命返京担任中国革命博物馆顾问。

1978年中国人民大学复校后，他先后担任中共党史系主任、名誉主任、博士生导师，中共中央党史资料征集委员会委员，国务院学位委员会学科评议组成员、政治学分组召集人，中国史学会常务理

抗日战争时期在北岳恒山边打游击边教学的胡华

事等。有《中国新民主主义革命史》,《中国历史概要》(与翦伯赞、邵循正合作编著),《青少年时期的周恩来同志》,《南昌起义史话》,《中国革命史讲义》,《中国社会主义革命和建设史讲义》,《五四时期的历史人物》等,另有六卷本《胡华文集》。

原信

胡宁[1]、胡安[2]、胡静[3]、胡刚[4]、胡芳[5]诸儿:你们都好吧!

  我于9日自江西动身,由于春节火车不断误点,及购票困难,在杭州、宁波各住一宿,至十二日中午始抵家。正好华庆表弟[6]亦来奉化探亲,在车站相遇,晤谈甚欢,在我家住了两夜,今早他进里山家乡去了。奶奶大病之后,虽显龙钟衰老,但精神还好,还能在厨下烧火、洗碗,日夜忙个不停。家里里里外外都靠姑妈[7]奔跑操劳照应。我年过半百,劫后余生,离别故乡三十四年后,第一次在故乡过春节,感触良深。展望党和国家,在毛主席、党中央领导下,蒸蒸日上,前途越来越美好。林贼败亡,极"左"思潮,歪风邪气,正受打击,正气上升,党的干部政策和知识分子政策正在落实,心

---

[1] 胡宁:胡华长女,当时是在黑龙江虎林下乡的北京知青、兵团战士,后从北京市东城区教育局党委宣传部退休。

[2] 胡安:胡华长子,当时是铁道兵13师63团战士,驻湖北,后从中央统战部政策研究室退休。

[3] 胡静:胡华次女,当时在吉林扶余插队,任公社中学教员,后从天津市经委机电设备招标局退休。

[4] 胡刚:胡华次子,当时是在黑龙江富锦下乡的北京知青、兵团战士,后从中国社科院社会学所退休。

[5] 胡芳:胡华三女,当时在北京电机厂当工人,后在北京中永兴资产评估有限公司总经理任上退休。

[6] 华庆表弟:全名钟华庆,是胡华母亲的弟弟钟阿祥的儿子。他曾加入志愿军参加抗美援朝,回国后在解放军某部工作,回故乡探亲路过北京常到胡华家歇脚,彼此很亲近。

[7] 姑妈:指胡华的姐姐胡雅卿,比胡华年长6岁,为照顾老母亲,特地从上海回到奉化。

胡华与父、母、姐1928年在上海合影，时在宁波旅沪同乡会培本小学读初小

家书手稿

情是兴奋的,革命意志是旺盛的。且幸身体日益强健,老当益壮,尚可为党工作一些年,党的干部政策和知识分子政策深信总有落实到身上之日。

你们五人在外各在自己的工作岗位上英勇奋战,艰苦卓绝,捷报频传,也使我们老辈人高兴,你们互相鼓励,百尺竿头,更进一步,珍惜每一天,珍惜每一步,争取日有可进。王铁人"北风当电扇、大雪是炒面"[1]之句,以艰苦为光荣,以艰苦为幸福,克己奉公的精神,值得好好学习,作〔做〕一个高尚正直的人,虽苦犹乐。青年时期经历艰苦的锻炼,是毛主席对后一代有意的培养,你们要好好体会党和主席的苦心,不要辜负党的期望。我在青年时期出门革命,十年不归,战火纷乱,出生入死,十年之中,以杂粮为主食,萝卜、白菜汤为副食,一年不过吃到一、二次大米;黑夜行军,顶风冒雪,野地露营,比较起来,你们今天生活究竟安定得多,条件好得多,深望积极努

---

[1] 这是1960年冬,石油工人王进喜等开发大庆油田时所作的诗。全诗为:"北风当电扇,大雪是炒面。天南海北来会战,誓夺头号大油田。干!干!干!"

1972年春胡华奉调回京，在中国革命博物馆担任党史顾问

胡华在临时搭建的简易木板教室为复校后第一届党史专业本科生（77级）上第一堂课，摄于1978年4月21日

1987年春节，胡华（左三）、宋涛（左一）与袁宝华夫妇合影

力，条件越艰苦，越能锻炼考验人。与日俱进，有厚望焉。爰作一绝句以志念：

示黑、鄂、吉、京诸儿

一家革命各西东，天涯思念月明中。

征程五七须勤奋，珍惜眼前无限春。

1972 春节

……我将于21日离家回赣。真是鲁迅所云"返家未久又离家"[1]，他的诗"我有一言应记取，文章得失不由天"[2]，亦可借赠你们。专此

即祝

春节愉快，进步！

爸爸
1972．2．14于奉化

品读

1970年1月，胡华从北京赴江西余江中国人民大学"五七干校"劳动改造，与他一起生活多年的母亲也被迫回到家乡。在干校，胡华被分配在养猪班，以多病之躯开始了担泔水、打猪草、喂猪、起圈等又脏又累的体力劳动。

1972年1月，胡华获准春节期间返回奉化家乡，探望母亲。这是他离别故乡34年后，"第一次在故乡过春节，感触良深"，于是给孩子们写了上面这封家书。五个子女，两个在黑龙江兵团，一个在吉林插队，一个在湖北当兵，一个在北京工厂，可谓天各一方。孩子们曾写信向他报告评上了"先进工作者""五好战士"

---

[1] "返家未久又离家"："返家"应为"还家"，这是鲁迅于1900年创作的一组七言绝句《别诸弟》中的一首。全诗为："还家未久又离家，日暮新愁分外加。夹道万株杨柳树，望中都化断肠花。"

[2] 这两句诗亦出自鲁迅《别诸弟》。全诗为："从来一别又经年，万里长风送客船。我有一言应记取，文章得失不由天。"

等称号,"捷报频传",作为父亲自然十分高兴。佳节思亲,胡华思念着"各西东"的子女,同时嘱咐他们要"以艰苦为荣""克己奉公""作〔做〕一个高尚正直的人""珍惜眼前无限春"等,并以革命战争年代在战火中办学的亲身经历,教育他们在艰苦环境中接受锻炼和考验……在党的培养和胡华的教育、鼓励下,他的五个子女都努力进取,先后取得大学或大专学历,中级或高级职称,在各自岗位上默默奉献。

胡华在江西余江"五七干校"养猪时留影,摄于1971年

不管顺境,还是逆境,胡华始终对革命前途充满信心,把毕生心血都献给了所挚爱的中共党史事业。特别是1978年中国人民大学复校后,他焕发了学术青春,全身心投入中共党史学科的教学与研究,同时发起并组织成立了"中共党史人物研究会",任常务副会长并主编大型丛书《中共党史人物传(1—50卷)》。他还参与成立了"全国中共党史研究会"(后改称"中国中共党史学会"),任常务副会长。因积劳成疾,胡华于1987年12月不幸病逝,他用行动证明了"生就是奋斗,死就是休息"的遗训。

全家人什么也不用多想

——1979年1月10日　马新华致妈妈、姐姐、弟弟

作者简介

马新华，北京人，1978年3月8日应征入伍，在四川什邡某部队服役。1980年复员回到北京。

原信

亲爱的妈妈、姐姐、弟弟：

近来全家人一切都好吧！

您如果看到这些东西后会有什么样的想法呢？依我说，全家人什么也不用多想，也不用为我而过多的[地]忧虑。尤其是妈妈，要注意身体，不要为我着急，因为这是没有用的。

我们部队再过几天就要开赴云南边境去了，为了保卫我们的家园，保卫胜利果实，保卫

实战演习，摄于1980年

在驻地练兵，左为马新华，摄于1980年　　　　　姐弟三人合影，左为马新华

和平。

这些大道理我不用多讲，妈妈、姐姐和弟弟一定会理解和明白的。

姐姐和弟弟一定要听妈妈的话，让妈妈放心。特别是弟弟一定要努力地学习，不要辜负我对你的希望。

时间紧张，暂说至此吧！

全家人只要不为我着急和惦念，我就放心了。

　　　祝全家人

　　　　　身体健康，工作学习顺利、生活愉快。

　　　　此致

　　　　　敬礼！

　　　　　　　　　　　　　　　　　华：于一九七九．元．十

　　　　　　　　　　　　　　　　　　　写于什邡

品读

　　这是一位即将走上战场的战士写给家人的遗书，与其他书信所不同的是，它是写在一块擦枪的白布上的，现收藏在中国国家博物馆。

　　1978年年初，中越边境冲突不断，形势紧张。到了年底，局势更加紧张起来。很快，命令到来，部队进入一级战备状态，战士们被要求就地打好背包，随时准备出发。这时与外界的联系也被中止。

家书手稿

　　1979年1月10日夜，马新华站岗回来，想到应该写一封遗书劝劝家人，考虑再三，决定给家中留下遗书。当时没有纸，他看见一块擦枪的白布，就拿着板凳，趴在床铺上，在这块布上用钢笔写了起来。钢笔在布上不好写字，这封信是一笔一画描出来的。

　　写完信不久，部队就开赴战场了。又过了一年左右，马新华复员回到北京，这封家书也被他带回了家乡。2005年4月，马新华从报纸上看到了中国国家博物馆等单位抢救民间家书的消息，他想到了自己家里这封已保存26年之久的家书，应该捐给国家。捐赠家书之前，他特意上了趟洗衣店，不仅把压了二十多年的"擦枪布"熨平，也把那段烽火岁月深深地烙在了心里。

人是要有点精神的
——1979年3月18日 汤钦训致弟弟汤文藻等

作者简介

汤钦训（1915—2006），湖南衡山人。在家乡读完小学后，13岁离家到岳云中学读书，后考入武汉大学。1935年，在武大参加"一二·九"爱国运动。1937年10月加入中国共产党，同年11月，经八路军武汉办事处介绍，秘密离校去往延安。

汤钦训在延安抗大毕业后，进入马列学院学习，参与组建延安中国自然科学研究院，并担任延安兵工厂厂长。1946年跟随陈云进驻东北，先后担任东北军工部鸡西办事处主任、沈阳文官屯五十二兵工厂厂长。全国解放后，历任哈尔滨飞机厂厂长兼总工程师、航空工业部科技局局长等职，曾率中国航空工业代表

汤钦训（左）与弟弟汤文藻，1982年12月摄于攀枝花

汤钦训（左三）在延安抗大，摄于 1937 年 12 月

团出席在德国举行的航空展览会。在新中国航空工业创立 40 周年时，他被授予"特别荣誉奖"。

原信

文藻、金琼：

　　前接信，知你们生活情况比前较好，这是较普遍的可喜现象。你们自己努力工作安排好生活，还要尽力为孩子们提供更好的学习、力求上进的条件。

　　最近，周颐[1]同志来京参加中央召开的秘书长会议——主要是搞好调查研究，沟通情况两项任务。他谈起四川情况还是好的。

---

[1]　周颐：1914 年生，山西夏县人，武汉大学肄业，1937 年加入中国共产党。后入延安抗大学习。曾任晋绥边区行署干部科科长、中共中央晋绥分局青委书记。新中国成立后，历任重庆市委书记、四川省委秘书长、四川省第五届政协副主席等职。2013 年去世。

家书手稿

    我和周颐是在武大一起参加革命活动，加入共产党，俩人秘密离校经西安、临汾，然后步行再过黄河上延安抗大的。那时年轻，什么也不怕，身体好，开始日行80里不在话下，日子久了也吃不消，记得步行过桥时，头晕、腿软，十分疲倦，互相搀扶着走（怕跌倒深坑）。过了黄河进入边区，一路上常碰到从延安学习毕业上前线的青年，都说你们上延安抗大，正是好时机，艾思奇讲哲学……毛主席还亲自上大课，作报告呢！到了边区，精神更加焕发，减轻了疲劳，加快步行速度。确实，人是要有点精神的，它可以鼓舞人们提高斗志，战胜困难。一九三六〔五〕年就参加一二·九青年运动，一心要革命，抗日反蒋，科学、工业救国，国强民富，建设没有剥削、压迫，平等、自由、民主、富裕的社会。前一段在党和毛主席领导下，较快的〔地〕在四九年取得人民民主专政的伟大胜利。一九五七年前，我们的事业发展进行得顺利。不幸的是后来反复多次的折腾，反右扩大化、"大跃进"、反右倾、四清、"文化革命"……失误不少，耽误了几十年！人民的生活，相对邻近地区，应说是落后了。三中全会到来，进入了新的历史时期，党的路线方针政策，重新步入正确稳定的轨道。现在是形势很好，存在潜伏危机。只要实事求是，循序前进，扎扎实实，我们的事业是很有信心，有希望的。再经

163

过三五年的调整、改革，会较快取得明显的进步。

学庄上月初因病住院治疗，最近好些，人到年老，各部位都劳损，抵抗力弱，容易犯病，自然规律。

祝好

钦

三月十八日

品读

中国共产党第十一届三中全会召开后不久，1979年3月18日，汤钦训给弟弟和弟媳写了这封信，详细回顾了自己参加革命的历程，表明了对党的事业的坚定信心。不论是在革命战争年代还是和平建设时期，不论是顺境还是逆境，他都对革命前途充满信心。改革开放的大幕已经拉开，党和国家的各项事业正在步入正轨，社会上出现了新的气象，形势大好，一位老革命内心的喜悦跃然纸上。

据汤文藻（1930—2018）介绍，哥哥对亲属要求很严，从来不允许他们利用他的关系搞特殊化。1982年11月，汤钦训到攀枝花市视察，"他知道我们这里是共生矿，其中含有丰富的钒和钛，这在航空工业上是很需要的，他亲切地对我说：'你在攀枝花工作很有意义。'曾任攀枝花市委书记的徐驰，是他在延安抗大的老战友，私交甚好，但二哥当时没有向我提及过。"汤文藻说。

离休后，汤钦训夫妇将多年积蓄的30万元捐献给浙江嘉兴新华爱心教育基金会，以帮助那些因家庭贫困而上不起大学的优秀青年。

革命者是要经常保持乐观主义态度的
—— 1986年1月25日　李真致弟弟李振岐

作者简介

李真（1918—1999），江西永新黄门坊人。1930年加入中国共产主义青年团，1933年转入中国共产党。1932年加入中国工农红军，参加了二万五千里长征以及土地革命以来各个历史时期的多次战役和战斗。新中国成立后，作为第19兵团63军188师政治委员，率部参加了抗美援朝战争。从1953年10月起，先后担任军事学院政治部干部部长、军政委、军委防化兵部政委、军委工程兵政委、总后勤部副政委等职。1955年被授予少将军衔。

原信

振岐：

在一年一度的传统佳节即将来临之际，祝你和全家健康、愉快！

很长时间没有去信，当然也没有接

李真告别家乡长征时留影，摄于1932年

任冀察军区卫生部政委时的李真，摄于 1946 年

到你的来信，可能是我上次写的长信触怒了你。我想不会因此而断绝兄弟的情感和关系。尽管我对你的要求很严厉，但兄弟之情还是依依。

党中央关于各级领导班子年青化提出后，军委三总部都作了调整，没有给我下离休命令，但已免除了总后副政委的职务，这对我来说有好处。消除了整天迷于事务之中。现在可以合手出更多一些时间看书、写字，写点回忆录或其他的文章。这样也可使过去多次负伤流血、后来多病的身体得到休息和锻炼，以较健康的身体和愉快的心情，安度晚年。有些领导同志不愿意退到二、三线，我看不少人是为权势已失而苦恼。权势对真正的革命者来说，是毫不计较的。我总是对人说，"我很愉快"！

革命者是要经常保持乐观主义态度的。

去年十月经上级批准，我到过去红军长征的路上，走了一段，还到我二、六军团渡金沙江的石鼓渡口看了看。我们过的第一座大雪山——玉龙雪山也在眼前，不过这一次没有去爬罢了！根据年龄和身体条件，恐怕也不能再爬了。但见景生情，在我二、六军团爬的几个大雪山，就牺牲了一千多位革命志士，我是幸存者，今天能来到四十八年前战友们因缺氧和饥寒交迫的

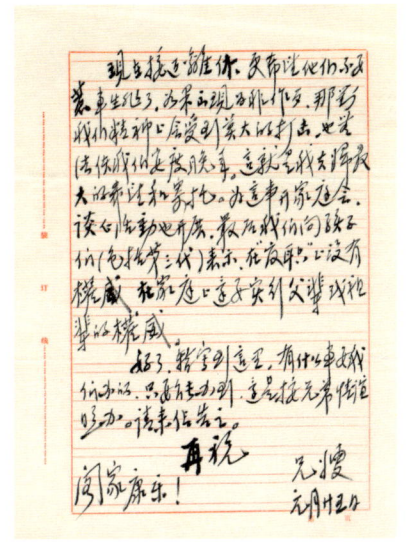

家书手稿

情况下，而悻悻离开人世的地方，哪有不动情呢？这些同志死得过早，什么也没有得到，什么家庭、妻子、儿女，那时恐怕连想都没有想过。他们的意志、勇敢、才华都很好，可惜过于年轻，就失去了一切。我很感叹，在写文章中，例举了一些他们的事迹。总希望在后一代起些传统教育的作用。现在党内和社会上不正之风的现象，还相当严重，不进行这些光荣传统的教育，让那些资产阶级腐朽思想和行为发展下去，我们的胜利有得而复失的危险，在我的家庭里还好，不论打击经济犯罪或清除精神污染，至今还没有发现任何踪迹。觉得也是一种宽慰。我们的后代，从小都注意了这个问题的教育和严格要求。

现在接近离休，更希望他们不要惹是生非了。如果出现为非作歹，那么我们精神上会受到莫大的打击，也无法使我们安度晚年。这就是我夫妇最大的希望和寄托。为这事开家庭会，谈心活动也开展，最后我们向孩子们（包括第三代）表示，在"官职"上没有权威，在家庭上还要实行父辈或祖辈的权威。

好了，暂写到这里，有什么事要我们办的，只要能办到，还是按兄弟情谊照办。请来信告之。

再祝

阖家康乐！

兄嫂
元月廿五日

品读

李真将军写给弟弟的这封信，长达5页，洋洋洒洒，首先表明了自己对于退居二线的看法："我很愉快！"接着讲述了重走长征路的感想，想到很多牺牲的战友，对于今天的幸福生活倍加珍惜。他对于党内的不正之风深感忧虑，认为应该对后代进行革命传统教育，坚定理想信念，并从自身做起，严格要求家人遵纪守法，清正做人，树立良好家风。

李真的一生具有传奇色彩：他从一个农村的放牛娃，成长为一名文武双全的将军；从一个只读过9个月私塾和一年列宁小学的人，成长为一名颇有名望的诗人和书法家；他在枪林弹雨的革命生涯中，多次被敌人的子弹穿透胸膛，却凭借坚强的革命意志活到80多岁；他在晚年，身患胃癌，还为革命老区的经济建设和教育事业的发展而呕心沥血。支撑他顽强抗争的是"要为社会、为人民做点儿什么"

的信念。

1995年，李真将自己珍藏了多年的名家字画拍卖，共筹款56万元，全部捐给了江西永新禾川中学，用于兴建教学大楼，并带病到南昌参加了江西省政府举办的捐款仪式。

李真与家人（前排中为母亲，后排中为李真，后排右为李振岐）合影，1956年摄于南京

人不可能生活在真空

—— 1994年6月21日　何显斌致女儿何金慧

作者简介

  何显斌，湖北荆门沙洋人，生于1953年。1972年应征入伍，1977年复员回乡，1981年加入中国共产党。先后任荆门市沈集区马集乡乡长、麻城乡党委书记、东宝区委宣传部副部长、东宝区教体委党委书记兼主任等职。2013年退休。先后任湖北省伦理学学会常务理事兼青少年道德实践研究会会长、荆门市家庭教育研究会副会长、荆门市东宝区延安精神研究会副会长兼秘书长等。2018年入选湖北省老干部宣讲团，到高校巡讲红色家书。

何显斌，摄于 2019 年 6 月

何金慧在南京大学读书时留影

原信

慧慧:

你好！几个月不见，十分想念！你看仅仅廿四天，我就写成了"几个月"。紧张的学习中，身体好吗？

你给弟弟的信，他早已收到，我虽没看到信的内容，但你的问候和对弟弟学习的关心，弟弟已向我转达。谢谢！

听弟弟说，你打算这个星期回来。我认为，快放假了，可以等放假后再回来，请你酌定。如果这个星期回来，最好先到麻城，因为我和弟弟可能到你妈那里去；如果放假时回来，请来信告知放假时间，我来接你；如果带的钱不够用，请来信说明，我给你送来。

弟弟这段时间学习比较用功，妈妈和我工作、身体都好，请不要分心。

慧慧，"七·一"党的生日就要到了，作为一个中国共产党的普通党员，我还想说几句话。

中国共产党以实现共产主义为最终奋斗目标，以建设具有中国特色的社

171

家书手稿

赤胆忠心见真情

何金慧遗著，
湖北教育出版社出版

会主义为近期目标，以全心全意为人民服务为宗旨。你现在对党的认识有哪些提高？你是否愿意为党的目标奋斗终身？你觉得你与党员的标准（这里指的不是现实生活中某些并不合格的党员个人）有多大差距？你是否应该向党组织递交申请书（向党组织提出申请，并按党员标准严格要求自己，不是一次可以完成的，应该是经常的，时时的）？作为一个思想上、政治上正在走向成熟的你，应该考虑这些问题了，你说是吗？

人不可能生活在真空，总有一定的理想、信念、人生观。当前，人们的思想比较活跃，各种思潮、各种主义都在影响着你们。你如何在这些思潮、主义面前不迷失方向呢？我认为关键在于加强政治理论学习，提高把握

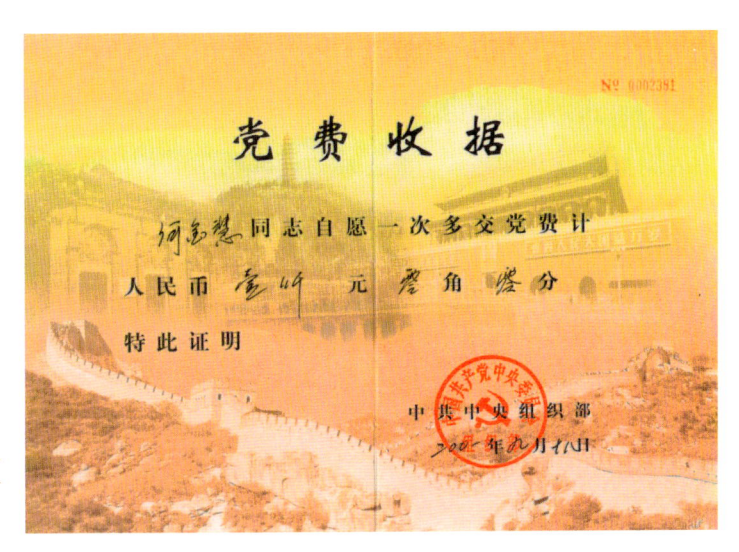

2001年9月18日中共中央组织部颁发的何金慧党费收据

173

在中国 2019 世界邮展"中国家书"展区，何显斌向观众介绍金慧家书背后的故事，摄于 2019 年 6 月 14 日

自我，管理自我，尊重自我，战胜自我的能力，你说对吗?

你从小要求上进，五岁入队，十二岁入团，我是信得过你的。我不会把我的信仰强加于你，抉择权属于你自己，但作为有着多年党龄的我和你妈衷心希望你作出正确的抉择，树立为共产主义奋斗终身的崇高理想，早日成为中共的忠诚战士！

最后告诉你一个信息，你上次编的"现代企业制度的实践"已作为《现代企业制度》的第八部分，通过终审送出版社公开出版去了。

祝学习愉快，全面进步！

父示
一九九四年六月廿一日

品读

　　这是共产党员何显斌在七一党的生日前夕写给女儿何金慧的一封信，指出人不可能生活在真空，应该有崇高的理想和追求，提醒女儿应该考虑入党问题了。

　　何金慧，1979年出生，在家乡上小学、中学，年年被评为"三好学生"。1993年考入沙洋师范学校（今沙洋师范高等专科学校），在校期间被评为"十佳学生"。1996年保送到湖北师范学院（今湖北师范大学）物理系就读，当选黄石市"三好学生"、湖北师院"2000年优秀毕业生"。1998年加入中国共产党。2000年成为南京大学哲学系硕士研究生。2001年1月24日不幸煤气中毒离世，年仅22岁。

　　何金慧去世后，留下了数百封书信、几十本日记，记录了一个当代青年不断战胜自我、超越自我的艰辛历程和哲学思考。何金慧被称为"哲学女孩"，她的故事经媒体传播，感动了万千读者。2001年11月，何显斌辞去东宝区教委主任职务，成立荆门市何金慧教育促进会，潜心青少年道德实践研究，资助寒门学子完成学业，关爱孤寡老人，传播"金慧精神"。

何金慧（前排左）与家人合影，摄于2000年春节

2018年，何显斌、余国香夫妇荣获沙洋好人、荆门市最美家庭、荆楚最美家庭提名奖。2019年6月，中国2019世界邮展在武汉举行。邮展首次设立"中国家书"展区，经过层层选拔，何金慧与父母互通的6封家书及相关照片、故事参展。2020年12月至2021年5月，"见字如面——2020中华家风文化主题展"在中华世纪坛举办，何显斌的这封家书，连同女儿的励志故事一起展出，感动了一个又一个观众。

二

欲寄家书意万重
—— 长辈与晚辈之间的亲子家书

今视汝书犹不如吾
——西汉　刘邦致太子刘盈

作者简介

刘邦（前256或前247—前195），原名刘季。沛郡丰邑（今江苏丰县）人。汉朝开国皇帝，中国历史上杰出的政治家、战略家和指挥家。公元前209年在沛县揭竿起义。公元前208年受楚怀王之命西征灭秦。公元前206年受封为汉王，建立汉国，汉朝由此肇基。公元前202年垓下之战击败项羽，灭楚国，统一中国，登基称帝，建立汉朝，定都洛阳，不久迁都长安。在位期间，实行休养生息政策治理天下，恢复生产，发展经济。

原信

吾遭乱世，当秦禁学[1]，自喜，谓读书

汉高祖刘邦像，载《三才图会》，明万历刻本

---

[1] 秦禁学：指秦朝的"焚书坑儒"。公元前213年，秦始皇下令焚烧除《秦记》及医药、种树、卜筮之书以外的列国史记、诗书等书籍。第二年，又坑杀460余名私藏违禁书籍、诽谤秦始皇的儒生。

无益。洎践祚[1]以来，时方省书，乃使人知作者之意，追思昔所行，多不是。

尧舜不以天子与子而与他人，此非为不惜天下，但子不中立耳。人有好牛马尚惜，况天下耶？吾以尔是元子[2]，早有立意。群臣咸称汝友四皓[3]，吾所不能致，而为汝来，为可任大事也。命定汝为嗣[4]。

吾生不学书，但读书问字而遂知耳。以此故不大工，然亦足自辞解。今视汝书，犹不如吾。汝可勤学习，每上疏，宜自书，弗使人也。

汝见萧、曹、张、陈[5]诸公侯，吾同时人，倍年于汝者，皆下拜。并语于汝诸弟。

吾得疾遂困，以如意母子相累，其余诸儿皆自足立，哀此儿犹小也。

品读

这封信是刘邦病危时亲笔写给太子刘盈的遗训。不久，刘邦去世，刘盈即位。

刘邦少壮不修文学，常用"吾以布衣提三尺剑取天下"为口头禅，轻视儒生，尿溺儒冠辱骂读书人。等到行将就木之时，作为开国皇帝，作为老父，刘邦毫不掩饰地在遗训中深悔往年自以为读书无用，并鄙薄侮辱读书人的错误，且以尧舜为例，以自己治理朝政的切身体会，生动地说明帝位的重要性，告诫刘盈要任人唯贤，要做称职的太子；要勤于读书习字，凡奏疏报告要自己动笔，不要让手下人捉刀代书。谆谆教诲太子，对开国功臣等年长臣僚都要尊敬下拜；要刘盈照顾好他所宠幸的戚夫人及其年幼的儿子如意。

此信语言朴实，言简意深，温婉寄望，语重情浓。

---

[1] 洎[jì]践祚：到做了君主以来。洎，及，到。践阼，帝王即位。
[2] 元子：嫡长子。
[3] 四皓：是居住在陕西商山深处的四位白发皓须、德高望重、品行高洁的老者，分别是苏州太湖甪里先生周术、河南商丘东园公唐秉、湖北通城绮里季吴实、浙江宁波夏黄公崔广，又称商山四皓，皆秦博士，因逃避焚书坑儒来到商山隐居。
[4] 嗣：嗣子，继承人。
[5] 萧、曹、张、陈：指萧何、曹参、张良、陈平四位帮助刘邦建立汉朝的功臣。

受福则骄奢，骄奢则祸至
——西汉　刘向致儿子刘歆

作者简介

刘向（约前77—前6），原名刘更生，字子政，沛郡（今江苏徐州）人。刘邦异母弟刘交的后代，刘歆之父。西汉经学家、目录学家、文学家。

原信

告歆[1]无忽。若未有异德？蒙恩甚厚，将何以报？董生[2]有云："吊者在门，贺者在闾。"[3]言有忧则恐惧敬事，敬事则必有善功而福至也。又曰："贺者在门，吊者在闾。"言受福则骄奢，骄奢则祸至，故吊

刘向像，藏台北"故宫博物院"

---

[1] 歆：指刘歆，刘向之子，后来也成为汉代著名学者、文学家。
[2] 董生：指董仲舒。
[3] 吊者在门，贺者在闾：来吊慰的人走到家门前时，道贺喜事的人其实已经到了里巷。此语体现了福祸转换的辩证法，与老子的"祸兮，福之所倚；福兮，祸之所伏"意思相近。

随而来。齐顷公之始，借霸者之余威[1]，轻侮诸侯，亏跋蹇[2]之客，故被鞍之祸，遁服而亡。所谓"贺者在门，吊者在闾"。兵败师破，人皆吊之。恐惧自新，百姓爱之，诸侯皆归其所夺邑，所谓"吊者在门，贺者在闾"也。今若年少，得黄门侍郎[3]，要显处也，新拜，皆谢贵人叩头，谨战战慄慄，乃可必免。

品读

这是刘向写给幼子刘歆的一封家书。刘歆（？—23），字子骏。因受家学影响，自幼博览群书，"讲六艺传记……诗赋、数术、方技，无所不究"。年少时即受汉成帝召见，并被任为黄门侍郎。

刘向担心刘歆少年得志，骄傲自大，遂撰《戒子歆书》，加以劝勉。他引董仲舒名言说明福因祸生，祸藏于福，相互转化的道理，并举春秋时齐国事例加以具体说明，告诫儿子要牢记古训，得志时不骄傲，保持清醒头脑，小心认真从事本职工作，以求免除祸患。

---

[1] 齐顷公：春秋时齐国国君，"春秋五霸"之一齐桓公的孙子。霸者：指齐桓公。
[2] 跋蹇：跛足，亦指跛行的人。
[3] 黄门侍郎：又称黄门郎，秦代初置，是皇帝近侍之臣，可传达诏令，汉代以后沿用此官职，明清时期为从二品官员，负责协助皇帝处理朝廷事务。

誉成于友，德立于志
——东汉 郑玄致儿子郑益恩

作者简介

郑玄（127—200），字康成，东汉北海高密（今山东高密）人，为尚书仆射郑崇八世孙，经学大师。家贫好学，曾入太学攻《京氏易》《春秋公羊传》《三统历》《九章算术》，又从张恭祖学《古文尚书》《周官》《礼记》《左氏春秋》等，最后从马融学古文经。游学归里之后，复客耕东莱（今山东龙口），聚徒授课，弟子达数千人，终为大儒。党锢之祸起，遭禁锢长达14年，其间他闭门注疏，潜心著述。以古文经学为主，兼采今文经学，遍注群经，著有"三礼注"及《毛诗谱》《天文七政论》《六艺论》《中候》等书，共百万余言，世称"郑学"，为汉代经学的集大成者。

汉中平元年（184），大赦党人，郑玄亦被解禁。朝廷当政者对郑玄

郑玄像，藏台北"故宫博物院"

的大名早有耳闻，于是争相聘请他入朝担任要职。先后被州辟、举贤良方正、茂才等共有14次，郑玄皆拒绝不受。公车征左中郎、博士、赵相、侍中、大司农，他也没有就职。郑玄一心在学术上发挥自己的才智，以布衣而雄视世人，被誉为"真名士"。

原信

吾家旧贫，不为父母群弟所容，去厮役之吏[1]，游学周、秦之都，往来幽、并、兖、豫之域，获觐乎在位通人[2]，处逸大儒[3]，得意者咸从奉手[4]，有所受焉。遂博稽六艺[5]，粗览传记，时睹秘书纬术之奥[6]。年过四十，乃归供养，假田播殖，以娱朝夕。遇阉尹擅势[7]，坐党禁锢[8]，十有四年，而蒙赦令，举贤良方正有道[9]，辟大将军三司府[10]。公车再召，比牒并名，早为宰相[11]。

---

[1] 去厮役之吏：辞去那些处理杂事的差事。郑玄曾做过乡啬夫，在乡里负责诉讼与收取赋税。
[2] 获觐乎在位通人：争取拜见那些在官位的博古通今的人。
[3] 处逸大儒：在民间隐居的有名望的学者。
[4] 得意者咸从奉手：对于那些我所敬仰的人，向他们学习，争取获得提携和教益。
[5] 博稽六艺：广泛研究六经。六艺，指古代儒家要求学生掌握的六种基本才能：礼、乐、射、御、书、数。此处指六经，包括《易经》《书经》《诗经》《礼记》《乐经》《春秋》。
[6] 时睹秘书纬术之奥：常常阅读和研究有关谶纬图箓、占验术数和预言未来等方面的书籍。
[7] 遇阉尹擅势：赶上宦官专政。东汉桓帝、灵帝时政治腐败，宦官专权，把持朝政。
[8] 坐党禁锢：牵连上"党锢之祸"，受到十四年禁锢。"党锢之祸"，当时一些士大夫和贵族等对宦官乱政的现象不满，与宦官发生了政治斗争。结果，宦官以"党人"罪名大肆诛杀士大夫一派，禁止他们做官。"党锢之祸"前后共发生过两次，激起民变，为汉朝的最终灭亡埋下伏笔。
[9] 举贤良方正有道：选拔贤良方正有道之士。贤良方正、有道，均是汉代选拔人才的科目。大将军，指何进。三司，东汉以太尉、司空、司徒为三司。
[10] 辟大将军三司府：受大将军和三司府的征召。三司府，指太尉、司徒、司空三个官府。
[11] 比牒并名，早为宰相：当时在同一个文牒上列名被征召的人中，有的早就做了宰相。

惟彼数公，懿德大雅，克堪王臣，故宜式序[1]。吾自忖度，无任于此，但念述先圣之元意[2]，思整百家之不齐[3]，亦庶几以竭吾才，故闻命罔从。而黄巾[4]为害，萍浮南北，复归邦乡，入此岁来，已七十矣。宿业衰落[5]，仍有失误，案之礼典，便合传家[6]。今我告尔以老，归尔以事，将闲居以安性，覃思以终业。自非拜国君之命，问族亲之忧，展敬坟墓，观省野物，胡尝扶杖出门乎！家事大小，汝一承之。咨尔茕茕一夫[7]，曾无同生相依，其勖求君子之道，研赞勿替，敬慎威仪，以近有德[8]。显誉成于僚友，德行立于己志。若致声称，亦有荣于所生，可不深念邪！可不深念邪！吾虽无绂冕之绪[9]，颇有让爵之高。自乐以论赞之功[10]，庶不遗后人之羞。末所愤愤者，徒以亡亲坟垄未成，所好群书，率皆腐敝，不得于礼堂写定[11]，传于其人，日西方暮，其可图乎！家今差多于昔，勤力务时[12]，无恤饥寒。菲饮食，薄衣服，节夫二者，尚令吾寡恨。若忽忘不识，亦已焉哉！

---

[1]　故宜式序：因此适宜按次第任用。
[2]　元意：最初的思想。
[3]　思整百家之不齐：考虑整理诸子百家各学派不同的观点。
[4]　黄巾：指东汉末年张角领导的一次有组织、有准备的大范围的农民起义，因起义军头戴黄巾为标志，史称"黄巾起义"。起义对东汉王朝的统治产生了巨大的冲击，最终导致三国局面的形成。
[5]　宿业衰落：平素那些宏大的志愿已经大大减弱。
[6]　案之礼典，便合传家：查考《礼记》经典，人过七十岁就应该把家业传给儿子了。
[7]　咨尔茕[qióng]茕一夫：你孤独一个人。因郑益恩是郑玄的独子，故称。茕茕：孤独无依的样子。
[8]　敬慎威仪，以近有德：语出《诗经·大雅·民劳》，意思是恭敬谨慎地对待和接近道德高尚的人。
[9]　无绂冕之绪：没有做官的心情。绂冕，古代系官印的丝带及帝王、公卿的礼冠，引申为官服、礼服。
[10]　论赞之功：评论史传的功绩。
[11]　不得于礼堂写定：不能在讲堂上撰写完成。礼堂，讲堂，亦为习礼的场所。
[12]　勤力务时：勤劳耕作，不误农时。

品读

　　这封家书写于汉献帝建安二年（197），当时郑玄得了一场大病，恐一病不起，便给独子郑益恩写下了这封诫子家书。郑玄在家书中追述平生，交托家事，并对儿子的志向、道德、学业、家政等方面提出殷切嘱托和希望。郑益恩，名益，字益恩，是郑玄的独生子，23岁时被北海相孔融举为孝廉。据《后汉书·张曹郑列传》记载："及融为黄巾所围，益恩赴难殒身。有遗腹子，玄以其手文似己，名之曰小同。"

淡泊明志，宁静致远
——三国 诸葛亮致儿子诸葛瞻

作者简介

诸葛亮（181—234），字孔明，东汉琅琊阳都（今山东沂南）人。三国时期政治家、军事家。早年避乱于荆州（今湖北荆州），后隐居隆中（今湖北襄阳），时称"卧龙"。刘备三顾茅庐，他提出联合孙权抗击曹操的建议，此后成为刘备的主要谋士。刘备称帝后，任他为丞相。刘禅继位，他被封为武乡侯，领益州牧，主持朝政。后期志在北伐，频年出征，与曹魏交战，最后因病卒于五丈原。诸葛亮的著作被后人编成《诸葛亮集》，传世名篇有《隆中对》《出师表》《诫子书》《诫外甥书》等。

诸葛亮像，清殿藏本

原信

夫君子[1]之行，静以修身，俭以养德。非淡泊[2]无以明志，非宁静无以致远。夫学须静也，才须学也，非学无以广才，非志无以成学。慆慢[3]则不能励精，险躁[4]则不能冶性。年与时驰，意与日去，遂成枯落[5]，多不接世[6]，悲守穷庐[7]，将复何及！

品读

这是三国时期著名政治家诸葛亮临终前写给8岁儿子诸葛瞻的一封家书，成为后世历代学子修身立志的名篇。

这封信语言简洁，核心是修身养德。诸葛亮教育儿子要"淡泊"自守，"宁静"自处，鼓励儿子勤学励志，从淡泊和宁静的自身修养上下功夫，切忌心浮气躁。信中阐述的修身养性、治学做人的深刻道理，读来发人深省，可以看作诸葛亮对其一生的总结。信中的很多至理名言，至今为世人所推崇。

---

[1] 君子：品德高尚的人。
[2] 淡泊：内心恬淡，不慕名利。
[3] 慆慢：放纵怠惰。
[4] 险躁：轻薄浮躁。
[5] 枯落：枯枝和落叶，此指像枯叶一样飘零，形容人韶华逝去。
[6] 接世：接触社会，对社会有益。
[7] 穷庐：破房子。

当思四海皆兄弟
——东晋　陶渊明致陶舒俨、陶宣俟等五个儿子

作者简介

陶渊明（？—427），晚年更名潜，字元亮，号五柳先生，东晋浔阳柴桑（今江西九江）人。东晋末期南朝宋初诗人、散文家。29岁出仕为官，做过祭酒、参军、县丞县令一类的小官。因不愿为五斗米折腰，兼济天下苍生的壮志无法施展，义无反顾地走上了归隐田园之路。田园生活是陶渊明文学创作的主要题材，相关作品有《饮酒》《归园田居》《桃花源记》《五柳先生传》《归去来兮辞》等。

陶潜像，（元）赵子佼绘，藏辽宁省博物馆

原信

告俨、俟、份、佚、佟[1]：

天地赋命[2]，生必有死，自古圣贤，谁能独免？子夏[3]有言："死生有命，富贵在天。"四友之人[4]，亲受音旨[5]。发斯谈者，将非穷达不可妄求，寿夭永无外请故耶[6]？

吾年过五十，少而穷苦，每以家弊，东西游走。性刚才拙，与物多忤[7]。自量为己，必贻俗患，俛俛辞世，使汝等幼而饥寒。余尝感孺仲贤妻之言[8]，败絮自拥，何惭儿子？此既一事矣。但恨邻靡二仲[9]，室无莱妇[10]，抱兹苦心，良独内愧。

少学琴书，偶爱闲静。开卷有得，便欣然忘食。见树木交荫，时鸟变声，亦复欢然有喜。常言五六月中，北窗下卧，遇凉风暂至，自谓是羲皇上人[11]。

---

[1] 俨、俟[sì]、份[bīn]、佚[yì]、佟：指作者的五个儿子陶舒俨、陶宣俟、陶雍份、陶端佚、陶通佟。

[2] 赋命：给予生命。

[3] 子夏：卜商，孔子的学生，"孔门十哲"之一，"七十二贤"之一，人称卜子。性格勇武，为人"好与贤己者处"。以"文学"著称，相传《诗》《春秋》等书均由他传授下来。

[4] 四友之人：原指孔子的学生颜回、子贡、子张、子路四人，此处因子夏也是孔子的高足，也把他作为四友那样的人看待。

[5] 亲受音旨：亲身受到孔子的教诲。

[6] 寿夭：长寿与短命。外请，在命定之外求保。故，缘故。

[7] 与物多忤[wǔ]：与世道多有违背。

[8] 孺仲贤妻之言：王霸，字孺仲，《后汉书》作"儒仲"，东汉隐士，有节操，不愿出仕。典出范晔《后汉书·列女传》，王霸看到别人儿子仪容非凡，自己儿子蓬头历齿，相形见绌，觉得很惭愧。他的妻子安慰他说，既然你立志隐居躬耕了，就不必为儿子蓬头历齿感到惭愧了。

[9] 二仲：指汉朝时的求仲、羊仲，他们是东汉隐士蒋诩的邻居。蒋诩退隐以后，除了和二仲来往外，断绝了和其他任何人的交往。

[10] 莱妇：老莱子的妻子。老莱子，春秋时楚国人，隐居不仕。典出刘向《列女传》，楚王请老莱子出来做官，他的妻子劝阻说："吃别人的饭，为别人服务，就要受制于别人，这样是不能免于祸患的。"老莱子于是就没有接受。

[11] 羲皇上人：伏羲氏以前的人，泛指上古时代的人。

意浅识罕[1]，谓斯言可保[2]。日月遂往，机巧好疏[3]，缅求在昔[4]，眇然如何[5]！病患以来，渐就衰损，亲旧不遗，每以药石见救，自恐大分[6]将有限也。

汝辈稚小家贫，每役柴水之劳，何时可免？念之在心，若何可言。然汝等虽不同生[7]，当思四海皆兄弟之义。鲍叔、管仲[8]，分财无猜；归生、伍举，班荆道旧[9]。遂能以败为成[10]，因丧立功[11]。他人尚尔，况同父之人哉！颍川韩元长[12]，汉末名士，身处卿佐，八十而终。兄弟同居，至于没齿。济北氾稚春[13]，晋时操行人也，七世同财，家人无怨色。《诗》曰："高山仰止，景行行止[14]。"虽不能尔，至心尚之。

汝其慎哉，吾复何言！

---

[1] 意浅识罕：思想肤浅，见识少。
[2] 斯言可保：以为这样的生活可以保持下去。
[3] 机巧好疏：对逢迎取巧很生疏。
[4] 缅求在昔：缅怀过去的岁月。
[5] 眇然如何：一切都多么渺茫。
[6] 大分[fēn]：大限，指人的寿命。
[7] 不同生：不是一母所生。
[8] 鲍叔、管仲：两人都是春秋时期齐国人，曾共同做买卖，分钱的时候管仲总要多占一些，但是鲍叔不觉得他贪财，因为知道他家里穷。
[9] 归生、伍举，班荆道旧：归生、伍举都是春秋时楚国人，二人交情很好，后来伍举因罪逃到了晋国做官，归生与他相遇，二人铺荆而坐，共叙旧情。归生回国后对令尹子木说，楚国人才为晋国所用，这对楚国很不好，于是楚国又召回了伍举。
[10] 以败为成：管仲最初辅佐公子纠，鲍叔辅佐公子小白。后来纠和小白争夺君位，小白得胜即位，是为齐桓公，公子纠被杀，管仲被囚。后经鲍叔举荐，管仲做了齐相，帮助齐桓公成就了霸业。这句话是说在鲍叔帮助下，管仲变失败为成功。
[11] 因丧立功：伍举回到楚国，后来协助公子围继承了王位，是为楚灵王。意思是说在归生帮助下，伍举于失败（因罪出逃）后回国立了功。
[12] 韩元长：名融，字元长，东汉颍川（今河南禹州）人。汉献帝时任大鸿胪，掌管少数民族事务，为九卿之一。
[13] 氾稚春：名毓，字稚春，西晋济北（今山东济南长清）人。他家世代读书，七代没有分家，一直和睦相处。
[14] 高山仰止，景行行止：意思是说，对于古人的崇高道德则敬仰，对于他们的高尚行为则遵行、学习。语出《诗经·小雅·车辖》。司马迁《史记·孔子世家》引之赞美孔子："《诗》有之：'高山仰止，景行行止。'虽不能至，然心向往之。"

品读

刘宋永初二年(421),陶渊明56岁,一度病重,自恐来日无多,便怀着生死由命的达观态度,给几个儿子留下了这封带有遗嘱性质的家信。

信一开始,就开宗明义地提出生必有死,接着从孔子弟子子夏"死生有命,富贵在天"的名言中,引出"穷达不可妄求,寿夭永无外请"的道理,然后就此分层叙说。

首先用年过知天命的岁数来回首以往,虽有自责,却也有情非得已的无奈和闲居躬耕的欢然自喜,孺仲妻的话使他深信对生活方式作出的选择,而不受拘束的生活也使他充分感受到羲皇上人般的闲适。这种对平生志趣的追述,实际上充满了"穷达不可妄求"的生活哲理。

其次是以病重难久的心情来交代后事,尽管没有足够的财产留给后代,诗人还是真诚地希望他们能像鲍叔、管仲那样对待家产,像归生、伍举那样念及情谊,像韩元长那样兄弟同居,像氾稚春那样七世同财,这又是在"寿夭永无外请"思想支配下的殷殷嘱托。

清代文学家林云铭在《古文析义》中评价此信:"与子一疏,乃陶公毕生实录、全副学问也。穷达寿夭,既一眼觑破,则触处任真,无非天机流行。末以善处兄弟劝勉,亦其至情不容已处。读之惟见真气盘旋纸上,不可作文字观。"全信侃侃而谈,语重心长,尤能体现诗人一生的志趣及满腔深厚的舐犊之情。

热不见母热，寒不见母寒
——北周　宇文护致母亲阎姬

作者简介

宇文护（515—572），字萨保，北朝代郡武川（今内蒙古武川）人，鲜卑族。北周初期权臣，周文帝宇文泰之侄，邵惠公宇文颢第三子。跟随宇文泰征战四方，屡建战功，历任都督、征虏将军、骠骑大将军等。西魏恭帝元年（554），宇文泰临终前，将权力移交给宇文护。北周建立后，宇文护封大司马，晋爵晋国公。前后执掌政权15年，对北周王朝的建立和稳定起到了重要作用。

原信

区宇分崩[1]，遭遇灾祸，违离膝下，三十五年。受形禀气[2]，皆知母子，谁同萨保，知此不孝！宿殃积戾，惟应赐钟，岂悟网罗，上婴慈母。[3]但立身立行，不负一物，明神有识，宜见哀怜。而子为公侯，母为俘隶，热不见母热，寒不见母寒，衣不知有无，食不知饥饱，泯[4]如天地之外，无由暂闻，昼夜

---

[1] 区宇分崩：南北朝时，北方各政权的对立。
[2] 受形禀气：意思是子女的形体和气血均为父母所赐。
[3] 这两句的意思是：30多年来，儿子的不孝所积欠的罪责应该集中在我一人身上，哪料到灾祸却降临到慈母身上。
[4] 泯：灭，一点信息都不知道。

悲号，继之以血。分怀冤酷，终此一生，死若有知，冀奉见于泉下尔。不谓齐朝解网[1]，惠以德音，摩敦[2]、四姑，并许矜放[3]。初闻此旨，魂爽飞越，号天叩地，不能自胜。四姑即蒙礼送，平安入境，以今月十八日于河东拜见，遥奉颜色，崩动肝肠。但离绝多年，存亡阻隔，相见之始，口未忍言。惟叙齐朝宽弘，每存大德，云与摩敦虽处宫禁，常蒙优礼。今者来邺[4]，恩遇弥隆。矜哀听许，摩敦垂敕[5]，曲尽悲酷，备述家事。伏读未周，五情屠割。书中所道，无事敢忘。摩敦年尊，又加忧苦，常谓寝膳贬损[6]，或多遗漏；伏奉论述，次第分明，一则以悲，一则以喜。当乡里破败之日，萨保年已十余岁，邻曲旧事，犹自记忆。况家门祸难，亲戚流离，奉辞时节，先后慈训，刻肌刻骨，常缠心腑。

天长丧乱，四海横流。太祖乘时[7]，齐朝抚运，两河、三辅[8]，各值神机[9]；原其事迹，非相负背。太祖升遐[10]，未定天保[11]，萨保属当犹子[12]之长，亲受顾命。虽身居重任，职当忧责，至于岁时称庆，子孙在庭，顾视悲摧，心情断绝。胡颜履戴[13]，负愧神明。霈然[14]之恩，既以沾洽；爱敬之至，施及傍人。草木有心，禽鱼感泽，况在人伦，而不铭戴。有家有国，信义为

---

[1] 解网：宽宥，指北齐释放阎姬等人。
[2] 摩敦：对老妇人的敬称，此处指自己母亲。
[3] 矜放：怜悯而放还。
[4] 来邺：由北齐邺地来到北周。河南省北部。
[5] 垂敕：母亲的来信。
[6] 寝膳贬损：睡觉吃饭都减少了。
[7] 太祖乘时：北周开国皇帝宇文泰执掌大权之时。
[8] 两河、三辅：北齐和北周。两河：黄河和洛水，均在北齐境内，故代指北齐。三辅：京兆、左冯翊、右扶风，均在北周境内，故代指北周。
[9] 各值神机：各自遇到了神灵所赐的机遇。
[10] 升遐：帝王之死，此处指宇文泰之死。
[11] 天保：语出《诗经·小雅·天保》："天保定尔，亦孔之固。"此处指皇统、国运。
[12] 犹子：侄子。
[13] 胡颜履戴：有何面目立于天地之间。
[14] 霈然：雨盛的样子，比喻帝王恩泽浩大。

本，伏度来期，已应有日。一得奉见慈颜，永毕生愿，生死肉骨[1]，岂过今恩，负山戴岳，未足胜荷。二国分隔，理无书信，主上以彼朝不绝母子之恩，亦赐许奉答。不期今日，得通家问[2]。伏纸呜咽，言不宣心。蒙寄萨保别时所留锦袍表，年岁虽久，宛然犹识，抱此悲泣。至于拜见，事归忍死，知复何心！

品读

阎姬是宇文护的母亲，在战乱中流落北齐，被北齐幽禁，和儿子音讯隔离35年。公元557年，北周进犯北齐，北齐把阎姬推向前台，以年逾八十的老妪之名，写信给阎姬之子、北周权倾朝野的重臣宇文护，企图感化宇文护，换来和平。

信中，阎姬讲述了与儿子分别三十多年来的凄惨经历、分离之苦，回忆了宇文家族的悲欢离合，以及北齐王朝对自己的优待，感恩戴德。为感化儿子，信中甚至发出了这样的质问："假汝位极王公，富过山海，有一老母，八十之年，飘然千里，死亡旦夕，不得一朝暂见，不得一日同处，寒不得汝衣，饥不得汝食，汝虽穷荣极盛，光耀世间，汝何用为，于吾何益？"这封家书情感真挚，文辞优美，催人泪下。

宇文护接到母亲如泣如诉的家书，得知母亲仍健在，还相会有期，禁不住"魂爽飞越，号天叩地，不能自胜"，其激动喜悦之态跃然纸上。继而宇文护写道，与同母亲一起流落北齐的四姑重聚，想起几十年来宇文家族的祸难，悲喜交加。他决心迎接母亲归国，并写了这封回信，全信四六对仗，于工整华美之中饱含不能尽孝之悔、母子流离失所之恨、重聚指日可待之喜。后来北齐放回了阎姬，母子得以团聚，宇文护果然在出兵北齐时不大情愿，并有意拖延致使北周战事失败。

---

[1] 生死肉骨：使死者复生，使白骨长肉，比喻感恩至极。
[2] 家问：家中的音讯，此处指家信。

此信文采飞扬，感人肺腑，不愧为中国古代家书中的名篇。著名学者钱基博评价说："一味情真，字字滴泪，而精神恺恻，为北朝第一篇文字，足与李密《陈情表》并垂千古。"[1]

---

[1] 钱基博：《中国文学史》，中华书局1993年版，第247页。

尽心向前，不得避事
——北宋　欧阳修致十二侄欧阳通理

作者简介

欧阳修（1007—1072），字永叔，号醉翁，吉州永丰（今江西吉安永丰）人，生于绵州（今四川绵阳）。北宋政治家、文学家、史学家，与韩愈、柳宗元、王安石、苏洵、苏轼、苏辙、曾巩并称"唐宋八大家"。4岁时，父亲去世，与母亲郑氏相依为命。母亲用荻秆在沙地上教欧阳修读书写字，叔叔也给以帮助。23岁中进士，先任西京留守推官，后入朝任馆阁校勘，因事被贬，曾任夷陵、乾德县令，滁州太守，扬州、颍州、开封等地知府，官至枢密副使、参知政事、刑部尚书、兵部尚书等要职。晚号"六一居士"，谥号文忠，世称欧阳文忠公。欧阳修一生著述丰富，散文、笔记、史论等均取得较高成就。代表作品有《朋党论》《五代史·伶官传序》《醉翁亭记》《秋声赋》《卖油翁》等。

欧阳修像，清殿藏本

原信

　　自南方多事[1]以来，日夕忧汝。得昨日递中书[2]，知与新妇诸孙等各安，官守无事，顿解远想。吾此哀苦[3]如常。欧阳氏自江南归朝[4]，累世蒙朝庭官禄，吾今又被荣显，致汝等并列官裳[5]，当思报效。偶此多事，如有差使，尽心向前，不得避事。至于临难死节，亦是汝荣事，但存心尽公，神明亦自祐汝，慎不可思避事也。昨书中言欲买朱砂[6]来，吾不阙[7]此物。汝于官下宜守廉，何得买官下物？吾在官所，除饮食物外，不曾买一物，汝可安此为戒也。已寒，好将息。不具。吾书送通理十二郎[8]。

品读

　　欧阳修在写给侄子的信中，重点表达了两层意思：一是告诉侄子，作为朝廷命官，应尽力做事，勇于担当，不能逃避任何困难。哪怕是为国捐躯，也是光荣的事；二是劝诫侄子不要为自己购买礼物，应谨慎做事，清廉为官。

　　欧阳修是北宋诗文革新运动的领袖，继承并发展了韩愈的古文理论，在文学史上具有重要地位。北宋初年，在暂时承平的社会环境里，贵族文人集团提倡

---

[1] 南方多事：指北宋仁宗年间广西发生的农民起义，当时欧阳通理任象州（今广西象州）司理（掌管狱讼的官职）。
[2] 中书：指欧阳通理寄来的书信。
[3] 哀苦：欧阳修当时正值母丧，故称。
[4] 欧阳氏自江南归朝：指宋太祖赵匡胤灭南唐，统一江南，江西庐陵欧阳修的先辈也随之成为大宋的臣民。
[5] 官裳：官服、官职。
[6] 朱砂：一种矿石，粉末呈红色，经久不褪，常用作颜料。中国书画被称为"丹青"，其中的"丹"指朱砂，书画颜料中不可或缺的"八宝印泥"，其主要成分也是朱砂。此外，它还是一种中药材，有镇静安神作用，但毒性大，慎用。
[7] 阙：空缺、缺少。
[8] 通理十二郎：欧阳修的侄子欧阳通理，因排行十二，故称十二郎。

的西昆体诗赋充斥文坛，浮华虚无，风靡一时。为了矫正西昆体的流弊，欧阳修大力提倡古文，师承韩愈，主张文以明道，文以致用，反对"弃百事不关于心"，强调文道结合，二者并重，提倡平易自然之文，反对浮艳华靡的文风。嘉祐二年（1057）二月，已届知天命之年的欧阳修担任礼部贡举主考官，以翰林学士身份主持进士考试，提倡平实文风，录取苏轼、苏辙、曾巩等人，对北宋文风转变有很大影响。

吾心独以俭素为美

——北宋 司马光致儿子司马康

作者简介

司马光（1019—1086），字君实，号迂叟。陕州夏县（今山西夏县）涑水乡人，世称涑水先生，卒赠太师、温国公，谥文正。北宋政治家、史学家、文学家。

宋宝元元年（1038），司马光登进士第，累进龙图阁直学士。历仕仁宗、英宗、神宗、哲宗四朝，官至尚书左仆射兼门下侍郎。司马光强烈反对王安石变法，上疏请求外任。熙宁四年（1071），他权判西京留守御史台，自此居洛阳十五年，不问政事。在这段优游的岁月中，司马光主持编撰了294卷近400万字的编年体史书《资治通鉴》。

司马光像，清殿藏本

原信

吾本寒家，世以清白相承。吾性不喜华靡，自为乳儿，长者加以金银华美之服，辄羞赧弃去之。二十忝科名[1]，闻喜宴[2]独不戴花。同年[3]曰："君赐不可违也。"乃簪一花。平生衣取蔽寒，食取充腹；亦不敢服垢弊以矫俗干名[4]，但顺吾性而已。

众人皆以奢靡为荣，吾心独以俭素为美。人皆嗤吾固陋，吾不以为病，应之曰："孔子称'与其不逊也宁固'[5]，又曰：'以约失之者鲜矣'[6]，又曰：'士志于道，而耻恶衣恶食者，未足与议也'[7]，古人以俭为美德，今人乃以俭相诟病，嘻，异哉！"

近岁风俗，尤为侈靡，走卒类士服，农夫蹑丝履。吾记天圣[8]，中先公[9]为群牧判官[10]，客至，未尝不置酒，或三行五行[11]，多不过七行，酒酤于市，果止于梨、栗、枣、柿之类，肴止于脯、醢、菜羹[12]，器用瓷、漆。当时士大夫家皆然，人不相非也。会数而礼勤，物薄而情厚。近日士大夫家，酒非

---

[1] 二十忝科名：指作者二十岁那年考中进士。忝，谦语，意思是自己名列在内，使同人有辱。忝，辱。

[2] 闻喜宴：唐制，进士中榜后，凑钱宴乐于曲江亭子，称曲江宴，亦称闻喜宴。后唐明宗天成二年(927)诏命行新科进士闻喜之宴，年赐钱四百贯。宋太宗端拱元年(988)定由朝廷置宴，皇帝及大臣赐诗以示宠异。因曾设宴于琼林苑，故至明清赐新进士宴称琼林宴。后来闻喜宴就成为皇帝赐予新科进士宴会的代称，参加者要簪花，即把花插在帽檐上，这是特殊的荣耀。

[3] 同年：同榜登科的人，彼此称"同年"。

[4] 服垢弊以矫俗干名：意思是身穿肮脏破烂的衣服，以有意违背世俗常情来求得名誉。

[5] "与其不逊也宁固"：语出《论语·述而》：子曰："奢则不逊，俭则固。与其不逊也宁固。"意思是说，奢侈就显得骄傲，节俭就显得固陋。与其骄傲，毋宁固陋。

[6] "以约失之者鲜矣"：语出《论语·里仁》。意思是说，因为俭约而犯过失的，那是很少的。

[7] "士志于道，而耻恶衣恶食者，未足与议也"：语出《论语·里仁》。意思是说，读书人有志于真理，却以吃得不好穿得不好为羞耻，这种人是不值得跟他谈论真理的。

[8] 天圣：宋仁宗赵祯的年号，公元1023年至1032年。

[9] 先公：作者称自己死去的父亲。司马光的父亲司马池，曾任州县官和天章阁待制，为官廉洁，家无余财。

[10] 群牧判官：群牧司的判官。群牧司，主管国家公用马匹的机构，属太仆寺。

[11] 三行五行：有时斟三次，有时斟五次。行，行酒。主人斟酒给客人一次为一行。

[12] 肴止于脯、醢、菜羹：肴，下酒的菜。脯，干肉。醢，肉酱。羹，汤。

司马光撰《资治通鉴》残稿

内法[1]，果有非远方珍异，食非多品，器皿非满案，不敢会宾友。常数月营聚[2]，然后敢发书[3]。苟或不然，人争非之，以为鄙吝。故不随俗靡者盖鲜矣。嗟乎！风俗颓弊如是，居位者虽不能禁，忍助之乎！

又闻昔李文靖公[4]为相，治居第于封丘门内，厅事前仅容旋马。或言其太隘，公笑曰："居第当传子孙，此为宰相厅事诚隘，为太祝、奉礼厅事已宽矣。"参政鲁公[5]为谏官，真宗遣使急召之，得于酒家；既入，问其所来，

---

[1] 酒非内法：酒不是按照宫内酿酒的秘法酿造的。内，指宫内。
[2] 营聚：准备，张罗。
[3] 发书：发出请柬。
[4] 李文靖公：即李沆[hàng]，字太初，洺州肥乡（今河北肥乡）人。宋真宗时官至宰相，死后谥号文靖。
[5] 参政鲁公：即鲁宗道，字贯之，亳州谯（今安徽亳州）人。宋仁宗时拜参知政事（副宰相）。

以实对。曰："卿为清望官，奈何饮于酒肆？"对曰："臣家贫，客至无器皿肴果，故就酒家觞之。"上以无隐，益重之。张文节[1]为相，自奉养如为河阳掌书记[2]时，所亲或规之曰："公今受俸不少，而乃自奉若此，公虽自信清约，外人颇有公孙布被之讥[3]。公宜少从众[4]。"公叹曰："吾今日之俸，虽举家锦衣玉食，何患不能？顾人之常情，由俭入奢易，由奢入俭难。吾今日之俸，岂能常存？一旦异于今日，家人习奢已久，不能顿俭，必致失所。岂若吾居位去位、身在身亡常如一日乎？"呜呼！大贤之深谋远虑，岂庸人所及哉！

御孙[5]曰："俭，德之共也；侈，恶之大也。"共，同也，言有德者皆由俭来也。夫俭则寡欲。君子寡欲则能谨身节用，远罪丰家，故曰："俭，德之共也。"侈则多欲。君子多欲则贪慕富贵，枉道速祸；小人多侈则多求妄用，败家丧身。是以居官必贿，居乡必盗。故曰："侈，恶之大也。"

昔正考父饘粥以糊口，孟僖子知其后必有达人[6]。季文子[7]相三君，妾不衣帛，马不食粟，君子以为忠。管仲镂簋朱弦，山楶藻棁，孔子鄙其小

---

[1] 张文节：即张知白，字用晦，沧州清池（在今河北沧州）人。宋真宗时为河阳（今河南洛阳）节度判官。宋仁宗初年为宰相。死后谥号文节。

[2] 掌书记：唐朝官名，相当宋朝的判官，都是主管批公文的官。古人作文，常用前代的官名称当代的官。

[3] 外人颇有公孙布被之讥：外面却有些人讥评你，说你如同公孙弘盖布被那样矫情作伪。公孙弘，汉武帝时为丞相，封平津侯。《汉书·公孙弘传》载："弘位在三公，奉（同"俸"）禄甚多，然为布被，此诈也。"

[4] 少从众：稍微照一般人那样。

[5] 御孙：鲁国的大夫。

[6] 此句的意思是，正考父用饘粥维持生活，孟僖子因此推知他的后代必出显达之人。事见《左传·昭公七年》。正考父，宋国的大夫，孔子的远祖。饘，稠粥。粥，稀粥。孟僖子，鲁国大夫孙貜[jué]。

[7] 季文子：鲁国大夫季孙行父，历鲁文公、宣公、襄公三朝为相。事见《左传》襄公五年："君子是以知季文子之忠于公室也。"

器[1]。公叔文子享卫灵公，史䲡知其及祸，及戍，果以富得罪出亡[2]。何曾[3]日食万钱，至孙以骄溢倾家。石崇[4]以奢靡夸人，卒以此死东市。近世寇莱公，豪侈冠一时[5]，然以功业大，人莫之非，子孙习其家风，今多穷困。其余以俭立名，以侈自败者多矣，不可遍数，聊举数人以训汝。汝非徒身当服行，当以训汝子孙，使知前辈之风俗云。

品读

司马光是宋代名臣。他的这封信，虽然是本着为子侄训话，也有一定劝诫世人、以为榜样的意图，故后人假名为《训俭示康》。

此信中，司马光以前人为榜样，赞扬前人事迹和品质，用以告诫子孙，行文流畅，抑扬顿挫，显然是精心之作。

收信人司马康（1050—1090），字公休。本为司马光大哥司马旦之子，在司马光的两个儿子司马童、司马唐夭折后，司马康过继给司马光为子。熙宁三年（1070）中进士。司马光修《资治通鉴》时，司马康为其排版、校对文字。

《资治通鉴》是中国最大的一部编年体通史，全书共294卷，通贯古今，上起战国初期韩、赵、魏三家分晋（前403），下迄五代（后梁、后唐、后晋、后汉、

---

[1] 此句的意思是，管仲使用刻有花纹的食具和红色的帽带，住宅的斗栱上刻着山岳，梁上的短柱画着水藻图案，孔子看不起他，批评他器量狭小。
[2] "公叔文子"一句：史䲡[qiū]，也是卫国大夫。此句的意思是说，公叔文子在家中宴请卫灵公，史䲡知道他一定会遭到灾祸。果然，公叔文子去世后，其子公孙戍就因为富裕招罪，逃往鲁国。
[3] 何曾：字颖考，晋武帝时官至太傅。此人奢侈无度，一天吃喝要花一万个铜钱，还觉得没有下筷子的地方。其子孙也都奢侈傲慢，很快就家产荡尽。
[4] 石崇：字季伦。西晋时人，初为修武令，累迁至侍中，后出为荆州刺史，官至卫尉卿。此人以生活奢靡著称，曾与晋武帝的舅父王恺斗富，常常以奢侈浪费向人夸耀，终于因此死在刑场上。
[5] 近世寇莱公，豪侈冠一时：近年来寇莱公的豪华奢侈，在当代人中堪称第一。寇莱公，寇准，字平仲，宋真宗初年为宰相，后封莱国公。

后周）末年赵匡胤（宋太祖）灭后周以前（959），凡1362年。作者把这1362年的史实，依时代先后，以年月为经，以史实为纬，顺序记写，对于重大的历史事件的前因后果，与各方面的关联都交代得清清楚楚，使读者对史实的发展能够一目了然。

可读史书，为益不少也
——北宋　苏轼致侄子苏千之

作者简介

苏轼像，（清）叶衍兰绘

　　苏轼（1037—1101），字子瞻，又字和仲，号铁冠道人、东坡居士，世称苏东坡、苏仙。祖籍河北栾城，眉州眉山（今四川眉山）人。北宋文学家、书法家、画家。嘉祐二年（1057），苏轼进士及第。宋神宗时曾在凤翔、杭州、密州、徐州、湖州等地任职。元丰三年（1080），因"乌台诗案"被贬为黄州团练副使。宋哲宗即位后，曾任翰林学士、侍读学士、礼部尚书等职，并出知杭州、颍州、扬州、定州等地，晚年因新党执政被贬惠州、儋州。宋徽宗时获大赦北还，途中于常州病逝。宋高宗时追赠太师，谥文忠。

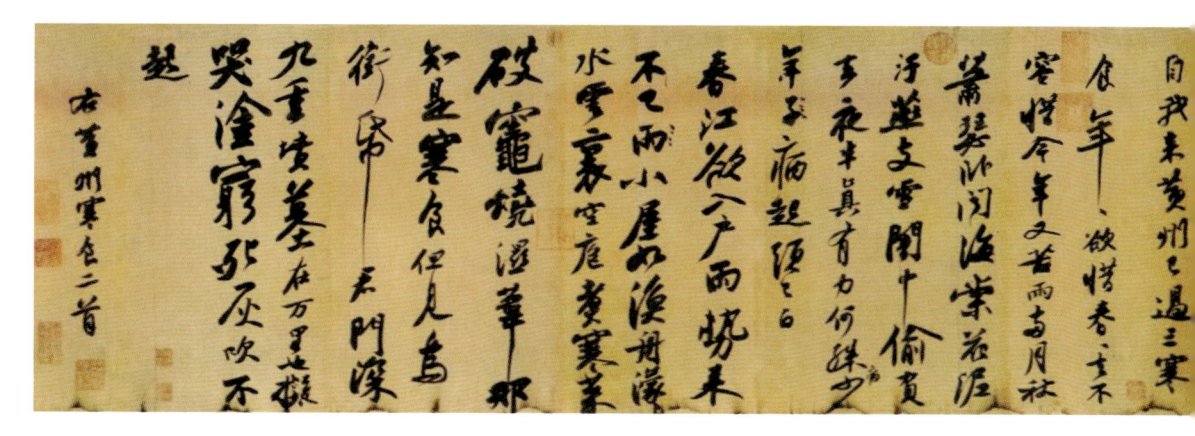

苏轼草书名作《黄州寒食诗帖》

原信

独立[1]不惧[2]者,惟司马君实[3]与叔兄弟耳!万事委命,直道[4]而行,纵以此窜逐[5],所获多矣!

因风寄书,此外勤学自爱。近年史学凋废[6],去岁[7]作试官,问史传中事[8],无一两人详者。可读史书,为益不少也。

---

[1] 独立:独立见解。
[2] 不惧:不畏惧权势。
[3] 司马君实:即司马光,字君实,北宋政治家、文学家、史学家。
[4] 直道:正直行事。
[5] 以此窜逐:因为这被贬官放逐。
[6] 凋废:衰落。
[7] 去岁:去年。
[8] 史传中事:历史传记中的事情。

品读

苏轼是北宋中期的文坛领袖,在诗、词、散文、书、画等方面取得了很高的成就。其文纵横恣肆;其诗题材广阔,清新豪健,善用夸张比喻,独具风格,与黄庭坚并称"苏黄";其词开豪放一派,与辛弃疾同是豪放派代表,并称"苏辛";其散文著述宏富,豪放自如,与欧阳修并称"欧苏",为"唐宋八大家"之一。苏轼亦善书,为"宋四家"之一;工于画,尤擅墨竹、怪石、枯木等。有《东坡七集》《东坡易传》《东坡乐府》等传世,是旷世奇才。

在这封信中,苏轼不仅给侄子讲述了为人处世的人生哲理,还告诫侄子要多读历史典籍,以史为鉴。

识圣人之志，则能继吾志矣
——南宋　文天祥致继子文升

作者简介

　　文天祥（1236—1283），字履善，又字宋瑞，自号文山，浮休道人。吉州庐陵（今江西吉安）人，南宋末大臣，文学家，民族英雄。宋宝祐四年（1256）中进士第一，成为状元。一度掌理军器监兼权直学士院，因直言斥责宦官董宋臣，讥讽权相贾似道而遭到贬斥，数度沉浮。宋德祐元年（1275），元军南下攻宋，文天祥散尽家财，招募士卒勤王，被任命为浙西、江东制置使兼平江知府。在援救常州时，因内部失和而退守余杭，随后升任右丞相兼枢密史。被派往元军的军营中谈判，被扣留。后脱险南归，坚持抗元。宋祥兴元年（1278）在广东海丰五坡岭兵败被俘，押至元大都。在狱中三年多，坚贞不

文天祥像，（清）叶衍兰绘

屈，后在柴市从容就义，终年四十七岁。明代时追赐谥号"忠烈"。有《过零丁洋》《文山诗集》《指南录》《指南后录》《正气歌》等作品。

原信

父少保、枢密使、都督、信国公批付男升子：汝祖革斋先生[1]以诗礼起门户，吾与汝生父及汝叔[2]同产三人。前辈云：兄弟其初，一人之身也。吾与汝生父俱以科第通显，汝叔亦致簪缨。使家门无虞，骨肉相保，皆奉先人遗体以终于牖下，人生之常也。不幸宋遭阳九[3]，庙社沦亡。吾以备位将相，义不得不徇（殉）国；汝生父与汝叔姑全身以全宗祀。惟宗惟孝，各行其志矣。

吾二子，长道生，次佛生。佛生失之于乱离，寻闻已矣。道生，汝兄也，以病没于惠之郡治，汝所见也。呜呼，痛哉！吾在潮阳，闻道生之祸，哭于庭，复哭于庙，即作家书报汝生父，以汝为吾嗣。兄弟之子曰犹子，吾子必汝，义之所出，心之所安，祖宗之所享，鬼神之所依也。及吾陷败，居北营中，汝生父书自惠阳来，曰："升子宜为嗣，谨奉潮阳之命。"及来广州为死别，复申斯言。传云：不孝，"无后为大"。吾虽孤子于世，然吾革斋之子，汝革斋之孙，吾得汝为嗣，不为无后矣。吾委身社稷，而复逭不孝之责，赖有此耳。

汝性质闿爽，志气不暴，必能以学问世吾家。吾为汝父，不得面日训汝诲汝，汝于"六经"，其专治《春秋》。观圣人笔削褒贬、轻重内外，而得其说，以为立身行己之本。识圣人之志，则能继吾志矣。吾网中之人，引决无路，今不知死何日耳。《礼》：狐死正丘首[4]。吾虽死万里之外，岂顷刻而忘南向哉！吾一念已注于汝，死有神明，厥惟汝歆。仁人之事亲也，事死如事生，事亡如事存，汝念之哉！岁辛巳[5]元日书于燕狱中。

---

[1] 革斋先生：文天祥父文仪，字士表，号革斋先生。
[2] 汝生父及汝叔：生父指文璧（1238—1298），名天球，字宋珍，号文溪；叔指文璋（1249—1317），名天麟，字宋仁，号文堂。
[3] 阳九：指厄运。
[4] 狐死正丘首：语出《礼记注疏》卷六《檀弓上》，意思是传说狐将死时，必先摆正头的方向，使头朝着其穴所在的故丘，以表示不忘本。
[5] 岁辛巳：公元1281年。

品读

文天祥忠于自己所服务的南宋江山,身陷囹圄,宁死不屈,为信仰而死,千古传颂。同时,他也是被亲情包围的家庭的一员,是兄弟、父亲、丈夫,血缘亲情同样使他割舍不下。文天祥与妻子欧阳夫人一共育有二子六女。两个儿子分别叫文道生、文佛生,一个早死,一个于战乱中失散。六个女儿分别是柳娘、环娘、定娘、寿娘、监娘、奉娘。到他被俘押送大都时,只剩两个女儿——柳娘、环娘。文天祥被害后,他的妻女被送至元皇宫内成为奴婢。在这封写给继子文升的信中,他语重心长地谈到兄弟之间、父子之间的骨肉亲情,谈到家风的传承,叮嘱文升认真学习儒家经典,取其精华,并把它作为自己立身处世的根本。

文升(1268—1313),字逊志,号学山。文天祥二弟文璧次子,后过继给文天祥。在元朝官至奉训大夫、集贤院直学士。死后赠大中大夫、蜀郡侯,谥号"文庄"。

好子弟谓有好名节
——明 罗伦致叔父、兄长

作者简介

罗伦（1431—1478），字应魁，又字彝正，号一峰，明代状元，江西吉安永丰人。自幼家贫好学，连砍柴放牛时都带着书本，诵读不辍。十四岁即授徒于乡，以资养亲。成化二年（1466）会试，对策万言，指斥时弊，被提拔为进士第一名，授官翰林院修撰，名震京都。后因劝阻大学士李贤在丁忧期间出仕，反受李贤参劾，被贬到福建任市舶司副提举，直到李贤死后，才得复职。两年后，称病辞官，隐避家乡，躬耕不出。于家乡金牛山授徒讲学，四方从学者甚众。又与胡居仁、张元祯、娄谅等于弋阳圭峰、余干应天寺等地讲学，开明代书院会讲之先声。学术上笃守宋儒为学之途径，重修身持己，尤以经学为务。为文有刚毅之气，诗作磊落不凡，有《一峰集》等。

罗伦像

原信

列位叔父，列位兄长：

别后想得安康？伦别无他嘱，为人祖宗父兄者，惟愿有好子弟。所谓好子弟者，非好田宅，好衣服，好官爵，一时夸耀闾里者也。谓有好名节，与日月争光，与山岳争重，与霄壤争久，足以安国家，足以风四夷，足以奠苍生，足以垂后世。如汴宋之欧阳修，如南渡[1]之文丞相[2]者是也。若只求饱暖，习势利，如前所云，则所谓恶子弟，非好子弟也。此等子弟，在家未仕也，足以辱祖宗，殃子孙，害身家；出而仕也，足以污朝廷，祸天下，负后世，甚至子孙有不敢认。如宋之蔡京[3]、秦桧[4]，此岂父兄祖宗之所愿哉？想其势焰官爵富贵，岂止如今日乡里中一二前辈也，而今日安在哉？然所谓好子弟者，亦在父兄子侄成就之耳。人才之盛，乡党为最。然非父兄败之，则子孙丧之，取讥天下，贻笑后世，甚可恶也，载之史书，使后世之明君贤主轻弃南人，未必不由此也。

吾愿叔父听之，子侄戒之，共怂成我做天地间一个完人。

盖未有治国不由齐家，家不齐而求治国，无此理也。何谓齐家？不争田地，不占山林，不尚争斗，不肆强梁，不败乡里，不凌宗族，不扰官府，不尚奢侈，弟让其兄，侄让其叔，妇敬其夫，奴恭其主。只要认得一忍字，一让字，便齐得家也。其要在子弟读书，兴礼让。若不听吾言，譬如争一亩田，占一亩住基，两边不让，或致人命，或告官府，或集亲戚，所损甚大。若以此费置买前物，所费几倍，若曰住基无卖，此又愚也。其所以为此计者，不

---

[1] 南渡：南宋。公元1127年，北宋被金所灭，宋钦宗的弟弟赵构逃往南方，迁都于临安（今杭州），史称南宋，赵构被推举为皇帝，史称宋高宗。成千上万的中原官员及民众像潮水一样向南逃亡，史称"南渡"。

[2] 文丞相：文天祥（1236—1283），字履善，又字宋瑞，自号文山、浮休道人，有《过零丁洋》《指南录》《正气歌》等。

[3] 蔡京（1047—1126）：字元长，以贪渎闻名。

[4] 秦桧（1090—1155）：字会之，因以"莫须有"的罪名处死岳飞而遭受后人的唾骂。

过遗自己之子耳。父母之心，爱子孙一也。今夺吾父母之子，以与自己之子，甚非吾父母之心也。父母虽不在，逆其心，则逆天理矣，安知吾子孙不如今日之争哉? 凡事皆此类也，而此事尤切，故特言之。今后若有田地事物不明，只许自家明白，不许扰及官府。我若不仕，尤当守此言也。其余取债之属民甚贫穷可悯，自己少用一分，便积得一分德，奴仆放横，不可放起。自今以后，无片言只字经动府县方好。不然，外人指议，此人要做好人，不能齐家，世间安有此等好人哉? 由此得祸，不可知也。

兼我在此，国事日在心怀，仲淹[1]做秀才时，便以天下为己任，况今日乎? 进退得失，有义有命，吾心视之，已如孤云野鹤[2]，脱洒无系，自古坏事，皆是爱官职底人弄得狼狈了。脱使根本不安，枝叶自能保乎? 戒之，戒之! 若使我以区区官势来齐家，不以礼义相告，便成下等人了。但中间有等无知子弟与不才奴仆弄出事来，则须治之以官耳。叔父须戒之，慎勿以吾言为迂也!

品读

这是明代状元罗伦写给几位叔父和兄长的信，告诫他们如何教育子弟，形成好的家风。

罗伦是著名学者，恪守古代士人修身、齐家、治国、平天下的人生理想。他本人注重修身，又在这封信中强调齐家的重要性，提出家道兴盛的关键是要有好子弟。什么是好子弟? 好子弟就是有好名节。如何才能做到有好名节? 首先父兄要做严己修身的好榜样，其次教导子弟"不争田地，不占山林，不尚争斗，不肆

---

[1] 仲淹：范仲淹(989—1052)，字希文，北宋著名的政治家、文学家，世称"范文正公"。散文、诗、词均有名篇传世，如散文《岳阳楼记》，其中"不以物喜，不以己悲。居庙堂之高，则忧其民；处江湖之远，则忧其君""先天下之忧而忧，后天下之乐而乐"均为千古名句。
[2] 孤云野鹤：单一飘荡的浮云，四处飞翔的仙鹤。指闲散自在，不求名利的人。

强梁,不败乡里,不凌宗族,不扰官府,不尚奢侈",核心是"读书与礼让"。

罗伦对子弟进行齐家教育的主张,用今天的话来说就是家庭教育,说明了家庭家教和家风建设的重要性。

尔辈须以仁礼存心

——明 王守仁致子侄

作者简介

王守仁（1472—1529），幼名云，字伯安，浙江余姚人，明代思想家、文学家、哲学家和军事家，精通儒家、道家、佛家，陆王心学之代表人物。因曾筑室于会稽山阳明洞，自号阳明子，学者称之为阳明先生，亦称王阳明。谥文成，故后人又称王文成公。弘治十二年（1499）进士，历任刑部主事、贵州龙场驿丞、庐陵知县、右佥都御史、南赣巡抚、两广总督等职，晚年官至南京兵部尚书、都察院左都御史。因平乱军功而被封为新建伯，隆庆年间追赠新建侯。

王守仁的学说思想—王学（阳明学），是明代影响最大的哲学思想，其学术思想传至日本、朝鲜半岛以及东南亚。与孔子（儒学创始人）、孟子（儒学集大成者）、朱熹（理学集大成者）并称为孔、孟、朱、王。

王守仁，明万历《三才图会》刻本

原信

　　近闻尔曹[1]学业有进，有司[2]考校，获居前列，吾闻之喜而不寐。此是家门好消息，继吾书香者，在尔辈矣。勉之勉之！吾非徒望尔辈但取青紫，荣身肥家，如世俗所尚，以夸市井小儿。[3]尔辈须以仁礼存心，以孝弟为本，以圣贤自期，务在光前裕后，斯可矣。[4]吾惟幼而失学无行，无师友之助，迨今中年，未有所成。[5]尔辈当鉴吾既往，及时勉力，毋又自贻他日之悔，[6]如吾今日也。习俗移人，如油渍面，虽贤者不免，况尔曹初学小子能无溺[7]乎？然惟痛惩深创，乃为善变。昔人云："脱去凡近，以游高明。"[8]此言良足以警，小子识之！吾尝有《立志说》[9]与尔十叔，尔辈可从钞录一通，置之几间，时一省览，亦足以发。方虽传于庸医，药可疗夫真病。尔曹勿谓尔伯父只寻常人尔，其言未必足法；又勿谓其言虽似有理，亦只是一场迂阔之谈，非吾辈急务。[10]苟如是，吾末如之何[11]矣！读书讲学，此最吾

---

[1] 尔曹：你们。
[2] 有司：指主管某部门的官吏。
[3] 青紫：本为古时公卿绶带之色，因借指高官显爵。荣身肥家：自己发达，家族受益。市井小儿：指无见识、无趣味的俗人。
[4] 孝弟：孝悌。自期：自我要求，自我期望。光前裕后：光耀祖宗，造福后代。斯：这，这就。
[5] 无行：品行不端。这里指没有经过系统的教育而行为失当。助：提携、帮助。古代把照顾亲戚视为必然义务和责任。迨：直到。成：作为，成就。
[6] 鉴：引以为鉴。勉力：努力。贻：遗留。
[7] 溺：沉溺，无节制。
[8] "脱去凡近，以游高明"：出自北宋谢良佐《遗训》，意为近君子、远小人，结交比自己强的人。谢良佐为程门四先生之一，与王守仁同出心学一门。
[9] 《立志说》：正德九年（1514）秋，王阳明之弟王守文（文中"十叔"）来南京从师于王阳明，于次年夏季返乡之时，王阳明特与弟深谈，弟感觉茅塞顿开。但是记不住，央求王阳明写下来。于是有了《示弟立志说》，表明王阳明对于立志的深刻认识，字里行间尽显骨肉至亲之厚意，其言辞恳切，令人动容。
[10] 尔伯父：指王守仁。迂阔：不切实际。急务：当务之急。
[11] 末如之何：无言以对，无可奈何。

所宿[1]好，今虽干戈扰攘中，四方有来学者，吾未尝拒之。所恨牢落尘网[2]，未能脱身而归。今幸盗贼稍平，以塞责求退，归卧林间，携尔尊朝夕切劘砥砺，吾何乐如之[3]！偶便先示尔等，尔等勉焉，毋虚[4]吾望。正德丁丑四月三十日。

品读

明正德十二年（1517）二月，王阳明受命对福建漳州盗匪进行围剿，四月下旬大获全胜，这封信就写于此时。

王阳明谆谆教导子侄立志勤学，在他看来，读书为学，目的不在做官肥家、谋取荣华富贵，而在于确立高尚的道德品格，"以仁礼存心，以孝弟为本，以圣贤自期"。而"立志"是第一大纲目，只要立下为圣之志，才能有毅力向前走。

虽居庙堂之高，在繁忙公务之余还能抽笔告诫子侄读书明理、修身养性、志存高远的道理，寄望后辈"尔等勉焉，毋虚吾望"，可见一片真情。

---

[1] 宿：旧有的，一直有的。
[2] 牢落尘网：指做官琐务缠身，无法潜心于学问。
[3] 以塞责求退：通过对自己应尽的责任敷衍了事，以达到去职的目的。归卧林间：归，终，归宿，此处指隐退。切劘砥砺：切磋磨炼。如之：相当于此。
[4] 虚：耗费，辜负。

汝宜加深思，毋甘自弃
——明　张居正致三子张懋修

作者简介

张居正（1525—1582），字叔大，号太岳，幼名张白圭，江陵（今湖北荆州）人，时人又称张江陵。谥文忠。明朝中后期政治家、改革家，万历时期的内阁首辅，辅佐万历皇帝朱翊钧开创了"万历新政"。张居正5岁识字，7岁能通六经大义，12岁考中秀才，13岁参加乡试，16岁中举人。嘉靖二十六年（1547），22岁的张居正中进士。隆庆元年（1567）任吏部左侍郎兼东阁大学士。后迁任内阁首辅，为吏部尚书、建极殿大学士。万历元年（1573），万历皇帝朱翊钧登基后，张居正主政。任内阁首辅10年中，实行了一系列改革措施。财政上清田亩、改税法，军事上善将军、稳边事，吏治上重绩效、斥异己，气象为之一新。万历十年（1582），张居正去世后被抄家。至明熹宗天启二年（1622）恢复名誉。有《张太岳集》《书经直解》《帝鉴图说》等。

张居正画像

原信

汝幼而颖异[1],初学作文,便知门路,吾尝以汝为千里驹,即相知诸公见者,亦皆动色相贺,曰:"公之诸郎,此最先鸣者也。"乃自癸酉科举之后,忽染一种狂气,不量力而慕古,好矜己而自足。顿失邯郸之步,遂至匍匐而归。

丙子之春,吾本不欲求试,乃汝诸兄咸来劝我,谓不宜挫汝锐气,不得已黾勉从之,竟致颠蹶[2]。艺本不佳,于人何尤[3]?然吾窃自幸,曰:"天其或者欲厚积而钜发之也。"又意汝必惩再败之耻,而俯首以就矩矱[4]也。岂知一年之中,愈作愈退,愈激愈颓。以汝为质不敏耶?固未有少而了了,长乃憒憒者。以汝行不力耶?固闻汝终日闭门,手不释卷。乃其所造尔尔,是必志骛于高远,而力疲于兼涉,所谓之楚而北行[5]也!欲图进取,岂不难哉!夫欲求古匠之芳躅[6],又合当世之轨辙,惟有绝世之才者能之,明兴以来,亦不多见。吾昔童稚登科,冒窃盛名,妄谓屈、宋、班、马,了不异人,区区一第,唾手可得,乃弃其本业,而驰骛古典。比及三年,新功未完,旧业已芜。今追忆当时所为,适足以发笑而自点耳。甲辰下第,然后揣己量力,复寻前辙,昼作夜思,殚精毕力,幸而艺成[7]。然亦仅得一第止耳,犹未能掉鞅[8]文场,夺标艺苑也。今汝之才,未能胜余,乃不俯寻吾之所得,而复蹈吾之所失,岂不谬哉!

---

[1] 颖异:聪慧过人。
[2] 颠蹶:仆倒,跌落。
[3] 尤:过失。
[4] 矩矱:规矩。
[5] 之楚而北行:南辕北辙。
[6] 芳躅:指前贤的踪迹。
[7] 艺成:指通过科举考试。艺,指明清时的八股文。
[8] 掉鞅:本谓驾战车入敌营挑战时,下车整理马脖子上的皮带,以示御术高超,从容有余。比喻从容显示才华。

吾家以诗书发迹[1]，平生苦志励行，所以贻则于后人者，自谓不敢后于古之世家名德。固望汝等继志绳武[2]，益加光大，与伊巫之俦[3]，并垂史册耳！岂欲但窃一第，以大吾宗哉！吾诚爱汝之深，望汝之切，不意汝妄自菲薄，而甘为辕下驹[4]也。今汝既欲我置汝不问，吾自是亦不敢厚责于汝矣！但汝宜加深思，毋甘自弃。假令才质驽下，分不可强。乃才可为而不为，谁之咎与！己则乖谬[5]，而徒诿之命耶，惑之甚矣！且如写字一节，吾呶呶谆谆者几年矣，而潦倒差讹，略不少变，斯亦命为之耶？区区小艺，岂磨以岁，乃能工[6]耶？吾言止此矣，汝其思之！

品读

这封家书是张居正在三儿子张懋修科举失利时写的，后人称为《示季子懋修书》。

张居正在家信中让儿子寻找失利原因，并指出"志骛于高远，而力疲于兼涉"，结果"新功未完，旧业已芜"。张居正现身说法，结合自己的经历为儿子提供切实可行的经验，认为儿子两次科考失利的原因，都是好高骛远，贪多务得，用力不专的缘故。同时张居正在信中还批评了懋修科举失利是命运作怪的想法。可见，张居正对儿子的教育要求严格，而且对人生中的一些道理分析得也非常透彻，其中的道理，用我们今天的眼光来看，也有着积极的现实意义。文章言辞恳切，字里行间足见父亲对于儿子的谆谆告诫之心和慈爱之情。

[1] 发迹：指由卑微而得志显达，或由贫困而富足。
[2] 绳武：出自《诗经·大雅·下武》："昭兹来许，绳其祖武。"意思是继承祖先业迹。
[3] 俦：同类。
[4] 辕下驹：指车辙下不惯驾车之幼马，比喻少见世面、器局不大之人。
[5] 乖谬：抵触违背。
[6] 工：善于，长于。

当官无复生人半刻之乐
——明 袁宏道致舅父龚惟长

作者简介

袁宏道（1568—1610），字中郎，号石公，明湖广公安（今湖北公安）人。万历二十年（1592）进士，历任吴县知县、礼部主事、吏部验封司主事、稽勋郎中、国子博士等职。

袁宏道是明代文学反对复古运动的主将，反对"文必秦汉，诗必盛唐"的风气，认为文章与时代有密切的关系，提出"独抒性灵，不拘格套"的性灵说。他在文学上与其兄袁宗道、弟袁中道并有才名，史称"公安三袁"。由于三袁是荆州公安人，其文学流派世称"公安派"或"公安体"。

原信

数年闲散甚，惹一场忙在后。如此人置如此地，作如此事，奈之何？嗟夫，电光泡影，后岁知几何时？而奔走尘土，无复生人半刻之乐，名虽作官，实当官耳。尊家道隆崇，百无一阙，岁月如花，乐何可言。

袁宏道

然真乐有五，不可不知。目极世间之色，耳极世间之声，身极世间之鲜，口极世间之谭，一快活也。堂前列鼎[1]，堂后度曲，宾客满席，男女交舄[2]，烛气薰〔熏〕天，珠翠委地，金钱不足，继以田土，二快活也。箧中藏万卷书，书皆珍异。宅畔置一馆，馆中约真正同心友十余人，人中立一识见极高，如司马迁、罗贯中、关汉卿者为主，分曹部署，各成一书，远文唐宋酸儒之陋，近完一代未竟之篇，三快活也。千金买一舟，舟中置鼓吹一部，妓妾数人，游闲数人，泛家浮宅，不知老之将至，四快活也。然人生受用至此，不及十年，家资田地荡尽矣。然后一身狼狈，朝不谋夕，托钵[3]歌妓之院，分餐孤老之盘，往来乡亲，恬不知耻，五快活也。

士有此一者，生可无愧，死可不朽矣。若只幽闲无事，挨排度日，此最世间不紧要人，不可为训。古来圣贤，公孙朝穆[4]、谢安、孙玚[5]辈，皆信得此一着，此所以他一生受用。不然，与东邻某子甲蒿目而死者，何异哉！

品读

万历二十三年（1595），身为吴县县令的袁宏道写下这封信劝慰被贬官的舅父龚惟长。信中，袁宏道诉说当官是一苦差事，提出了人生五乐说，表现出追求个人性灵的快乐，而非传统儒家的经世理想。这五种快乐，袁宏道写得惊世骇俗，对处于官场失意的舅父来说，表达了一种间接的安慰之意。做官一直不是袁宏道的人生追求，任县令一年后，即辞职。

袁宏道所谓人生"真乐"五种，一为声色玩赏之乐，二为宾客欢宴之乐，三为高朋雅聚之乐，四为风流怡游之乐，五为乐极而穷之乐。这五种"真乐"，前四

---

[1] 列鼎：常说列鼎而食，比喻奢侈。
[2] 交舄：摩肩接踵。
[3] 托钵：乞食，要饭。
[4] 公孙朝穆：春秋时代人公孙朝、公孙穆，二人皆好饮酒，不慕荣禄。
[5] 孙玚：字德琏，南朝吴郡人。年少风流倜傥，好谋略，博涉经史，擅长写信。

种均是以富贵打底，穷奢极欲之乐，而其乐的结果便是"家资田地荡尽矣。然后一身狼狈"。

袁宏道以"乐极而穷"为人生真乐五种之最，其寓意有二：其一，富贵之乐，并非可靠之乐，依仗富贵而乐，总不免穷极而终；其二，人生真乐之至，恰是穷极之际，"恬不知耻"，"只幽闲无事，挨排度日"，做"最世间不紧要人"。

袁宏道的"五乐论"，含有深刻的反讽和自嘲意味，亦透露出作者对于当时社会政治环境的不合作与逃避心态。

立志之始，在脱习气
——明末清初　王夫之致子侄

作者简介

王夫之（1619—1692），湖南衡阳人，字而农，号姜斋，又号夕堂、一瓢道人、双髻外史。晚年自署船山病叟、南岳遗民，学界称"船山先生"。与顾炎武、黄宗羲并称明清之际三大思想家。王夫之少年时得家学，明末求学于岳麓书院。崇祯十五年（1642）中乡举第五名，以《春秋》试卷列第一。十二月到南昌等候会试，不久李自成起兵，会试被迫延期。清兵南下时，他曾上书湖北巡抚，力主联合农民军共同抗清。其叔父、父亲、二兄均死于战火。他拒不受张献忠之聘，后依附南明政权在湖南、广东、广西等地抗清。清康熙年间避居衡阳老家三十余年，终生未剃发。

王夫之像，（清）杨鹏秋绘

原信

立志之始，在脱习气[1]。习气薰人，不醪[2]而醉。其始无端，其终无谓。

---

[1]　习气：指庸俗卑劣的习气。
[2]　醪：原意为浊酒，此处代指酒。

袖中挥拳，针尖竞利，狂在须臾，九牛莫制。岂有丈夫，忍以身试！彼可怜悯，我实惭愧。前有千古，后有百世。广延九州，旁及四裔。何所羁络？何所拘执？焉有骐驹[1]，随行逐队！无尽之财，岂吾之积。目前之人，皆吾之治[2]。特不屑耳，岂为吾累。潇洒安康，天君无系[3]。亭亭鼎鼎，风光月霁[4]。以之读书，得古人意。以之立身，踞豪杰地。以之事亲，所养惟志。以之交友，所合惟义。惟其超越，是以和易。光芒烛天，芳菲匝地[5]。深潭映碧，春山凝翠。寿考维祺[6]，念之不昧[7]。

品读

王夫之在《耐园家训跋》中曾回忆自己的经历：有时闲荡稍过，父亲不许见面，他则二三旬间都不敢声张，一定要仲父牵引，长跪于庭前，听仲父反复责谕，讲述先祖遗训，泪流满面，然后才能得到几句温语相诫。

在教育子女上，王夫之也有独到之处，他曾以顺口溜的形式来教育子孙："传家一卷书，唯在汝立志。凤飞九千仞，燕雀独相视。不饮酸臭浆，闲看旁人醉。识字识得真，俗气自远避。人字两撇捺，原与禽字异。潇洒不沾泥，便与天无二。"[8]

此信后人名为《示子侄》，采用骈文，对仗工整，铿锵有力，洋洋洒洒，尽可读出作者的一股凛然正气和为人为官、读书、立身、事亲、交友的遵循之道。

---

[1] 骐驹：有青黑色纹理的马，此处指良马、千里马。
[2] 皆吾之治：都是我们治心修身的镜子。
[3] 天君无系：意思是无牵无挂。
[4] 风光月霁：指雨过天晴时明净清新的景象，比喻胸襟开阔、心地坦白。
[5] 匝地：遍地、满地。
[6] 寿考维祺：语出《诗经·大雅·行苇》，意思是长寿幸福，吉祥安康。
[7] 不昧：不忘。
[8] 这段话出自《示侄孙生蕃》，参见王夫之《姜斋诗剩稿》，湘潭大学出版社2006年版。

人生孰无死？贵得死所耳！
——清　夏完淳致母亲

作者简介

夏完淳父子

夏完淳（1631—1647），字存古，号小隐。松江府华亭县（今上海松江）人，祖籍浙江会稽。明末（南明）诗人。为夏允彝之子，师从陈子龙。

夏完淳自幼聪明，有神童之誉，"五岁知五经，七岁能诗文"，十四岁随父抗清。其父殉难后，他和陈子龙继续抗清，兵败被俘，不屈而死，年仅十六岁。夏允彝、夏完淳父子合葬墓位于今上海松江小昆山荡湾华夏公墓旁。

原信

　　不孝完淳今日死矣，以身殉父，不得以身报母矣！痛自严君见背[1]，两易春秋[2]。冤酷[3]日深，艰辛历尽。本图复见天日[4]，以报大仇，恤死荣生[5]，告成黄土[6]。奈天不佑我，钟虐先朝[7]。一旅才兴[8]，便成齑粉[9]。去年之举[10]，淳已自分[11]必死，谁知不死，死于今日也！斤斤[12]延此二年之命，菽水之养[13]无一日焉。致慈君托迹于空门[14]，生母寄生于别姓[15]，一门漂泊，生不得相依，死不得相问。淳今日又溘然先从九京[16]，不孝之罪，上通于天。

　　呜呼！双慈[17]在堂，下有妹女，门祚[18]衰薄，终鲜兄弟[19]。淳一死不足惜，哀哀八口，何以为生？虽然，已矣。淳之身，父之所遗；淳之身，君之所用。为父为君，死亦何负于双慈？但慈君推干就湿[20]，教礼习诗，十五年如

---

[1]　严君：对父亲的敬称。见背：去世。
[2]　两易春秋：换了两次春秋，即过了两年。作者父亲在两年前（1645）殉国。
[3]　冤酷：冤仇与惨痛。
[4]　复见天日：恢复明朝。
[5]　恤死荣生：使死去的人（其父）得到抚恤，使活着的人（其母）得到荣封。
[6]　告成黄土：把复国成功的事向祖先的坟墓祭告。
[7]　钟：聚焦。虐：上天惩罚。先朝：明朝。
[8]　一旅：吴易的抗清军队刚刚崛起。夏完淳参加了吴易的军队，担任参谋。
[9]　齑[jī]粉：碎粉末。这里比喻被击溃。
[10]　去年之举：1646年起兵抗清失败之事。兵败后，夏完淳只身流亡。
[11]　自分：自料。
[12]　斤斤：仅仅。
[13]　菽[shū]水之养：代指对父母的供养。
[14]　慈君：作者的嫡母盛氏。托迹：藏身。空门：佛门。
[15]　生母：作者生母陆氏，是夏允彝的妾。寄生：寄居。
[16]　溘[kè]然：忽然。从：追随。九京：泛指墓地。
[17]　双慈：嫡母与生母。
[18]　门祚[zuò]：家世。
[19]　终鲜兄弟：《诗经·郑风·扬之水》中句。这里指没有兄弟。
[20]　推干就湿：把床上干处让给幼儿，自己睡在湿处，形容母亲抚育子女的无私。

一日；嫡母慈惠，千古所难。大恩未酬，令人痛绝。慈君托之义融女兄[1]，生母托之昭南女弟[2]。

淳死之后，新妇遗腹得雄[3]，便以为家门之幸；如其不然，万勿置后[4]。会稽大望[5]，至今而零极[6]矣。节义文章，如我父子者几人哉？立一不肖后如西铭先生[7]，为人所诟笑，何如不立之为愈耶？呜呼！大造茫茫，总归无后[8]，有一日中兴再造，则庙食千秋，岂止麦饭豚蹄，不为馁鬼而已哉？[9]若有妄言立后者，淳且与先文忠在冥冥诛殛顽嚚[10]，决不肯舍！

兵戈天地，淳死后，乱且未有定期。双慈善保玉体，无以淳为念。二十年后，淳且与先文忠为北塞之举矣。[11]勿悲勿悲！相托之言，慎勿相负。武功甥将来大器[12]，家事尽以委之。寒食盂兰[13]，一杯清酒，一盏寒灯，不至作

---

[1]　义融女兄：作者的姐姐夏淑吉，号义融。
[2]　昭南女弟：作者的妹妹夏惠吉，号昭南。
[3]　新妇：这里指作者的妻子。雄：男孩。
[4]　置后：抱养别人的孩子为后嗣。
[5]　会稽大望：这里指夏姓大族。古代传说，夏禹曾会诸侯于会稽。于是后来会稽姓夏的人就说禹是他们的祖先。
[6]　零极：零落到极点。
[7]　西铭先生：张溥，别号西铭，明末文学家，复社领袖。死于崇祯十四年（1641），无后，次年由钱谦益等代为立嗣。此子未能继承家风，被人诟笑。
[8]　大造：造化，指天。茫茫：不明。"大造"这两句是说，如果上天不明，让明朝灭亡了，那么即使自己有后，也会被杀，终归无后。
[9]　中兴再造：明朝恢复。庙食：在祠庙里享受祭祀。麦饭豚蹄：简单的祭品。馁鬼：挨饿的鬼。"有一日"四句意思是：将来如果明朝恢复，自己为抗清而死，纵或无后，也将万古千秋地受人祭祀，何止像普通人那样只享受简单祭品，不会做饿死鬼呢？
[10]　文忠：夏允彝死后，南明鲁王谥为文忠公。冥冥：阴间。诛殛[jí]：诛杀。顽嚚[yín]：愚顽而言行不正的人。
[11]　"二十年后"二句：意思是如果死后再度为人，那么二十年后，还要与父亲在北方起兵反清。
[12]　武功甥：作者姐姐夏淑吉的儿子侯檠，字武功。大器：大材。
[13]　寒食：清明节前一二日，是人们上坟祭祖的时节。盂兰：旧俗的农历七月十五日燃灯祭祀，"超度鬼魂"，称盂兰盆会。

若敖之鬼[1]，则吾愿毕矣。新妇结缡[2]二年，贤孝素著。武功甥好为我善待之，亦武功渭阳情[3]也。

语无伦次，将死言善[4]。痛哉痛哉！人生孰无死，贵得死所耳。父得为忠臣，子得为孝子，含笑归太虚[5]，了我分内事。大道本无生[6]，视身若敝屣[7]。但为气所激[8]，缘悟天人理[9]。恶梦十七年，报仇在来世。神游天地间，可以无愧矣。

品读

这是顺治四年（1647），夏完淳在南京狱中写给其生母及嫡母的绝笔信，时年16岁。

此信充分展示了作者的文学才华，饱含深情，一唱三叹，慷慨悲壮，感人至深。作者在临刑前为"不得以身报母"而深感悲痛，为家中"八口"的生计问题而深感忧虑，但他又认为"为父为君，死亦何负于双慈"，"以身殉父"是死得其所。

一个16岁的孩子，心里装着家国天下，一心慷慨赴死，知道如何安置嫡母和

---

[1] 若敖之鬼：没有后嗣按时祭祀的饿鬼。若敖：若敖氏，春秋时楚国公族名。这一族的后代令尹子文看到族人子越椒行为不正，估计他可能会给整个家族带来灾难，临死前，对族人哭着说："鬼犹求食，若敖氏之鬼，不其馁而。"（见《左传·宣公四年》）后来，若敖氏终于因为子越椒叛楚而被灭了全族。

[2] 结缡[lí]：成婚。

[3] 渭阳情：甥舅之间的情谊。《诗经·秦风·渭阳》有"我送舅氏，曰至渭阳"句。据说是写晋公子重耳出亡，秦穆公收容了他。送他归国即位时，他的外甥康公送他到渭水之阳，作诗赠别。后世遂用渭阳比喻甥舅。

[4] 将死言善：《论语·泰伯》："人之将死，其言也善。"

[5] 太虚：宇宙。

[6] "大道"句：依照道家的说法，人本来是从无而生，死后又归于无。

[7] 敝屣：破烂的鞋。

[8] 气：正义之气。激：激发。

[9] "缘悟"句：因为明白了天意与人事的关系。

生母，知道如何安排自己的子嗣，而且头脑清醒地知道，子不肖不如没有，并说出"大造茫茫，终归无后"这样的话。心思缜密，心胸豁达，志向高远，此一等风流人才，天下人自会为其奉上心香一炉。

信中表达了作者以身赴义、视死如归的民族气节，其中所表述的"忠""孝"等词句，在当时的历史背景下，是和民族气节紧密相关的。

天下事有难易乎？
——清　彭端淑致子侄

作者简介

彭端淑读书图

彭端淑（约1699—约1779），字乐斋，号仪一，眉州丹棱（今四川丹棱）人。清朝官员、文学家。10岁能文，12岁入县学，约34岁中进士，官至广东肇罗道署察使。乾隆二十六年（1761）辞官归蜀，闭门家居十余年。后任锦江书院主讲、院长达20年，李调元、李鼎元、钟文韫、龙煜岷皆为其学生。彭端淑诗文造诣精微，质实厚重，跨越一代，被士林奉为楷模。他与李调元、张问陶并称"清代蜀中三才子"。有《白鹤堂文集》《雪夜诗谈》《曹植以下八家诗选》等。

原信

　　天下事有难易乎？为之，则难者亦易矣；不为，则易者亦难矣。人之为学有难易乎？学之，则难者亦易矣；不学，则易者亦难矣。吾资之昏[1]不逮人也；吾材之庸不逮人也；旦旦而学之，久而不怠焉，迄乎成，而亦不知其昏与庸也。吾资之聪，倍人也，吾材之敏，倍人[2]也；屏[3]弃而不用，其与昏与庸无以异也。圣人之道，卒于鲁也传之。[4]然则昏庸聪敏之用，岂有常哉！

　　蜀之鄙[5]有二僧：其一贫，其一富。贫者语于富者曰："吾欲之南海[6]，何如？"富者曰："子何恃[7]而往？"曰："吾一瓶一钵[8]足矣。"富者曰："吾数年来欲买舟[9]而下，犹未能也。子何恃而往？"越明年，贫者自南海还，以告富者，富者有惭色。西蜀之去南海，不知几千里也，僧之富者不能至，而贫者至焉。人之立志，顾不如[10]蜀鄙之僧哉？

　　是故聪与敏，可恃而不可恃也；自恃其聪与敏而不学者，自败者也。昏与庸，可限而不可限也；不自限其昏与庸而力学不倦者，自力者也。

品读

　　此信生动扼要地论述了做任何事情其难与易、主观与客观之间有着辩证的关

---

[1]　资：天资，天分。之：助词。
[2]　倍人："倍于人"的省略。
[3]　屏：同"摒"，除去、排除。
[4]　圣人：指孔子。卒：终于。鲁：反应迟钝、不聪明。
[5]　鄙：边远的地方。
[6]　南海：指佛教圣地普陀山。
[7]　何恃："恃何"的倒装。恃，凭借、依靠。
[8]　钵：和尚用的饭碗。
[9]　买舟：租船。买，租、雇。
[10]　顾不如：反而还不如。顾，反而。

系，特别强调它们是可以转化的，转化的条件就是人们主观上刻苦努力、顽强奋斗的精神。

此信写于乾隆九年（1744）。彭端淑祖父彭万昆、父彭珣是举人，叔父八人，均是举人，但是同族子侄很多，仅其祖父直系就达69人之众，却没有一个人中举。此文为训示族中子侄而作，着重论述了做学问的道理，最终题旨鲜明地指出：自恃聪明而不学者必败，愚庸者能勤奋学习则必有成就。此信自面世以来，产生了巨大影响，曾以《为学》为题被选入中学语文教材，教育激发了一代代青少年学子奋发读书，以求上进，努力成才。

望尔成一拘谨笃实子弟

—— 清　林则徐致次子林聪彝

作者简介

林则徐（1785—1850），清福建侯官（今福建福州市）人。清代爱国政治家、思想家、诗人。曾任湖广总督、陕甘总督和云贵总督，两次受命任钦差大臣。

1839年，林则徐前往广州禁烟，主持"虎门销烟"，蜚声中外。林则徐一生力抗西方入侵，但对于西方的文化、科技和贸易则持开放态度，主张学其优而用之。他至少略通英、葡两种外语，且着力翻译西方报刊和书籍。晚清思想家魏源将林则徐及其幕僚翻译的文书合编为《海国图志》，此书对晚清的洋务运动乃至日本的明治维新都具有启发作用。

林则徐画像，清人绘
南京博物院藏

原信

字谕聪彝[1]儿。尔兄在京供职[2]，余又远戍塞外[3]。唯尔奉母与弟妹居家，责任綦重，所当谨守者五：一须勤读敬师，二须孝顺奉母，三须友于爱弟，四须和睦亲戚，五须爱惜光阴。尔今年已十九矣，余年十三补弟子员，二十举于乡[4]；尔兄十六入泮[5]，二十二登贤书[6]。尔今犹是青衿一领[7]。本则三子中惟尔资质最钝，余固不望尔成名，但望尔成一拘谨笃实子弟。尔若堪弃文学稼，是余所最欣喜者。盖农居四民之首，为世间第一等最高贵之人。所以余在江苏时，即嘱尔母购置北郭隙地，建筑别墅，并收买四围粮田四十亩，自行雇工耕种，即为尔与拱儿[8]预为学稼[9]之谋。尔今已为秀才矣，就此抛撇诗文，常居别墅，随工人以学习耕作，黎明即起，终日勤动而不知倦，便是长田园之好弟子。

至于拱儿年仅十三，犹是白丁[10]，尚非学稼之年，宜督其勤恳用功。姚师乃侯官名师，及门弟子，领乡荐、捷礼闱[11]者，不胜缕指计。其所改拱儿之窗课，能将不通语句改易数字，便成警句，如此圣手，莫说

---

[1] 聪彝：林则徐次子，历任内阁中书、六部主事、衢州知府、浙江补用道、浙江按察使、杭嘉湖海防兵备道等职。
[2] "尔兄"句：林汝舟当时在京城为官。
[3] 远戍塞外：当时林则徐因鸦片战争之事被遣戍新疆伊犁。
[4] 补弟子员：指考入县学的生员，俗称"秀才"。举于乡：乡试中举，成为举人。
[5] 入泮[pàn]古时学生入学称为"入泮"。在古代，凡是新入学的生员，都需进行称为"入泮"的入学仪式。
[6] 登贤书：科举时代称乡试中式（通过）为登贤书，即中举，由此就获得了选官的资格，凡中试者均可参加次年在京城举行的会试。
[7] 青衿一领：即"青衿"，原意是周代学子的服装，这里指未取得功名的普通读书人。
[8] 拱儿：即林则徐的三子林拱枢，时在家读书。
[9] 稼：种植。
[10] 白丁：封建制度中，平民只能穿没有任何颜色的麻棉（白色）织成的衣服，士大夫贵族阶层就逐渐用白丁来代称底层普通大众。
[11] 捷礼闱：从会试传来捷报，考中进士。古代科举考试之会试，因其为礼部主办，故称礼闱。

侯官士林中都推重为名师，只恐遍中国亦罕有第二人也。拱儿既得此名师，若不发奋攻苦，太不长进也。前月寄来窗课五篇，文理尚通，唯笔下太嫌枯涩，此乃欠缺看书功夫之故。尔宜督其爱惜光阴，除诵读作文外，余暇须披阅史籍。惟每看一种，须自首至末详细阅完，然后再易他种。最忌东拉西扯，阅过即忘，无补实用。并需预备看书日记册。遇有心得，随手摘录。苟有费解或疑问，亦须摘出，请姚师讲解，则获益多矣。

品读

  这封信是林则徐写给次子林聪彝的。此时林则徐已因鸦片战争战败，代人受过，被充军到新疆伊犁。但在这封家信中，不见片言只字诉说谪戍边塞之苦和牢骚不平，反而是心平气和、语重心长地教育两个儿子如何发挥自身价值，如何尊师和努力学习。其中价值至少表现在以下两个方面。

  一是一反读书人"万般皆下品，唯有读书高"的论点，重视农业，尊重农民，认为"四民之首，为世间第一等最高贵之人"。从家信中看，似乎是因为次子资质鲁钝，不得已才去务农，实际情形并非如此。林则徐说聪彝鲁钝，是同自己和聪彝的长兄汝舟相对而言，实际上，19岁这个年龄还是秀才，没有中举，在封建社会应当是绝大多数。作为由科举出身一直做到官居一品的封疆大吏，能如此尊重农民，而且能让自己孩子去务农而不去追求科举考试，这是非常难能可贵的。

  二是尊师和教育孩子如何习作，如何读书。拱枢是林则徐幼子，信中再三要求聪彝督促其功课，严格要求之中更见舐犊深情。从林则徐家信《训三儿拱枢》来看，拱枢喜欢绘画，对儒家经典经史子集并不感兴趣。林则徐在那封信中教训说："若欲成画师，须将腹笥储满，诗词兼擅，薄有微名，画笔自必超脱。"这与此信中要拱枢勤奋朗读背诵儒家经典、学习写诗文外，读一些历史典籍并认真做笔记的训导是完全一致的。可见林则徐非常尊重孩子的志向和爱好，既鼓励爱好农业的聪彝务农，又教育爱好绘画的拱枢如何才能当一个有成就的画师，而不是一味醉心于读书做官。这也是今日的父母一个极好的榜样。

惟学做圣贤，全由自己作主
——清　曾国藩致儿子曾纪鸿

作者简介

曾国藩（1811—1872），初名子城，字伯涵，号涤生，谥文正，湖南湘乡白杨坪（今湖南双峰）人。清朝战略家、政治家，湘军的组建者和统帅，晚清"中兴四大名臣"之首，官至两江总督、直隶总督、武英殿大学士，封"一等毅勇侯"。

曾国藩崇尚学问及修身，为晚清散文"湘乡派"创立人，主张以理学经世。有《求阙斋文集》《诗集》《读书录》《日记》《奏议》《家书》《家训》及《经史百家杂钞》《十八家诗钞》等，收入《曾文正公全集》，传于世。其中，《曾国藩家书》近1500封，记录了曾国藩在清道光二十年（1840）至同治十年（1871）前后长达31年的仕途和戎

曾国藩像，清人绘

马生涯,涉及的内容极为广泛,是曾国藩一生的主要活动和其从政、持家、治学之道的生动反映,展现了他一生所奉行的勤劳、俭朴、自立、有恒的人生信念和修身、齐家、治国、平天下的毕生追求。

原信

字谕纪鸿[1]儿:

　　家中人来营者,多称尔举止大方,余为少慰。凡人多望子孙为大官,余不愿为大官,但愿为读书明理之君子。勤俭自持,习劳习苦,可以处乐,可以处约,此君子也。余服官二十年,不敢稍染官宦气习,饮食起居尚守寒素家风,极俭也可,略丰也可,太丰则吾不敢也。凡仕宦之家,由俭入奢易,由奢返俭难。尔年尚幼,切不可贪爱奢华,不可惯习懒惰。无论大家小家,士农工商,勤苦俭约未有不兴,骄奢倦怠未有不败。尔读书写字不可间断,早晨要早起,莫坠高、曾、祖考以来相传之家风。吾父、吾叔,皆黎明即起,尔之所知也。

　　凡富贵功名皆有命定,半由人力,半由天事。惟学作圣贤全由自己作主,不与天命相干涉。吾有志学为圣贤,少时欠居敬[2]工夫,至今犹不免偶有戏言戏动[3]。尔宜举止端庄,言不妄发,则入德之基也。手谕。

　　　　　　　　　　　　咸丰六年九月二十九[4],时在江西抚州门外

---

[1] 纪鸿:曾纪鸿,字栗诚,曾国藩次子,数学家。
[2] 居敬:严肃、慎重的习惯。
[3] 戏言戏动:开玩笑、嘲弄人的言谈举动。
[4] 咸丰六年九月二十九:即1856年10月27日。

品读

　　这封信是曾国藩写给8岁的儿子曾纪鸿的。曾国藩在外为官,对于教育儿子,只能通过书信这种方式,因此信中殷殷切切、不厌其烦。信中有"凡人多望子孙为大官,余不愿为大官,但愿为读书明理之君子"之语。曾纪鸿果然没有走上仕途,反而挚爱数学,成为"数学家"。

　　曾纪鸿(1848—1881),字栗诚,曾国藩次子。中国近代著名的数学家。父亲去世后荫赏举人,充兵部武选司郎官。他不热衷于仕途而自学成才,通天文、地理、舆图诸学,有《对数评解》《圆率考真图解》《粟布演草》等数学专著传世。可惜英年早逝,去世时仅33岁。

读书要目到、口到、心到
——清 左宗棠致儿子孝威、孝宽

作者简介

左宗棠（1812—1885），字季高，一字朴存，号湘上农人。谥文襄。湖南湘阴人。晚清重臣，军事家、政治家，湘军著名将领，洋务派首领，晚清"中兴四大名臣"之一。

左宗棠曾就读于长沙城南书院，20岁乡试中举，但此后在会试中屡试不第。后辗转充任湖南籍官员幕府，从咸丰二年（1852）开始，左宗棠先是为湖南巡抚幕府、湖广总督幕府，后二次入湖南巡抚幕府，一直到咸丰十年（1860）募兵出湘与太平军作战，左宗棠在湖南经营了近十年时间。左宗棠的第一个实职，是从二品的浙江巡抚。两年后升任闽浙总督，三年后加太子太保，成为一品大员。左宗棠一生经历了洋务运动，收复新疆以及新疆建省、中法战争等重要历史事件，官至东阁大学士、军机大臣，封二等恪靖侯。

左宗棠像

原信

孝威、孝宽知之：

我于廿八日开船，是夜泊三汊矶，廿九日泊湘阴县城外，三十日即过湖抵岳州。南风甚正，舟行顺速，可毋念也。

我此次北行，非其素志。尔等虽小，当亦略知一二。世局如何，家事如何，均不必为尔等言之。惟刻难忘者，尔等近年读书无甚进境，气质毫未变化，恐日复一日，将求为寻常子弟不可得，空负我一片期望之心耳。夜间思及，辄不成眠，今复为尔等言之。尔等能领受与否，我不能强，然固不能已于言也。

读书要目到、口到、心到。尔读书不看清字画偏旁，不辨明句读，不记清头尾，是目不到也。喉、舌、唇、牙、齿五音并不清晰伶俐，蒙笼含糊，听不明白，或多几字，或少几字，只图混过就是，是口不到也。经传精义奥旨初学固不能通，至于大略粗解原易明白，稍肯用心体会，一字求一字下落，一句求一句道理，一事求一事原委，虚字审其神气，实字测其义理，自然渐有所悟。一时思索不得，即请先生解说；一时尚未融释，即将上下文或别章别部义理相近者反复推寻，务期了然于心，了然于口，始可放手。总要将此心运在字里行间，时复思绎，乃为心到。今尔等读书总是混过日子，身在案前，耳目不知用到何处，心中胡思乱想，全无收敛归着之时。悠悠忽忽，日复一日，好似读书是答应人家工夫，是欺哄人家、掩饰人家耳目的勾当。昨日所不知不能者，今日仍是不知不能；去年所不知不能，今年仍是不知不能。孝威今年十五，孝宽今年十四，转眼就长大成人矣。从前所知所能者，究竟能比乡村子弟之佳者否？试自忖之。

读书作人，先要立志。想古来圣贤豪杰是我者般年纪时是何气象？是何学问？是何才干？我现才那一件可以比他？想父母送我读书，延师训课是何志愿？是何意思？我那一件可以对父母？看同时一辈人，父母常背后夸赞者是何好样？斥詈者是何坏样？好样要学，坏样断不可学。心中要想个明白，立定主意，念念要学好，事事要学好，自己坏样一概猛省猛改，断不许少有回护，不可因循苟且。务期与古时圣贤豪杰少小时志气一般，方可慰父母之心，免被他人耻笑。

志患不立，尤患不坚。偶然听一段好话，听一件好事，亦知歆动羡慕，当时亦说我要与他一样。不过几日几时，此念就不知如何销歇去了。此是尔志不坚，还由不能立志之故。如果一心向上，有何事业不能做成？

陶桓公有云："大禹惜寸阴，吾辈当惜分阴。"古人用心之勤如此。韩文公云："业精于勤而荒于嬉。"凡事皆然，不仅读书，而读书更要勤苦，何也？百工技艺及医学、农学，均是一件事，道理尚易通晓。至吾儒读书，天地民物，莫非己任，宇宙古今事理，均须融澈于心，然后施为有本。人生读书之日最是难得。尔等有成与否，就在此数年上见分晓。若仍如从前悠忽过日，再数年依然故我，还能冒读书名色、充读书人否？思之，思之。

孝威气质轻浮，心思不能沉下，年逾成童而童心未化，视听言动，无非一种轻扬浮躁之气。屡经谕责，毫不知改。孝宽气质昏惰，外蠢内傲，又贪嬉戏，毫无一点好处。开卷便昏昏欲睡，全不提醒振作。一至偷闲顽，便觉分外精神。年已十四，而诗文不知何物，字画又丑劣不堪。见人好处不知自愧，真不知将来作何等人物。我在家时常训督，未见悛改。今我出门，想起尔等顽钝不成材料光景，心中片刻不能放下。尔等如有人心，想尔父此段苦心，亦知自愧自恨，求痛改前非以慰我否？

亲朋中子弟佳者颇少。我不在家，尔等在塾读书，不必应酬交接，外受傅训，入奉母仪可也。

读书用功，最要专一，无间断。今年以我北行之故，亲朋子侄来家送我；先生又以送考耽误工课，闻二月初三、四始能上馆，所谓"一年之计在于春"者又去月余矣。若夏秋有科考，则忙忙碌碌又过一年，如何是好？今特谕尔：自二月初一日起，将每日工课按月各写一小本寄京一次，便我查阅。如先生是日未在馆，亦即注明，使我知之。屋前街道、屋后菜园，不准擅出行走。如奉母命出外，亦须速出速归。出必告，反必面，断不可任意往来。

同学之友，如果诚实发愤，无妄言妄动，固宜引为同类。倘或不然，则同斋割席，勿与亲昵为要。

家中书籍勿轻易借人，恐有损失。如必须借看者，每借去，则粘一条于书架，注明某日某人借去某书，以便随时取回。

庚申正月三十日

（家中寄信到京，封面上写"内家言一函，敬恳吉便带至都中东草厂十条胡同长郡会馆，确交四品卿衔兵部左大人开拆，司马桥左宅寄"。背面写年月日封）

品读

此信写于庚申年（1860）正月三十日，此时左宗棠开始被朝廷重用，兵部委任他四品官衔，随曾国藩襄办军务，正如信中开头说到的离开家乡，坐船北上，执行"不必为尔等言之"的重任。此时，他最挂念的是留在家中的两个儿子，孝威和孝宽，他们正处于读书成长的关键时期，可是童心未泯，贪玩懒惰，读书没有明显进步，气质没有明显变化，这让左宗棠忧心忡忡。左宗棠不厌其烦地给儿子介绍读书的方法，即"目到、口到、心到"，强调"先要立志"，务必向"古时圣贤豪杰"等优秀人物学习，多做好事，不做坏事。左宗棠还针对两个儿子的缺点进行了严厉的批评，要求他们痛改前非，专心读书，每月通过家书汇报读书情况。左宗棠望子成龙之心令人动容，其家教思想对今天亦有启发。

望尔之做一清白官

——清 丁宝桢致长子丁体常

作者简介

丁宝桢（1820—1886），字稚璜。谥文诚。贵州平远（今属贵州毕节）人。咸丰三年（1853）中进士，咸丰十年（1860）任湖南岳州知府，次年调任长沙知府。同治二年（1863），擢升山东按察使，次年迁任布政使，奉僧格林沁命进攻白莲教起义军宋景诗，并参与镇压捻军。山东巡抚阎敬铭欣赏其才能，举荐丁宝桢接替成为巡抚。同治八年（1869），因将慈禧太后的宠臣太监安德海斩杀于济南，闻名一时。光绪元年（1875）设立山东机器局。光绪二年（1876），署理四川总督，创设四川机器局。维修都江堰，改革盐法，筹划西南边防。

丁宝桢画像

原信

字谕绳谦[1]知悉：

昨摺弁[2]至，接尔来函，备悉一切，并知尔已委署蒲州府[3]。

此缺山西均谓为苦缺，然自我视之，则仍为优。盖人之所称为苦，为其出息之少也。试问作官系何事？而可以出息之有无、多少为心乎？地方虽苦，苦于无钱耳，是苦在官。而百姓之性命身家，则皆待尔以安。尔自以为苦，则必剥民以自奉。是尔之苦，实不为苦，而百姓则真苦中苦矣！

知府一官，不若州县之与民亲，然与民亦甚近，何也？一切词讼，知府仍照常收呈，批审、批提，故尚有可以为百姓做事之处。而其职则尤重表率。尔既作知府，当思为属员观感。持心须公正，操守须廉洁，作事要勤速，问案更细心。须时时恐属员之反唇以讥我，时时恐百姓之众口以怨我。严束家丁，严惩书役，待绅士以礼，接僚属以诚。

凡一切节寿陋规，万不必受。况山西迭遭大祲[4]，人民流离，惨目伤心。尔应亟思，有以抚慰之。若收受陋规，则无以自问，又何以对人？且州县送陋规，无非取之于民。尔取州县之一，州县即取民之十。试思大灾之后，尚忍为此伤天害理虐民之事乎？午夜扪心，当必瞿然惧矣！尔当于"利"之一字，斩断根株，立意作一清白官，而后人则受无穷之福。况尔正在求子之时，亟宜刻刻恤民，事事恤民，以种德行。一惑于利，则日久浸淫，将有流于贪婪

---

[1] 绳谦：丁宝桢长子丁体常乳名。丁体常，字慎五，曾任分巡巩秦阶道、广东布政使，为官甚有政绩，工书善画。

[2] 摺弁：官方信使。

[3] 委署蒲州府：代理蒲州知府。清代蒲州府地处山西省西南部，治所在永济县，辖永济、虞乡、荣河、临晋、万泉、猗[yi]氏六县。

[4] 大祲：亦作"大侵"，严重歉收，大饥荒。自光绪二年（1876）起，山西、河南、陕西、直隶（今河北）、山东等省发生了连续三年的特大旱灾，最具毁灭性的是丁丑（1877）和戊寅（1878）这两年，史称"丁戊奇荒"。灾荒导致一些地区人口大量减少，其中以山西、河南两省最为严重，人口竟减少了三分之一。

而不自知者矣。尔欲做官，须先从此立脚，万不可效今时丧心昧良者流，只顾目前之热闹，不思子孙之败坏，是所至嘱！

山西裁减夫马一事[1]，尔可随时随事禀之丹初[2]年伯。此老作事，条理极为精详，尔须事事师法，不可忽略，切切！至于一切公事，尔心目中只要时时怕丹翁得知，鄙弃我为丁氏不肖之子，即可渐近高明矣。山西盗劫之案似少，尔须以缉捕为心。并时时劝诫各属，以听讼、捕盗为事，则百姓自安矣。我日望尔之作一清白官，以增祖父之光，而贻后世之福，尔须深体此意。至于缺之苦不苦，直可置之度外。只要有饭吃，便可作官。我在此当格外减省，以接济尔，即不至于受累矣。

尔妾[3]之事，前已详写信中，尔即照此办理。并谕知尔媳，好为看待，毋作刻苦事，即可以种后福也。尔家眷不随到蒲甚好，缘系署事，家眷到未久，即又交卸，又要搬回，不惟多去盘费，即在路受辛苦，亦无谓也。但家眷在省少人照料，然尔媳于持家一切极为谨慎，亦可无虑。

二小姐[4]须常函嘱其好好调理身体为要，其喜事大约在明年始能办理。陈亲爷[5]近日未接其书，不知其缺已否开脱？容再致函询之，并与商办二姐

---

[1] 山西裁减夫马一事：指山西裁减夫马费，减轻人民负担的举措。清代官员阵亡及在任、在差期间病故者，均给予一定的费用，专供其雇用夫役和车马之用。由于夫马费取之于民，故专设了夫马局。然而贪官们借此敛财，民怨沸腾。光绪三年（1877），担任四川总督的丁宝桢革除陋规，首裁夫马局，以解民困。光绪五年（1879）五月，朝廷采纳了钦差大臣阎敬铭提出的关于裁减夫马费负担的八条办法，下令在四川、陕西、山西、河南各省实行，破除积习，缓解民众负担。

[2] 丹初：阎敬铭，字丹初，陕西朝邑（今陕西大荔）人。道光二十五年（1845）中进士，历任湖北按察使、山东巡抚、户部尚书、军机大臣、总理各国事务衙门大臣上行走、协办大学士、东阁大学士等职。主张节俭，理财有道，清廉耿介，有"救时宰相"之称。

[3] 尔妾：丁体常共有三个偏房夫人，此处指第一个偏房夫人，姓氏不详。

[4] 二小姐：是丁体常同母最小的妹妹，生于咸丰九年（1859），光绪八年（1882）与陈洵庆结婚。

[5] 陈亲爷：指陈洵庆，写此信时他与丁家二小姐已订婚，尚未完婚。陈洵庆，字虞文，江苏扬州仪征人，父亲陈彝和、祖父陈嘉树均为进士出身。丁宝桢死后遗有洋洋几十万言的奏稿，即由其女婿陈洵庆和侄女婿陈夔龙编辑刊行，书名《丁文诚公奏稿》。

姻事也。俟渠有信到，我即为寄尔知之。

老四[1]本年不知能中否？渠极肯用功，文章亦熟，中与不中，自有科分。我但望伊能多读书，其他则皆非所急。尔有信与渠，可告知之："如中则甚好，如不中亦不必愤气，切毋效世俗人所为也！"至伊已携眷赴京，会试后必到部当差。尔可告之："须少交接，少游宴。除上衙门外，仍以终日闭户读书、写字、作文、赋诗为事，是所切嘱！"

俄人之事[2]，闻京中议论甚多，不知朝廷用意如何？我受国厚恩，当此事势艰难，断难漠视。昨有疏陈，寄尔一阅，阅后仍包好，连信送交老四一阅。老四前本有劝我上疏之说，故寄渠一阅，俾知我之用意也。川省官场，近日稍好。惟贪奸之徒，以不获利仍不死心，屡有条奏参劾，均仰蒙圣明洞鉴。来信内所言成都将军奏参之事[3]，亦是无所得利，故为此倾陷。顷仍有旨，令我据实复奏，当一一覆陈。要之：我之作官，志在君民，他无所问。宁可被参而罢黜，断不依阿以从俗，而自坏身心，贻羞后世也。

现在署中，大小俱清吉。我之精神、饮食，如常强健，无庸远念。尔惟当保养身体，借此官势，作德于民，即为我增光不浅耳，勉之！毋思毋念！

此谕入目

稚璜 手泐[4]
二十五日

---

[1] 老四：指与丁体常同母的弟弟丁体成，字子美，光绪二年（1876）中举人、光绪九年（1883）中进士，官至刑部陕西司主事。惜英年早逝。

[2] 俄人之事：指光绪五年（1879）崇厚出使俄国，擅自签订《里瓦几亚条约》《陆路通商章程》，丧权辱国，遭到全国上下舆论的一致谴责。

[3] 成都将军奏参之事：指成都将军恒训等官员上奏弹劾丁宝桢一事。后恒训调为西安将军。

[4] 手泐[lè]：旧时致信至交或晚辈时自称。

丁宝桢家书（部分）

品读

此信写于光绪六年（1880）农历二月二十五日，当时丁宝桢正在四川总督任上。信中他尽陈为人为官之道，告诫儿子要廉洁爱民，两次提到清白为官，不要沾染官场恶习。

光绪十二年（1886），丁宝桢在四川总督任上去世。由于朝廷发放的俸禄被他多数用于救济贫困百姓，这位封疆大吏病危时竟然债台高筑。随员凑钱帮助办理丧事，扶柩回乡才能够成行。其德可教导后人，其功可利于百世，堪称官场楷模。

务必养成一军人资格
——清　张之洞致儿子

作者简介

张之洞（1837—1909），字孝达，号香涛，又称"张香帅"，谥文襄。祖籍直隶南皮（今河北沧州南皮），出生于贵州兴义（今贵州兴义）。晚清"中兴四大名臣"之一。咸丰二年（1852）中顺天府解元。同治二年（1863）中进士第三名探花。授翰林院编修，历任教习、侍读、侍讲、内阁学士、山西巡抚、两广总督、湖广总督、两江总督、军机大臣等职，官至体仁阁大学士。

张之洞早年是清流派首领，后成为洋务派的主要代表人物。教育方面，他创办了自强学堂（今武汉大学前身）、三江师范学堂（今南京大学前身）、湖北农务学堂、湖北武昌蒙养院、湖北工艺学堂、慈恩学堂（南皮县第一中学）、广雅书院等。政治上主张"中学为体，西学为用"。工业上创办汉阳铁厂、大冶铁矿、湖北枪炮厂等。光绪三十四年（1908），以顾命重臣晋太子太保，次年病卒。

张之洞像

原信

吾儿知悉：

　　汝出门去国，已半月余矣。为父未尝一日忘汝。父母爱子，无微不至，其言恨不能一日离汝，然必令汝出门者，盖欲汝用功上进，为后日国家干城之器[1]，有用之才耳。方今国事扰攘[2]，外寇纷来，边境累失，腹地亦危。振兴之道，第一即在治国。治国之道不一，而练兵实为首端。汝自幼即好弄，在书房中，一遇先生外出，即跳掷嬉笑，无所不为。今幸科举早废，否则汝亦终以一秀才老其身，决不能折桂探杏[3]，为金马玉堂[4]中人物也。故学校肇开，即送汝入校。当时诸前辈犹多不以然，然余固深知汝之性情，知决非科甲[5]中人，故排万难送汝入校，果也除体操外，绝无寸进。余少年登科[6]，自负清流[7]，而汝若此，真令余愤愧欲死。然世事多艰，习武亦佳，因送汝东渡，入日本士官学校肄业，不与汝之性情相违。汝今既入此，应努力上进，尽得其奥。勿惮劳，勿恃贵，勇猛刚毅，务必养成一军人资格。汝之前途，正亦未有限量，国家正在用武之秋，汝只患不能自立，勿患人之己知。志之，志之，勿忘，勿忘。抑余又有诫汝者：汝随余在两湖，固总督大人之贵介子也，无人不恭待汝。今则去国万里矣，汝平日所挟以傲人者，将不复可挟，万一不幸肇祸，反足贻堂上以忧。汝此后当自视为贫民，为贱隶，苦身戮[勠]力，以从事于所学，不特得学问上之益，而可借是磨炼身心，即后日得余之庇，毕业而后，得一官一职，亦可深知在下者之苦，而不致予智自雄[8]。

---

[1]　干：盾。城：内城。二者都起捍卫防御作用，因用以比喻御敌立功的将领。
[2]　扰攘：混乱、纷乱。
[3]　折桂：登科。探杏：比喻中进士。
[4]　金马玉堂：代称翰林院。
[5]　科甲：科举的通称，明清特指中了举人及进士为"科甲"出身。
[6]　登科：应试得中。
[7]　清流：负有时望的清高的士大夫。
[8]　予智自雄：自夸聪明。

余五旬外之人也，服官一品，名满天下，然犹兢兢也，常自恐惧，不敢放恣。汝随余久，当必亲炙[1]之，勿自以为贵介子弟，而漫不经心，此则非余所望于尔也，汝其慎之。寒暖更宜自己留意，尤戒有狭邪[2]赌博等行为，即幸不被人知悉，亦耗费精神，抛荒学业。万一被发觉，甚或为日本官吏拘捕，则余之面目，将何所在？汝固不足惜，而余则何如？更宜力除，至嘱，至嘱！余身体甚佳，家中大小，亦均平安，不必系念。汝尽心求学，勿妄外骛，汝苟竿头日上[3]，余亦心广体胖矣。父涛示。五月十九日。

品读

张之洞是晚清名臣，也是士大夫中第一流的人物。与曾国藩诸人不同，张之洞不以军戎起家，而是力倡洋务，主张"中学为体，西学为用"。张之洞有提督学政的经历，对于教育尤为用心，因此，这封信，事无巨细、洞察人心世故。

俗话说："知子莫若父。"张之洞身为朝廷一品官，深为儿子的无所作为而感到"愤愧"。但他深知儿子的资质禀性，"决非科甲中人"，便因材施教，用其所长，毅然送他到日本士官学校习武，一方面"不与汝之性情相违"，另一方面"国家正在用武之秋"，可以使儿子成为有用之才。作者还告诫儿子不要"自以为贵介子弟"，要"自视为贫民，为贱隶，苦身戮〔勠〕力，以从事于所学"。当时除了公派留学，高官将自己孩子送外国留学的现象极少。张之洞手握公派留学的大权，但儿子留学却是自费，甚为难得。全信虽有对儿子的委婉责备，更多的是耐心的循循善诱，殷殷嘱托，也不乏望子成才的期待和深切的思念，字里行间都是为人之父的语重心长。

---

[1] 亲炙：亲承教化。
[2] 狭邪：小街曲巷，后指妓女居处。
[3] 竿头日上：佛教用"百尺竿头"比喻道行修养到了极高的境界。竿头日上，即不断进步的意思。

好官必不爱钱
——清 吴汝纶致儿子（节选）

作者简介

吴汝纶（1840—1903），字挚甫，又字挚父，安徽桐城（今属安徽桐城）人。晚清文学家、教育家。同治四年（1865）中进士，先后任曾国藩、李鸿章幕僚，其时曾、李奏议多出其手。后任深州、冀州知州。长期主讲保定莲池书院，晚年被任命为京师大学堂总教习，并创办了名校桐城中学。他提倡学习西方科学文化知识，主张"中学为体，西学为用"，并深入探求西方的科学和哲学。

吴汝纶像

原信

凡为官者，子孙往往无德，以习于骄恣浇薄故也。吾听闻汝骂苓姐，说伯父不配做官，汝父做官有钱，欲逐出苓姐，不令食汝父之钱

等语，伤天伦、灭人理莫此为甚！世人常说长兄当父，长嫂当母，子有钱财，当归于父，弟有钱财，当归于兄。吾与尔伯父终身未尝分异，岂有分别尔我有无之理！伯父在时，吾不能事之如父，今亡已八年，不可再见矣，吾常痛心，故令汝兼继伯父，望汝读书明道理。岂知汝幼稚之年，居心发言已如此骄恣浇薄哉！伯父才学十倍胜我，其未仕乃命也，何不配之有！做官之钱，皆取之百姓，非好钱也，故好官必不爱钱。吾虽无德，岂愿以此等之钱豢养汝曹、私妻子哉！兄弟之子，古称犹子[1]，言与子无异。苓姐，吾兄之子也，与汝何异？我若独私汝逐苓姐不与食，尚为非人，况汝耶！且汝亦为伯父继子，若尽逐诸侄，则汝亦在当逐之内矣。凡为人先从孝友[2]起。孝，不但敬爱生父，凡伯父、叔父，皆当敬爱之；不但敬爱生母，凡嫡母、继母、伯叔母，皆当敬爱之，乃谓之孝。友，则同父之兄弟姐妹，同祖之兄弟姊妹，同曾祖、高祖之兄弟姊妹，皆当和让，此乃古人所谓亲九族[3]也。读书不知此，用书何为！童幼有时争言，吾亦不禁。独令人伤心之言，不得出诸口。较量钱财有无，悖理行私之事，不可存于心。将吾此书熟读牢记，以防再犯，并令诸兄弟姊妹，各写一通。

品读

  子女无德是让父母最伤心的事，尤其是儿子意图驱逐姐姐，多有忤逆之语时。不过换个角度，童言无忌，孩子的无心之语动辄得咎，恐怕对其成长不利，故而，吴汝纶在信中虽指责儿子，但多是和声细语、耐心说教。

---

[1] 犹子：如同儿子，指侄子或侄女。
[2] 孝友：对父母孝顺、对兄弟友爱，主要指对兄弟友爱。
[3] 九族：泛指亲属。但"九族"所指，诸说不同。一说是上自高祖，下至玄孙，即高祖父、曾祖父、祖父、父、身、子、孙、曾孙、玄孙。一说是父族四、母族三、妻族二：父族四是指姑之子（姑姑的子女）、姊妹之子（外甥）、女儿之子（外孙）、己之同族（父母、兄弟、姐妹、儿女）；母族三是指母之父（外祖父）、母之母（外祖母）、从母子（娘舅）；妻族二是指岳父、岳母。

在这封家书里，吴汝纶言之凿凿，情深意切地告诫孩子为孝之道，"独令人伤心之言，不得出诸口"，事亲敬友，不能做"伤天伦，灭人理"的不仁不义之人。

吴汝纶共有子女六人，儿子吴闿生（1877—1950），自幼受父亲教导，人品端正，学问渊博，曾赴日本留学，1903年正月以父丧归国，归国后曾任职于直隶学校司。民国初年，吴闿生出任教育部次长、国务院参议等职。1928年应张学良之聘，在沈阳萃升书院任教。抗战期间身陷敌区，隐居致力著述。有《周易大义》《尚书大义》《诗义会通》《北江先生文集》等。吴汝纶的几个女儿也都读书习字，颇为聪慧。

以笔舌报国于万一

——1915年3月22日　胡适致母亲

作者简介

胡适（1891—1962），原名洪骍，字适之。著名思想家、翻译家、文学家、哲学家。徽州绩溪（今安徽绩溪）人。

胡适幼年就读于家乡私塾，19岁考取庚子赔款官费生，留学美国，师从实用主义哲学家约翰·杜威。1917年夏回国，受聘为北京大学教授。1918年加入《新青年》编辑部。胡适大力提倡白话文，先后主编《努力周报》《独立评论》等。

胡适信奉实用主义哲学，他在学术上影响最大的是提倡"大胆假设，小心求证"的研究方法。

胡适年轻时

原信

吾母：

　　雪已消尽，人皆以为春已归来，不意昨夜今朝又复大雪。惟春雪不能久留,又不能积厚,但道途泥泞可厌耳。昨日为星期,有本市"监理会"教堂请儿演说。儿所说《耶教[1]人在中国之机会》,听者颇众。此间教堂甚多,皆豁达大度。儿乃教外人,亦得在其讲坛上演说,可见其大度之一斑也。儿在大学中,颇以演说著名,三年来约演说七十余次,有时竟须旅行数百里外以应演说之招。儿所以乐为之者,亦自有故:一、以此邦人士多不深晓吾国国情民风,不可不有人详告之。盖恒人心目中之中国,但以为举国皆苦力洗衣工,不知何者为中国之真文明也。吾有此机会,可以消除此种恶感,岂可坐失之乎?二、则演说愈多,则愈有进境。吾今日之英语,大半皆自演说中得进益。吾之乐此不疲,此亦其一因也。人言美国人皆善演说,此虚言也。儿居此五年,阅人多矣,所见真能演说者,可屈指数也。大学中学生五千人,能演说者不过一二十人,其具思想能感动人者,吾未之见也。传闻失实,多类此。

中日交涉消息颇恶[2]。儿前此颇持乐观主义,以为大隈伯[3]非糊涂人,岂不明中日唇齿之关系。不图日人贪得之念遂深入膏肓如此。今日吾国必不能战,无拳无勇,安可言战?今日之高谈战、战、战者,皆妄人也。美人爱人道主义,惟彼决不至为他国兴仗义之师耳。

儿远去祖国,坐对此风云,爱莫能助,只得以镇静处之,间作一二篇文字,以笔舌报国于万一耳。

儿居此平安,朋友相待甚殷,望吾母勿念。匆匆,即祝吾母康健百福
诸亲长均此

适儿

三月廿二日

---

[1] 耶教:基督教。
[2] 指1915年1月,日本向袁世凯政府提出灭亡中国的"二十一条",引起海内外中国人群情激奋。
[3] 大隈伯:大隈重信,时任日本首相。

白特生[1]夫人及维廉姑娘[2]处均已代吾母致意。彼等甚盼吾母书来也。四月初当寄美金二三十元来。

品读

此信写于胡适在美留学期间，除了给远在祖国的母亲报平安之外，也表达了他时刻关心国家大事、反战爱国的思想。尤为难得的是，胡适借给母亲汇报自己受邀到美国教会演讲之机，透露了美国人不了解中国、中国人和中国文明的现实，以及他对于演讲的看法，都是宝贵的史料。

作为大家庭里年轻的后母，胡适的寡母在破败的大家庭里，备受胡适哥嫂的折磨，常常忍气吞声。正是因为自幼目睹了封建家庭对母亲造成的极大伤害，胡适才更懂得体恤母亲的心境。虽远在异国他乡，也不惜笔墨将自己的点滴感悟鸿雁传书给母亲，以此慰藉母亲的思念。

在这封信里，胡适和母亲讨论国家大事，这在通常的情形中是非常少见的，说明胡适把母亲视为自己可以交流思想、交换看法的朋友。

---

[1] 白特生（Patterson）：康奈尔大学教师，胡适好友。
[2] 维廉姑娘：女画家韦莲司。1933年胡适再度赴美之时，两人成为情人关系。后胡适再度回国，韦莲司终生未嫁，只为"保存一个自由身，随时应胡适之需"。

尽忠即所以尽孝也
——1919年5月17日　闻一多致父母亲

作者简介

闻一多（1899—1946），本名闻家骅，字友三，湖北浠水人。中国现代伟大的爱国主义者，坚定的民主战士，中国民主同盟早期领导人，新月派代表诗人和学者。

闻一多自幼爱好古典诗词和美术。5岁入私塾启蒙，10岁到武昌就读于两湖师范附属高等小学。1912年13岁时以复试鄂籍第一名的成绩考入清华大学留美预备学校。1916年开始在《清华周刊》上发表系列读书笔记，同时创作旧体诗。1922年7月，赴芝加哥美术学院等校学习美术，业余创作诗歌。1923年9月出版第一部诗集《红烛》。1925年5月回国后，任北京艺术专科学校教务长，并从事《晨报》副刊《诗镌》的编辑工作。1928年1月出版第二部诗集《死水》。1930年秋，受聘于国立青岛大学，任文学院院长兼国文系主任。1932年回母校清华大学任中文系教授。1937年7月，全面抗战爆发，闻一多随校迁往昆明，任西南联大

闻一多，摄于1945年冬

教授，积极投身到抗日救亡和争民主、反独裁的斗争中。1946年7月15日在云南昆明被国民党特务暗杀。

原信

父母亲大人膝下：

　　近来家内清吉否？念念。连接二哥、五哥来函，人事俱好，祈勿垂虑。山东交涉及北京学界之举动，迪纯[1]兄归，当知原委。殴国贼[2]时，清华不在内，三十二人被捕后始加入，北京学界联合会要求释放被捕学生。此事目的达到后各校仍逐日讨论进行，各省团体来电响应者纷纷不绝，目下声势甚盛。但傅总长[3]、蔡校长[4]之去亦颇受影响。现每日有游行演讲，有救国日刊，各举动积极进行，但取不越轨范以外，以稳健二字为宗旨。此次北京二十七校中，大学虽为首领，而一切进行之完密、敏捷，终推清华。国家至此地步，神人交怨，有强权，无公理，全国瞢然[5]如梦，或则敢怒而不敢言。卖国贼罪大恶极、横行无忌，国人明知其恶，而视若无睹，独一班学生敢冒不韪[6]，起而抗之。虽于事无大济，然而其心可悲，其志可嘉，其勇可佩。所以北京学界为全国所景仰，不亦宜乎？清华作事，有秩序，有精神，此次成效卓著，亦素所习练使然也。现校内办事机关曰学生代表团，分外务、推行、秘书、会计、干事、纠察六部。现定代表团暑假留校办事。男与八哥[7]均

---

[1] 迪纯：闻一多的远房堂兄。
[2] 指五四运动当天，爱国学生火烧赵家楼，痛打驻日公使章宗祥一事。
[3] 傅总长：傅增湘，版本学家，时任教育总长，因保护蔡元培而辞职。
[4] 蔡校长：蔡元培，当时因保护五四运动进步学生而辞职。
[5] 瞢[méng]然：糊里糊涂的样子。
[6] 不韪[wěi]：过错。
[7] 八哥：闻亦传，闻一多伯父闻邦柱次子，大排行第八，后赴美留学，获医学博士学位。

1922年7月，闻一多（右一）赴美留学前夕，在上海与父兄合影

1922年春，闻一多（后排左二）与高孝贞（第3排左一）结婚时，全家人合影，中坐者为父亲闻廷政、母亲刘氏、外祖母刘氏。后排左一为十六弟闻家驷、左三为三哥闻家騄、左四为二哥闻家骥、左五为五哥闻家騄

在秘书部，而男责任尤重，万难分身[1]。又新剧社[2]拟于假中编辑新剧，亦男之职务，该社并可津贴膳费十余元，今年暑假可以留堂住宿，费用二十六元，新剧社大约可出半数（前校中拟办暑假补习学校仅中等科，男拟谋一教习，于经费颇有补助。现此事未经外交部批准，所以作罢论），尚须洋十余元。男拟如二哥[3]、五哥[4]可以接济更好，不能，可在友人处通挪，不知两位大人以为何如？本年又拟稍有著作，校中图书馆可以参览，亦一便也。男每

---

[1] 当时闻一多担任很多学生运动的工作。五四运动爆发后，清华同学推选出"清华学生代表团"领导运动，闻一多被推选为代表团成员，担任文书工作。6月，闻一多被选为清华学生代表，出席在上海召开的全国学生联合会成立大会。
[2] 新剧社：闻一多发起的清华新剧社，是当时有名的学生剧团。
[3] 二哥：闻家骥，闻一多胞兄，毕业于湖北方言学校法文预科。
[4] 五哥：闻家騄，闻邦柱第五子。

闻一多于云南省路南县石林长湖畔留影，
1945年2月董公勋摄

年辄有此意，非有他故，无非欲多读书，多作事，且得与朋友共处，稍得切磋之益也。一年未归家，且此年中家内又多变故，二哥久在外，非独二大人愿男等回家一集，即在男等亦何尝不愿回家稍尽温省之责。远客思家人之情也，虽曰求学求名，特不得已耳。此年中与八哥共处，时谈家务未尝不太息悲哽，不知忧来何自也。又男每岁回家一次，必得一番感想，因平日在学校与在家中景况大不同，在校中间或失于惰逸，一回想家中景况，必警心惕虑，益自发愤。故每归家，实无一日敢懈怠，非仅为家计问题，即乡村生计之难，风俗之坏，自治之不发达，何莫非作学生者之责任哉！今年不幸，有国家大事，责任所在，势有难逃，不得已也。五哥回家，自不待言，二哥如有福建之行，亦可回家。男在此多暇，时时奉禀述叙情况，又时时作诗歌奉上，以娱尊怀，两大人虽不见男犹见男也。男在此为国作事，非谓有男国即不亡，乃国家育养学生，岁縻巨万，一旦有事，学生尚不出力，更待谁人？忠孝二途，本非相悖，尽忠即所以尽孝也。

且男在校中，颇称明大义，今遇此事，犹不能牺牲，岂足以谈爱国？男昧于世故人情，不善与俗人交接，独知读书，每至古人忠义之事，辄为神往，尝自诩吕端大事不糊涂，不在此乎？或者人以为男此议论为大言空谈，如俗语曰"不落实"，或则曰"狂妄"，此诚不然。今日无人作爱国之事，亦无人出爱国之言，相习成风，至不知爱国为何物，有人稍言爱国，必私相惊异，

家书手稿

以为不落实与狂妄，岂不可悲！此番议论，原为骊弟[1]发。感于日寇欺侮中国，愤懑填膺，不觉累牍。骊弟年少，当知廿世纪少年当有廿世纪人之思想，即爱国思想也。前托十哥转禀两大人，新剧社赴汉演戏，男或可乘机回家，现此问题已打消，男必不能回家也。或者下年经济充足，寒假可回家一看。寒假正在阴历年，男未在家度岁已六七年，时常思想团年乐趣，下年必设法回家，即请假在家多住数日亦不惜也。区区苦衷，务祈鉴宥，不胜惶恐之至！肃此敬请

　　福安。

　　此次各界佩服北京学生者，以其作事稳健。男在此帮忙决不至有何危险，两大人务放心！

男骅叩
五月十七日下午

品读

　　1919年，闻一多紧随五四运动的潮流，积极投身于这一伟大斗争中，发表演说，创作新诗，并手书岳飞《满江红》，贴于学校饭厅门前。他还作为清华学生代表赴上海参加了全国学生联合会成立大会。

　　此信写于五四运动期间，是作者亲历的真实记录，反映了当时大学生对于个人、家庭、国家的理解与认识。比如，如何处理读书、忠孝、爱国这些关系，时年只有20岁的闻一多给予了上述回答。这封家书无论是对于五四运动研究，还是对于闻一多个人生平思想研究，都具有重要的史料价值。

　　从闻一多的家书中可以看出，当时的社会环境非常糟糕，国家衰败，政府无能，但学生敢于冒天下之大不韪为国抗争。他们也懂得"事无大济"，却坚持前行，犹如暗夜中孤独的萤火虫，明知力量微弱，仍奋力发出微光，企盼多照亮一寸土地。

---

[1] 骊弟：闻家骊，闻一多胞弟。

做一件不可磨灭的事业
——1927年1月20日　陶行知致母亲

作者简介

陶行知（1891—1946），原名文濬，曾用名知行，安徽歙县人，人民教育家、思想家，中国人民救国会和中国民主同盟的主要领导人之一。1914年赴美留学。1917年秋回国后，先后任南京高等师范学校、国立东南大学教授，教务主任等职。1926年发表了《中华教育改进社改造全国乡村教育宣言书》。1929年获圣约翰大学荣誉科学博士学位。1931年主编《儿童科学丛书》。1935年积极投身抗日救亡运动。1945年当选中国民主同盟中央常委兼教育委员会主任委员。

1917年陶行知（右一）在哥伦比亚大学时与胡适（左二）等人留影

原信

母亲：

  家中从前寄来的信，如今都收到了，并未遗失，只是来得慢些。

  儿从母亲寿辰立志，决定要在这一年当中，于中国教育上做一件不可磨灭的事业，为吾母庆祝并慰父亲在天之灵。儿起初只想创办一个乡村幼稚园，现在越想越多，把中国全国乡村教育运动一齐都要立它一个基础。儿现在全副的心力都用在乡村教育上，要叫祖宗及母亲传给儿的精神都在这件事上放出伟大的光来。儿自立此志以后，一年之中务求不虚度一日；一日之中务求不虚度一时，要叫这一年的生活，完全的献给国家，作为我父母送给国家的寿面，使国家与我父母都是一样的长生不老。

  实验乡村师范开办费要一万五千元，经常费要一万二千元，朋友们都已答应捐助，只要款项领到，就可开办。阴历原想回家过年，无奈一切筹备事宜必须儿亲自支配，不能抽身。倘使款项早日领到，或可来京两星期。如果到了腊月廿七还没有领得完全，那年内就不能来了。好在家中大小平安，儿亦平安康健，彼此都可放心。

  昨日会见冬弟，知道金弟在西安尚好，可以告慰。冬弟亦较前强壮。

  桃红小桃三桃蜜桃[1]给我的拜年片子都是很有意思很有价值，儿已经好好的保存了。

  敬祝康乐。

行知
十六年一月廿日

---

[1] 桃红小桃三桃蜜桃：是陶行知对四个儿子的爱称。长子陶宏（桃红），成功地研究出我国第一代彩色胶卷，是中国感光化学学科的奠基人和开创者。次子陶晓光（小桃），无线电专家，是我国最早在农村为广大农民推进电化教育的先锋战士，20世纪80年代，曾任解放军师级干部。三子陶刚（三桃），践行父志，是一名"真善美的农人"。四子陶城（蜜桃），哈尔滨工业大学航天学院工程力学教授。

1914年赴美留学途中，陶行知（前排左一）与同船的留学生合影

陶行知（曾改名陶知行）题赠艰苦办学的新安小学老师

品读

陶行知倡导平民教育，对白话文推广尤力。此信文字平实，像话家常一样娓娓道来。

陶行知是我国伟大的人民教育家，在学问上、事业上都有杰出的成就，而这样的成功人生，他的母亲有首功。陶母原是文盲，由陶行知的次子小桃教祖母读书。不久，陶母也能识能写，略具文化，能看懂家信等。这应是陶行知教育方法中所提倡的"小先生制"的起源。陶行知先生纪念馆的展品中有一幅《陶母读书图》，再现了陶母认真读书识字的情景。

儿行千里母担忧。在1927年1月20日的这封信中，陶行知首先禀告母亲，信全收到，并未遗失，体现了他对母亲心理的细致体察。而接下来则谈及自己在这一年中的打算，那就是立志要办好乡村教育，并不辞辛劳地投入实践。陶行知关于"一年之中务求不虚度一日；一日之中务求不虚度一时"的话语，淋漓尽致地展示了他只争朝夕报效祖国教育事业的追求、抱负和家国情怀。

尽自己能力做去，做到哪里是哪里
——1927年2月16日　梁启超致孩子们

作者简介

梁启超（1873—1929），字卓如，号任公，别号饮冰室主人、饮冰子、哀时客、中国之新民、自由斋主人，广东新会人。1889年中举人，次年始受学于康有为。和康有为一起，倡导变法维新，二人并称"康梁"。是戊戌变法领袖之一、近代维新派代表人物。民国初年曾出任司法总长、财政总长兼盐务总署督办等职。

除深度参与近代中国的社会变革外，梁启超在学术上也取得了巨大的成就。他是一位百科全书式的人物，在哲学、文学、史学、经学、法学、伦理学、宗教学等领域均有建树。1901年至1902年，先后撰写了《中国史叙论》和《新史学》，批判封建史学，发动"史学革命"。在文学理论上引进了西方文化及文学新观念，首倡近代各种文体的革新。文学创作上亦有多方面成就，散文、诗歌、小说、戏曲及翻译文学方面均有作品行世，尤以散文影响最大。

梁启超与思成（左一）、思顺（右一）、思永（右二）合影，1906年摄于日本东京。照片上方为梁启超亲笔题字：新民业报时代任公及顺成永三儿

梁启超一生勤奋，著述宏富，在将近36年而政治活动又占去大量时间的情况下，每年平均写作达39万字之多，各种著述达1400多万字。其著作合编为《饮冰室合集》。

原信

（这几张可由思成保存，但仍须各人传观，因为教训的话于你们都有益的。）

　　思成和思永同走一条路，将来互得联络观摩之益，真是最好没有了。思成来信问有用无用之别，这个问题很容易解答，试问唐开元、天宝间李白、杜甫与姚崇、宋璟[1]比较，其贡献于国家者孰多？为中国文化史及全人类文化史起见，姚、宋之有无，算不得什么事，若没有了李、杜，试问历史减色多少呢？我也并不是要人人都做李、杜，不做姚、宋，要之，要各人自审其性之所近何如，人人发挥其个性之特长，以靖献于社会，人才经济莫过于此。思成所当自策厉者，惧不能为我国美术界做李、杜耳。如其能之，则开元、天宝[2]间时局之小小安危，算什么呢？你还是保持这两三年来的态度，埋头埋脑做去便对了。

　　你觉得自己天才不能副你的理想，又觉得这几年专做呆板工夫，生怕会变成画匠。你有这种感觉，便是你的学问在这时期内将发生进步的特征，我听见倒喜欢极了。孟子说："能与人规矩，不能使人巧。"凡学校所教与所学总不外规矩方面的事，若巧则要离了学校方能发见。规矩不过求巧的一种工具，然而终不能不以此为教，以此为学者，正以能巧之人，习熟规矩后，乃愈益其巧耳。不能巧者，依着规矩可以无大过。你的天才到底怎么样，我想你自己现在也未能测定，因为终日在师长指定的范围与条件内用功，还没有自由发掘自己性灵的余地。况且凡一位大文学家、大美术家之成就，常常还

---

[1]　姚崇、宋璟：均为唐代名相。唐玄宗李隆基执政时期，先后任用姚崇、宋璟为相，二人为开元盛世的形成作出杰出贡献，史学家把二人并称为"姚宋"。

[2]　天宝：唐玄宗李隆基年号，从742年至756年。

要许多环境与其附带学问的帮助。中国先辈说要"读万卷书，行万里路"。你两三年来蛰居于一个学校的图案室之小天地中，许多潜伏的机能如何便会发育出来，即如此次你到波士顿一趟，便发生许多刺激，区区波士顿算得什么，比起欧洲来真是"河伯"之与"海若"[1]，若和自然界的崇高伟丽之美相比，那更不及万分之一了。然而令你触发者已经如此，将来你学成之后，常常找机会转变自己的环境，扩大自己的眼界和胸怀，到那时候或者天才会爆发出来，今尚非其时也。今在学校中只有把应学的规矩，尽量学足，不惟如此，将来到欧洲回中国，所有未学的规矩也还须补学，这种工作乃为一生历程所必须经过的，而且有天才的人绝不会因此而阻抑他的天才，你千万别要对此而生厌倦，一厌倦即退步矣。至于将来能否大成，大成到怎么程度，当然还是以天才为之分限。我生平最服膺曾文正[2]两句话："莫问收获，但问耕耘。"将来成就如何，现在想他则甚？着急他则甚？一面不可骄盈自慢，一面又不可怯弱自馁，尽自己能力做去，做到哪里是哪里，如此则可以无入而不自得，而于社会亦总有多少贡献。我一生学问得力专在此一点，我盼望你们都能应用我这点精神。

民国十六年二月十六日

品读

  梁启超作为父亲，最关注的是孩子们本来的特质，希望他们顺应天性成长。在20世纪10—30年代，梁启超把思成、思永、思忠、思庄送往国外学习，这期间梁启超与子女有密切的书信来往，共给他们写了400余封家书，其中体现了梁启超独特的教子良方。

---

[1] "河伯"之与"海若"：典出《庄子·外篇·秋水》中的《河伯与北海若》，河神以为自己汇聚很多的河流很壮美，当他东行看到大海时方自知不足。此处形容差距过大，不足以比较。

[2] 曾文正：后人对曾国藩的尊称。

这封信之前，梁思成给父亲梁启超写了一封信。当时，梁思成已经在美国宾夕法尼亚大学学习了三年，觉得自己每天都在画图绘制，担心自己会成为一个画匠，而不符自己当年的理想。梁启超用唐代大诗人李白、杜甫与姚崇、宋璟做比较，告知梁思成应该安下心来，踏踏实实地好好学习。并且用曾文正的两句话"莫问收获，但问耕耘"来告诫孩子们不用去想将来的成就，只要现在努力耕耘，必会成为对社会有用的人。

　　在这封家书中，梁启超充满爱心，没有疾言厉色的训斥，也没有居高临下的口气，更没有顽固不化的面孔，反而处处渗透着炽热的情感。亲切的称呼、细致的关怀、深情的思念、娓娓的诉说、谆谆的教诲，展现出梁启超高超的家教艺术。

我实在不愿意放过这美景

——1928年1月11日 傅雷致母亲

作者简介

傅雷（1908—1966），字怒安，生于原江苏省南汇县（今上海市浦东新区），翻译家、作家、教育家、美术评论家。早年留学法国巴黎大学。他翻译了大量的法文作品，其中包括巴尔扎克、罗曼·罗兰、伏尔泰等名家著作。代表性译作有《约翰·克利斯朵夫》《米开朗琪罗传》《托尔斯泰传》《邦斯舅舅》《欧也妮·葛朗台》《夏倍上校》《人间喜剧》等。

1927年年末，傅雷告别亲友赴法留学，在一个多月的旅途中写下了《法行通信》，

傅雷在法国，摄于1930年

备受文学家曹聚仁的赞赏和推重，其作品被编入《名家书信集》。在《法行通信》中，傅雷用细腻的语言满怀深情地表达了对母亲的无上感激。从1954年到1966年5月期间，傅雷夫妇坚持给儿子傅聪、傅敏和儿媳弥拉写信，1981年这些信件由次子傅敏编辑为《傅雷家书》出版，四十年来不断再版，成为中国阅读界的经典读物。

傅雷4岁时与母亲李欲振的合影

原信

母亲：

  在西贡看了四夜的月，看了四夜的西贡夜景。在淡淡的月光里，什么都被她的纯洁美化了。一切的卑污，都要遁迹。糟天糟地的西贡也同样的被她轻柔的，庄严的，伟大的光明洗净了！夜的西贡，着实给我以不少的好印象！

  黄浊的河流在月光下变了鱼白色的涟波微动，隔江草屋，宛似故乡茅舍。孤灯三两，远远的在对我眨眼。芭蕉静静地，巍巍地站在它们背后，一切热带的植物密密地排列着。更远处，一片稻田静卧在月光下。夏夜的凉风阵阵送来尖锐深长的汽笛声，接着桅杆上顺次悬挂的红，绿，白三色的灯的小汽船婷婷地驶过。粼粼的水波被牵动成一锐角，正似一大群游鸭过后的水纹。黄色的月，早已变了淡白；而且高高的，高高的挂在我们船顶非仰起头来不能看见了。这正表示着时间的神力！母亲啊，我实在不愿意放过这美景，我觉得这么静寂幽闲的境界，一生是难得有几回的。而且白天的炎热，更反衬出这时间的凉爽愉快；愈使我恋恋不肯上床。然而夜渐深，露渐凉，终于想起母亲的谆嘱，不敢不舍弃了所爱而与她道晚安了！

写了这西贡的夜景，更不禁使我联想到她的晚景！啊，这也同样是西贡的特点，同样是自然的神奇呢！船左的晚霞，正重重叠叠地在幻变，白云如苍狗地忽而显曜，忽而幻灭，白光中隐藏着灿烂的金色。桃红的霞裳巧妙地围着，碧蓝晶明的青天拥抱着。更回顾船右，则蛋黄似的太阳，正在西山之半腰欲下犹上的留连着。红光满天，真所谓夕照！一眼望去，更看到绿丛中隐现的洋楼，绿荫下静躺的街道，何等的驯服啊！何等的驯服啊！这正和驯服的安南人一样！

说起安南人，未免引起我的感慨。他们特有的热带人的懒散拖延的脚步，女人们走路时左顾右盼不庄重的姿态，实在有些惹厌。我不懂：是否这晚照的夕阳，把他们沉醉了？是否这静寂的夜景，把他们催眠了？更不知是否满街满街的灰尘，把他们埋没了？……

在西贡上船的一个安南学生（也是到法国去的），正和我比邻同席。他那种太随便的坐法，双腿不息的摇抖，说话时掩掩藏藏的不大方，吃东西时发声的咀嚼，大口的狂吞，都使我不信是个受过中等教育的人！我真有些替安南人失望。

然而，回顾我的同伴，反省我自己……母亲啊，我危惧！

昨天一早醒来，船已离开了西贡，在我们睡梦中离开了我可爱可叹，可美又可厌的西贡！

船摇动得很厉害，加之几天宁静，一朝动荡，更觉难受。甲板上风太大，不能久坐；没法，只能躺下。躺了一天一夜。饭是起来吃的，可是吃了又躺下。头有些空洞，可还没吐；实在风浪并不大。今天我起来了，能坐在饭厅里给你写信了。母亲，放心吧！

海水又变了两次了，昨天早上是绿的，今天变成深蓝了，不知明天到新加坡时怎样。

不能多写了，祝母亲平安康健！你唯一的儿子。

一月十一日在西贡赴新加坡途中

品读

在中国文学界，傅雷是以翻译家名世的，同时他的家书也感动了几代人，成为中国式家教的经典。其实，傅雷的散文写作也达到了很高的成就，这从他早年撰写的一组《法行通信》中，就可以看出来。

1927年12月30日，傅雷告别亲友，从上海乘坐法国邮轮起程赴法。1928年2月3日抵达马赛，次日至巴黎。赴法途中，他写下了16封书信，每篇通信的字里行间都充满了对母亲、对亲友、对祖国的眷恋之情。在1928年1月11日的这封家书中，傅雷将西贡月色下万物的宁静与皎美、晚霞日落的璀璨变幻描绘得出神入化，将陌生环境中景物和人物的细微之处刻画得栩栩如生，读来恰如身临其境。同时，傅雷将自己的身体状况告诉母亲，以免她担心。

傅雷4岁丧父，随母亲搬到周浦镇（今周浦镇傅雷旧居），一直生活到19岁赴法留学之前。母亲对傅雷的爱深入骨髓，甚至有些太严厉和"凶狠"了一些，但对于傅雷成才起了关键作用。所以傅雷成年后，对童年非但没有怨言，反而对母亲心存感恩。在巴黎留学期间，他曾写道："母亲啊，您的伟大啊，您的无微不至的爱啊，您的真诚彻底的爱啊，我怎样才能报答于万一呢？"1932年秋，傅雷学成归国，回到母亲身边。次年，他按母亲的意愿，与青梅竹马的表妹朱梅馥结了婚。1933年，母亲病逝。傅雷将母亲的遗体护送到周浦镇，与父亲合葬在一起。

病已向愈，万请勿念
——1936年7月6日　鲁迅致母亲

作者简介

鲁迅（1881—1936），原名周樟寿，后改名周树人，字豫山，后改豫才。"鲁迅"是他1918年发表《狂人日记》时所用的笔名，也是他影响最为广泛的笔名。浙江绍兴人。文学家、思想家、革命家，新文化运动的重要参与者，中国现代文学的奠基人。毛泽东曾评价："鲁迅的方向，就是中华民族新文化的方向。"[1]鲁迅一生在文学创作、文学批评、思想研究、文学史研究、翻译、美术理论引进、基础科学介绍和古籍校勘与研究等多个领域具有重大贡献。他对于五四运动以后的中国社会思想文化发展具有重大影响，蜚声世界文坛，尤其在韩国、日本思想文化领域有极其重要的地位和影响，被誉为"20世纪东亚文化地图上占最大领土的作家"[2]。

原信

母亲大人膝下敬禀者，不寄信件，已将两月了，其间曾托老三代陈大略[3]，闻

---

[1]　毛泽东：《新民主主义论》，《毛泽东选集》（第2卷），人民出版社1991年版，第698页。
[2]　韩国文学评论家金良守对鲁迅的评价。
[3]　意思是请三弟周建人代为陈述大致情况。

早已达览。男自五月十六日起，突然发热，加以气喘，从此日见沈重，至月底，颇近危险，幸一二日后，即见转机，而发热终不退。到七月初，乃用透物电光照视肺部，始知男盖从少年时即有肺病，至少曾发病两次，又曾生重症肋膜炎一次，现肋膜变厚，至于不通电光，但当时竟并不医治，且不自知其重病而自然全[1]愈者，盖身体底子极好之故也。现今年老，体力已衰，故旧病一发，遂竟缠绵至此。近日病状，几乎退尽，胃口早已复元，脸色亦早恢复，惟每日仍发微热，但不高，则凡生肺病的人，无不如此，医生每日来注射，据云数日后即可不发，而且再过两星期，也可以停止吃药了。所以病已向愈，万请勿念为要。

鲁迅50岁生日时全家合影　　　　鲁迅的母亲鲁瑞晚年在北京住所内留影

---

[1]　全：通痊。

母親大人膝下：前雲肯、元咎信件，已擱兩月了。其間勇記老三代陳大明，聞早已達兇。男自五月十六日起，突然老五，加以氣喘，從此日見沉重，至月底，病逢危險。幸十二日內，沖見轉機，病苦雖停不退，到七月初乃用透物電無照視肺部，始知男蓋從少年時即有肺病，至今勇苦病兩次，又勇生在危助膜笑一次，況肺膜變厚，至手不直電走，但禧時竟並三醫院，此不能其老病而自無念念希，蓋身神疲手性四之坊也。現今年老，神方已衰，如萬病一者，遂竟纏身至此。近日病状，幾乎退盡，胃口早已復元，唸包二早快復，惟每日仍若脹热，但不高，刻凡生肺病的人，無不如此，醫生每日來注射，據云數日來印子若，而此再過兩星期，也丁以淒巴矣季了。而此病已向念，希諸勿念為要。海嬰巴於本一名完初椎園畢業，其素六六止过「山中气好清御彼橘霸主雹」，多此布達茶諸

金安。

男树印上 庚辰海婴同叩 七月六日

家书手稿

海婴[1]已以第一名在幼稚园毕业,其实亦不过"山中无好汉猢狲称霸王"而已。

专此布达,恭请

金安。

男树叩上　广平海婴同叩　七月六日

品读

在写给母亲的家书中,鲁迅不再是面孔冷峻的文学斗士,而是一位恭恭敬敬的儿子。由此看出,他不只是投枪匕首,还有孺慕之情。

这封信写于鲁迅生病之时,然而信中并没有流露出被病痛折磨的痛苦和颓废,字里行间反倒还充满了坚强乐观。信中,鲁迅把自己两个月中病情的变化告诉母亲,并宽慰母亲说:"近日病状,几乎退尽,胃口早已复元,脸色亦早恢复,惟每日仍发微热,但不高。"母爱是世界上最纯真的一种情感,鲁迅知道母亲非常担心自己,特如此宽慰老人。这些乐观的陈述,体现出鲁迅对母亲的体恤之情,同时也是希冀战胜病魔的自我鼓励。

---

[1] 海婴:周海婴(1929—2011),是鲁迅和许广平唯一的儿子,1952年至1960年在北京大学物理系学习,无线电专家。

中国人应该要顶勇敢
——1937年7月 林徽因致女儿梁再冰

作者简介

林徽因（1904—1955），福建闽县（今福州）人，出生于浙江杭州。著名建筑师、诗人、作家，人民英雄纪念碑和中华人民共和国国徽深化方案的设计者之一。1920年随父游历欧洲。1923年加入新月社。1924年赴美攻读建筑学。1927年毕业于宾夕法尼亚大学美术学院。1928年与梁思成在加拿大渥太华结婚，回国后受聘于东北大学建筑系，开创了我国建筑专业英语教学的先例。1931年，受聘于中国营造学社。从1930年到1945年，梁思成、林徽因夫妇二人共同走过了中国的15个省，190多个县，考察测绘了2738处古建筑物，很多古建筑就是通过他们的考察得到了全世界的关注和保护。

1938年，林徽因与亲友在昆明西山杨家村一处农民院落中。后排左起周培源、陈意、陈岱孙、金岳霖；前排左起林徽因、梁再冰、梁从诫、梁思成、周如枚、王蒂澂、周如雁

原信

宝宝[1]:

妈妈不知道要怎样告诉你许多的事,现在我分开来一件一件的讲给你听。

第一,我从六月二十六日离开太原到五台山去,家里给我的信就没有法子接到,所以你同金伯伯[2]、小弟弟[3]所写的信,我就全没有看见(那些信一直到我到了家,才由太原转来)。

第二,我同爹爹不只接不到信,连报纸在路上也没有法子看见一张,所以日本同中国闹的事情也就一点不知道!

第三,我们路上坐大车同骑骡子走得顶慢,工作又忙,所以到了七月十二日才走到代县,有报,可以打电报的地方,才算知道一点外面的新闻。那时候,我听说到北平的火车,平汉路同津浦路已然不通,真不知道多着急!

第四,好在平绥铁路没有断,我同爹爹就慌慌张张绕到大同由平绥路回北平。现在我画张地图你看看,你就可以明白了。

注意:万里长城、太原、五台山、代县、雁门关、大同、张家口等地方,及平

林徽因与梁思成

---

[1] 宝宝:指梁思成和林徽因的女儿梁再冰,1929年生,北京大学西语系毕业,后担任新华社记者。
[2] 金伯伯:金岳霖(1895—1984),祖籍浙江诸暨,生于湖南长沙,哲学家。美国哥伦比亚大学政治学博士,清华大学哲学系创立者。
[3] 小弟弟:梁从诫(1932—2010),梁思成和林徽因的儿子,北京大学历史系毕业。1993年开始关注民间环境保护活动,领导创建了中国首家民办环境保护组织"自然之友"。

汉铁路、正太铁路、平绥铁路，你就可以明白一切。

第五，（现在你该明白我走的路线了），我要告诉你我在路上就顶记挂你同小弟，可是没法子接信。等到了代县一听见北平方面有一点战事，更急得了不得。好在我们由代县到大同比上太原还近，由大同坐平绥路火车回来也顶方便的（看地图）。可是又有人告诉我们平绥路只通到张家口，这下子可真急死了我们！

第六，后来居然回到西直门车站（不能进前门车站），我真是喜欢得不得了。清早七点钟就到了家，同家里人同吃早饭，真是再高兴没有了。

第六[1]，现在我要告诉你这一次日本人同我们闹什么。

你知道的，他们老要我们的"华北"地方，这一次又是为了点小事就大出兵来打我们！现在两边兵都停住，一边在开会商量"和平解决"，以后还打不打谁也不知道呢。

第七，反正你在北戴河同大姑[2]、姐姐、哥哥们一起也很安稳的，我也就不叫你回来。我们这里一时也很平定，你也不用记挂。我们希望不打仗事情就可以完；但是如果日本人要来占北平，我们都愿意打仗，那时候你就跟着大姑姑那边，我们就守在北平，等到打胜了仗再说。我觉得现在我们做中国人

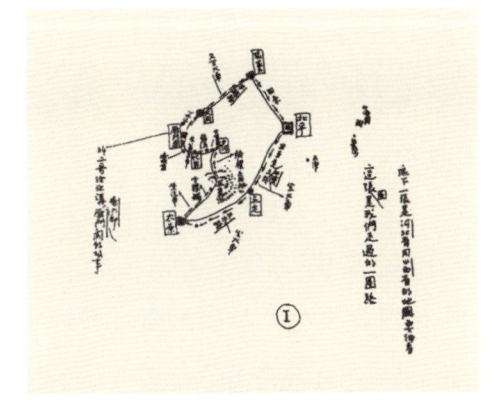

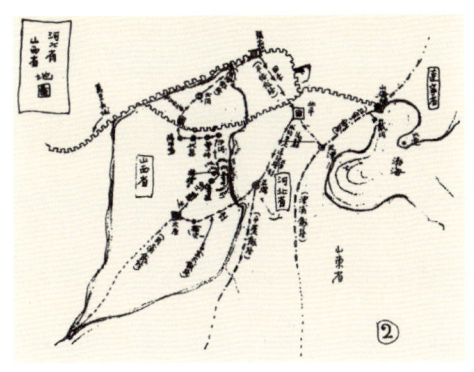

地图

---

[1] 原信有两个"第六"。
[2] 大姑：指梁启超长女、梁思成的大姐梁思顺（1893—1966），诗词研究专家。

应该要顶勇敢，什么都不怕，什么都顶有决心才好。

第八，你做一个小孩，现在顶要紧的是身体要好，读书要好，别的不用管。现在既然在海边，就痛痛快快的玩。你知道你妈妈同爹爹都顶平安的在北平，不怕打仗，更不怕日本。过几天如果事情完全平下来，我再来北戴河看你，如果还不平定，只好等着。大哥[1]、三姑过两天就也来北戴河，你们那里一定很热闹。

林徽因致女儿梁再冰家书（部分）

第九，请大姐[2]多帮你忙学游水。游水如果能学会了，这趟海边的避暑就更有意思了。

第十，要听大姑姑的话。告诉她，爹爹妈妈都顶感谢她照应你，把你"长了磅"[3]。你要的衣服同书就寄来。

妈妈

品读

这封信写于1937年7月，卢沟桥事变爆发后不久。当时梁思成、林徽因夫妇刚从山西考察古建回到北京，女儿正和姑姑一家在北戴河度假。为了安慰自己的女儿，林徽因特别写了这封信。单纯看这封信，很难猜出这是一个母亲写给8岁女儿的信，其中平等、耐心的交流沟通和循循善诱，没有一点刻意的母亲的架子。

---

[1] 大哥：梁再冰的大表哥。
[2] 大姐：梁再冰的大表姐。
[3] "长了磅"：增加了分量，指吃胖了。

在这封信里，林徽因首先告诉了女儿自己的行程，并且还画了地图，不得不说这真是一般母亲难以做到的，因为这需要极大的耐心；其次，林徽因在信里表明了爱国心，告诉女儿，自己不怕战争，作为中国人就要勇敢，就要什么都不怕，什么都要顶有决心；再次，林徽因告诉女儿，身体和读书都重要，都要"好"，其他的都不用管；最后，还叮嘱她要听大姑姑的话，并且让她转告大姑姑，对她表示感谢，可以说是面面俱到了。

林徽因的这封信，没有喊口号，只是平实地告诉女儿，做自己该做的事，大人孩子都是如此。她没有把自己的意图强加给一个几岁的小姑娘，告诉她应该如何牢记"家仇国恨"，她没有让自己的孩子过早地陷入仇恨、恐慌的围裹之中，迷失了孩子的心智。

1938年，林徽因与亲友在昆明西山华亭寺，左起周培源、梁思成、陈岱孙、林徽因、梁再冰、金岳霖、吴有训、梁从诫

真诚是第一把艺术的钥匙
——1956年2月29日　傅雷致儿子傅聪

作者简介

　　傅雷（1908—1966），字怒安，生于原江苏省南汇县（今上海市浦东新区），翻译家、作家、教育家、美术评论家。早年留学法国巴黎大学。他翻译了大量的法文作品，其中包括巴尔扎克、罗曼·罗兰、伏尔泰等名家著作。代表性译作有《约翰·克利斯朵夫》《米开朗琪罗传》《托尔斯泰传》《邦斯舅舅》《欧也妮·葛朗台》《夏倍上校》《人间喜剧》等。

　　1927年年末，傅雷告别亲友赴法留学，在一个多月的旅途中写下了《法行通信》，备受文学家曹聚仁的赞赏和推重，其作品被编入《名家书信集》。在《法行通信》中，傅雷用细腻的语言满怀深情地表达了对母亲的

傅雷夫妇与傅聪在书房，摄于1956年夏

无上感激。从1954年到1966年5月期间，傅雷夫妇坚持给儿子傅聪、傅敏和儿媳弥拉写信，1981年这些信件由次子傅敏编辑为《傅雷家书》出版，四十年来不断再版，成为中国阅读界的经典读物。

原信

亲爱的孩子：昨天整理你的信，又有些感想。

关于莫扎特的话，例如说他天真、可爱、清新等等，似乎很多人懂得；但弹起来还是没有那天真、可爱、清新的味儿。这道理，我觉得是"理性认识"与"感情深入"的分别。感性认识固然是初步印象，是大概的认识；理性认识是深入一步，了解到本质。但是艺术的领会，还不能以此为限。必须再深入进去，把理性所认识的，用心灵去体会，才能使原作者的悲欢喜怒化为你自己的悲欢喜怒，使原作者每一根神经的震颤都在你的神经上引起反响。否则即使道理说了一大堆，仍然是隔了一层。一般艺术家的偏于intellectual(理智)，偏于cold(冷静)，就因为他们停留在理性认识的阶段上。

比如你自己，过去你未尝不知道莫扎特的特色，但你对他并没发生真正的共鸣；感之不深，自然爱之不切了；爱之不切，弹出来当然也不够味儿；而越是不够味儿，越是引不起你兴趣。如此循环下去，你对一个作曲家当然无从深入。

这一回可不然，你的确和莫扎特起了共鸣，你的脉搏跟他的脉搏一致了，你的心跳和他的同一节奏了；你活在他的身上，他也活在你身上；你自己与他的共同点被你找出来了，抓住了，所以你才会这样欣赏他，理解他。

由此得到一个结论：艺术不但不能限于感性认识，还不能限于理性认识，必须要进行第三步的感情深入。换言之，艺术家最需要的，除了理智以外，还有一个"爱"字！所谓赤子之心，不但指纯洁无邪，指清新，而且还指爱！法文里有句话叫作"伟大的心"，意思就是"爱"，这"伟大的心"几个字，

傅雷夫妇为庆贺聪儿的出世合影留念，摄于1934年3月

真有意义。而且这个爱决不是庸俗的，婆婆妈妈的感情，而是热烈的、真诚的、洁白的、高尚的、如火如荼的、忘我的爱。

从这个理论出发，许多人弹不好东西的原因都可以明白了。光有理性而没有感情，固然不能表达音乐：有了一般的感情而不是那种火热的同时又是高尚、精练的感情，还是要流于庸俗；所谓 sentimental（多愁善感），我觉得就是指的这种庸俗的感情。

一切伟大的艺术家（不论是作曲家，是文学家，是画家……）必然兼有独特的个性与普遍的人间性。我们只要能发掘自己心中的人间性，就找到了与艺术家沟通的桥梁。再若能细心揣摩，把他独特的个性也体味出来，那就能把一件艺术品整个儿了解了——当然不可能和原作者的理解与感受完全一样，了解的多少、深浅、广狭，还是大有出入；而我们自己的个性也在中间发生不小的作用。

大多数从事艺术的人，缺少真诚。因为不够真诚，一切都在嘴里随便说说，当作唬人的幌子，装自己的门面，实际只是拾人牙慧，并非真有所感。所以他们对作曲家决不能深入体会，先是对自己就没有深入分析过。这个意思，克利斯朵夫（在第二册内）也好像说过的。

　　真诚是第一把艺术的钥匙。知之为知之，不知为不知。真诚的"不懂"，比不真诚的"懂"，还叫人好受些。最可厌的莫如自以为是，自作解人。有了真诚，才会有虚心，有了虚心，才肯丢开自己去了解别人，也才能放下虚伪的自尊心去了解自己。建筑在了解自己了解别人上面的爱，才不是盲目的爱。

　　而真诚是需要长时期从小培养的。社会上，家庭里，太多的教训使我们不敢真诚，真诚是需要很大的勇气作后盾的。所以做艺术家先要学做人。艺术家一定要比别人更真诚，更敏感，更虚心，更勇敢，更坚忍，总而言之，要比任何人都 less imperfect（较少不完美之处）！

　　好像世界上公认有个现象：一个音乐家（指演奏家）大多只能限于演奏某几个作曲家的作品。其实这种人只能称为演奏家而不是艺术家。因为他们的胸襟不够宽广，容受不了广大的艺术天地，接受不了变化无穷的形与色。假如一个人永远能开垦自己心中的园地，了解任何艺术品都不应该有问题的。

　　有件小事要和你谈谈。你写信封为什么老是这么不 neat（整洁）？日常琐事要做得 neat（整洁），等于弹琴要讲究干净是一样的。我始终认为做人的作风应当是一致的，否则就是不调和；而从事艺术的人应当最恨不调和。我这回附上一小方纸，还比你用的信封小一些，照样能写得很宽绰。你能不能注意一下呢？以此类推，一切小事养成这种 neat（整洁）的习惯，对你的艺术无形中也有好处。因为无论如何细小不足道的事，都反映出一个人的意识与性情。修改小习惯，就等于修改自己的意识与性情。所谓学习，不一定限于书本或是某种技术；否则随时随地都该学习这句话，又怎么讲呢？我想你每次接到我的信，连寄书谱的大包，总该有个印象，觉得我的字都写得整整齐齐、清楚明白吧！……

一九五六年二月二十九日夜

品读

　　此信是傅雷先生写给长子傅聪的家书，是傅雷家书中较有代表性的一封，金句迭出，比如，"所谓赤子之心，不但指纯洁无邪，指清新，而且还指爱！"；"真诚是第一把艺术的钥匙"；"做艺术家先要学做人"；"艺术家一定要比别人更真诚，更敏感，更虚心，更勇敢，更坚忍，总而言之，要比任何人都 less imperfect（较少不完美之处）！"；等等。作者以莫扎特作品的演奏技巧为例，说明高超的艺术必须从感性认识到理性认识，再到感情深入。艺术家最需要"爱"，即所谓赤子之心，这也是傅雷精神的核心。

　　1981年《傅雷家书》的出版，使傅雷成为家喻户晓的人物。傅雷先生为人真诚、耿直，始终怀有一颗赤子之心，对祖国、对人民、对历史、对艺术、对生活充满了热爱，是中西贯通的新型知识分子的杰出代表。正是由于傅雷先生具有这样的综合素质，才写出了如此脍炙人口、雅俗共赏的经典家书。傅雷先生留给我们的，不仅有欣赏音乐的本领、演奏钢琴的技巧、艺术鉴赏的修养，还应该包括做人做事的准则，特别是作为一个父亲应该具有的品质。

我在这里思亲断肠
——1980年12月　蔡健予致妈妈

作者简介

蔡健予，原名蔡明华，1929年生于印度尼西亚，17岁随家人迁居新加坡。1949年离家赴香港，后到北京学习、工作。1957年调至福建省侨务办公室，1989年离休。

蔡健予，1947年摄于新加坡

原信

亲爱的妈妈：

您好。

再过几天就是您八十八岁寿辰。俗语说：每逢佳节倍思亲。何况我们别离已经卅二年。每逢喜庆的日子，姐姐、姐夫，合家老小欢聚在您身旁，六弟也远从印尼出来看望您老人家，可唯独我一个人远隔天涯不能团聚，我在这里思亲断肠，妈妈在彼岸思女悲伤。离别的时候，我是年青〔轻〕的姑娘，现在头

蔡家三姐妹，左起三姐、二姐、蔡健予，摄于1948年

发已经灰白。妈妈年事日高，从相片中可以看出身体日渐衰老，多么盼望在有生之年，阔别的母女能够见一见面，以慰相思之情啊！

　　妈妈，中国与新嘉〔加〕坡虽然远隔千里，可现在有超音速飞机，一天就可到达，我们这群游子是多么希望能够重新回到第二故乡去探望自己的亲人啊！今年年初新加坡总理李光耀先生到我国访问，在厦门鼓浪屿看望了一位新加坡归侨，当时她向李总理表达了希望能回新加坡探亲的心情，李总理回答说"欢迎，欢迎"。看到这篇报道，我们都欢欣雀跃，奔走相告，都说我们到底盼到了这一天，李总理同意我们回去探亲了。妈妈，如果这是真的，我们母女就后会有期了。我们希望，也相信这会是真的。妈妈，我们希望这一天能早日到来。听说最近有人申请获准，妈妈，您也替我申请申请吧，我迫切地盼望得到佳音。

親愛的媽媽：

您好。

再过几天就是您八十八岁寿辰。俗语说，每逢佳节倍思親親。何况我们别离已经卅二年。每逢喜庆的日子，姐姐、姐夫、合家老小这聚在您身旁。大半也还从印尼玉来陪着您老人家。可惟独我一个人远隔重洋不能团聚。我在这裡思親断腸。妈妈也很痛思女悲伤。离别的时候，我是年青的姑娘，现在头髮已经灰白。妈妈年事日高，从相片中了以看出身体日渐衰老。多麽盼望在有生之年，离别的母女能够见一见面，以慰相思之情啊！

妈妈，中国与新加坡虽然远隔千里。可现在有飞机飞机一天就可到达。我们也祥遊子是多麽希望能够重新回到第二故乡，看望自己的亲人们啊！今年年初新加坡总理李光耀先生到我国访问。在新加坡有华侨了一位新加坡归侨。当时她向李总理表达了希望从回新加坡探親的心情。李总理回答说"欢迎，欢迎"。看到这篇报导，我们都欢欣鼓舞。奔走相告，都说我们到底盼到了这一天。李总理同意我们回乡探親了。妈妈如果这是的，我们母女就会有期了。我们希望也相信这会是真的。妈妈我们希望这之能实现 [illegible]

[illegible]

家书手稿

品读

  1949年，新中国成立，一股建设新中国的回国热潮席卷东南亚的华侨、进步学生。蔡健予也是其中的一分子，加上个人的缘故，促成了她回国的行动。

  蔡家在新加坡是个四世同堂的封建家庭，重男轻女。女孩子受教育的权利不被重视。女大（十七八岁）当嫁，靠的是父母之命、媒妁之言，蔡健予的大姐、二姐就是这样嫁出去的。她和三姐受了一点新式教育，特别是读了巴金的《家》《春》《秋》等进步小说，思想上接受了读书、工作、自立、婚姻自主的主张。蔡健予想效仿小说《家》里面的觉慧离家出走，认为只要离家远，父母就奈何不了自己。可是她不敢当面向父亲提出要求，就写了一封大意是"家有良田千顷，不如薄技在身"的请求信，要求到香港读书，让二姐交给父亲。可是这个要求遭到父亲的拒绝，她只好绝食斗争。最后是大哥代为说情，父亲消极答应"我不管了，

三个女儿与母亲（右二为蔡健予），摄于1981年9月4日

去香港读书时家人到船上送行，左起五弟、蔡健予、三姐、六弟，摄于1949年

由你大哥去管好了"，这样才得以成行。

　　1949年春节后，蔡健予到了香港，考进达德学院。还没上课，达德学院就被关闭了。那时北平已经解放，各学校正在招生。她怕被父亲追回去，就在进步同学的帮助下，先斩后奏，不告而别，趁着回国热潮，从香港到了北平。

　　20世纪70年代，姐姐、弟弟在写给蔡健予的每一封信中，几乎都要提到母亲的身体状况，当然还有母亲对她的牵挂。

　　1981年中秋节前夕，蔡健予终于回到了新加坡。当年离家出走，是为了摆脱封建家庭的束缚，争取独立自主。虽然早怀了远走高飞的鸿鹄志，早下了一去不回头的决心，但是做女儿的当初又何曾料到，鹏飞万里，一个来回竟是三十二个春秋？！

蔡健予到家了，母亲在睡梦中被唤醒，姐姐激动地告诉她："妈，阿华回来了，回来看您了。她就是阿华。""妈！"小女儿一声发自内心的呼唤，泪落千行，早已泣不成声。母亲望着突然出现在她面前、头发花白的陌生人在喊她"妈妈"时，没有反应过来。她似懂非懂地凝视着小女儿，嘴里机械地重复着："阿华？她是阿华？！""阿华"，有多少年她已经没有唤过这个名字了。"阿华"，在她遥远的记忆里是一个十八九岁、像花一样的姑娘，和眼前的人根本对不上号。"她是阿华？！她回来了？"妈妈没法弄明白这是怎么回事。也许她还以为是在梦中。

眼前的一幕，令蔡健予十分伤心。母亲得了健忘症，怎样也没法唤醒她的记忆，让她明白站在眼前的就是她日思夜想的小女儿。"少小离家老大回，乡音无改鬓毛衰。儿童相见不相识，笑问客从何处来？"唐代诗人贺知章的千古名句竟然成了生活中真实的一幕，又有谁能体会这"老母相见不相识，笑问客从何处来"的伤痛心情啊？！这次回国，蔡健予在妈妈身边住了三个月，可是妈妈始终没有认出自己的女儿。

三年后，当蔡健予再度申请看望她老人家的时候，噩耗传来，这一次母亲不再等她了。她始终觉得母亲是带着一个未曾解开的谜离去的——"我好像有过一个女儿，她叫阿华"。

总觉得有很多东西要学
——1982年2月17日　谢湘致爸爸妈妈

作者简介

　　谢湘，女，汉族，1955年出生于湖南长沙，高级编辑，中共党员。1973年5月至1978年3月，先后在湖北随县插队和襄樊棉纺织印染厂当工人。1977年12月参加高考，次年3月入读武汉大学中文系。1982年2月毕业分配到中国青年报社工作，历任编辑记者、部门主任、编委、中心主任、副社长。曾任中华全国新闻工作者协会第六届理事会理事、中国环境新闻工作者协会理事、教育部特约记者、首都女新闻工作者协会副会长兼秘书长。

原信

爸爸、妈妈：你们好！

　　来到北京的十多天里，一直都是红日高照，晴空万里，今天半夜里却突然落下了大雪，不知道温度是否会降下去。

　　直到昨天，我才算真正安顿好，运

谢湘，摄于2010年

到广安门的慢件虽然都已到了，但报社因为种种原因没有给我运，最后还是正恩表哥用顺便车给我带来的。柜子的玻璃还是碎了，桌子的腿也活动了，至于表面油漆都还无损，我一人忙了两天，真是疲乏极了。

谢湘（左二）在湖北嘉鱼簰洲湾长江大堤上采访抗洪的解放军官兵，摄于1998年7月

现在我虽然独自在此，出出进进常是我的影子陪伴着我，但因为工作的担子已放到了我的肩头，整天好像有考虑不完的事情，干不完的事情，倒也不那么孤寂。前不久，团中央书记韩英，王照华等同志接见了我们，并举行座谈，对我们提出了一些具体要求。昨天报社编辑部又开会，并把我们这些新同志一一作了介绍。我们社长说："同志们，你们现在正是写一部大书，它的书名就叫做《中国青年报》。"的确，我们的心情十分激动。在我们每天的工作中，最少要收到一千六百多件读者来信。广大青年十分热爱和关心这张报纸，把它当作自己的良师益友。同时在对外联系工作之时，你向对方说明我是《中国青年报》的，立即会受到热情的接待，这使我感到作为《中国青年报》的一员是很光荣的。报社这支队伍看来还很年轻，有元老，但大多数还是复刊以后从学校选拔或从社会上招考进来的。徐阿姨的老同志尤畏[1]、李茹[2]等都还在，已是一些部门的负责人了。听说郭美妮（郭梅尼）[3]已被评选为最佳记者，这个荣誉对于她应当是当之无愧的，她写作的速度很快，三、四天就抓出一件比较大的人物通讯。不过，我们是只闻其名未见其人。

---

[1] 尤畏：中国青年报创刊初期的年轻记者，后任报社群工部主任。
[2] 李茹：中国青年报50年代女记者，后任报社人事处处长。
[3] 郭梅尼：中国青年报著名记者，以写人物通讯见长，首届"范长江新闻奖"获得者。

家书手稿

我正式步入社会，特别是来到首都这个地方，总觉得有很多东西要学。譬如说文明礼貌、谦恭有礼，这里的老同志是十分注意的，做得也是十分得体的，而我有时不明，观察不够，工作上有些处理不恰当。办公室的一位同志就指出我打电话时一定要以诚恳的态度、商量的口气同对方联系，要意识到不再是个人，而是有关报社的身分和名声，这使我很不安。叶鹏对我来信说，一定要走好自己的第一步，它往往给人产生难以磨灭的印象。我觉得他的话很对，并意识到了从现在开始的我，应该以一种严肃的态度来对待学习和工作，谦逊、谨慎二字是需要常常自我提醒的。在群工部半月以后，我们还要去校对室、夜班总编室熟悉工作。这些天，我的专栏因一同志出差福建了解采访打击经济犯罪活动的报道，另一女同志流产休假半月，联系组稿、编划版面的工作将由我独立完成，我一定要努力做好它。在本月二十八日星期刊"为您服务"专栏见面。当然，我周围许许多多的老同志都是我随时可

家书手稿

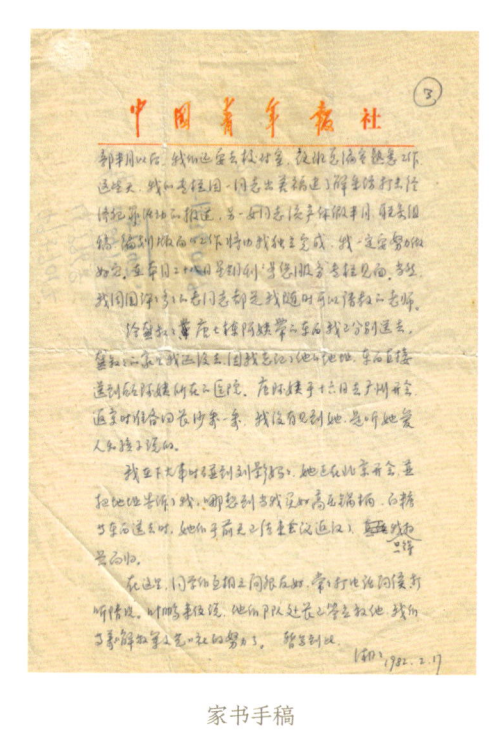

以请教的老师。

给龚叔叔、唐士栋阿姨[1]带的东西我已分别送去，龚叔叔的家里我还没去，因我忘记了他的地址，东西直接送到顾阿姨所在的医院。唐阿姨于十六日去广州开会，返京时准备回长沙看一看，我没有见到她，是听她爱人和孩子说的。

我在下火车时碰到刘影妈妈，她正在北京开会，并把地址告诉了我，哪想到当我买好高压锅柄、白糖等东西送去时，她们于前天已结束会议返汉了，我只得扫兴而归。

在这里，同学们互相之间很友好，常常打电话问候，打听情况。叶鹏来信说，他们部队处长已答应放他，我们等着《解放军文艺》社的努力了。暂写到此。

湘湘
1982.2.17

品读

  1977年恢复高考的消息刚刚传来，母亲便给正在湖北襄樊棉纺织印染厂工作的谢湘写信，建议她报考。因多年没摸书本，几经犹豫之后，谢湘才决定报考，复习两个月就上了考场，所幸她通过了高考。1978年3月，23岁的谢湘走进了武汉大学中文系，同班的65名同学中，有的十几岁，有的三十出头已拖家带口。4年后

---

[1] 唐士栋阿姨：写信人母亲的中学同学。

的1982年春，北方还是滴水成冰的季节，刚刚从大学毕业的谢湘，穿着母亲特意为她准备的厚棉裤、皮大衣，带着一种不可抑制的兴奋心情从武汉乘火车来到北京中国青年报社报到。稍事安顿，她提笔写了上面这封信，告诉父母刚刚踏上工作岗位的感受："我正式步入社会，特别是来到首都这个地方，总觉得有很多东西要学。"从此，谢湘把青春年华奉献给了《中国青年报》，从普通编辑、记者，一直做到部门主任、中心主任、副社长，成为首都知名新闻人。多年以后，谢湘说："四十载风雨人生，能够参与书写这本与改革开放伟大时代同行的大书，我颇感自豪，无怨无悔。"

这封家书是谢湘大学毕业后到中国青年报社上班不久写给父母亲的，是由她的母亲保存下来的。她的母亲叫谢慕兰，是武汉长江日报社的一名普通干部。谢慕兰有一个爱好：写家书和保存家书。在母亲的影响下，谢湘姐妹四人都养成了爱写信、读信、保存信的习惯，并以此为乐。

几十年来，谢慕兰保存了四个女儿写给她的上千封家书。二女儿刘心曾用诗一般的语言述说着她发自内心的感受："母亲珍藏着女儿们的每一页家书。这份细致的爱心，是留给儿女无比宝贵的财富。在离家远行的30年岁月间，我与母亲书信不辍。这些信抚平了我青春成长的焦虑、事业拼搏的艰辛和海外飘零的乡愁。在资讯快捷的今天，我用电话、电传和电子邮件与四海朋友交流，唯对母亲，我依然用笔，把情感注入笔端，用美丽的中文与母亲交谈。"

1999年12月22日（阴历十一月十五日）是谢慕兰70周岁生日。四个女儿为母亲准备了一份特别的生日礼物——一套长达170余万字的家书资料。谢慕兰也因此参加了中央电视台2006年春节特别节目《家书故事》的录制。2009年以来，家书资料及部分原件长期陈列在中国人民大学家书博物馆常设展中，并多次参加在中华世纪坛举行的"中华家风文化主题展"。2019年6月，部分慕兰家书原件回到武汉，在世界邮展"中国家书"展区亮相，引起广泛关注。2019年7月，谢慕兰获北京市妇联"母亲的力量"主题展"优秀母亲"荣誉称号。2021年，谢湘家庭荣获全国妇联"全国最美家庭"荣誉称号。2022年，荣获全国妇联授予的"全国五好家庭"荣誉称号。

四个女儿庆祝爸爸妈妈钻石婚，摄于 2013 年

儿未再婚
——1988年6月18日　张天保致妈妈

作者简介

张天保，又名张天仲，1927年生于陕西朝邑。1944年入伍，参加抗战，1949年赴台，2015年7月1日在台南家中去世，享年88岁。

原信

张天保，摄于1988年9月

亲爱的妈妈：

端午节快乐。过去咱家在爷爷勤奋的带领下，每年此时多半已晒好豆麦入仓。一家人全力帮忙亲友们收获了。不知现在西弟以下的孩子们，是否都能保持这一做事"尽前不尽后"，和乐于助人的良好家风。

家乡过端午才吃包枣的凉粽子。在这儿一年四季都有，包枣的外，还有包花生豆、红豆沙、火腿、鲜肉、虾仁、鱿鱼的。台南有一种闻名全省的特产大

1989年5月，张天保回大陆探亲时与母亲、弟弟等全家人合影

粽子，包的有一大块猪后腿瘦肉，一个蛋黄、虾仁、鱿鱼、香菇及作料。一个人吃一粒，差不多就不用吃饭了。最大的不同，还是这儿不论冬夏，粽子多是吃热的。有人还加了酱油、辣椒酱吃，与家乡大不相同。

雄黄酒同家乡一样，香包现在自己作的很少。但是，有人专门作了来卖的，花样很多，也较家乡的大一些。

这儿没有杏，有一种爱玉芒果，样子像大接杏，味道也有点像，但是皮不能吃，要用刀切成三片，再剥了皮或啃着吃。有一种叫杨桃的味道像青杏，比接杏大一些，可是样子差多了，长得四楞见线的好可爱。

台湾很少见蝎子，蛇却很多，被有毒的咬后、急救得慢或不得法就会送命。但是，也有专门抓蛇的人，专卖蛇肉给人吃的店铺和摊贩。他们常常当街杀蛇剥皮，取血与胆分别调酒给等着饮的人。

在这儿端节最热闹有趣的就是赛龙舟，光台南今年就有145队参加竞赛。前后好几天到场的参观人潮及摊贩买卖，很像家乡的大庙会，不同的是好戏

家书手稿

在河上表演。特剪寄报纸刊登的龙舟赛照片请妈瞧。(共三张)

连接家信,知道妈很关心儿在台的家庭状况。因为,儿未再婚——二十年前随时准备回乡,根本无再婚念头。十五年前想到传宗接代,一因对象难求(多是20岁以下女孩)。二是经济条件太差(月入是一般人的$\frac{1}{10}$),儿不忍心害人害己就拖下来了。十年前经济条件改善后,年龄、文化水平、人生阅历相配的结婚对象更难找了。从此,以帮助邻居的孩子成长为乐。反正都是中华民族的子孙。请看黄修女给儿的信(影印)。

要是妈能原谅儿无亲生子女的大不孝。并赞同儿的普爱心胸(有此意向,应该是儿小时看到妈耐心教导邻居姐妹做女红,和儿少年时蒙受外婆、舅父母、姨父母、惠伯父母、杨老师、马科长……等众亲友厚爱,赞助,和鼓励所种下的善因。)那么下封信将让妈开心的〔得〕睡不着觉。因为儿将奉献给妈,儿所认养扶助的七个国内外(非洲多哥1,南美巴西1,印度1。)孩子的信息。

　　敬　祝

福体康泰

万事如意

儿天保敬叩〔19〕88.6.18

品读

　　这是一位去台老兵写给大陆母亲的家书，字里行间充满对家乡的爱恋与怀旧之情。

　　这封家书写于端午节，因原信寄至大陆，这是作者当时用复写纸留的底稿。张天保在大陆曾有婚配，去台后，因准备随时返乡，没有再婚。"……从此，以帮助邻居的孩子成长为乐。反正都是中华民族的子孙。"从1984年至2011年，张天保通过各种慈善基金会累计捐赠新台币86.2万元（现约合人民币19.4万元），共认养了72名来自不同国家和地区的儿童，捐助大陆贫困地区乡村学校的图书室66个。

　　2005年，张天保先生从媒体得知大陆有关部门开展了抢救民间家书的活动，立即向抢救民间家书项目组委会捐赠了18封家书底稿。随后，他又多次捐赠他与认养儿童的来信，捐助乡村学校图书室相关资料，慈善捐赠收据，同学录、照片、证书等多件个人珍贵资料。张天保先生捐赠的家书、照片等先后入选中国人民大学家书博物馆"打开尘封的记忆——中国民间手写家书展""尺翰之美——中国

张天保先生在住所门前留影，张丁摄于2015年5月

传统家书展",以及在北京中华世纪坛举办的"2019中华家风文化主题展"。

　　据张天保的好友、居住在台南的老兵姚云龙介绍,张天保是一位刻苦自励、不求闻达的好人,是一位"燃烧自己照亮别人的人。……他的生活很原始,他没有瓦斯炉,没有电冰箱,没有电话,约十坪(约33平方米)大的小瓦屋中只有一床、一桌、一凳、一灶台和数只碗碟,每天吃二餐,五谷粮一锅熬,白菜萝卜一起煮,根本不讲求色、香、味,只要把肚子填饱就好,他的衣服四季都有,但只有那几件,他却自以为乐,从不诉苦。……2015年7月1日早晨,他还坐在院中看报,9点,他的邻居找他有事,才发现他安详地躺在床上,溘然而去"。

对不起，妈，我生病了！
—— 2017年4月　李真致母亲

作者简介

李真，1989年出生，湖南溆浦双井长潭人。2014年从湖南城市学院地理信息系毕业后，考取华南农业大学资源环境学院研究生，不久被诊断出患了急性髓细胞白血病。经过一年多的治疗后，2015年9月，李真进入华南农业大学，边读书边休养。2016年4月之后，李真出现了肺部感染，诱发了排异反应，不得不中断学业，再次入院治疗。2017年9月12日，李真写给母亲的一封家书在明星读信节目《见字如面》播出，引发网友和媒体强烈关注。2018年7月7日，李真在河北燕达医院去世。

《见字如面》读信现场

原信

亲爱的老妈：

　　见信安好！这是我第一次给您写信，也可能是最后一次。有些话我只能以这种稍显"愚笨"的方式

来跟您说说。

对不起，妈！我生病了，还是白血病。都说越努力越幸福，我也以为考大学，上研究生就能让您离幸福更近，可事实证明我的努力给这个家带来的只有磨难和绝望。

我们家从来过得都不宽裕，如今因我更是雪上加霜。四岁的侄子问他爷爷，为什么我们家的房子这么破？我们都知道原因却不知如何回答。这三年来，若不是大家的救济和你们的坚持，我早已挥别了这个世界。时至今日，我觉得自己欠这个家和您一个交代。

兄弟仨，我一出生就被罚款和"抄家"了，为此你们也没少拿这事"取笑"我，催我"还债"。还有小时候哥他们"欺负"我的事历历在目，揍我是家常便饭，还常把我当店小二。很多时候你不但不帮我，还会嗔怪我爱哭，碰不得。若那时有人说我是充话费送的，我会毫不犹豫地相信。可如今的你们却是我最大的依靠。

家书手稿

生病之初，大哥说一定要救我，义无反顾地拿出所有的积蓄，为我背负一身债，供骨髓做移植，甚至怕嫂子反对而提出了离婚；二嫂曾一度心疼得不敢听见我的声音；七岁的侄女哭着说自己再也不吃零食了，把钱留给叔叔治病；（哥嫂）怕你们照顾不好我，他们毅然辞掉了工作，专心照顾我直至出院。

情之厚如斯，百世不足还啊！

从化疗到移植，再到感染和排异，近三年的时间里，我们一直过得战战兢兢，如履薄冰。尽管竭尽全力依旧还是徘徊在生死边缘。这一病，不仅让我们掏空所有，家徒四壁，负债累累，我们的精神也不断地游走在绝望与崩溃的边缘，身心俱疲。

最近半年里几次三番的病危抢救，每一次我都觉得好累，累到不想坚持，只想解脱！那次昏迷，我真有种从未有过的舒适。可是突然间的意识又告诉我，这份舒适很可能换来的是你们永恒的痛。我可以坦然地接受病魔带来的一切苦痛，甚至死亡，却真的不敢看您和姐姐抱头痛哭后那无助而又无神的眼眸，那真是比用刀碎心头肉还要难受啊！

生病的这三年里，您把我照顾得一丝不苟，为此所吃的苦，受的委屈早已超出了常人所承受的极限。每天医院、出租房至少六趟行走却从不喊累；每天擦洗消毒东西恨不得抠掉一层；我上学您陪我住校，我住院您等我回家。爷爷过世，我们都没能回去相送……

因为身体虚弱，您每天会给我擦拭身体和泡脚。每次您看到我骨瘦如柴的身体，总会突然红了双眼，一边忍着泪一边像清洗艺术品般小心翼翼。不敢想象在我面前佯装乐观坚强的您，在背后又难过成什么模样！在我病重，在我们走投无路、绝望至极之时，您只是握着我的手浑身颤抖不止，泣不成声，却依旧不忍开口说出"带我回家"这几个字，只是委婉地问我有没有想见的人。

家书手稿

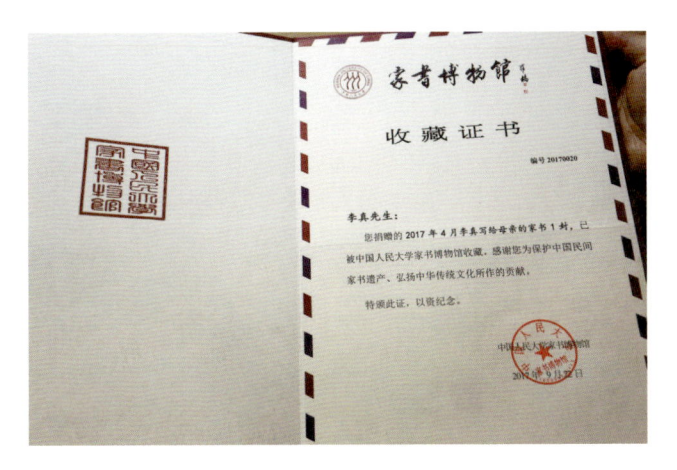

中国人民大学家书博物馆给李真颁发的收藏证书

我知道，您已穷尽了毕生力气却始终换不回我一世安康；您努力了半生，却换来一波又一波的绝望；您不甘心却又无能为力。

我曾跟您说，爸妈不哭，咱们笑着回家。也曾经告诉自己要笑着活下去。可是生活的玩笑这次开得太大了，大到像泰山压顶，大到只能任凭天意。

您总说只要人还在，其他的都不重要；只要我们努力，想要的以后都会有；现在吃点苦以后就可以多享福……每次想起这些话都让我倍感骄傲，您虽然没学历，却比谁都活得有文化。

您用自己的行动教会我勤劳自立，待人宽容；您身材瘦小，力量柔弱，却扛起了重如泰山的生活；您温柔善良，被生活蹂躏却从不抱怨和失去希望；您品行质朴却又韧如蒲条……就是这样的您知道我们缺少很多，需要的更多却也更知道什么对自己才最重要；有渴望却从不贪心；简单朴素却又带给我披荆斩棘的勇气；就是这样的您，让我无从放弃自己……

妈，我能在这里跟您做些约定吗？无母不成家，为了这个家您得保重好自己；关于我，咱们努力就好，我不会遗憾和抱怨，您也不必自责；要乐观坚强地去享受生活，不纠结沉溺于过往。

生活各有际遇，命运也自有其轨迹。若有一天，真的事不可为，希望您能理解，那也只是一种自然法则而已。愿您能收住泪水，笑看过往！因为我只是换个方式，守在您的身旁。

谢谢您们的不离不弃，爱您的不孝小儿子敬上！

二〇一七年四月

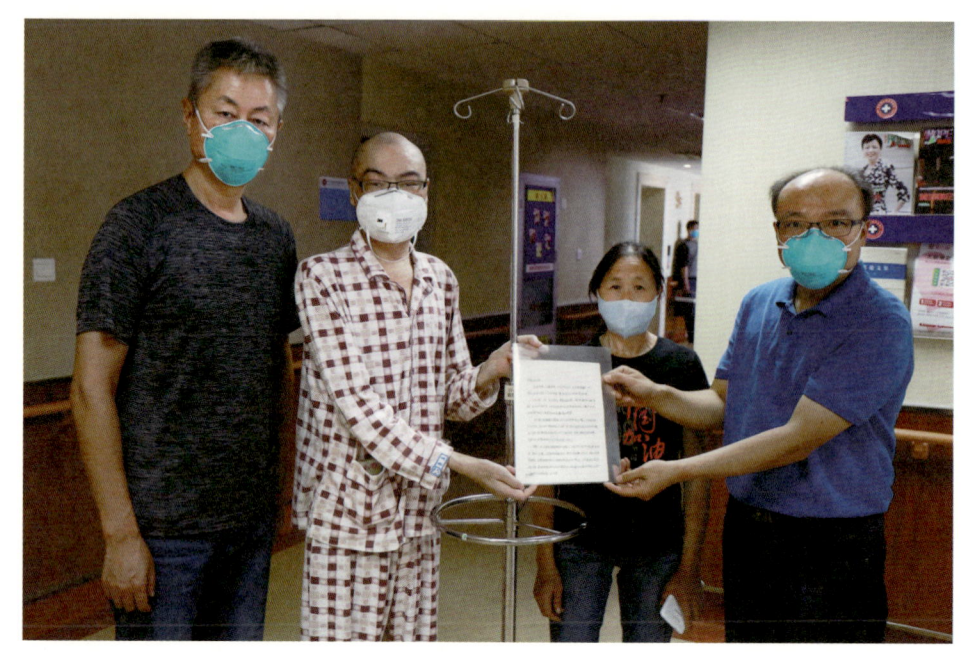

张丁（右一）代表家书博物馆接受李真捐赠的家书，右二为李真母亲舒雪连，左一为《见字如面》总导演关正文

品读

  为了战胜病魔，家里千方百计筹集到130万元，转战长沙、武汉、南京、河北，为李真做了骨髓移植，治疗肺部感染。经过治疗，李真出院了，他在家休息了一段时间。2015年9月，李真进入华南农业大学，打算边读书边休养。学校给了李真特殊照顾，安排单间，允许在阳台做饭，导师每月提供补助。母亲陪着他，每天饭后，围着校园散步，然后他在寝室旁边的足球场慢跑几圈，跟校友一起打篮球，还时常带同学来宿舍吃饭。这是李真生病之后，难得的一段舒适的校园生活。

  然而，2016年4月之后，李真出现了肺部感染，诱发了排异反应……从130斤暴瘦到70斤。他不得不中断学业，再次入住河北燕郊的一家民营医院治疗。然而，高昂的治疗费，使这个本来就不富裕的农村家庭背上了异常沉重的负担。

  2016年年底至2017年年初，一档名为《见字如面》的视频节目在网络和电视荧屏热播。节目中，演艺明星深情地朗读一封封书信，感动了无数观众。李真躺在病床上，突然跟家人说"我想写封信投到节目组去"。2017年4月，李真写好了一封给母亲的信，寄给了栏目组。不久，这封信被栏目组选中作为第二季的书信素材，被称为"告母书"。在栏目组的精心安排下，8月29日，李真在母亲和姐姐的陪同下来到了《见字如面》的节目录制现场，总导演关正文和朗读嘉宾、著名演员黄志忠等都给了他热情的鼓励。在读信过程中，黄志忠几度哽咽，一封信读毕，已是泪流满面。现场观众全体起立，掌声经久不息。包括李真的母亲在内，当时现场不少人都流下了眼泪。

9月12日，黄志忠朗读李真家书的节目在网络播出后，引发网友强烈关注。"寥寥数语，字字戳心。"媒体争相报道李真"告母书"，引发了对于疾病、爱以及家庭伦理的讨论。关正文导演说："选用李真的信，既是因为其经历故事真实感人，也是因为他的信写得实在很美。这是人间真情所在。"9月22日，这封家书被中国人民大学家书博物馆收藏。

在家人和众多爱心人士的帮助下，李真继续与白血病抗争着。他面对疾病时的乐观超然，母亲的坚强伟大，家人的不离不弃，无不让人动容。然而，他最终没能战胜病魔，2018年7月7日，在河北燕达医院去世。9日，遗体在北京通州殡仪馆火化。10日，家人带着李真的遗物，去了天安门、圆明园——这是他4年来未能实现的愿望。

三

云中谁寄锦书来
—— 兄弟、爱人及朋友之间的亲情家书

母毋恙[1]也
——战国 黑夫、惊致兄长衷

作者简介

黑夫、惊，生卒年不详，兄弟二人，均为战国末期秦国士兵。

黑夫和惊写给衷的信（第11号木牍甲）

二月辛巳[2]，黑夫、惊敢[3]再拜[4]问中〔衷〕[5]，母毋恙也？黑夫、惊毋恙也。前日黑夫与惊别，今复会矣。黑夫寄益就书[6]曰：遗[7]黑夫钱，毋操夏衣来。今书节〔即〕到，母视[8]安陆丝布贱，可以为禅裙襦[9]者，母必为之，令与钱偕来。其丝布贵，徒〔以〕钱来，黑夫自以布此。黑夫等直佐[10]淮阳，

---

[1] 毋恙：无疾病的意思。
[2] 即秦始皇二十四年（前223）二月十八日。
[3] 敢：谦词，表示向对方提出问题的同时，附带自谦和尊敬的姿态。
[4] 再拜：敬词，旧时用于书信的开头或末尾。
[5] "〔 〕"内的字为错别字、异体字、通假字的本字。后同。
[6] 就书：写书信。
[7] 遗[wèi]：意为送给。
[8] 视：留意、查看，有比较的意思。
[9] 禅裙襦：秦汉时期男子夏季礼服，如禅襦、裙襦等。
[10] 佐：辅助、帮助，这里是开始攻打的意思。

攻反城[1]久，伤未可智〔知〕也，愿母遗黑夫用勿少。书到皆为报，报必言相家爵来未来，告黑夫其未来状。闻王得苟得。

毋恙也？辞相家爵不也？书衣之南军毋……不也？为黑夫、惊多问姑姊、康乐季须〔婴〕故术长姑外内……

为黑夫、惊多问东室季须〔婴〕苟得毋恙也？为黑夫、惊多问婴汜季事可〔何〕如？定不定？为黑夫、惊多问夕阳吕婴、匿里闻误丈人……得毋恙……矣。

惊多问新负[2]、婗得毋恙也？新负勉力视瞻丈人，毋与……勉力也。

惊写给衷的信（第6号木牍乙）

惊敢大心问衷，母得毋恙也？家室外内同[3]……以衷，母力[4]毋恙也？与从军，与黑夫居，皆毋恙也。……钱衣，愿母幸遣[5]钱五六百，绨布谨善者毋下二丈五尺。……用垣柏钱矣，室弗遗，即死矣。急急急。

惊多问新负、婗皆得毋恙也？新负勉力视瞻两老……

惊远家故，衷教诏[6]婗[7]，令母敢远就若取新〔薪〕，衷令……闻新地城多空不实者，且令故民有为不如令者实……为惊视祀，若大发〔废〕毁，以惊居反城中故。

惊敢大心问姑秭（姊），姑秭（姊）子产得毋恙？新地入盗，衷唯母方行新地，急急。

---

[1] 反城：反叛城市。

[2] 新负：新媳妇。

[3] 同：同等对待，公平待人。

[4] 力：体力，身体。

[5] 遣：给，寄送。

[6] 教诏：教育，照顾。

[7] 婗[yuàn]：此处指美好。

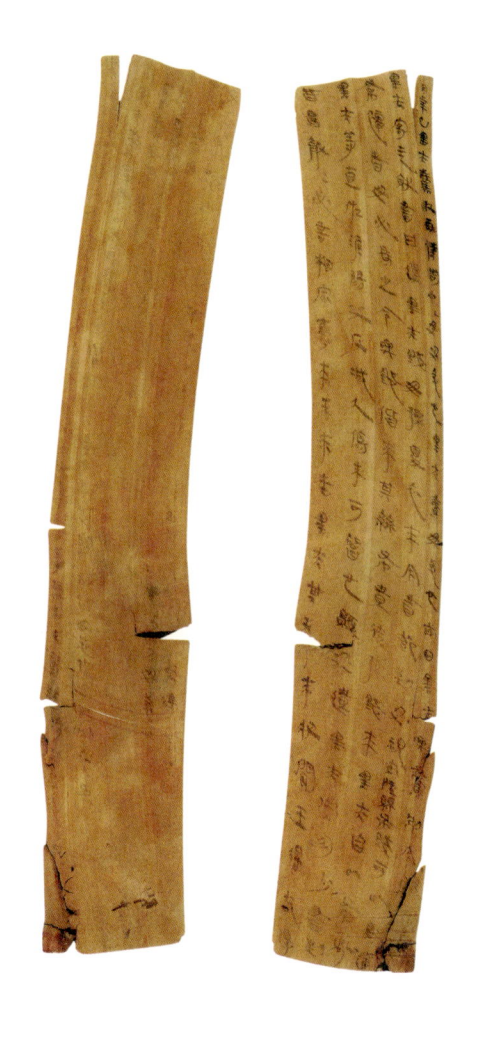

黑夫家信木牍（正反面），现藏湖北省博物馆　　　　　　惊家信木牍，现藏中国国家博物馆

品读

　　这是迄今为止中国考古发现最早的两封实物家信，距今已有2400多年。

　　1975年，在湖北省云梦县城西郊睡虎地4号墓出土木牍两件，两面均墨书秦隶，绝大部分清晰可辨。经考古学家辨认，这是写于战国末年的两封家书，作者是士兵黑夫和惊兄弟，信被成功送达，收件人是他们的长兄衷（睡虎地4号墓墓主),后来成为衷的陪葬品。

　　通过阅读家信可知,黑夫与惊兄弟俩正随军在楚地打仗,战争持续了很长时间。黑夫与惊在信中问安母亲,嘱托兄长衷照顾好家人,并向姑姑、姐姐等亲友问好,同时想向家中要衣物钱财。黑夫询问官吏寄送给家中授爵的文书是否已到,特别叮嘱要及时回复他,而惊请求母亲快点寄钱给他,非常迫切。

　　这两封家信由黑夫和惊的兄长衷保存了下来,并在其死后作为重要的物品陪葬,可见两封家信对于其兄长及整个家庭的重要性。虽然我们不知道家书作者黑夫和惊最终的命运如何,但通过这两封家书,我们能够感受到他们对家人的无限牵挂、殷切希望和美好祝福,让我们看到了战地士兵内心柔软的一面。同时,这两封家书也具有历史研究的价值,比如为研究秦军后勤供给和军功制度提供了实物佐证。

白头吟，伤离别
——西汉　卓文君、司马相如互通家书

作者简介

卓文君（前175—前121），原名文后，西汉临邛（今四川邛崃）人，冶铁巨商卓王孙之女，姿色娇美，精通音律，善弹琴，有文名。

司马相如（约前179—前118），字长卿，成都人。少时好读书，学击剑，名犬子。因仰慕蔺相如之为人，遂更名相如。为西汉著名辞赋家，代表作品有《上书谏猎》《凤求凰》《子虚赋》《上林赋》《长门赋》《美人赋》等。因《子虚赋》得到汉武帝的赏识，被任命为中郎将。

卓文君像，清人绘

后人绘卓文君当垆卖酒图

原信

与相如书

(西汉·卓文君)

群华竞芳,五色凌素,琴尚在御[1],而新声代故。锦水[2]有鸳,汉宫有木[3],彼木而亲,嗟世之人兮,瞀于淫而不悟[4]。朱弦啮,明镜缺,朝露晞;芳弦歇。白头吟[5],伤离别,努力加餐毋念妾,锦水汤汤,与君长诀!

报卓文君书

(西汉·司马相如)

五味虽甘,宁先稻黍。五色有烂,而不掩韦布[6]。惟此绿衣[7],将执子之斧[8]。锦水有鸳,汉宫有木。诵子嘉吟,而回予故步。当不令负丹青,感白头也。

---

[1] 御:用,弹奏。
[2] 锦水:指现在的成都锦江。
[3] 汉宫有木:出自《西京杂记》:"五柞宫有五柞树,皆连抱,上枝荫覆数十亩。"
[4] 瞀[mào]于淫而不悟:沉迷于荒诞淫乱中不能清醒。
[5] 白头吟:古乐府曲名,内容是劝丈夫不要另寻新欢。
[6] 韦布:韦带粗布,为贫者所服。
[7] 绿衣:绿绮,司马相如所用琴名,也是司马相如与卓文君相知相恋、最后私奔的媒介。
[8] 斧:通"斧"。出自(两汉)枚乘《七发》:"皓齿蛾眉,命曰伐性之斧。"

品读

  这是西汉时卓文君和司马相如之间的两封书信，是中国古代情书的经典。情书背后，两人的爱情佳话千古流传。《史记·司马相如列传》记载了两人的爱情故事。

  汉景帝时，司马相如被任命为负责游猎的武骑常侍，因不得志，称病辞职，回到家乡四川。有一次，他应邀到临邛大富豪卓王孙家宴饮。卓王孙的女儿卓文君新寡，正住在娘家，因久仰司马相如的文采，就从屏风后面偷偷地观看，心生好感。司马相如假装没有看见，当他受邀弹琴时，便趁机弹了一曲《凤求凰》，表达爱慕之情，因为司马相如亦早闻卓文君的芳名。于是司马相如派人买通了卓文君的丫鬟，请她从中牵线，卓文君当晚就与司马相如幽会，两人商议一起私奔成都。

  司马相如家一贫如洗，卓文君父亲怒其败坏门风而不给她一文钱。两人只好变卖所有东西后回到临邛开了家小酒铺。每日，文君当垆卖酒，相如打杂。后来，卓王孙心疼女儿，又为他俩的真情所感动，就送了百万银钱和百名仆人给他们，还给文君补办了陪嫁的衣被财物。两人又回到成都，买田置产，日子过得很和美。

  后来，司马相如受到汉武帝的赏识，赴京当了大官，准备纳茂陵女子为妾，卓文君反对，于是写了这封《诀别书》，有情有怨，主动提出与司马相如断绝夫妻关系。司马相如读后深受感动，放弃了纳妾的念头。他在写给卓文君的回信中，既有对夫人的赞美，也有对自己心生别念的愧疚，表示一定不会让夫人有白头之叹。

报任安书
——西汉 司马迁致任安

作者简介

司马迁（前145或前135—?），字子长，太史令司马谈之子。西汉夏阳（今陕西韩城南）人。史学家、文学家、思想家。10岁诵典，19岁受学于孔安国、董仲舒。22岁补博士弟子员，23岁任郎中。38岁继父职任太史令。48岁因李陵案被处宫刑，后任中书令。其代表作《史记》被鲁迅誉为"史家之绝唱，无韵之离骚"，列为前"四史"之首，与《资治通鉴》并称为"史学双璧"。

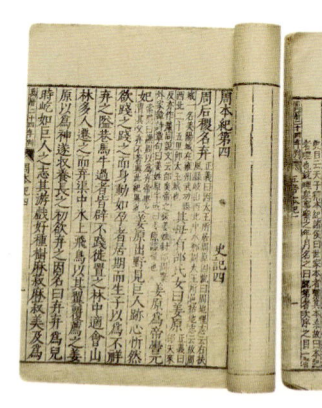

司马迁像

《史记》

原信

　　太史公牛马走[1]司马迁，再拜言。少卿足下：曩者[2]辱赐书，教以慎于接物，推贤进士为务，意气勤勤恳恳，若望[3]仆不相师，而用流[4]俗人之言，仆非敢如此也。仆虽罢驽[5]，亦尝侧闻[6]长者之遗风矣。顾自以为身残处秽[7]，动而见尤，欲益反损，是以独抑郁而无谁语。谚曰："谁为为之？孰令听之？"盖钟子期死，伯牙终身不复鼓琴。[8]何则？士为知己用，女为说己容。若仆大质已亏缺矣，虽材怀随、和[9]，行若由、夷[10]，终不可以为荣，适足以发笑而自点[11]耳。书辞宜答，会东从上来[12]，又迫贱事，相见日浅，卒卒[13]无须臾之间得竭志意。今少卿抱不测之罪，涉旬月，迫季冬[14]，仆又薄从上雍[15]，恐卒然不可讳[16]，是仆终已不得舒愤懑以晓左右，则长逝者魂魄私恨无穷。

---

[1]　太史公：太史公不是自称，也不是公职，汉代只有太史令一职，且古人写信不可能自称公。钱穆认为，《史记》原名是《太史公》。牛马走：自谦之词，意为像牛马一样供人驱使。走，意同"仆"。此十二字《汉书·司马迁传》无，据《文选》补，意思是司马迁为了成就《史记》一书，当牛做马一样活着。

[2]　曩[nǎng]者：从前，过去。

[3]　望：埋怨，责备。

[4]　流：流转，迁移。

[5]　罢：通"疲"。驽：劣马。罢驽：疲弱的劣马，比喻才能低下。

[6]　侧闻：从旁听说。犹言"伏闻"，自谦之词。

[7]　身残处秽：指因受宫刑而身体残缺，兼与宦官贱役杂处。

[8]　钟子期、伯牙：春秋时楚人。伯牙善鼓琴，钟子期最解音，两人成了知音。钟子期死后，伯牙破琴绝弦，终身不再鼓琴。事见《吕氏春秋·本味》。

[9]　随、和：隋侯之珠与和氏之璧，是战国时的珍贵宝物。

[10]　由、夷：许由、伯夷，上古时期品德高尚的人。

[11]　点：玷污。

[12]　会东从上来：指太始四年（前93）三月，汉武帝刘彻东巡泰山，司马迁跟从东巡返回长安。

[13]　卒卒：同"猝猝"，匆忙仓促的样子。

[14]　季冬：冬季的第三个月，即十二月。汉律，每年十二月处决囚犯。

[15]　薄：同"迫"，迫近。雍：地名，在今陕西凤翔南，设有祭祀五帝的神坛五畤。

[16]　不可讳：死的委婉说法。任安这次下狱，后被汉武帝赦免。但两年之后，任安又因戾太子事件被处腰斩。

请略陈固陋。阙然不报，幸勿为过。

仆闻之：修身者，智之符也，爱施者，仁之端也，取予者，义之表也，耻辱者勇之决也；立名者，行之极也。士有此五者，然后可以托于世，列于君子之林矣。故祸莫憯于欲利，悲莫痛于伤心，行莫丑于辱先，而诟莫大于宫刑[1]。刑余之人，无所比数，非一世也，所从来远矣。昔卫灵公与雍渠载，孔子适陈[2]；商鞅因景监见，赵良寒心[3]；同子参乘，袁丝变色[4]，自古而耻之！夫中材之人，事关于宦竖[5]，莫不伤气，而况于慷慨之士乎！如今朝廷虽乏人，奈何令刀锯之余，荐天下之豪俊哉！

仆赖先人绪业，得待罪辇毂下[6]，二十余年矣。所以自惟[7]，上之不能纳忠效信，有奇策材力之誉，自结明主；次之又不能拾遗补阙，招贤进能，显岩穴之士；外之不能备行伍，攻城野战，有斩将搴[8]旗之功；下之不能累日积劳，取尊官厚禄，以为宗族交游光宠。四者无一遂，苟合取容，无所短长之效，可见于此矣。向者，仆亦尝厕下大夫[9]之列，陪奉外廷末议[10]，不以

---

[1] 宫刑：一种破坏男性生殖器的刑罚，也称"腐刑"。
[2] "卫灵公"二句：春秋时，卫灵公和夫人乘车出游，让宦官雍渠同车，而让孔子坐后面一辆车。孔子深以为耻辱，就离开了卫国，到陈国去了。事见《孔子家语》。适，到。
[3] "商鞅"二句：商鞅得到秦孝公的支持变法革新。景监是秦孝的宠臣，曾向秦孝公推荐商鞅。赵良是秦孝公的臣子，与商鞅政见不同。见商鞅受景监引荐得官，赵良感到担心。
[4] "同子"二句：同子指汉文帝的宦官赵谈，因为与司马迁的父亲司马谈同名，避讳而称"同子"。袁即袁盎，汉文帝时任郎中。据载，文帝坐车去东宫，宦官陪乘，袁盎伏在车前说："臣闻天子所与共六尺舆者，皆天下豪英，今汉虽乏人，陛下独奈何与刀锯余共载？"于是文帝只得依言令赵谈下车。事见《汉书·袁盎晁错传》。
[5] 竖：供役使的小臣，后泛指卑贱者。
[6] 待罪：做官的谦词。辇毂下：皇帝的车驾之下。此句是在皇帝身边做事的委婉说法。
[7] 惟：想，思考。
[8] 搴[qiān]：拔取。
[9] 厕：置身。下大夫：太史令官位较低，属下大夫。
[10] 外廷：汉制，凡遇疑难不决之事，群臣则在外廷讨论。末议：微不足道的意见。"陪奉外廷末议"是谦辞。

此时引纲维[1]，尽思虑，今已亏形为扫除之隶，在阘茸[2]之中，乃欲仰首伸眉，论列是非，不亦轻朝廷，羞当世之士邪！嗟乎！嗟乎！如仆尚何言哉！尚何言哉！

且事本末未易明也。仆少负不羁之才，长无乡曲[3]之誉。主上幸以先人之故，使得奏薄技，出入周卫[4]之中。仆以为戴盆何以望天[5]，故绝宾客之知，亡室家之业，日夜思竭其不肖之材力，务一心营职，以求亲媚于主上。而事乃有大谬不然者。

夫仆与李陵[6]，俱居门下，素非相善也。趣舍[7]异路，未尝衔杯酒[8]、接殷勤之余欢。然仆观其为人，自守奇士，事亲孝，与士信，临财廉，取与义，分别有让，恭俭下人，常思奋不顾身，以徇国家之急。其素所蓄积也，仆以为有国士之风。夫人臣出万死不顾一生之计，赴公家之难，斯已奇矣。今举事一不当，而全躯保妻子之臣，随而媒糵[9]其短，仆诚私心痛之！且李陵提步卒不满五千，深践戎马之地，足历王庭[10]，垂饵虎口，横挑强胡，仰[11]亿万之师，与单于连战十余日，所杀过当，虏救死扶伤不给，旃[12]裘之君长咸震怖，乃悉征其左右贤王[13]，举引弓之民，一国共攻而围之。转斗千

---

[1] 纲维：国家的法令。
[2] 阘茸 [tàróng]：指小户，茸指小草，这是比喻细小、卑微。
[3] 乡曲：乡里。刘恒（汉文帝）为了询访自己治理天下的得失，诏令各地"举贤良方正直言极谏之士"，亦即有乡曲之誉者，选以授官，意思是说司马迁未能由此途径入仕。
[4] 周卫：周密的护卫，即宫禁。
[5] 戴盆何以望天：当时的谚语，戴盆、望天二者不能兼顾，形容忙于职守。
[6] 李陵：字少卿，西汉名将李广之孙，善骑射，官至骑都尉，率兵出击匈奴贵族，战败投降，封右校王，后病死于匈奴。
[7] 趣舍：向往和废弃。
[8] 衔杯酒：在一起喝酒，这里指私人交往。
[9] 媒糵：这里是诬陷的意思。
[10] 王庭：匈奴首领单于的居处。
[11] 仰：古同"昂"，抬起，扬起，昂扬，情绪高，气势盛。
[12] 旃：毛织品。《史记·匈奴列传》："自君王以下，咸食畜肉，衣其皮革。被旃裘。"
[13] 左右贤王：左贤王和右贤王，匈奴封号极高的贵族。

里，矢尽道穷，救兵不至，士卒死伤如积。然陵一呼劳军，士无不起，躬流涕，沫血[1]饮泣，更张空弮[2]，冒白刃，北向争死敌者。陵未没时，使有来报，汉公卿王侯皆奉觞上寿[3]。后数日，陵败书闻，主上为之食不甘味，听朝不怡，大臣忧惧，不知所出。仆窃不自料其卑贱，见主上惨怆怛[4]悼，诚欲效其款款[5]之愚，以为李陵素与士大夫绝甘分少[6]，能得人之死力，虽古之名将不能过也。身虽陷败，彼观其意，且欲得其当而报于汉。事已无可奈何，其所摧败，功亦足以暴于天下。仆怀欲陈之而未有路，适会召问，即以此指推言陵功，欲以广主上之意，塞睚眦[7]之辞。未能尽明，明主不晓，以为仆沮贰师[8]，而为李陵游说，遂下于理。拳拳之忠，终不能自列，因为诬上，卒从吏议。家贫，货赂不足以自赎，交游莫救视，左右亲近不为一言。身非木石，独与法吏为伍，深幽囹圄之中，谁可告诉者！此真少卿所亲见，仆行事岂不然乎？李陵既生降，颓[9]其家声；而仆又佴以蚕室[10]，重为天下观笑。悲夫！悲夫！事未易一二为俗人言也。

仆之先，非有剖符丹书[11]之功，文史星历[12]近乎卜祝之间，固主上所戏

---

[1] 沫血：血流满面。

[2] 弮：强硬的弩弓。

[3] 上寿：这里指向皇上祝捷。

[4] 怛：悲戚、哀伤。

[5] 款款：忠诚的样子。

[6] 士大夫：此指李陵的部下将士。绝甘：舍弃甘美的食品。分少：即使所得甚少也平分给众人。

[7] 睚眦：怒目而视。

[8] 沮：毁坏。贰师：贰师将军李广利，汉武帝宠妃李夫人之兄。李陵被围时，李广利按兵不救，致使李陵兵败。其后司马迁为李陵辩解，武帝认为他有意诋毁李广利。

[9] 颓：毁。李陵是名将之后，据《史记·李将军列传》记载："单于既得陵，素闻其家声……以其女妻陵而贵之。……自是之后，李氏名败。"

[10] 蚕室：温暖密封的屋子，像养蚕的房子。初受腐刑的人怕风，要住到里面。

[11] 剖符：把竹节一剖为二，上面写着同样的誓词，皇帝与大臣各执一块，以示信用，保证永远不改变立功大臣的爵位。丹书：用丹砂把誓词写在铁制的契券上。凡持有剖符、丹书的大臣，其子孙犯罪均可获赦免。

[12] 文史星历：史籍和天文历法，都属太史令掌管。

弄，倡优所畜，流俗之所轻也。假令仆伏法受诛，若九牛亡一毛，与蝼蚁何以异？而世俗又不与能死节者比，特以为智穷罪极，不为自免，卒就死耳。何也？素所自树立使然也。人固有一死，死或重于泰山，或轻于鸿毛，用之所趣异也。太上不辱先，其次不辱身，其次不辱理色，其次不辱辞令，其次诎体受辱，其次易服[1]受辱，其次关木索[2]、被箠楚受辱，其次剔毛发、婴金铁[3]受辱，其次毁肌肤、断肢体受辱，最下腐刑[4]，极矣。传曰"刑不上大夫"，此言士节不可不勉励也。猛虎在深山，百兽震恐，及在槛阱[5]之中，摇尾而求食，积威约之渐也。故士有画地为牢，势不可入；削木为吏，议不可对，定计于鲜[6]也。今交手足，受木索，暴肌肤，受榜箠，幽于圜墙之中，当此之时，见狱吏则头抢地，视徒隶则心惕息[7]。何者？积威约之势也。及已至此，言不辱者，所谓强颜耳，曷足贵乎！且西伯，伯也[8]，拘于羑里[9]；李斯[10]，相也，具于五刑[11]；淮阴[12]，王也，受械于陈；彭越[13]、张敖[14]，南面称

---

[1] 易服：换上罪犯的服装。古代罪犯穿赭（深红）色的衣服。
[2] 木索：木枷和绳索。
[3] 婴：环绕。颈上带着铁链服苦役，即钳刑。
[4] 腐刑：即宫刑。
[5] 槛阱：捕兽的陷坑。槛，关兽的笼子。
[6] 鲜：态度鲜明，即自杀，以示不受辱。
[7] 惕息：胆战心惊。
[8] 西伯：即周文王，为西方诸侯之长。伯也："伯"通"霸"。
[9] 羑里：古地名，在今河南汤阴，是我国历史上有文字记载的第一座国家监狱，周文王曾被殷纣王囚禁于此。
[10] 李斯：秦始皇时任丞相，后因秦二世听信赵高谗言，受尽五刑，被腰斩于咸阳。
[11] 五刑：秦汉时五种刑罚，见《汉书·刑法志》："当三族者，皆先黥劓斩左右趾，笞杀之，枭其首，菹其骨肉于市。"
[12] 淮阴：指淮阴侯韩信，汉初功臣，封为楚王。因被诬谋反，被刘邦改封为淮阴侯，后被吕后设计杀害。
[13] 彭越：汉高祖的功臣，与张敖同被诬告谋反关进监狱。
[14] 张敖：汉高祖功臣张耳的儿子，袭父爵为赵王。

孤，系狱抵罪；绛侯诛诸吕[1]，权倾五伯[2]，囚于请室[3]；魏其[4]，大将也，衣赭衣，关三木[5]；季布为朱家钳奴[6]；灌夫受辱于居室[7]。此人皆身至王侯将相，声闻邻国，及罪至罔加[8]，不能引决自裁，在尘埃之中，古今一体，安在其不辱也？由此言之，勇怯，势也；强弱，形也。审矣，何足怪乎？夫人不能早自裁绳墨之外，以稍陵迟，至于鞭箠之间，乃欲引节，斯不亦远乎！古人所以重施刑于大夫者，殆为此也。

夫人情莫不贪生恶死，念父母，顾妻子，至激于义理者不然，乃有不得已也。今仆不幸，早失父母，无兄弟之亲，独身孤立，少卿视仆于妻子何如哉？且勇者不必死节，怯夫慕义，何处不勉焉！仆虽怯耎欲苟活，亦颇识去就之分矣，何至自湛溺缧绁之辱哉！且夫臧获婢妾犹能引决，况仆之不得已乎！所以隐忍苟活，幽于粪土之中而不辞者，恨私心有所不尽，鄙陋没世而文采不表于后也。

古者富贵而名磨灭，不可胜记，唯倜傥[9]非常之人称焉。盖文王西伯拘而演《周易》；仲尼厄而作《春秋》；屈原放逐，乃赋《离骚》；左丘失明，厥有《国语》；孙子膑脚，《兵法》修列；不韦迁蜀，世传《吕览》；韩非囚秦，《说难》《孤愤》；《诗》三百篇，大抵圣贤发愤之所为作也。此人皆意有所郁结，不得通其道，故述往事，思来者。及如左丘明无目，孙子断足，终

---

[1] 绛侯：汉初功臣周勃，封绛侯。惠帝和吕后死后，吕后家族中吕产、吕禄等人谋夺汉室，周勃和陈平一起定计诛诸吕，迎立刘邦中子刘恒为文帝，亦是功臣。

[2] 五伯：即"五霸"。

[3] 请室：囚禁有罪官吏的地方。

[4] 魏其：大将军窦婴，汉景帝时被封为魏其侯。武帝时，营救灌夫，被人诬告，下狱判处死罪。

[5] 三木：指囚具头枷、手铐、脚镣。

[6] 季布：楚霸王项羽的大将，曾多次打击刘邦。项羽败死，刘邦出重金缉捕季布。季布改名换姓，受髡刑和钳刑，卖身给鲁人朱家为奴。

[7] 灌夫：汉景帝时为中郎将，武帝时官太仆。因得罪了丞相田蚡，被囚于居室，后受诛。居室：贵族犯罪被囚禁的地方。

[8] 罔加：罔，法网。指受到法令制裁。

[9] 倜傥：卓异不凡，豪爽洒脱。

不可用，退而论书策以舒其愤，思垂空文以自见。

仆窃不逊，近自托于无能之辞，网罗天下放失[1]旧闻，略考其事，综其始终其成败兴坏之纪，上计轩辕，下至于兹，为十表，本纪十二，书八章，世家三十，列传七十，凡百三十篇，亦欲以究天人之际，通古今之变，成一家之言。草创未就，会遭此祸，惜其不成，是以就极刑而无愠色。仆诚已著此书，藏之名山，传之其人，通邑大都，则仆偿前辱之责，虽万被戮，岂有悔哉！然此可为智者道，难为俗人言也。

且负下未易居，下流多谤议。仆以口语遇遭此祸，重为乡党所戮笑[2]，以污辱先人，亦何面目复上父母之丘墓乎！虽累百世，垢弥甚耳！是以肠一日而九回[3]，居则忽忽若有所亡，出则不知其所往。每念斯耻，汗未尝不发背沾衣也。身直为闺阁之臣[4]，宁得自引深藏于岩穴邪？故且从俗浮湛，与时俯仰，以通其狂惑。今少卿乃教以推贤进士，无乃与仆私心剌谬乎。今虽欲自雕琢[5]，曼辞以自解，无益，于俗不信，适足取辱耳。要之，死日然后是非乃定。书不能悉意，故略陈固陋。谨再拜。

品读

任安是司马迁的知己好友，在司马迁被汉武帝治罪期间，任安倾其所有来搭救司马迁。按照汉朝的律法，缴纳一定量的罚金可以来减免罪行，司马迁属于重罪，需要缴纳巨额罚金约三十万金。司马迁家境不富裕，无力赎罪。任安倾尽家中约十万金施救，奈何力有不逮。这是任安对司马迁的情义，司马迁非常感激。

公元前93年，任安被判入狱前给好友司马迁写了一封信，希望他能够利用在

---

[1] 失：读为"佚"。
[2] 戮笑：耻笑。
[3] 九回：九转，形容极度痛苦。
[4] 闺阁之臣：指宦官。闺、阁都是宫中小门，代指禁宫。
[5] 雕琢：修饰，美化。这里指自我妆饰。

武帝身边任职的便利给他说说好话。司马迁给他回复了这封信。信中陈述了自己的不幸遭遇，抒发了内心的痛苦，说明因为《史记》未完成，他决心放下个人得失毅然前行。信中大量运用典故、排比的句式一气呵成，对偶、引用、夸张的修辞手法穿插其中，气势宏伟，既是一封经典书信，也是一篇精彩的散文作品。

　　金圣叹《天下才子必读书》说此文："学其疏畅，再学其郁勃；学其迂回，再学其直注；学其阔略，再学其细琐；学其径遂，再学其重复。一篇文字，凡作十来番学之，恐未能尽也。"

操琴咏诗，思心成结
——东汉 秦嘉、徐淑互通家书

作者简介

秦嘉、徐淑：均为东汉诗人，陇西（今甘肃通渭）人。秦嘉，字士会。桓帝时，为郡吏，作为郡上计簿使赴洛阳，被任为黄门郎。后病死于任上。徐淑，秦嘉妻。秦嘉赴洛阳时，徐淑因病回家，二人未能当面告别。秦嘉客死他乡后，徐淑兄逼她改嫁，她毁掉自己的容貌，拒不改嫁，守寡余生。

原信

与妻徐淑书
（东汉·秦嘉）

不能养志，当给郡使，随俗顺时，僶俯[1]当去，知所苦故尔，未有瘳损[2]，想念悒悒[3]，劳心无已。当涉远路，趋走风尘，非志所慕，惨惨[4]少乐。

---

[1] 僶[mǐn]俯：勉励，尽力，勉强。
[2] 瘳[chōu]损：指病逐步痊愈。
[3] 悒悒：忧愁郁闷的样子。
[4] 惨惨：忧愁。

现位于甘肃通渭的秦嘉徐淑公园，有二人雕像

又计往还，将弥时节，念发同怨，意有迟迟，欲暂相见，有所属讬［托］，今遣车往，想必自力。

徐淑答夫秦嘉书（一）
（东汉·徐淑）

知屈珪璋[1]，应奉藏使[2]，策名王府，观国之光，[3]虽失高素皓然之业，亦是仲尼执鞭之操也。[4]

---

[1] 知屈珪璋：屈，委屈。珪璋：玉器，比喻才能之美。
[2] 应奉藏使：受命从事管理仓库的官员。
[3] 策名王府，观国之光：意思是你的名字可以书写在官府的简册上，得以游览国都的风光。
[4] "虽失高素"二句：意思是你虽然失去了隐居不仕、高洁自由的生活而做了郡上的计吏，也是孔夫子愿意做的那种谋生的职业吧。

自初承问,心愿东还,迫疾未宜抱叹而已!日月已尽,行有伴侣,想严装[1]已办,发迈在近。"谁谓宋远,企予望之。"[2]室迩人遐,我劳如何!深谷逶迤,而君是涉;高山岩岩,而君是越,斯亦难矣。长路悠悠,而君是践;冰霜惨烈,而君是履,身非形影,何得动而辄俱[3],体非比目[4],何得同而不离。於是咏萱草之喻[5],以消两家之思;割今者之恨,以待将来之欢。

　　今适乐土[6]优游京邑,观王都之壮丽,察天下之珍妙,得无目玩意移[7],往而不能出耶!

重报妻书
（东汉·秦嘉）

　　车还空反[8],甚失所望,兼叙远别,恨恨之情,顾有怅然[9]。间[10]得此镜,既明且好,形观文彩,世所希有,意甚爱之,故以相与。并致宝钗一双,价值千金;龙虎组履一緉[11];好香四种各一斤;素琴[12]一张,常所自

---

[1] 严装：整装。
[2] "谁谓宋远,企予望之"：语出《诗经·河广》,意思是谁说宋地太远,我将时时抬起脚跟看你。
[3] 何得动而辄俱：意思是怎么可能动一动都要在一起。
[4] 比目：比目鱼,两眼生在身体同一侧,比喻夫妻不离。
[5] 萱草之喻：语出《诗经·卫风·伯兮》："焉得谖（音 xuān）草,言树之背。"谖草即萱草,又名忘忧草。意思是我到哪里弄到一枝萱草,种在母亲的堂前,让母亲乐而忘忧呢。这是借萱草来寄托忧愁。
[6] 乐土：指京城洛阳。
[7] 目玩意移：眼睛玩赏而心情改变。
[8] 车还空反：秦嘉派车去接妻子,妻子未能前来。
[9] 怅然：失意、悲伤的样子。
[10] 间：近来。
[11] 龙虎组履一緉：刺绣着龙虎图案的鞋子。一緉（liǎng）：一双。
[12] 素琴：指五弦琴。

弹也。明镜可以鉴形，宝钗可以耀首，芳香可以馥[1]身去秽，麝香可以辟恶气，素琴可以娱耳。

又报嘉书
（东汉·徐淑）

既惠音令[2]，兼赐诸物，厚顾殷勤，出于非望[3]。镜有文彩之丽，钗有殊异之观，芳香既珍，素琴益好。惠异物于鄙陋[4]，割所珍以相赐，非丰恩之厚，孰肯若斯。览镜执钗，情想仿佛[5]，操琴咏诗，思心成结。敕以芳香馥身，喻以明镜鉴形，此言过矣，未获我心也！昔诗人有飞蓬之感[6]，班婕妤有谁荣之叹[7]，素琴之作，当须君归；明镜之鉴，当待君还。未奉光仪[8]，则宝钗不设也；未侍帷帐，则芳香不发也。

今奉旄牛尾拂一枚，可以拂尘垢；越布手巾二枚；严器中物几具；金错碗一枚，可以盛书水；琉璃碗一枚，可以服药酒。今奉细布袜一量。

品读

这是东汉著名夫妻诗人秦嘉、徐淑互通的家书，也是流传千古的情书。秦嘉

---

[1] 馥：香。
[2] 既惠音令：既蒙惠赐言辞优美的书信。音令：此处指优美的书信。
[3] 出于非望：出乎我的意料。
[4] 鄙陋：自谦之词。
[5] 情想仿佛：思念之情想来与你一样。
[6] 飞蓬之感：语出《诗经·卫风·伯兮》："自伯之东，首如飞蓬。岂无膏沐，谁适为容！"意为丈夫行役在外，妇人在家无心修饰打扮自己。
[7] "班婕妤"句：班婕妤，班固的祖姑，在汉成帝时被选入宫，初颇得宠，后为赵飞燕所谮，退居东宫侍奉太后。她所作《自悼赋》中有"君不御兮谁为荣"句。谁荣：为谁荣，为谁打扮之意。
[8] 光仪：此指丈夫漂亮的仪容。

至洛阳赴任后，因思念徐淑，派车回乡欲接徐淑至洛阳团聚，并托人带给徐淑书信，表达了对妻子的想念之情。

接到秦嘉的信时，徐淑正在老家养病，不能随车前往洛阳，于是写了《答夫秦嘉书》，托人带去。信中，她表达了对丈夫出仕尽职的理解，以及对于丈夫前途命运的担忧。丈夫在外辛苦操劳政事，自己又不能前去陪伴，她甚感遗憾和忧虑。最后还反问丈夫身在王都，是否迷恋繁华，移情别恋了。调侃文字中透出款款痴情。

秦嘉收到妻子的回信，对于妻子不能前来团聚，大失所望。于是又写了一封信，并托人为妻子带回礼物——一面明镜、一对宝钗、一双龙虎鞋、四种好香、一张素琴，希望妻子在家里打扮得漂亮得体，过上快乐的生活。

徐淑收到丈夫寄回的信和礼物，喜出望外，立即再写回信，表达相思之情。她说丈夫盼她在家"芳香馥身""明镜鉴形"，是"未获我心"。《诗经》有云"岂无膏沐，谁适为容""未见君子，我心伤悲"，所表达的岂不就是徐淑的心境吗？此信反映了徐淑一心盼望丈夫早归，与她共鉴明镜，共同娱乐，过上琴瑟相谐的日子。字字句句，情意绵绵，忠贞爱情，感人肺腑。

可是，天不遂人愿，秦嘉到任后不久就死于洛阳，最终未能回到家乡与心爱的妻子相聚。而秦嘉死后不久，徐淑兄长就逼迫她改嫁他人，徐淑坚决不同意，她毁掉自己美丽的容貌并写下一篇《为誓书与兄弟》，言辞慷慨，表明自己誓不改嫁的决心。而此后不久，徐淑终因悲伤过度追随丈夫而去。

与山巨源绝交书
——三国 嵇康致山涛

作者简介

嵇康(223—262),字叔夜,谯郡铚县(今安徽涡阳)人。三国曹魏时期思想家、音乐家、文学家。"竹林七贤"之一。幼年聪颖,博览群书,广习诸艺,喜爱老庄学说。身长七尺八寸,容止出众。工诗善文,风格清俊。娶魏武帝曹操曾孙女长乐亭主为妻,拜郎中,调中散大夫,世称"嵇中散"。后隐居不仕,屡拒为官。因得罪钟会,遭其构陷被处死。

原信

康白:

　　足下昔称吾于颍川[1],吾常谓之知言[2]。然经怪此意[3],尚未孰悉于足下,何从便得之也?前年从河东[4]还,显宗、阿都说足下议以吾自代[5],事虽不行,

---

[1] 称:指称说嵇康不愿出仕的意志。颍川:指山嵚,是山涛的叔父,曾经做过颍川太守,故以此代称,古代往往以所任的官职或地名等作为对人的代称。
[2] 知言:知己的话。
[3] 经:常常。此意:指嵇康不愿出仕的意志。
[4] 河东:地名,在今山西夏县西北。
[5] 显宗:公孙崇,字显宗,谯国人,曾为尚书郎。阿都:吕安,字仲悌,小名阿都,东平人,嵇康好友。以吾自代:指山涛拟推荐嵇康代其之职。嵇康在河东时,山涛正担任选曹郎职务。

云中谁寄锦书来

清 任伯年绘 竹林七贤

知足下故不知之。足下傍通[1]，多可而少怪[2]。吾直性狭中[3]，多所不堪，偶与足下相知耳。间闻足下迁[4]，惕然[5]不喜，恐足下羞庖人之独割，引尸祝以自助[6]，手荐鸾刀[7]，漫[8]之膻腥。故具为足下陈其可否。

吾昔读书，得并介之人[9]，或谓无之，今乃信其真有耳。性有所不堪，真不可强。今空语同知有达人，无所不堪，外不殊俗而内不失正，与一世同其波流而悔吝[10]不生耳。老子、庄周[11]，吾之师也，亲居贱职；柳下惠、东方朔[12]，达人也，安乎卑位，吾岂敢短[13]之哉！又仲尼兼爱[14]，不羞执鞭[15]；

---

[1] 傍通：善于应付变化。
[2] 多可而少怪：多有许可而少有责怪。
[3] 狭中：心地狭窄。
[4] 间：近来。迁：升官。指山涛从选曹郎迁为大将军从事中郎。
[5] 惕然：忧惧的样子。
[6] "恐足下"二句：语本《庄子·逍遥游》："庖人虽不治庖，尸祝不越樽俎而代之。"意思是说：即使厨师（庖人）不做菜，祭师（祭祀时读祝辞的人）也不应该越职替代之。这里引用这个典故，说明山涛独自做官感到不好意思，所以要荐引嵇康出仕。
[7] 鸾刀：刀柄缀有鸾铃的屠刀。
[8] 漫：沾染。
[9] 并介之人：兼济天下而又耿介孤直的人。山涛为"竹林七贤"之一，曾标榜清高，后又出仕，这里是讥讽他的圆滑处世。
[10] 悔吝：悔恨。
[11] 老子：即老聃，姓李名耳，春秋时楚国苦县人，为周朝的柱下史、守藏史，有《老子》五千余言。庄周：战国时宋国蒙人，曾为蒙漆园吏。有《庄子》十余万言。两人都是道家学派的代表人物。
[12] 柳下惠：姬姓，展氏，名获，字季，春秋时鲁国人，为鲁国士师，曾被罢职三次，有人劝他到别国去，他自己却不以为意，居于柳下，死后谥"惠"，故称柳下惠。东方朔：字曼倩，汉武帝时人，为常侍郎。二人职位都很低下，所以说"安乎卑位"。
[13] 短：轻视。
[14] 仲尼：孔子的字。兼爱：博爱无私。
[15] 执鞭：指执鞭赶车的人。《论语·述而》："子曰：'富而可求也，虽执鞭之士，吾亦为之。'"

子文[1]无欲卿相,而三登令尹[2],是乃君子思济物[3]之意也,所谓达[4]能兼善而不渝,穷[5]则自得而无闷。以此观之,故尧舜之君世[6],许由之岩栖[7],子房之佐汉[8],接舆之行歌[9],其揆[10]一也。仰瞻数君,可谓能遂其志者也。故君子百行[11],殊途而同致[12],循性而动,各附所安。故有处朝廷而不出,入山林而不反之论。[13]且延陵高子臧之风[14],长卿慕相如之节[15],志气所托,不可夺也。

吾每读尚子平、台孝威[16]传,慨然慕之,想其为人。少加孤露[17],母兄

[1] 子文:姓斗,名榖[gòu]於[wū]菟[tú],春秋时楚国著名政治家。
[2] 令尹:楚国官名,相当于宰相。《论语·公冶长》:"令尹子文,三仕为令尹,无喜色;三已之,无愠色。"
[3] 济物:救世济人。
[4] 达:显达,指得志时。
[5] 穷:穷困,指失意时。
[6] 君世:为君于世,"君"作动词用。
[7] 许由:尧时隐士。尧想把天下让给他,他不肯接受,就到箕山去隐居。
[8] 子房:张良的字。他曾帮助汉高祖刘邦统一天下,建立汉王朝。
[9] 接舆:春秋时楚国隐士。孔子游宦楚国时,接舆唱着讽劝孔子归隐的歌从其车边走过。
[10] 揆[kuí]:原则,道理。
[11] 百行:各种不同行为。
[12] 殊途而同致:所走道路不同而达到相同的目的。语出《易·系辞》:"天下同归而殊途,一致而百虑。"
[13] "故有"二句:语出《韩诗外传》卷五:"朝廷之士为禄,故入而不出;山林之士为名,故往而不返。"
[14] 延陵:指季札,春秋时吴国公子,居于延陵,人称延陵季子。子臧:一名欣时,曹国公子,曹宣公死后,曹人要立子臧为君,子臧拒不接受,离国而去。季札的父兄要立季札为嗣君,季札引子臧不为曹国君为例,拒不接受。风:指高尚情操。
[15] 长卿:汉代司马相如的字。相如:指战国时赵国人蔺相如,以"完璧归赵"功拜上大夫。《史记·司马相如列传》载:"(司马)相如既学,慕蔺相如之为人,更名相如。"
[16] 尚子平:东汉时人。《文选》李善注引《英雄记》说他:"有道术,为县功曹,休归,自入山担薪,卖以供食饮。"《后汉书·逸民列传》作"向子平",说他在儿女婚嫁后,即不再过问家事,恣意游五岳名山,不知所终。台孝威:名佟,东汉时人,隐居武安山,凿穴而居,以采药为业。
[17] 孤:幼年丧父。露:羸弱。

见骄[1]，不涉经学。性复疏懒，筋驽肉缓[2]，头面常一月十五日不洗，不大闷痒，不能沐也[3]。每常小便而忍不起，令胞[4]中略转乃起耳。又纵逸来久，情意傲散，简与礼相背，懒与慢相成，而为侪类[5]见宽，不攻其过。又读《庄》《老》，重增其放，故使荣进之心日颓，任实[6]之情转笃。此由禽[7]鹿少见驯育，则服从教制，长而见[8]羁，则狂顾顿缨[9]，赴蹈汤火，虽饰以金镳[10]，飨以嘉肴[11]，逾思长林而志在丰草也。

阮嗣宗[12]口不论人过，吾每师之而未能及。至性过人，与物无伤，唯饮酒过差[13]耳。至为礼法之士所绳[14]，疾之如仇，幸赖大将军保持[15]之耳。吾不如嗣宗之贤[16]，而有慢弛之阙[17]，又不识人情，暗于机宜[18]，无万石[19]之

---

[1] 兄：指嵇喜。见骄：指受到母兄的骄纵。
[2] 驽：原指劣马，这里是迟钝的意思。缓：松弛。
[3] 不能[nài]：不愿。能，通"耐"。沐：洗头。
[4] 胞：原指胎衣，这里指膀胱。
[5] 侪[chái]类：指同辈朋友。
[6] 任实：指放任本性。
[7] 禽：古代对鸟兽的通称。一说通"擒"。
[8] 见：被。
[9] 狂顾：疯狂地四面张望。顿缨：挣脱羁索。
[10] 金镳[biāo]：金属制作的马笼头，这里指鹿笼头。
[11] 飨[xiǎng]：用酒食款待，这里是喂的意思。嘉肴：好菜，这里指精美的饲料。
[12] 阮嗣宗：阮籍，字嗣宗，与嵇康同为"竹林七贤"之一，不拘礼法，常用醉酒的办法，以"口不臧否人物"来避祸。
[13] 过差：犹过度。
[14] 礼法之士：指一些借虚伪礼法来维护自己利益的人。据《晋阳秋》记载，何曾曾在司马昭面前说阮籍"任性放荡，败礼伤教"，"宜投之四裔，以洁王道"。司马昭回答说："此贤素羸弱，君当恕之。"绳：纠正过失，这里指纠弹、抨弹。
[15] 大将军：指司马昭。保持：保护。
[16] 贤：指天赋的资材。
[17] 慢弛：傲慢懒散。阙：缺点。
[18] 暗于机宜：不懂得随机应变。
[19] 万石：汉代石奋，他和四个儿子都官至二千石，共一万石，所以汉景帝称他为"万石君"，一生以谨慎著称。

元 赵孟頫书《嵇康与山巨源绝交书》局部

慎，而有好尽之累[1]；久与事接，疵衅[2]日兴，虽欲无患，其可得乎？

又人伦有礼，朝廷有法，自惟至熟[3]，有必不堪者七，甚不可者二。卧喜晚起，而当关呼之不置[4]，一不堪也；抱琴行吟，弋[5]钓草野，而吏卒守之，不得妄动，二不堪也；危坐一时，痹[6]不得摇，性[7]复多虱，把搔无已[8]，而当裹以章服[9]，揖拜上官，三不堪也；素不便书，又不喜作书，而人间多事，堆案盈机[10]，不相酬答，则犯教伤义[11]，欲自勉强，则不能久，四不

---

[1] 好尽：尽情直言，不知忌讳。累：过失，毛病。
[2] 疵[cī]：缺点。衅[xìn]：争端。
[3] 惟：思虑。熟：精详。
[4] 当关：守门的差役。不置：不已。
[5] 弋[yì]：系有绳子的箭，用来射取禽鸟，这里即指射禽鸟。
[6] 痹[bì]：麻木。
[7] 性：身体。
[8] 把[pá]搔：用手指搔痒。把，通"爬"。无已：没有停止。
[9] 章服：古代的礼服，上有日、月、星辰、龙、蟒、鸟、兽等图文作为等级标志。
[10] 机：同"几"，小桌子。
[11] 犯教伤义：指触犯封建礼教，失去礼仪。

堪也；不喜吊丧，而人道以此为重，已为未见恕者所怨，至欲见中伤者。虽瞿然[1]自责，然性不可化，欲降心[2]顺俗，则诡故不情[3]，亦终不能获无咎无誉[4]，如此，五不堪也；不喜俗人，而当与之共事，或宾客盈坐，鸣声聒[5]耳，嚣尘臭处，千变百伎，在人目前，六不堪也；心不耐烦，而官事鞅掌[6]，机务缠其心，世故繁其虑，七不堪也。又每非汤、武而薄周、孔[7]，在人间不止此事，会显[8]世教所不容，此甚不可一也；刚肠疾恶，轻肆直言，遇事便发，此甚不可二也。以促中小心[9]之性，统此九患，不有外难，当有内病，宁可久处人间邪？又闻道士遗言，饵术黄精[10]，令人久寿，意甚信之。游山泽，观鱼鸟，心甚乐之。一行作吏，此事便废，安能舍其所乐，而从其所惧哉！

夫人之相知，贵识其天性，因而济之。禹不逼伯成子高[11]，全其节也；仲尼不假盖于子夏[12]，护其短也。近诸葛孔明不逼元直以入蜀[13]，华子鱼不强幼安以卿相[14]，此可谓能相终始，真相知者也。足下见直木，必不可以为轮，

---

[1] 瞿然：惊惧的样子。
[2] 降心：抑制自己的心意。
[3] 诡故：违背自己本性。不情：不符合真情。
[4] 无咎无誉：指既不遭到罪责，也得不到称赞。
[5] 聒 [guō]：喧闹。
[6] 鞅 [yāng] 掌：职事忙碌。
[7] 非：非难。汤：成汤，推翻夏桀统治，建立商王朝。武：周武王姬发，推翻商纣王统治，建立周王朝。周：周公姬旦，辅助武王灭纣，建立周王朝。孔：孔子。
[8] 此事：指非难成汤、武王，鄙薄周公、孔子的事。会显：会当显著，为众人所知。
[9] 促中小心：指心胸狭隘。
[10] 饵 [ěr]：服食。术、黄精：两种中草药名，古人认为服食后可以轻身延年。
[11] 禹：舜以后的帝王，建立夏王朝。伯成子高：禹时隐士。
[12] 假：借。盖：伞。子夏：孔子弟子卜商的字。《孔子家语·致思》："孔子将行，雨而无盖。门人曰：'商也有之。'孔子曰：'商之为人也，甚吝于财。吾闻与人交，推其长者，违其短者，故能久也。'"
[13] 孔明：三国时诸葛亮的字。元直：徐庶的字。两人原来都为刘备部下，后来徐庶的母亲被曹操捉去，他就辞别刘备而投奔曹操，诸葛亮没有加以阻留。
[14] 子鱼：三国时华歆的字。幼安：管宁的字。这句话的典故是：两人为同学好友，魏文帝时，华歆为太尉，想推举管宁接任自己的职务，管宁便举家渡海而归，华歆也不加强迫。

曲者不可以为桷[1]，盖不欲以枉其天才，令得其所也。故四民[2]有业，各以得志为乐，唯达者为能通之，此足下度内[3]耳。不可自见好章甫，强越人以文冕也[4]；己嗜臭腐，养鸳雏[5]以死鼠也。吾顷学养生之术，方外[6]荣华，去滋味[7]，游心于寂寞，以无为为贵。纵无九患，尚不顾足下所好者。又有心闷疾，顷转增笃[8]，私意自试，不能堪其所不乐。自卜已审，若道尽途穷则已耳。足下无事冤之[9]，令转于沟壑[10]也。

吾新失母兄之欢，意常凄切。女年十三，男年八岁，未及成人，况复多病。顾此恨恨[11]，如何可言！今但愿守陋巷，教养子孙，时与亲旧叙阔，陈说平生。浊酒一杯，弹琴一曲，志愿毕矣。足下若嬲[12]之不置，不过欲为官得人，以益时用耳。足下旧知吾潦倒粗疏[13]，不切事情，自惟亦皆不如今日之贤能也。若以俗人皆喜荣华，独能离之，以此为快，此最近之，可得言耳。然

---

[1] 桷[jué]：屋上承瓦的椽子。
[2] 四民：指士、农、工、商。
[3] 度内：意料之中。
[4] 章甫：古代一种需绾在发髻上的帽子。强：勉强。越人：指今浙江、福建一带居民。文冕[miǎn]：饰有花纹的帽子。《庄子·逍遥游》："宋人资章甫，适诸越，越人断发文身，无所用之。"
[5] 鸳雏：传说中凤凰一类的鸟。《庄子·秋水》中说：惠子做了梁国的相，害怕庄子来夺他的相位，便派人去搜寻庄子，于是庄子就去见惠子，并对他说："南方有鸟，其名鹓雏……非梧桐不止，非练实不食，非醴泉不饮。于是鸱得腐鼠，鹓雏过之，仰而视之，曰：'赫！'"
[6] 外：疏远，排斥。
[7] 滋味：美味。
[8] 增笃：加重。
[9] 无事：不要做。冤：委屈。
[10] 转于沟壑：流转在山沟河谷之间，指流离而死。
[11] 恨[liàng]恨：悲伤。
[12] 嬲[niǎo]：纠缠。
[13] 潦倒粗疏：放任散漫的意思。

使长才广度[1]，无所不淹[2]，而能不营[3]，乃可贵耳。若吾多病困，欲离事自全，以保余年，此真所乏耳，岂可见黄门[4]而称贞哉？若趣欲共登王途[5]，期于相致，时为欢益，一旦迫之，必发其狂疾，自非重怨[6]，不至于此也。

野人有快炙背而美芹子者[7]，欲献之至尊[8]，虽有区区之意，亦已疏矣。愿足下勿似之。其意如此，既以解足下，并以为别[9]。嵇康白。

品读

同为"竹林七贤"，嵇康与山涛交情莫逆。山涛升职后，推荐嵇康接自己的班。荐举制在古代曾是非常正常的做官途径，加上山涛为官清正，知人善举，嵇康应该欣然从命才是。遗憾的是，二人虽然是文学和生活上的好友，却代表不同的政治势力。因此，嵇康写了这封长信来与山涛"绝交"。从信的内容来看，嵇康用了大段文字来解释自己为什么不能做官，包括"疏懒""九患""无为""病困"等，似乎并不是真正想绝交。若是真的绝交，只需几个字："子非吾友也。"

唐李瀚在《蒙求》中写道："嵇绍不孤。"是对嵇康与山涛友谊的最好评价。嵇康被司马昭处死之前，没有把自己的一双儿女托付给自己的哥哥嵇喜，没有托付给他敬重的阮籍，也没有交给向秀，而是托付给了山涛，并且对儿子嵇绍说：

---

[1] 长才广度：指有高才、大度的人。
[2] 淹：广博、深入。
[3] 不营：不营求，指不求仕进。
[4] 黄门：宦官。
[5] 趣[cù]：急于。王途：仕途。
[6] 自非：若不是。重怨：大仇。
[7] 野人：居住在乡野的人。快炙（zhì）背：对太阳晒背感到快意。美芹子：以芹菜为美味。
[8] 至尊：指君主。以上两句出自《列子·杨朱》："宋国有田夫，常衣缊黂，仅以过冬。暨春东作，自曝于日，不知天下之有广厦隩室，绵纩狐貉，顾谓其妻曰：'负日之暄，人莫知者，以献吾君，将有重赏。'里之富室告之曰：'昔人有美戎菽、甘枲茎、芹、萍子者，对乡豪称之；乡豪取而尝之，蜇于口，惨于腹，众哂而怨之，其人大惭。子此类也。'"
[9] 别：告别，这是绝交的婉辞。

"山公尚在，汝不孤矣。"这才叫真正的朋友，这才叫真正的知己。在嵇康死后，山涛视嵇绍若己出，抚育其成人成才。18年后，嵇绍也在山涛的大力举荐下，被晋武帝"发诏征之"，成为晋朝的忠臣。朋友之间感人至深的信义与友情，成为千古传扬的佳话。

登大雷岸与妹书
——南朝　鲍照致妹妹鲍令晖[1]

作者简介

鲍照（约414—466）[2]，字明远，祖籍东海（今山东郯城），出生于京口（今江苏镇江）。[3]南朝宋文学家，与北周庾信并称"鲍庾"，与颜延之、谢灵运并称"元嘉三大家"。鲍照出身贫寒，曾做过临川王刘义庆的国侍郎，以后又做过几任县令，最后担任临海王刘子顼的前军参军，因此后世称之为"鲍参军"。南朝宋明帝泰始二年（466）江州刺史晋安王刘子勋称帝，刘子顼起兵响应，后刘子顼兵败，被赐死，鲍照亦被乱兵杀害。在古典诗歌创作方面成就较大，今存《鲍参军集》。

---

[1] 鲍令晖：鲍照之妹，有才思，善文学，先鲍照而亡。
[2] 鲍照的生年有争议，学术界有多种说法。
[3] 关于鲍照的祖籍，有上党和东海两种说法，此处从治所在郯县（今山东郯城）的东海郡一说。关于鲍照的出生地，曹道衡据鲍照的诗文考证，认为鲍照可能生于京口（今江苏镇江），此处从其说。

原信

吾自发寒雨，全行日少。[1] 加秋潦[2]浩汗[3]，山溪猥[4]至，渡溯[5]无边，险径游历，栈石星饭[6]，结荷水宿[7]，旅客贫辛[8]，波路壮阔，始以今日食时[9]，仅及大雷[10]。涂[11]登千里，日逾十晨，严霜惨节[12]，悲风断肌，去亲为客，如何如何！

向因涉顿，凭观川陆；遂神清渚，流睇[13]方曛[14]；东顾五洲[15]之隔，西眺九派[16]之分；窥地门[17]之绝景，望天际之孤云。长图大念[18]，隐心者久矣！

南则积山万状，负气争高，含霞饮景，参差代雄，凌跨长陇，前后相属，带天有匝[19]，横地无穷。东则砥原[20]远隰[21]，亡端靡际，寒蓬夕卷[22]，古树云

---

[1] 此句的意思是自从我冒着寒雨出发以来，整个行程中很少见到太阳。
[2] 秋潦：秋雨。
[3] 浩汗：水广阔无边的样子，比喻秋雨很大。
[4] 猥：众，多。
[5] 溯：意思是逆着水流的方向走、逆水而行，逆流而上。
[6] 栈石星饭：在山中艰险的栈道上行走，顶着星星吃饭。
[7] 结荷水宿：晚上在水边住宿休息。
[8] 旅客贫辛：旅客少见而辛苦。
[9] 食时：吃晚饭时。
[10] 大雷：地名。在今安徽望江。其源叫大雷水，自今湖北黄梅县界东流，经安徽宿松至望江东南，积而成雷池。
[11] 涂：同"途"，路途。
[12] 惨节：刺痛关节。
[13] 流睇[dì]：转目斜视。
[14] 曛[xūn]黄昏。
[15] 五洲：江中五块小陆地。
[16] 九派：长江在江州（今九江）所分的九条支流，此处指作者即将赴任的江州。
[17] 地门：指地势险要处。
[18] 长图大念：宏图大志。
[19] 匝[zā]：环绕一周。
[20] 砥原：平原。
[21] 隰[xí]：低湿之地。
[22] 寒蓬夕卷：蓬草遇风则飞旋卷去。

平。旋风四起，思鸟群归，静听无闻，极视不见。北则陂[1]池潜演[2]，湖脉通连，苎[3]蒿攸积，菰[4]芦所繁，栖波之鸟，水化之虫，智吞愚，强捕小，号噪惊聒[5]，纷乎其中。西则回江永指[6]，长波天合，滔滔何穷，漫漫安竭！创古迄今，舳舻[7]相接。思尽波涛，悲满潭壑。烟归八表[8]，终为野尘[9]。而是注集，长写不测[10]，修灵[11]浩荡，知其何故哉？

西南望庐山，又特惊异。基压江潮，峰与辰汉[12]相接。上常积云霞，雕锦缛[13]。若华[14]夕曜，岩泽气通，传明散彩，赫似绛天。左右青霭，表里紫霄[15]。从岭而上，气尽金光，半山以下，纯为黛色。信可以神居帝郊[16]，镇控湘、汉者也。

若潀洞[17]所积，溪壑所射，鼓怒[18]之所豗击[19]，涌澓[20]之所宕涤，则上

---

[1] 陂 [bēi]：池塘。
[2] 潜演：水流暗通。
[3] 苎 [zhù] 蒿：苎麻和青蒿，两种草本植物。
[4] 菰 [gū]：一种草本植物，其嫩芽即食用的茭白。
[5] 聒 [guō]：吵闹。
[6] 回江永指：曲折的江水永远流向远方。
[7] 舳舻 [zhúlú]：船只首尾相接。
[8] 八表：八方之外，指极远的地方。
[9] 野尘：天地间的尘埃。语出《庄子·逍遥游》："野马也，尘埃也，生物之以息相吹也。"有幻灭无常之想。
[10] 长写不测：奔流倾泻，变化莫测。写，通"泻"。测，不定。
[11] 修灵：河神，此处代指河流。
[12] 辰汉：星辰河汉。
[13] 雕锦缛：形容云霞绮丽绚烂。
[14] 若华：若木之花。语出《淮南子·地形训》："若木在建木西，末有十日，其华照下地。"此处指霞光。
[15] 表里紫霄：与紫霄峰相内外。紫霄，庐山一高峰的名字。
[16] 神居帝郊：神仙、天帝的居所。
[17] 潀 [cóng]：小水流入大水。洞：迅疾的水流。
[18] 鼓怒：湖水振荡奔腾。
[19] 豗 [huī] 击：水流相击。
[20] 澓 [fú]：同"洑"，回旋的水流。

穷荻浦[1]，下至狶洲[2]，南薄燕厎[3]，北极雷淀，削长埤短[4]，可数百里。其中腾波触天，高浪灌日，吞吐百川，写泄万壑；轻烟不流，华鼎振涾[5]，弱草朱靡[6]，洪涟陇蹙[7]，散涣长惊[8]，电透箭疾[9]；穹溢[10]崩聚，坻[11]飞岭复，回沫冠山，奔涛空谷，砧石[12]为之摧碎，碕岸[13]为之齑[14]落。仰视大火[15]，俯听波声、愁魄胁息[16]，心惊慓[17]矣！

至于繁化殊育[18]，诡质怪章[19]，则有江鹅、海鸭、鱼鲛、水虎之类，豚首、象鼻、芒须、针尾之族，石蟹、土蚌、燕箕、雀蛤之俦，折甲、曲牙、逆鳞、反舌之属。[20]掩沙涨，被草渚，浴雨排风，吹涝弄翮[21]。夕景欲沉，晓雾将合，孤鹤寒啸，游鸿远吟，樵苏[22]一叹，舟子再泣。诚足悲忧，不

---

[1] 荻[dí]浦：长满荻草的水边。
[2] 狶[xī]洲：野猪出没的荒洲。
[3] 南薄燕厎：南边靠近燕厎。厎，"派"的本字，水分流处。
[4] 削长埤[pí]短：对众多河流湖泊加以削长补短。埤，增益。
[5] 华鼎振涾[tà]：形容彭蠡湖（今鄱阳湖）如华丽的鼎中之水在振荡沸溢一样。涾：水沸溢。
[6] 弱草朱靡：细弱的草茎倒伏在水中。
[7] 洪涟陇蹙：洪浪逼近田垄。
[8] 散涣长惊：湖水四处流散，如受惊奔逃一般。
[9] 电透箭疾：巨浪崩散常令人惊恐，像闪电般穿越、飞箭般迅疾。
[10] 穹[qióng]溢[kè]：大浪。
[11] 坻[chí]：水中的小块陆地。
[12] 砧[zhēn]石：捣衣石。
[13] 碕[qí]岸：曲岸。
[14] 齑[jī]：异体字"齏""斋"，碎。
[15] 大火：星宿名，即心宿，火星。
[16] 胁息：敛缩气息。
[17] 慓[piāo]：急。
[18] 繁化殊育：指各种生物的繁殖繁衍。
[19] 诡质怪章：奇异的躯体和怪诞的外表。
[20] "则有"四句：十六种水生动物，有的实有其物，有的来源于神话。俦（chóu），类。
[21] 吹涝：吐着水。弄翮[hé]：击翅。
[22] 樵苏：樵夫。

可说也。

　　风吹雷飙，夜戒前路[1]。下弦[2]内外，望达所届。寒暑难适，汝专自慎。夙夜戒护，勿我为念。恐欲知之，聊书所睹。临涂草麑[3]，辞意不周。

品读

　　南朝宋文帝元嘉十六年（439）四月，临川王刘义庆出镇江州。同年秋天，鲍照从建康（今南京）赴江州（今江西九江）就职，途中登上大雷岸（今安徽望江境内），远眺四野，即景抒情，挥毫写下了这封《登大雷岸与妹书》。

　　信中淋漓尽致地描绘了途中所见景物的神奇风貌，表达了作者严霜悲风中去亲为客、苦于行役的凄怆心情，结尾转为对妹妹的叮嘱与关切，具有浓厚的抒情意味。全篇文采瑰丽，笔调细腻，写景生动，不仅是一封情感真挚、文采优美的家书，也是我国山水文学中的一篇奇文。

　　鲍照具有极强的审美能力。他不仅善于发现并捕捉自然景物中的美，更擅长于创造并表现这种美。鲍照把长江沿途的山川景物，完全置于自己的感受之中，体物写貌，不仅力求形似，更着意追求神肖。他赋予山川景物以灵魂，使它们成为有生命、有活力、有感情、有个性的艺术形象。吴汝纶认为这篇佳作"奇崛惊绝，前无此体，明远创为之"。钱锺书在《管锥编》中说："按鲍文第一，即标为宋文第一，亦无不可也。"

---

[1]　夜戒前路：夜间不能赶路。
[2]　下弦：农历每月二十三日前后，月缺一半，半明半暗，呈弦弓形，称为下弦。
[3]　草麑[cù]：仓促。

昔日缠绵，总成幻影
——南朝 谢氏致丈夫王肃

作者简介

谢氏，南朝人，出身东晋陈郡谢氏，丈夫王肃出身琅琊王氏，二人就是"旧时王谢堂前燕"中的王谢家族成员，生有一儿二女。

原信

妾以陋姿，获侍巾栉[1]。结缡[2]之后，心协琴瑟。每从刺绣之余，间及诗歌之事，煮凤嘴以联吟，蒸龙涎而吊古。当此之时，君怀金石之贞，妾慕松筠之节。虽菡萏之并蒂、比翼之双飞，未足方其情谊也。

顷缘谗隙之生，远适异国。[3]犹忆临歧分袂，言与涕零。亲戚送者，皆为感叹。呜呼！岁月易迁，山川间隔。君留蓟北[4]，妾在江南。鸿帛杳然，鱼书不至。[5]言念及此，未尝不顾影徘徊，泣数行下也。迩年以来，益复情怀恍惚，镜台寂寞。披览往牒，见画眉之胜事，则膏沐无光；想举案之休风，

---

[1] 侍巾栉：服侍（丈夫）穿衣梳洗，此处为谦辞。"妾"同此意。
[2] 结缡：缡即女子的佩巾，结缡就是成婚的意思。
[3] "顷缘"二句：指王肃因其父案而投奔北魏。顷，不久。
[4] 蓟北：指北方。
[5] 鸿帛、鱼书：皆指书信。

则珍羞不旨。[1]阅未终篇，废书长想。春花空艳，秋月徒圆。子规时助其哀，寒蛩亦增其戚。秦嘉徐淑，岂伊异人。妾之薄命，一至于斯！

前者北使至南，闻君爵列尚书，联姻帝室。夫尚书为喉舌之司，典领枢机，参赞庶务，银章紫绶，焜耀一时。况以萧史之才名，配弄玉之芳姿。[2]或携手于花前，或弹琴于月下。回视牛衣[3]对泣之日，不啻人间天上。独可叹者：既有丝麻，遂弃菅蒯[4]。糟糠之妻，白首饮恨。使宋宏[5]高义，专美千秋。妾独何心，能不悲哉！

呜呼已矣！衰秋蒲柳[6]，倍加憔悴；昔日缠绵，总成幻影。感连理之分枝，悼盛衰之变态。晨钟一叩，万境皆空。自兹而往，妾惟绣佛长斋，参稽三乘[7]。借菩提之杨枝，洗铅华之繁艳。岂更盼鹥鶒[8]于水中，望鸳鸯于塘上乎！但念机上之丝，本为箔上之蚕，虽云得络，讵属无情？况修途困顿，达人所怜。不敢望窦滔之迎，庶少鉴若兰之志。[9]得假片刻，以罄鄙怀，妾之愿也，惟君图之。

---

[1] "披览往牒"等句：指西汉张敞为妻子画眉、东汉孟光礼敬丈夫梁鸿的故事。牒，书札。休，美。
[2] "萧史""弄玉"：《列仙传拾遗》载，春秋时的萧史善吹箫，常作鸾凤之音。他娶了弄玉为妻，也教她吹箫。后来果然把凤引来了，弄玉乘凤，萧史乘龙，升天而去。
[3] 牛衣：用乱麻编织而成的衣服。
[4] 菅蒯：菅、蒯皆草名。古时常用菅蒯的茎编席、制绳等。
[5] 宋宏：即宋弘，字仲子。东汉刘秀（光武帝）的姐姐新寡，看上了宋弘，刘秀把她藏在屏风之后，找了宋弘来，对他说："谚言贵易交，富易妻，人情乎？"宋弘说："臣闻贫贱之知不可忘，糟糠之妻不下堂。"
[6] 蒲柳：一种入秋即凋零的树木，此处借喻体质衰弱，有自谦意。
[7] 三乘：指佛教所谓教化众生达到解脱的三种途径。
[8] 鹥鶒：水鸟名。型大于鸳鸯，而多紫色，好并游，俗称紫鸳鸯。
[9] 窦滔、若兰：窦滔之妻苏蕙，字若兰。窦滔后曾纳妾，不再与若兰共居，若兰织《回文旋图诗》赠滔，其文甚凄婉，使窦滔回心转意。

品读

  谢氏的前夫王肃是南朝齐国人，由于政治原因家破人亡，他将妻子谢氏和儿女留在家乡，只身逃亡，谁知被北魏皇帝看中，当上尚书，迎娶公主，走向人生"巅峰"。谢氏得知丈夫当上驸马的消息，以不凡的文笔给王肃寄去这封信，以幽怨细腻的笔触记述了二人鹣鲽情深的从前、前夫抛弃家庭的原因和自己痛苦万分的如今，其情可叹可悯，闻者伤心，见者流泪。

  在信中，谢氏回忆了当初她与王肃的夫妻恩爱和离别后的思念之情。接下来，由于她写此信的目的是想要争取夫妻团圆，为此她一方面责备丈夫喜新厌旧、抛弃结发之妻，以东汉的宋弘拒纳新贵，不抛弃元配妻子的典故刺讽王肃，使他产生惭愧之心；另一方面，她也深知丈夫身不由己，处境艰难，不可能再休掉陈留长公主，因此最后以窦滔、若兰的故事相喻，委婉地提出了二女可以共侍一夫的心愿。

  鲜卑北魏女性地位高，二女共事一夫极少见，何况其中之一还是不愿退出的公主。王肃进退两难，他最终只能按照前妻的愿望，为她修建了一座正觉寺，安放余生。他自己心怀愧疚，第二年就病逝了，年仅37岁。

劳苦变动，而后能光明
——唐　柳宗元致王参元

作者简介

柳宗元（773—819），字子厚，唐河东郡（今山西运城）人，世称"柳河东"。唐代文学家、哲学家、散文家和思想家，"唐宋八大家"之一。唐贞元九年（793）中进士，五年后又考取博学鸿词科，先后任集贤殿正字[1]、蓝田县尉和监察御史里行[2]。永贞元年（805），因参与永贞革新，擢礼部员外郎。当年革新失败，后多次被贬，病逝于柳州刺史任上。

柳宗元，清人绘

原信

贺进士王参元失火书

得杨八[3]书，知足下遇火灾，家无余储。仆始闻而骇，中而疑，终乃大

---

[1]　集贤殿正字：唐官职，职责为校勘图书、刊刻文字。
[2]　监察御史里行：唐官职，非正官，相当于见习御史。
[3]　杨八：名敬之，在杨族中排行第八，柳宗元的亲戚，王参元的好友。

喜，盖将吊而更以贺也。道远言略，犹未能究知其状，若果荡焉泯焉。而悉无有，乃吾所以尤贺者也。

足下勤奉养，宁朝夕，唯恬安无事是望也。今乃有焚炀赫烈之虞，以震骇左右，而脂膏滫瀡[1]之具，或以不给。吾是以始而骇也。凡人之言，皆曰盈虚倚伏[2]，去来之不可常。或将大有为也，乃始厄困震悸，于是有水火之孽，有群小之愠，劳苦变动，而后能光明，古之人皆然。斯道辽阔诞漫，虽圣人不能以是必信，是故中而疑也。以足下读古人书，为文章，善小学[3]，其为多能若是，而进不能出群士之上，以取显贵者，无他故焉。京城人多言足下家有积货。士之好廉名者，皆畏忌，不敢道足下之善，独自得之，心蓄之，衔忍而不出诸口，以公道之难明，而世之多嫌也。一出口，则嗤嗤者以为得重赂。

仆自贞元十五年见足下之文章，蓄之者盖六七年，未尝言是。仆私一身而负公道久矣，非特负足下也。及为御史尚书郎，自以幸为天子近臣，得奋其舌[4]，思以发明足下之郁塞。然时称道于行列，犹有顾视而窃笑者，仆良恨修己之不亮，素誉之不立，而为世嫌之所加，常与孟几道[5]言而痛之。乃今幸为天火之所涤荡，凡众之疑虑，举为灰埃。黔其庐，赭其垣，以示其无有，而足下之才能乃可以显白而不污，其实出矣，是祝融、回禄[6]之相吾子也。则仆与几道十年之相知，不若兹火一夕之为足下誉也。宥而彰之，使夫蓄于心者，咸得开其喙[7]；发策决科者，授子而不慄，虽欲如向之蓄缩受侮，其

---

[1] 滫瀡[xiǔsuǐ]：这里指淀粉一类烹调用的东西，泛指食物。滫，淘米水；瀡，古时把使菜肴柔滑的作料叫"滑"，又称为"瀡"。
[2] 倚伏：出自老子《道德经》"祸兮福之所倚，福兮祸之所伏"，意为祸是福依托之所，福又是祸隐藏之所，祸福可以互相转化。
[3] 小学：旧时对文字学、音韵学、训诂学的总称。
[4] 奋其舌：极力说话，这里指对皇帝劝谏、上疏等。奋，鼓动。
[5] 孟几道：孟简，字几道，擅长写诗，尚节好义，柳宗元的好友。
[6] 祝融、回禄：传说中的火神名。
[7] 喙：鸟兽的嘴，这里借指人的嘴。

可得乎！于兹吾有望于尔，是以终乃大喜也。古者列国有灾，同位者皆相吊；许不吊灾，君子恶之[1]。今吾之所陈若是，有以异乎古，故将吊而更以贺也。颜、曾之养，其为乐也大矣，又何阙焉？

足下前要仆文章古书，极不忘，候得数十篇乃并往耳。吴二十一武陵来，言足下为《醉赋》及《对问》，大善，可寄一本。仆近亦好作文，与在京都时颇异。思与足下辈言之，桎梏甚固，未可得也。因人南来，致书访死生。不悉。宗元白。

品读

这封《贺进士王参元失火书》是柳宗元得知好友王参元家失火的消息后，写给王参元的一封书信。按说朋友家遭受灾祸，或当面慰问相助，或去信加以安慰，都是人之常情。然而柳宗元却有悖常理，竟然致函祝贺，这实在是天下奇闻。只看文章题目和开头，我们定会觉得这样写荒唐至极，待读罢全文，方知作者是匠心独运，另辟蹊径。这封旷世奇绝的书信，实际上是一篇愤世嫉俗的文章。

若不是柳宗元的这种旷世奇绝的构思，不能自然引出他对当时人情世态的精当分析和有力批判。非"贺"不能达子厚之愤激，非"贺"不能表子厚之悲酸。

从信的末尾"桎梏甚固"之语也可看出作者的不自由、不得志，所以此信也抒发了作者自己受谗遭贬的郁愤。也正因此，柳宗元在"恭贺"之余，还是以"颜、曾之养，其为乐也大矣"，来委婉勉励老友不要抱太多幻想，安贫乐道"又何阙焉"！

---

[1] 许不吊灾，君子恶之：据《左传》记载，鲁昭公十八年（前520），宋、卫、陈、郑四国发生火灾，许国没有去慰问，当时的有识之士对此非常不满。

事不如意，十常八九
——宋　黄庭坚致益修四弟

作者简介

黄庭坚（1045—1105），字鲁直，号山谷道人，晚号涪翁，谥文节。宋洪州分宁（今江西修水）人，北宋著名文学家、书法家，"苏门四学士"之一，书法"宋四家"之一。宋治平四年（1067）中进士，历任县尉、国子监教授、秘书省校书郎、著作佐郎、集贤校理、起居舍人、秘书丞、提点明道宫兼国史编修官、知州、员外郎等，后因幸灾谤国之罪除名羁管宜州，死于宜州。

黄庭坚像，清殿藏本

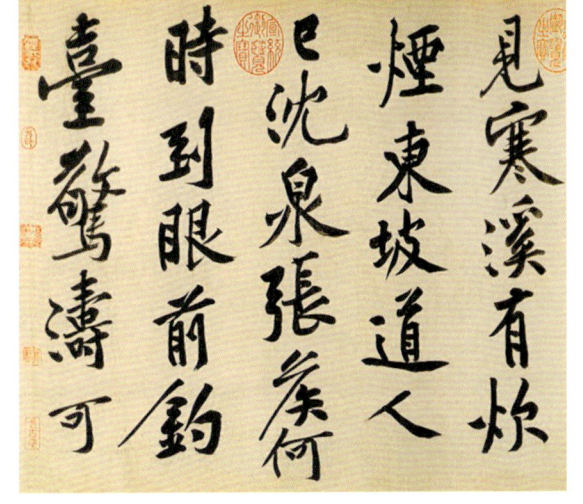

（宋）黄庭坚《松风阁诗帖》（局部）

原信

某承手字，喜晴寒日用轻安。

数日来不平之气，想已销歇。

古人云：事不如意，十常八九，况此小小，何足置怀。世间逆顺境界，如寒暑昼夜必至之理。周公[1]以大圣，扶倾定难，远则四国流言，近则同僚不悦，而周公从容不动，而天下和平。此小小者，如蚁蚋[2]过前耳，又何怏怏耶？

十五郎甚安，纯谨可喜。

品读

欧阳修是苏轼的老师，苏轼是黄庭坚的老师。黄庭坚的书法极好，在当时就名扬天下，因此托冒之作颇多，留下了许多几乎同代的"下真迹一等"的书法作品。黄庭坚与他人有大量书信往来，比如此信，即是写给"益修四弟"的。关于"益修四弟"，除了在黄庭坚的作品中出现，没有找到更多的资料。

从信的内容来看，二人相距不远，故能及时通信，也相互更为熟稔。作者在信中劝慰自己的弟弟，这些小事，就像蚂蚁从眼前经过，不必在意。拿周公来劝慰，这是极高的比喻，想必"益修四弟"乐于接受。

信中寥寥数语，却饱含人生哲理，将"世间逆顺境界"比作"寒暑昼夜必至之理"，劝人以大度达观之心忽略生活中的不快之事。

---

[1] 周公：姓姬名旦，是周文王第四子，武王的弟弟，西周初期著名政治家，曾两次辅佐周武王东伐纣王，并制作礼乐，天下大治。因其封地在周，故称周公。周武王死后，成王年幼，由周公摄政，其兄弟管叔、蔡叔等人不服，联合武庚和东方夷族反叛，周公率军东征，平定叛乱。

[2] 蚁蚋：指蚂蚁之类的生物。此喻微不足道。

不屈折于忧患，则不足以成其学
——明　方孝孺致许廷慎

作者简介

方孝孺，（清）顾见龙绘

　　方孝孺（1357—1402），字希直，一字希古，人称正学先生，浙江宁海人。明洪武二十五年（1392）任汉中府学教授。蜀献王闻其贤能，聘他为儿子的老师，并将他的读书室命名为"正学"。明惠帝即位，召为翰林侍讲，次年迁侍讲学士，参与机务，并主持编撰《太祖实录》等书。燕王朱棣起兵时，声讨朱棣的诏檄都出自他手。建文四年（1402），朱棣兵入南京，方孝孺被捕下狱。朱棣为了名正言顺，命方孝孺起草即位诏书，他坚决不肯，被处以磔刑，诛十族。

原信

往在京师[1]，士人从濠[2]上来者，多能诵足下歌诗，固已窥见胸中之一二。去年在临海[3]，遇林左民、张廷璧[4]二子，问足下言行滋详。二子自负为奇才，至说足下，辄弛然自愧，以为莫及也，然后益信所窥之不妄。近在王修德所，得所录文章数篇及手书，深欲读之，会仆家难作[5]，未果寓目，辄引去。重入京师，道途所行千余里，恒往来于怀。及到此，获《岁寒事记》[6]于友人家，览数行而大惊喜，命意持论，卓卓不苟，非流俗人所敢望也。何足下取于天之厚至是耶！

斯文世以为细事，然最似为天所靳惜[7]，其赋于人也，铢施两较[8]，不肯多与。得之稍多者，便若为所记臆，时时迫麼督责，不使有斯须佚乐。意此理绝不可晓，岂其可重者果在此邪？不然，何独忌此而悦彼邪？如仆自揣百无所有，以粗识数字，大为所困。当危忧兢悚[9]时，自誓欲以所能归诸造物，甘为庸人而不可得。足下幸安适无所苦，而骎骎[10]焉欲抉发奇秘，以与造化争也。然其取忌亦太甚矣，得微亦蹈其所忌乎？仆虽为斯文喜，然窃以为，为非计之得也。虽然，君子顾于道如何耳，宁论利害哉？自古奇人伟士，不

---

[1] 京师：指明代初年的都城南京。
[2] 濠：水名，在今安徽凤阳境内。
[3] 临海：今浙江临海。
[4] 林左民、张廷璧：林右（1356—1409），字公辅，又字左民，官至春坊大学士，后坐事辞官返乡。张廷璧，生卒年不详，名觳，号古学，临海人，在刑部办案公正。二人均为临海名士，与方孝孺交往甚密。
[5] 家难作：指作者父亲方克勤被冤杀事。方克勤，字去矜。《明史》入《循吏传》。曾任济宁知府，有政绩。后被属吏诬陷，贬谪到江浦，被冤死。
[6] 《岁寒事记》：收信人许廷慎的作品。
[7] 靳惜：吝惜。
[8] 铢施两较：犹言斤斤计较。铢，重量单位，二十四铢为一两。
[9] 兢悚：戒慎恐惧的样子。
[10] 骎骎[qīn]：急迫的样子。

屈折于忧患，则不足以成其学，载籍所该[1]，太半皆不得意者之辞也，然后世卒光明崇大，又安知忌之于一时者非所以为无穷之幸，而悦之于俄顷者非甚弃之耶？此可为足下道，聊以发笑，且自解耳。

左民多称王微仲[2]之贤，恨无由见之。适见其弟晃仲，亦雅士，当是吾辈之秀大不凡也。仆侍祖母，故来此，其详有所难言。

品读

这是一封朋友间相互慰问的信。收信人为许廷慎，名伯旅，浙江黄岩（今属台州）人，明代诗人。当时身遭不幸，与方孝孺境遇相同。虽然如此，方孝孺仍然不屈不挠，只要合于道，"宁论利害哉"，同时以"自古奇人伟士，不屈折于忧患，则不足以成其学"来勉励友人。信中娓娓而谈，真切坦诚，其愤激不平之心，寓于婉转醇厚的文字中。

---

[1] 载籍所该：书籍中所记载的。该，备。
[2] 王微仲：似为方孝孺友人。方孝孺有《与王微仲书》存世。

人之相知，贵相知心
——清　黄宗羲致陈介眉（节选）

作者简介

黄宗羲（1610—1695），字太冲，号南雷，别号梨洲，浙江余姚人。父尊素，明御史，为东林党后期的重要人物。黄宗羲是明末清初的著名思想家，敢于反对君主专制制度，提出工商皆本的思想，也是浙东学派的创始人。清兵南下，他在浙东一带集义兵抗清，鲁王授以左副都御史。南明政权覆亡后，他埋名隐居，从事讲学与著述。清廷征召博学鸿儒科，又聘其预修《明史》，黄宗羲都坚辞。他把自己的一生分为三个阶段："初锢之为党人，继指之为游侠，终厕之于儒林。"

黄宗羲　（清）叶衍兰绘

原信

吾兄与国雯[1]书见及，言都下诸公，欲以不肖姓名尘[2]之荐牍。叶讱庵

---

[1]　国雯：范光阳，字国雯，号笔山，浙江鄞县（今属浙江宁波）人。康熙进士，官至福建延平府知府。
[2]　尘：污染，玷污。

先生且于经筵御前面奏[1]，其后讱庵移文吏部，吾兄力止。始闻之而骇，已喟然而叹，且喜兄之知我也。

某幼离党祸[2]，废书者五年。二十一岁，始学为科举，思欲以章句扬于当时，委弃方幅典诰[3]之书而不视。年近四十，荐逢丧乱，负母流离[4]，退栖陋室，与百姓杂处，又焉得有奇闻异见，下逮于农琐[5]哉！是空疏不学，未有甚于某者也。今朝廷命举博学鸿儒，以备顾问。此为何等！谓之博学，吾意临平石鼓[6]，青州墓刻[7]，有一事之不知，即其罪矣。谓之鸿儒，慎、墨[8]得进其谈，惠、邓[9]敢窜其察，即其罪矣。故非万人之英不能居此至美之名也。即以前代博学鸿词科而论，以真德秀[10]处之……今之《玉海》[11]，其稿本也。见成《玉海》，某尚未一过，况《玉海》所本，馆阁[12]万卷，纂要

---

[1] 叶讱庵：叶方蔼，字子吉，号讱庵，江苏昆山人。康熙时任编修，充经筵讲官，官至刑部右侍郎。经筵：即经筵讲官，为帝王讲解经史的职官。
[2] 离：同"罹"，遭受。党祸：黄宗羲的父亲黄尊素，是东林党的重要人物，天启时弹劾魏忠贤，被害死狱中。
[3] 方幅典诰：泛指重要文献。方幅，四方端正，古代书写典诰、诏命、表奏等都用方幅笺册。
[4] 负母流离：指黄宗羲在清兵入关后，多次奉母在浙东一带山区从事反清活动或躲避兵祸。
[5] 农琐：指农桑琐事。
[6] 临平石鼓：《晋书·张华传》说张华"博物洽闻，世无与比"。"吴郡临平岸崩，出一石鼓，槌之无声。帝以问华，华曰：'可取蜀中铜材，刻为鱼形，扣之则鸣矣。'于是如言。声闻数十里。"
[7] 青州墓刻：《南齐书·贾渊传》："孝武世，青州人发古冢，铭云'青州世子，东海女郎'。帝问学士鲍照、徐爰、苏宝生，并不能悉。渊对曰：'此是司马越女，嫁苟晞儿。'检访果然。"
[8] 慎、墨：指法家慎到，墨家墨翟。
[9] 惠、邓：指名家惠施和邓析。
[10] 真德秀：字景元，南宋浦城人。庆元进士，继中博学宏词科，官至参知政事。
[11] 《玉海》：南宋王应麟为应举博学鸿词科试而编撰的类书，凡二百卷。
[12] 馆阁：宋时的昭文馆、史馆、集贤院称为"三馆"，和秘阁、龙图阁、天章阁等，统称"馆阁"，职能为掌典籍、修国史。此处比喻典籍众多。

钩玄[1]，取诸胸怀乎？乃如此之人而欲当是选，是引里母田妇而坐于平王之孙[2]、卫侯之妻之列也。胡能不骇？

从来士之求知者多矣，往往觏面[3]而无所遇合。以昌黎之贤，光范门下，三上书而不报[4]。故投行卷[5]，展坐席者，非危苦之词不道，非夸大之论不陈。揖洗割肉[6]，破琴持帚[7]，穿屦而行雪中[8]，百方以博钜公一日之知。然且有得有不得。某于讱庵，未尝有一面之雅，尺素[9]之通。前岁观海于海盐，遇彭骏孙[10]，言讱庵使之问学；去岁正月，读所赠董在中[11]诗，其间称许过当。今又云云，其何以得此于讱庵哉？夫讱庵之留心人物如此，向若得道弸艺襮[12]

---

[1] 纂要钩玄：编撮要点，探索奥旨。韩愈《进学解》："记事者必提其要，纂言者必钩其玄。"

[2] 平王之孙：指"华如桃李"的周平王的孙女王姬，她嫁给齐侯之子。见《诗经·何彼秾矣》。

[3] 觏[dí]面：见面，当面。

[4] "以昌黎"三句：昌黎，指韩愈。他中进士后，曾于唐贞元十一年（795）三次上书宰相求官，但都没有得到答复。今《昌黎先生集》中三书具存。"光范门下"，为《上宰相书》中语。

[5] 行卷：唐代应考士子，在考试前把自己的诗文写成卷轴，投献给朝廷显贵，以求得到他们的赏识，称为"行卷"。

[6] 揖洗：《史记·郦生列传》载：郦食其入谒沛公刘邦，"沛公方倨床使两女子洗足，而见郦生。郦生入，则长揖不拜"。割肉：《汉书·东方朔传》载：诏赐从官肉，大官丞日晏不来，朔独拔剑割肉而归，帝责其不待诏而割肉，令其自责，朔不自责，反自誉。

[7] 破琴：《独异志》载，陈子昂居京师，不为人知，于是以千缗买琴一把。人惊问之，陈说："我有文百轴，不为人知。此乐乃贱工之役，岂愚留心哉？"于是举琴而弃之，并把其文章分送众人。于是一日之内，声名大盛。持帚：《史记·齐悼惠王世家》载，魏勃少时，欲求见齐相曹参，家贫无以自通，乃早晚持帚于齐相舍人门外扫地。舍人知其事，为之引见，曹参亦用为舍人。

[8] 穿屦[jù]而行雪中：《史记·滑稽列传》载："东郭先生久待诏公车，贫困饥寒，衣敝，履不完。行雪中，履有上无下，足尽践地。" 屦，古代用麻、葛等制成的一种鞋。

[9] 尺素：书信。

[10] 彭骏孙：彭孙遹，字骏孙，浙江海盐人。清顺治进士，康熙时又中博学鸿儒科，授编修。历官吏部右侍郎。工诗。

[11] 董在中：字约瑶，黄宗羲弟子。黄宗羲为其作有《董在中墓志铭》。

[12] 道弸[péng]艺襮[bó]：指道德充实，才能出众。弸，充满；襮，显露。

位于浙江余姚化安山陆岙的黄宗羲墓

之士而与之，则可以为天下贺矣；无如某仅一愆糇[1]之细民也，孤负讱庵，此某之所以叹也。

某年近七十，不学而衰，稍涉人事，便如行雾露中。老母年登九十，子妇死丧略尽。家近山海，兵声不时撼动，尘起镝鸣，则扶持遁命。二十年以来，不敢妄渡钱塘，渡亦不敢一月留也，母子相依，以延漏刻[2]。若复使之待诏金马[3]，魏野所谓断送老头皮也[4]。嗟呼！人之相知[5]，贵相知心。王阳在

---

[1] 愆[qiān]糇[hóu]：因粮食而获罪。《诗经·小雅·伐木》："民之失德，干糇以愆。"糇，干粮。
[2] 漏刻：古代的计时器。
[3] 待诏金马：汉代征召士子，有待诏金马门，以备皇帝顾问。此处寓意功成名就。
[4] 魏野：字仲先，陕州（今河南三门峡）人。北宋诗人，终身不仕。断送老头皮：仕途叵测、天威难测之意。
[5] 人之相知：语见李陵《答苏武书》。

位，贡禹弹冠；戴逵逃吴，张玄止召。古人或出或处，未尝不借友朋之力。不然，则山、嵇、魏、谢[1]，徒以富贵为市耳。非兄知我，何以有是乎？讱庵先生处，意欲通书，然草野而通书朝贵，非分所宜。陈履常曰："公他日成功谢事，幅巾东归，某当御款段，乘下泽，候公于上东门外。"[2]此其例也！

……

品读

本文选自《黄梨洲文集·书类》。题下原注有"戊午"字样，则当作于清康熙十七年（1678），当时黄宗羲69岁。

收信人陈介眉（1634—1687），浙江鄞（今宁波）人。黄宗羲得知陈介眉极力劝阻别人推荐他做官后，写信表示感谢。信中申述了自己不愿应征的理由。信中举出的理由一是自己够不上博学鸿儒的美名，这可视为黄的谦逊。二是自己年近七十，更有老母要扶养，不能相离，这也是实情之一。信中没有或不便直写他与清廷不合作的根本理由，不过在字里行间也流露出来，如称清兵入关为"丧乱"，自己抗清是"负母流离"，又过着"尘起镝鸣，则扶持遁命"的生活，若让他"待诏金马"，则是"断送老头皮"等。信写得委婉曲折，加上用典贴切，更显得文字深沉有力。

---

[1] 山、嵇：指晋代山涛与嵇康。他们原隐居于竹林，后山涛出仕，并举嵇康自代，嵇康乃作《与山巨源绝交书》，嵇康因得罪司马氏，被杀。魏、谢：指元魏天佑和宋遗民谢枋得。谢枋得坚持不仕元，而魏天佑举荐他，并强迫他到京师，谢枋得遂不食而死。此处借代朋友好心办坏事，强人所难。

[2] "陈履常曰"六句：陈履常，名师道，北宋文学家。"章惇在枢府"，曾"属观延至"，师道不肯往，并答书曰："幸公之他日，成功谢事，幅巾东归，师道当御款段，乘下泽，候公于东门外，尚未晚也。"（见《宋史·陈师道列传》）幅巾：以一幅绢束发，称为"幅巾"。御款段，乘下泽：《后汉书·马援传》："士生一世，但取衣食裁足，乘下泽车，御款段马，为郡掾吏，守坟墓，乡里称善人，斯可矣。"御款段，谓驾着缓缓而行的马。乘下泽，谓乘坐便于在沼泽地行走的短毂车。

愚兄平生最重农夫
——清　郑燮致堂弟郑墨

作者简介

郑燮像（清）叶衍兰绘

郑燮（1693—1766），字克柔，号板桥。江苏兴化人。书画家、文学家，"扬州八怪"之一。康熙朝秀才，雍正朝举人，乾隆朝进士，历任河南范县、山东潍县知县，政绩显著。后辞官客居扬州，以卖画为生，一生只画兰、竹、石，自称"四时不谢之兰，百节长青之竹，万古不败之石，千秋不变之人"，其诗、书、画，世称"三绝"。

原信

十月二十六日得家书，知新置田获秋稼五百斛[1]，甚喜。而今而后，堪为

---

[1]　斛：旧量器名，也是容量单位，一斛本为十斗，后来改为五斗。

范县署中寄舍弟墨第四书

自嗟眷骨读书可尔乾隆九年六月十五日哥之字

十月二十六日得家书知新置田获稻稼五百斛甚喜而今而后堪为农夫以没世矣要须制碓制磨制筛罗簸箕制大小扫帚制升斗斛家中妇女率诸婢妾皆令习春揄蹂簸之事便是一种靠田园长子孙气象天寒冰冻时穷亲戚朋友到门先泡一大碗炒米送手中佐以酱姜一小碟最是暖老温贫之具暇日咽碎米饼煮糊涂粥暖手捧碗缩颈而啜之霜晨雪早得此周身俱暖嗟乎嗟乎吾其长为农夫以

没世乎我想天地间第一等人只有农夫而士为四民之末农夫上者种地百亩其次七八十亩其次五六十亩皆苦其身勤其力耕种收获以养天下之人使天下无农夫举世皆饿死矣吾辈读书人入则孝出则弟守先待后得志泽加于民不得志修身见于世所以又高于农夫一等今则不然一捧书本便想中举中

进士作官如何攫取金钱造大房屋置多田产起手便错走了路头后来越做越坏总没有箇好结果其不能发达者乡里作恶小头锐面更不可当夫束修自好者岂无其人经济自期抗怀千古者亦所在多有而好人为坏人所累遂令我辈开口不得一开口人便笑曰汝辈书生总是会说他日居官便不如此说了所以

忍氣吞聲只得捱人笑罵工人制器利用賣人搬有運無皆便民之舉而士獨于民大不便無恠乎居四民之末也且求居四民之末而亦不可得也愚兄于生最重農夫新招佃地人必須待之以禮彼稱我為主人我稱彼為客戶主客原是對待之義我何貴彼何賤乎要體貌他要憐憫他有所借貸要周全他不能償還要寬讓他嘗笑唐人七夕

詩詠牛郎織女皆作會別可憐之語殊失命名本旨織女衣之源也牽牛食之本也在天星為最貴天顧重之而人反不重乎其務本勤民呈象昭昭可鑑矣吾邑婦人不能織紬織布然而主中饋習鍼綫猶不為勤謹近日頗有聽鼓兒詞以閒葉為戲者風俗蕩軼亟宜戒之吾家業地雖有三百畝總是典產不可久恃將來須

買田二百畝予兄弟二人各得百畝足矣兓吉者一夫受田百畝之義也若再求多便是占人產業莫大罪過天下無田無業者多矣我獨何人貪求無獻窮民將何所措乎或曰世上連阡越陌數百頃有餘者子將奈何應之曰他自做他家事我自做我家事世道盛則一德遵五風俗偷則不同為惡亦板橋之家法也哥之字

板橋詩文最不喜求人作叙求之王公大人既以借光為可耻求之湖海名流必至會議帶訕遭其茶毒而無可如何總不如不叙為得也弟篇家信原莫為文事者此好處大家看了如無弗妥求窗糊壁覆甕覆盎罷罷何以秋初

鄭燮自題
乾隆己巳

家书手稿

农夫以没世矣[1]。要须制碓[2]、制磨、制筛罗簸箕、制大小扫帚，制升斗斛。家中妇女，率诸婢妾，皆令习舂揄蹂簸[3]之事，便是一种靠田园长子孙气象。天寒冰冻时，穷亲戚朋友到门，先泡一大碗炒米送手中，佐以酱姜一小碟，最是暖老温贫之具。暇日咽碎米饼，煮糊涂粥，双手捧碗，缩颈而啜之，霜晨雪早，得此周身俱暖。嗟乎！嗟乎！吾其长为农夫以没世乎！我想天地间第一等人，只有农夫，而士为四民[4]之末。农夫上者种地百亩，其次七八十亩，其次五六十亩，皆苦其身，勤其力，耕种收获，以养天下之人。使天下无农夫，举世皆饿死矣。吾辈读书人，入则孝，出则弟[5]，守先待后，得志泽加于民，不得志修身见于世，所以又高于农夫一等。今则不然，一捧书本，便想中举、中进士、作官，如何攫取金钱、造大房屋、置多产田。起手便错走了路头，后来越做越坏，总没有个好结果。其不能发达者，乡里作恶，小头锐面[6]，更不可当。夫束修[7]自好者，岂无其人；经济自期，抗怀千古者，亦所在多有。而好人为坏人所累，遂令我辈开不得口；一开口，人便笑曰："汝辈书生，总是会说，他日居官，便不如此说了。"所以忍气吞声，只得挨人笑骂。工人制器利用，贾人搬有运无，皆有便民之处。而士独于民大不便，无怪乎居四民之末也！且求居四民之末，而亦不可得也！愚兄平生最重农夫，新招佃地人，必须待之以礼。彼称我为主人，我称彼为客户，主客原是对待之义，我何贵而彼何贱乎？要体貌他，要怜悯他；有所借贷，要周全他；不能偿还，要宽让他。尝笑唐人七夕诗，咏牛郎织女，皆作会别可怜之语，殊失命名本旨。织女，衣之源也；牵牛，食之本也，在天星为最贵。天顾重之，而人反不重乎！其务本勤民，呈象昭昭可鉴矣。吾邑妇人，不能织绸织

---

[1] 堪为农夫以没世矣：（我们）可以做个农夫过一辈子了。
[2] 碓：舂米器具。
[3] 舂揄[yú]蹂簸：语出《诗经·生民》："或舂或揄，或簸或蹂。"舂，用杵臼捣去谷物的皮壳。揄：舀取；蹂，搓。
[4] 四民：指士、农、工、商。
[5] 弟：同"悌"，敬重兄长。
[6] 小头锐面：谓尖头小面，形容善于经营。
[7] 束修：此处措约束自我、修身养性。

布，然而主中馈[1]，习针线，犹不失为勤谨。近日颇有听鼓儿词，以斗叶[2]为戏者，风俗荡轶，亟宜戒之。吾家业地虽有三百亩，总是典产[3]，不可久恃。将来须买田二百亩，予兄弟二人，各得百亩足矣，亦古者一夫受田百亩之义也。若再求多，便是占人产业，莫大罪过。天下无田无业者多矣，我独何人，贪求无厌，穷民将何所措足乎！或曰："世上连阡越陌，数百顷有余者，子将奈何？"应之曰："他自做他家事，我自做我家事，世道盛则一德遵王，风俗偷[4]则不同为恶，亦板桥之家法也。"哥哥字。

品读

此信是郑板桥在乾隆九年（1744）任范县知县时写给堂弟郑墨的一封家书。信中对过去"士农工商"的提法提出异议，提出"贬士为四民之末，以农为首"的主张。作者在家书中对读书人一味追求个人利益的风气表达了强烈的不满，并反复强调尊重农民，至今仍具借鉴意义。

郑墨，字五桥，泰州兴化人。小郑板桥25岁，是郑板桥叔父之标先生的独生子。板桥没有同胞兄弟，只有这个堂弟，他们感情很深。郑板桥在外任职时写给郑墨的信多达四十余封，可见二人交往甚密。郑墨是一位憨厚勤谨的读书人，在兴化主持家计，兄弟二人常常互通信息，纵淡人生，讨论学问，商量家事。

在郑板桥的家书中，我们能够看到其世界观中的"温柔敦厚"。尤其在治家、教育子女等方面，郑板桥认为"富贵足以愚人，而贫贱足以立志而浚慧"，"读书中举中进士作官，此是小事，第一要明理作个好人"，"长其忠厚之情，驱其残忍之性"，"体天之心以为心"。后人在评价郑板桥写给其弟的书信时说："（板桥）所刻寄弟书数纸，皆老成忠厚之言。"

[1]　主中馈：指主持家中饮食之事。
[2]　斗叶：玩纸牌。明清时称纸牌为叶子。
[3]　典产：指支付典价而占有的土地，原主可以赎回。
[4]　风俗偷：世风日下。偷，浇薄。

地位益高，生命益危
——清　林则徐致夫人郑淑卿

作者简介

林则徐（1785—1850），字元抚，清福建侯官（今福建福州市）人。清代爱国政治家、思想家、诗人。曾任湖广总督、陕甘总督和云贵总督，两次受命任钦差大臣。

1839年，林则徐前往广州禁烟，主持"虎门销烟"，蜚声中外。林则徐一生力抗西方入侵，但对于西方的文化、科技和贸易则持开放态度，主张学其优而用之。他至少略通英、葡两种外语，且着力翻译西方报刊和书籍。晚清思想家魏源将林则徐及其幕僚翻译的文书合编为《海国图志》，此书对晚清的洋务运动乃至日本的明治维新都具有启发作用。

林则徐像

原信

  前于启程时发寄一函，想已收到。一路沿海道至省[1]，甚为平安，唯晕船稍苦耳。犹幸身体素强，饮食小心，一抵津江，即豁然如无事，堪以告慰。因眷念夫人甚切，故船一抵埠[2]百事未办，先发函回家，使夫人可放心。做官不易，做大官更不易。人以吾奉命使粤，方纷纷庆贺，然实则地位益高，生命益危。古人一命而伛，再命而偻，三命而俯[3]，诚非故作矜持[4]，实出于不自觉耳。务嘱次儿须千万谨慎，切勿恃有乃父之势，与官府妄相来往，更不可干预地方事务。大儿在京尚谨慎小心，吾可放怀。次儿在家，实赖夫人教诲，大比[5]将近，更须切嘱用功。

  明年春日如得荷天之庥，邀帝之眷[6]，仍在此邦[7]，当遣材官[8]迎夫人来粤。侯敏兄闻已出门，家中又失一相助之人，如有缓急，或与大伯父一商。驹侄闻甚聪慧，且极谨慎，有事亦可嘱彼相助也。

---

[1] 至省：指到达广东省。
[2] 埠：泊船的码头。
[3] "古人"三句：周时官阶从一命到九命，一命为最低的官阶，三命为上卿（见杜预《春秋左传注疏》）。孔子的先祖正考父在家庙的鼎上铸下铭训："一命而偻，再命而伛，三命而俯，循墙而走。"这里暗喻官场之险恶，要有敬畏之心。每逢职位提升时，就要越来越谨慎，越来越恭敬：第一次接受任命时鞠躬而受，第二次任命时弯腰而受，第三次任命时俯首接受，连走路都要靠着墙边走。伛（yǔ）：弯腰，表示毕恭毕敬。
[4] 矜持：矜持。
[5] 大比：周代每三年选择贤能，对乡吏进行考核，称大比；隋唐以后泛指科举考试；明清亦特指乡试。
[6] "荷天之庥（xiū）""邀帝之眷"：荷，承载；庥，荫庇、保护；邀，获得；眷，眷顾。此句代指假如在广州禁烟一切顺利，继续任职的话。
[7] 此邦：指广州。
[8] 材官：指衙门内供差遣的低级武官。

品读

嘉庆九年（1804），林则徐参加乡试，中第二十九名举人。就在揭晓成绩排名的那一天，他正式迎娶郑淑卿为妻，两人一生情深不渝。

这是林则徐写给夫人郑淑卿的家书，他道出了官场险恶、人心难测的现实，发出了"做官不易，做大官更不易"的感叹。他对于皇上宠幸、不断提拔充满戒惧之心，谓"一命而伛，再命而偻，三命而俯"，对居官位的儿子发出"须千万谨慎，切勿恃有乃父之势，与官府妄相来往，更不可干预地方事务"的告诫，正体现了他的为官为人之道。

以德不修、学不讲为忧也
——清　曾国藩致四位兄弟

作者简介

曾国藩（1811—1872），初名子城，字伯涵，号涤生，谥文正，湖南湘乡白杨坪（今湖南双峰）人。清朝战略家、政治家，湘军的组建者和统帅，晚清"中兴四大名臣"之首，官至两江总督、直隶总督、武英殿大学士，封"一等毅勇侯"。

曾国藩崇尚学问及修身，为晚清散文"湘乡派"创立人，主张以理学经世。有《曾文正公全集》，传于世。其中，家书近1500封，记录了曾国藩在清道光二十年（1840）至同治十年（1871）前后长达31年的仕途和戎马生涯，涉及的内容极为广泛，是曾国藩一生的主要活动和其从政、持家、治学之道的生动反映，展现了他一生所奉行的勤劳、俭朴、自立、有恒的人生信念和修身、齐家、治国、平天下的毕生追求。

曾国藩像

原信

四位老弟足下：

十月二十一接九弟[1]在长沙所发信，内途中日记六页，外药子一包。二十二接九月初二日家信，欣悉以慰。

自九弟出京后，余无日不忧虑，诚恐道路变故多端，难以臆揣。及读来书，果不出吾所料。千辛万苦，始得到家。幸哉幸哉！郑伴之不足恃，余早已知之矣。郁滋堂如此之好，余实不胜感激！在长沙时，曾未道及彭山屺[2]。何也？

四弟[3]来信甚详，其发奋自励之志溢于行间；然必欲找馆出外，此何意也？不过谓家塾离家太近，容易耽搁，不如出外较清净耳。然出外从师，则无甚耽搁，若出外教书，其耽搁更甚于家塾矣。且苟能发奋自立，则家塾可读书，即旷野之地热闹之场亦可读书，负薪牧豕皆可读书；苟不能发奋自立，则家塾不宜读书，即清净之乡神仙之境皆不能读书，何必择地？何必择时？但自问立志之真不真耳！

六弟[4]自怨数奇，余亦深以为然。然屈于小试，辄发牢骚，吾窃笑其志之小，而所忧之不大也！君子之立志也，有民胞物与之量，有内圣外王之业，而后不忝于父母之生，不愧为天地之完人。故其为忧也，以不如舜不如周公为忧也，以德不修学不讲为忧也。是故顽民梗化[5]则忧之，蛮夷猾夏[6]则忧之，小人在位贤才否闭[7]则忧之，匹夫匹妇不被己泽则忧之。所谓悲天命而悯人穷，此君子之所忧也。若夫一身之屈伸，一家之饥饱，世俗之荣辱得

---

[1] 九弟：曾国荃，官至两江总督、太子太保，谥忠襄。
[2] 彭山屺：湖南衡阳人，曾国藩的好友。
[3] 四弟：曾国潢，负责操持家事。
[4] 六弟：曾国华，36岁战死，谥愍烈。其时在家读书。
[5] 梗化：顽固不服从教化。
[6] 蛮夷猾夏：隐喻外族侵扰。
[7] 否闭：闭塞不通。

失，贵贱毁誉，君子固不暇忧及此也。六弟屈于小试，自称数奇，余窃笑其所忧之不大也！

盖人不读书则已，亦既自名曰读书人，则必从事于《大学》。《大学》之纲领有三：明德、新民、止至善，皆我分内事也。若读书不能体贴到身上去，谓此三项，与我身毫不相涉，则读书何用？虽使能文能诗，博雅自诩，亦只算识字之牧猪奴耳！岂得谓之明理有用之人也乎？

朝廷以制艺取士，亦谓其能代圣贤立言，必能明圣贤之理，行圣贤之行，可以居官莅民整躬率物也。若以明德、新民为分外事，则虽能文能诗，而于修己治人之道实茫然不讲，朝廷用此等人作官，与用牧猪奴作官何以异哉？然则既自名为读书人，则《大学》之纲领，皆己身切要之事明矣，其条目有八[1]。自我观之，其致功之处，则仅二者而已：曰格物，曰诚意。

格物，致知之事也；诚意，力行之事也。物者何？即所谓本末之物也。身、心、意、知、家、国、天下，皆物也；天地万物，皆物也，日用常行之事，皆物也。格者，即物而穷其理也。如事亲定省，物也；究其所以当定省之理，即格物也。事兄随行，物也；究其所以当随行之理，即格物也。吾心，物也；究其存心之理，又博究其省察涵养以存心之理，即格物也。吾身，物也；究其敬身之理，又博究其立齐坐尸[2]以敬身之理，即格物也。每日所看之书，句句皆物也；切己体察、穷究其理，即格物也；此致知之事也。所谓诚意者，即其所知而力行之，是不欺也，知一句便行一句，此力行之事也。此二者并进，下学在此，上达亦在此[3]。

---

[1] 条目有八：《大学》精要"三纲八目"。三纲：明明德、亲民、止于至善。八目：格物、致知、诚意、正心、修身、齐家、治国、平天下。"八目"成为南宋后理学家的基本纲领。

[2] 立齐坐尸：出自《礼记·曲礼》"若夫，坐如尸，立如齐。礼从宜，使从俗"。齐，同"斋"。立齐，站姿要像斋戒时那样恭敬。坐尸，古时祭祀时，臣下或晚辈坐于堂上象征死者神灵，代替死者接受祭祀。

[3] "下学在此"二句：子曰："不怨天，不尤人，下学而上达。"意为从平凡普通的知识领悟高深的道理。

吾友吴竹如[1]格物工夫颇深，一事一物，皆求其理。倭艮峰[2]先生则诚意功夫极严，每日有日课册，一日之中，一念之差，一事之失，一言一默，皆笔之于书。书皆楷字，三月则订一本。自乙未年起，今三十本矣。盖其慎独之严，虽妄念偶动，必即时克治，而著之于书，故所读之书，句句皆切身之要药。兹将艮峰先生日课，抄三页付归，与诸弟看。

余自十月初一日起，亦照艮峰样，每日一念一事，皆写之于册，以便触目克治，亦写楷书。冯树堂[3]与余同日记起，亦有日课册。树堂极为虚心，爱我如兄，敬我如师，将来必有所成。余向来有无恒之弊，自此次写日课本子起，可保终身有恒矣，盖明师益友，重重夹持，能进不能退也。本欲抄余日课册付诸弟阅，因今日镜海先生[4]来，要将本子带回去，故不及抄。十一月有折差，准抄几页付回也。

余之益友，如倭艮峰之瑟僴，令人对之肃然；吴竹如、窦兰泉之精义，一言一事，必求至是；吴子序、邵蕙西之谈经，深思明辨；何子贞之谈字，其精妙处，无一不合，其谈诗尤最符契[5]。子贞深喜吾诗，故吾自十月来，已作诗十八首，兹抄二页付回，与诸弟阅。冯树堂、陈岱云之立志，汲汲不遑，亦良友也。镜海先生，吾虽未尝执贽[6]请业，而心已师之矣。

吾每作书与诸弟，不觉其言之长，想诸弟或厌烦难看矣。然诸弟苟有长信与我，我实乐之，如获至宝，人固各有性情也。

余自十月初一日起记日课，念念欲改过自新。思从前与小珊有隙，实是一朝之忿，不近人情，即欲登门谢罪。恰好初九日小珊来拜寿，是夜余即至小

---

[1] 吴竹如：吴廷栋，字彦甫，安徽霍山人，儒学家，死后诏褒廉静自持，赐恤如例。
[2] 倭艮峰：倭仁，蒙古族正红旗人。其时与曾国藩同求教于理学大师唐鉴，曾视其为师友。
[3] 冯树堂：冯作槐，字树堂，解元，湘军幕僚。
[4] 镜海先生：唐鉴，字镜海，号翕泽，湖南善化人，道光二十年（1840），内召为太常寺卿，深为曾国藩所钦佩。义理学派巨擘，蜚声京门，谥确慎公。
[5] 符契：符合、契合。
[6] 贽：拜见师长时所持的礼物。

珊家久谈。十三日与岱云合伙请小珊吃饭，从此欢笑如初，前隙尽释矣。

近事大略如此。容再续书。

兄国藩手具

品读

曾国藩与诸弟的感情，颇为真挚。作为晚清中兴名臣，曾国藩"道德文章冠冕一代"。毛泽东早年在写给好友萧子升的信中曾把曾国藩与孔子并称，赞其文章"载在方册，播之千祀"。修齐治平，在曾国藩身上几乎完美体现，因此他与诸弟通信，自然是谆谆教诲，循循善诱。

此信写于清道光二十二年（1842）阴历十月二十六日，曾国藩劝诫诸弟勤奋读书，学以致用，特别强调了格物致知的道理。行文起兴自然，高屋建瓴，陈义颇高，体现出一种志存高远、脚踏实地、修身务本、储才养望的品质。

生生世世，同住莲花

—— 清　谭嗣同致妻子李闰

作者简介

谭嗣同（1865—1898），字复生，号壮飞，湖南浏阳人，中国近代著名政治家、思想家、维新派人士。其所著的《仁学》，是维新派的第一部哲学著作，也是中国近代思想史中的重要著作。谭嗣同早年曾在家乡湖南倡办时务学堂、南学会等，主办《湘报》，又倡导开矿山、修铁路，宣传变法维新，推行新政。光绪二十四年（1898）谭嗣同参加领导戊戌变法，失败后被杀，年仅34岁，为"戊戌六君子"之一。

谭嗣同照片

原信

闰[1]妻如面：

结缡十五年，原约相守以死，我今背盟矣！手写此信，我尚为世间一

---

[1]　闰：李闰，谭嗣同之妻，清户部主事李篁仙之女，谭就义后，取谭诗意，号"臾生"。

人；君看此信，我已成阴曹一鬼矣，死生契阔，亦复何言。惟念此身虽去、此情不渝，小我虽灭、大我常存。生生世世，同住莲花，如比迦陵毗迦同命鸟，比翼双飞，亦可互嘲。愿君视荣华如梦幻、视死辱为常事，无喜无悲，听其自然。我与殇儿，同在西方极乐世界相偕待君，他年重逢，再聚团圆。殇儿与我，灵魂不远，与君魂梦相依，望君遣怀。

戊戌八月九日，嗣同

品读

  谭嗣同的这封遗书，表现出的是对妻子深深的眷恋、愧疚及安慰之情。信中有几句话令人印象十分深刻。例如"手写此信，我尚为世间一人；君看此信，我已成阴曹一鬼"，尽表两人阴阳相隔的无奈与生离死别之情。

  在这封遗书中，谭嗣同将对妻子的眷恋之情、愧疚之意、慰藉之怀以寥寥数笔浓缩纸上，充分表达了"出师未捷身先死"的复杂情感。"惟念此身虽去、此情不渝，小我虽灭、大我常存。生生世世，同住莲花"，是对妻子永结连理的告白；而"愿君视荣华如梦幻、视死辱为常事，无喜无悲，听其自然"，则是谭嗣同视金如土、视死如归精神境界的生动写照。

吾意蕙仙不笑我，不恼我
——清　梁启超致妻子李蕙仙

作者简介

梁启超（1873—1929），字卓如，号任公，别号饮冰室主人、饮冰子、哀时客、中国之新民、自由斋主人，广东新会人。1889年中举人，次年始受学于康有为。和康有为一起，倡导变法维新，二人并称"康梁"。是戊戌变法领袖之一、近代维新派代表人物。民国初年曾出任司法总长、财政总长兼盐务总署督办等职。

除深度参与近代中国的社会变革外，梁启超在学术上也取得了巨大的成就。他是一位百科全书式的人物，在哲学、文学、史学、经学、法学、伦理学、宗教学等领域均有建树。1901年至1902年，先后撰写了《中国史叙论》和《新史学》，批判封建史学，发动"史学革命"。在文学理论上引进了西方文化及文学新观念，首倡近代各种文体的革新。文学创作上亦有多方面成就，散文、诗歌、小说、戏曲及翻译文学方面均有作品行世，尤以散文影响最大。

梁启超一生勤奋，著述宏富，在将近36年而政治

梁启超

活动又占去大量时间的情况下，每年平均写作达39万字之多，各种著述达1400多万字。其著作合编为《饮冰室合集》。

原信

　　本埠自西五月初一日，始弛疫禁[1]，余即遍游各小埠演说。现已往者两埠，未往者尚三埠。檀山乃八岛布列于太平洋中，欲往小埠，必乘轮船，航海而往，非一月不能毕事，大约西六月杪[2]始能他行也。来檀不觉半年矣，可笑。

　　女郎何蕙珍[3]者，此间一商人之女也。其父为保皇会[4]会友。蕙珍年二十，通西文，尤善操西语，全檀埠男子无能及之者。学问见识皆甚好，喜谈国事，有丈夫气，年十六即为学校教师，今四年矣。一夕其父请余宴于家中，座有西国缙绅名士及妇女十数人，请余演说，而蕙珍为翻译。明晨各西报即遍登余演说之语，颂余之名论，且兼赞蕙珍之才焉。余初见蕙珍，见其粗头乱服如村姑，心忽略之；及其入座传语，乃大惊，其目光炯炯，绝一好女子也。及临行与余握手（檀俗华人行西例，相见以握手为礼，男女皆然）而言曰："我万分敬爱梁先生，虽然，可惜仅爱而已，今生或不能相遇，愿期诸来生，但得先生赐以小像，即遂心愿。"余是时唯唯而已，不知所对。又初时有一西报为领事所嘱，诬谤余特甚，有人屡作西文报纸与之驳难，而不著其名，余遍询同志，皆不知。及是夕，蕙珍携其原稿示我，乃知皆蕙珍所

---

[1]　1899年，梁启超于11月离日赴美，途经夏威夷群岛，因有疫情，航路不通，便在檀香山滞留下来。大约半年后，疫情解除，才允许自由活动。

[2]　西六月杪[miǎo]：西历六月末。杪，原意是指树枝的细梢，引申为年月或四季的末尾。

[3]　何蕙珍：1879年出生于美国，著名侨商之女，从小接受西方教育，16岁便任学校教师。1899年，梁启超赴檀香山开展宣传工作，钦慕梁启超已久的何蕙珍担任梁的翻译，并由此开始了一段"发乎情，止于礼"的爱情故事。

[4]　保皇会：清末资产阶级改良派的政治团体。戊戌变法失败后，康有为、梁启超流亡日本。1899年，康有为离日赴英，途经加拿大时，受到当地华侨的热烈欢迎与拥护，他备受鼓舞。同年夏，康有为在爱国华侨的支持下计划，于1899年7月20日成立了保皇会（又名"中国维新会"）。

作也。余益感服之。虽近年以来，风云气多，儿女情少，然见其事，闻其言，觉得心中时时刻刻有此人，不知何故也。越数日，使赠一小像去（渠扱以两扇），余遂航海往游附属各小埠，半月始返。既返，有友人来谓余曰："先生将游美洲，而不能西语，殊为不便，亦欲携一翻译同往乎？"余曰："欲之，然难得妥当人。"友人笑而言曰："先生若志欲学西语，何不娶一西妇晓华语者，一面学西文，一面当翻译，岂不甚妙？"余曰："君戏我，安有不相识之西人闺秀而肯与余结婚？且余有妇，君岂未知之乎？"友人曰："某何人，敢与先生作戏言？先生所言，某悉知之，某今但问先生，譬如有此闺秀，先生何以待之？"余熟思片时，乃大悟，遂谓友人曰："君所言之人，吾知之，吾甚敬爱之，且特别思之。虽然，吾尝与同志创立一人一妻世界会，今义不可背，且余今日万里亡人，头颅声价至值十万，以一身往来险地，随时可死。今有一荆妻[1]，尚且会少离多，不能厮守，何可更累人家好女子？况余今日为国事奔走天下，一言一动，皆为万国人所观瞻，今有此事，旁人岂能谅我？请君为我谢彼女郎，我必以彼敬爱我之心敬爱彼，时时不忘，如是而已。"友人未对，余忽又有所感触，乃又谓之曰："吾欲替此人执柯[2]，可乎？"盖余忽念及孺博[3]也。友人遽曰："先生既知彼人，某亦不必吞吐其词，彼人目中岂有一男子足当其一盼？彼于数年前已誓不嫁矣。请先生勿再他言。"遂辞去。今日（距友人来言时五日也）又有一西人请余赴宴，又请蕙珍为翻译，其西人（即前日在蕙珍家同宴者）乃蕙珍之师也。余于席上与蕙珍畅谈良久，余不敢道及此事，彼亦不言，却毫无爱恋抑郁之态，但言中国女学不兴为第一病源，并言当如何整顿小学校之法以教练儿童，又言欲造切音新字，自称欲以此两事自任而已。又劝余入耶苏（稣）教，盖彼乃教中人也。其言滔滔汩汩，长篇大段。使几穷于应答。余观其神色，殆自忘为女子也。我亦几忘其为女

---

[1] 荆妻：旧时对自己的妻子的谦称，又谦称荆人、荆室、荆妇、拙荆等，意为贫寒之妻。
[2] 执柯：为人做媒。
[3] 孺博：指麦孟华（1875—1915），字孺博，广东顺德人。1891年入万木草堂，成为康有为的忠实弟子。1893年中举人，与梁启超齐名。在草堂弟子中有"梁麦"之称。

子也。余此次相会，以妹呼之。余曰："余今有一女儿，若他日有机缘，当使之为贤妹女弟子。"彼亦诺之不辞。彼又谓余曰："闻尊夫人为上海女学堂提调[1]，想才学亦如先生，不知我蕙珍今生有一相见之缘否？先生有家书，请为我问好。"余但称惭愧而已。临别，伊又谓余曰："我数年来，以不解华文为大憾事，时时欲得一通人为师以教我，今既无可望，虽然，现时为小学校教习，非我之志也。我将积数年束修[2]所入，持往美洲，就学于大学堂，学成归国办事。先生他日维新成功后，莫忘我，但有创办女学堂之事，以一电召我，我必来。我之心惟有先生。"云云，遂握手珍重而别。余归寓后，愈益思念蕙珍，由敬重之心，生出爱恋之念来，几于不能自持。明知待人家闺秀，不应起如是念头，然不能制也。酒阑人散，终夕不能成寐，心头小鹿，忽上忽落，自顾生平二十八年，未有如此可笑之事者。今已五更矣，起提笔详记其事，以告我所爱之蕙仙，不知蕙仙闻此将笑我乎？抑恼我乎？吾意蕙仙不笑我，不恼我，亦将以我敬爱蕙珍之心而敬爱之也。吾因蕙仙得谙习官话[3]，遂以驰骋于全国；若更因蕙珍得谙习英语，将来驰骋于地球，岂非绝好之事。而无如揆之天理，酌之人情，按之地位，皆万万有所不可也。吾只得怜蕙珍而已。然吾观蕙珍磊磊落落，无一点私情，我知彼之心地，必甚洁净安泰，必不如吾之可笑可恼。故吾亦不怜之，惟有敬爱之而已。蕙珍赠我两扇，言其手自织者，物虽微而情可感，余已用之数日，不欲浪用之。今以寄归，请卿为我什袭藏之。卿亦视为新得一妹子之纪念物，何如？呜呼！余自顾一山野鄙人，祖宗累代数百年，皆山居谷汲[4]耳。今我乃以二十余岁之少年，虚名振动五洲，至于妇人女子为之动容，不可为非人生快心之事。而我蕙仙之与我，虽复中经忧患，会少离多，然而美满姻缘，百年恩爱。以视蕙珍之言

---

[1] 提调：管领、调度，清代在临时设置的机构中负责处理事务的官员。
[2] 束修：教师的酬金。又写作"束脩"，古代入学敬师的礼物，比如孔子规定的拜师礼是"十条腊肉"。
[3] 官话：这里指北方话。
[4] 山居谷汲：指住在高山上要到深谷中去打水。

"今生（或）不能相遇，愿期诸来生"者；何如？岂不过之远甚！卿念及此，惟当自慰，勿有一分抑郁愁思可也。有檀山《华夏新报》（此报非我同志）所记新闻一段剪出，聊供一览。此即记我第一次与蕙珍相会之事者也。……下田歌子之事，孝高来书言之。此人极有名望，不妨亲近之，彼将收思顺为门生云。卿已放缠足否？宜速为之，勿令人笑维新党首领之夫人尚有此恶习也。此间人多放者，初时虽觉苦痛，半月后即平复矣。不然他日蕙珍妹子或有相见之时，亦当笑杀阿姊也。一笑。家中坟墓无事，可勿念。大人闻尚在香港云。

李蕙仙（左一）与孩子们一起在山上游玩小憩，右起分别为思成、思顺、思永，约1908年摄于日本

品读

  这是1900年梁启超写给妻子李蕙仙的一封信。李蕙仙（1869—1924），梁启超的原配夫人，祖籍贵阳，生于河北固安。其父李朝仪曾任顺天府尹，堂兄李端棻为礼部尚书。1891年与梁启超结婚。1896年随梁启超到上海创办《时务报》，并在上海创办女子学堂，她担任校长，成为中国第一位女学校长。

  李蕙仙温良贤惠，不仅在生活上关心照顾着梁启超和他的家人，在事业上对梁启超也有不少的帮助。特别是"百日维新"失败后，慈禧命令两广总督捉拿梁启超的家人，梁家避居澳门，逃过了一场灭门之灾。梁启超只身亡命东瀛，李蕙仙成了梁家的支柱。后来梁启超在写给妻子的信中说："南海师来，得详闻家中近况，并闻卿慷慨从容，词声不变，绝无怨言，且有壮语，闻之喜慰敬服，斯真不愧为任公闺中良友矣。"

  1924年9月13日，李蕙仙在北京去世。梁启超写下了一篇情文并茂的《祭梁夫人文》，其中有这样的文字："我德有阙，君实匡之；我生多难，君扶将之；我有疑事，君榷君商；我有赏心，君写君藏；我有幽忧，君噢使康；我劳於外，君煦使忘；我唱君和，我揄君扬；今我失君，只影彷徨。"

助天下人爱其所爱

——1911年4月24日　林觉民致妻子陈意映

作者简介

林觉民（1887—1911），字意洞，号抖飞，又号天外生，福建闽侯（今福建福州）人，出生在福州三坊七巷。少年之时，即接受民主革命思想，推崇自由平等学说。留学日本期间加入中国同盟会。1911年春回国，4月24日写下绝笔《与妻书》，4月27日与族亲林尹民、林文随黄兴、方声洞等革命党人参加广州起义，受伤力尽被俘，当晚从容就义，为"黄花岗七十二烈士"之一。

林觉民烈士遗照

原信

意映卿卿[1]如晤：

　　吾今以此书与汝永别矣！吾作此书时，尚是世中一人；汝看此书时，吾已

---

[1] 意映卿卿：林觉民妻陈意映，为螺江陈氏十九世孙。卿卿，旧时夫妻间的爱称，多用于对女方的称呼。

成为阴间一鬼。吾作此书，泪珠和笔墨齐下，不能竟书[1]而欲搁笔，又恐汝不察吾衷，谓吾忍舍汝而死，谓吾不知汝之不欲吾死也，故遂忍悲为汝言之。

吾至爱汝，即此爱汝一念，使吾勇于就死也。吾自遇汝以来，常愿天下有情人都成眷属；然遍地腥云，满街狼犬[2]，称心快意，几家能彀[3]？司马春衫[4]，吾不能学太上之忘情也[5]。语云[6]：仁者"老吾老以及人之老，幼吾幼以及人之幼"。吾充[7]吾爱汝之心，助天下人爱其所爱，所以敢先汝而死，不顾汝也。汝体[8]吾此心，于啼泣之余，亦以天下人为念，当亦乐牺牲吾身与汝身之福利，为天下人谋永福[9]也。汝其勿悲！

林觉民的妻子陈意映

汝忆否？四五年前某夕，吾尝语曰："与[10]使吾先死也，无宁汝先吾而死。"汝初闻言而怒，后经吾婉解，虽不谓吾言为是，而亦无辞相答。吾之意盖谓以汝之弱，必不能禁失吾之悲，吾先死留苦与汝，吾心不忍，故宁请

---

[1] 竟书：写完。这里指百感交集，写不下去。
[2] 遍地腥云，满街狼犬：到处是朝廷爪牙，比喻清政府血腥凶残的政治统治。
[3] 彀：同"够"。
[4] 司马春衫：应作"司马青衫"，白居易《琵琶行》中有"座中泣下谁最多？江州司马青衫湿。"这里比喻对处于水深火热之中的人民的深切同情。
[5] 太上之忘情：古人有"太上忘情"之说，意思是圣人对世俗人情无动于衷。《世说新语·伤逝》："圣人忘情，最下不及情，情之所钟，正在我辈。"
[6] 语云：古语说。
[7] 充：扩充。
[8] 体：体谅，体悟，了解。
[9] 永福：永久的福祉。
[10] 与：与其。

汝先死，吾担悲也。嗟夫！谁知吾卒先汝而死乎？

吾真真不能忘汝也！回忆后街之屋，入门穿廊，过前后厅，又三四折，有小厅，厅旁一室，为吾与汝双栖之所。初婚三四个月，适冬之望日[1]前后，窗外疏梅筛月影，依稀掩映；吾与（汝）并肩携手，低低切切[2]，何事不语？何情不诉？及今思之，空余泪痕。又回忆六七年前，吾之逃家复归也，汝泣告我："望今后有远行，必以告妾，妾愿随君行。"吾亦既许汝矣。前十余日回家，即欲乘便以此行之事语汝，及与汝相对，又不能启口。且以汝之有身[3]也，更恐不胜悲，故惟日日呼酒买醉。嗟夫！当时余心之悲，盖不能以寸管形容之。吾诚愿与汝相守以死，第以今日事势观之，天灾可以死，盗贼可以死，瓜分之日可以死，奸官污吏虐民可以死，吾辈处今日之中国，国中无地无时不可以死，到那时使吾眼睁睁看汝死，或使汝眼睁睁看我死，吾能之乎？抑汝能之乎？即可不死，而离散不相见，徒使两地眼成穿而骨化石，试问古来几曾见破镜能重圆？则较死为苦也，将奈之何？今日吾与汝幸双健，天下人之不当死而死与不愿离而离者，不可数计，钟情如我辈者，能忍之乎？此吾所以敢率性就死不顾汝也。吾今死无余憾，国事成不成自有同志者在。依新已五岁，转眼成人，汝其善抚之，使之肖我。汝腹中之物，吾疑其女也，女必像汝，吾心甚慰。或又是男，则亦教其以父志为志，则我死后尚有二意洞在也。甚幸，甚幸！吾家日后当甚贫，贫无所苦，清静过日而已。吾今与汝无言矣。吾居九泉之下遥闻汝哭声，当哭相和也。吾平日不信有鬼，今则又望其真有。今人又言心电感应有道，吾亦望其言是实，则吾之死，吾灵尚依依旁汝也，汝不必以无侣悲。

吾平生未曾以吾所志语汝，是吾不是处；然语之又恐汝日日为吾担忧。吾牺牲百死而不辞，而使汝担忧，的的非吾所忍。吾爱汝至，所以为汝谋者

---

[1] 望日：农历每月的十五日称为"望日"。
[2] 切切：形容私语时低微细小的声音。
[3] 有身：指怀孕。

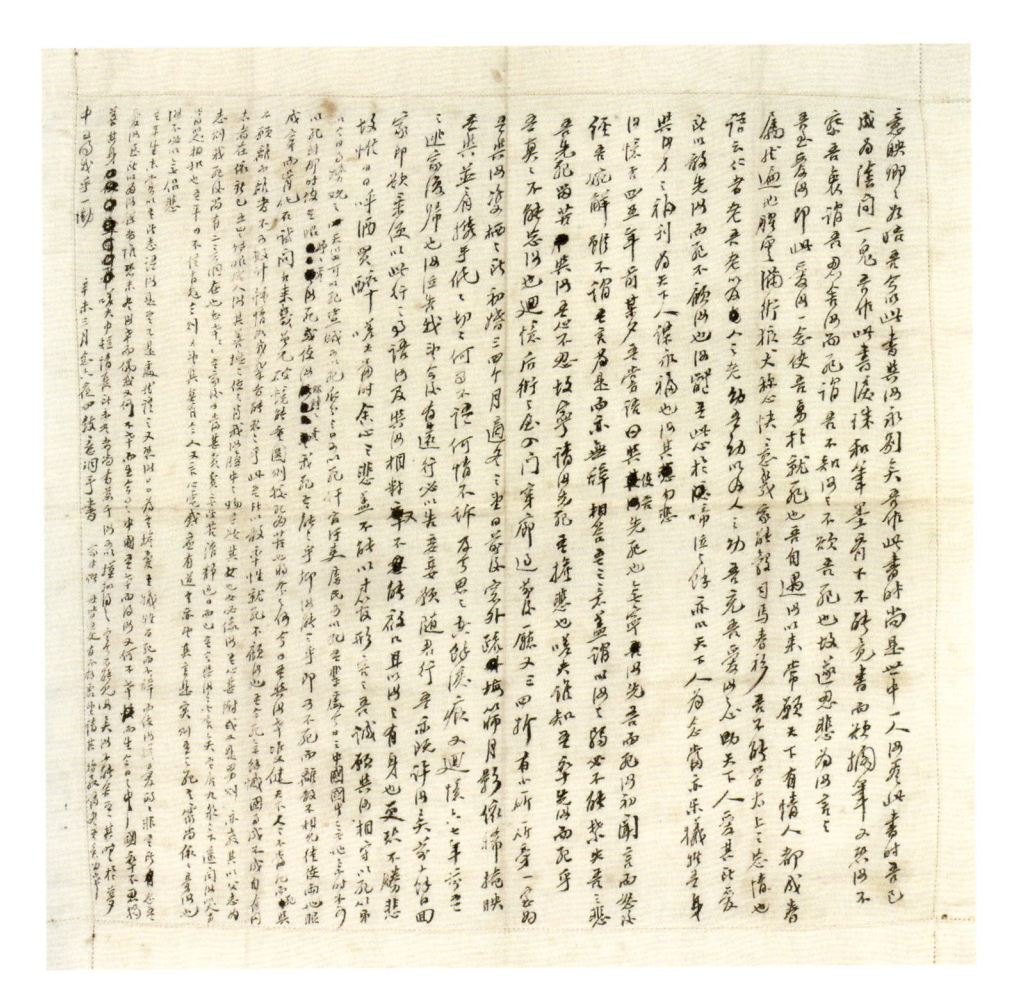

林觉民《与妻书》手迹，现存福建省博物院

惟恐未尽。汝幸而偶我[1]，又何不幸而生今日之中国！吾幸而得汝，又何不幸而生今日之中国！卒不忍独善其身。嗟夫！巾短情长，所未尽者尚有万千，汝可以模拟得之。吾今不能见汝矣！汝不能舍吾，其时时于梦中得我乎！一恸！

---

[1] 偶我：以我为配偶。

辛未[1]三月念六夜四鼓，意洞手书。

家中诸母皆通文，有不解处，望请其指教，当尽吾意为幸。

品读

《与妻书》是林觉民在1911年广州黄花岗起义的前三天，即4月24日晚写给陈意映的。当时，他从广州来到香港，迎接从日本归来参加起义的同志，住在临江边的一幢小楼上。夜阑人静时，想到即将到来的残酷而轰轰烈烈、生死难卜的起义，以及自己的龙钟老父、弱妻稚子，他思绪翻涌，不能自已，彻夜疾书，分别写下了给父亲和妻子的诀别书，天亮后交给一位朋友，说："我死，幸为转达。"

写《与妻书》时，林觉民满怀悲壮，已下定慷慨赴死的决心，义无反顾。在信的第一句，他就毅然决然地告诉妻子"吾今以此书与汝永别矣！吾作此书时，尚是世中一人；汝看此书时，吾已成为阴间一鬼"。他"泪珠和笔墨齐下，不能竟书而欲搁笔"，心中滋味无以言表。为"助天下人爱其所爱""为天下人谋永福"，他置生死于度外，抛却与爱妻的儿女情长而"勇于就死"，大义凛然、无所畏惧地积极投身到推翻清政府黑暗腐朽统治的武装起义中。

《与妻书》之所以感人，就在于它情真意切，字字泣血，到处都是浓得化不开的真情，缠绵悱恻而又充满激情，充满凛然正气，为国捐躯的激情与对爱妻的深情两相交融、相互辉映，令人断肠落泪而又撼人魂魄。虽然已时隔一百余年，但文章的魅力依然，作者对爱妻的那份真情，那种"以天下人为念"、舍生取义的革命者的气度风范，依然令人动容，而且将流芳百世、名垂千古。

《与妻书》形式上是一封家书，实际上以抒情为主要表达方式，是一篇感情真挚、说理深刻、情真意切、催人泪下、感人至深的抒情散文。它反映了一个民主主义革命战士高尚的内心世界，表达了革命者的生死观和幸福观。

---

[1] 辛未：应是"辛亥"。此信写于黄花岗起义前三天的1911年4月24日，即农历辛亥年三月廿六日深夜。"辛亥革命"乃后来之词，那时尚未有统一称呼，故此处作"辛未"。

弟之心无刻不念君
——1915年 邵飘萍致妻子汤修慧

作者简介

邵飘萍（1886—1926），原名镜清，笔名飘萍，浙江金华东阳人。中国新闻理论的开拓者、奠基人，被后人誉为"新闻全才""乱世飘萍""一代报人""铁肩辣手，快笔如刀"等。

邵飘萍14岁考中秀才，20岁入浙江高等学堂（浙江大学前身）。1912年任《汉民日报》主编，后为《时事新报》《申报》《时报》撰稿，揭露批判袁世凯和军阀政府的黑暗和罪恶。1913年8月因反袁三次被捕，出狱后到日本暂避。1915年12月返回祖国，参加反袁护国斗争。1916年7月，在北京创办"北京新闻编译社"，1918年10月，在北京创办《京报》，任社长。后又与蔡元培一起创办了"北京大学新闻学研究会"。1920年后，致力于新闻教育事业并赞颂俄国十月革命，介绍马克思主义思想。1925年，秘密加入了中国共产党。1926年4月，在北京被奉系军阀杀害。

邵飘萍

京报馆旧址外景

原信

修慧爱鉴：

接八月五日来书，令人急死。时事新报之情形，亦早知之。然无如何也！此处亦困不可言，北京报纸皆被警厅干涉，神州报又不寄款来。弟虽有余款六十元，然两月饭，至今又有旧欠，如何维持。夏衣均已当去，本月之粮不知何在。只有金戒两只尚在手中，然君之病，弟岂不急。同《时事报》之所以如此，弟文亦有函以致之。故弟又不可归，若曰随波逐流，同去附和，弟宁死不能为此！现将金戒两只脱下寄君，本欲此处换银以汇，但中国金日人须折扣，不如君自换之。鱼肝油亦以送来寄上。呜呼！请君勿再言弟不过问，弟之心无刻不念君。但有天知之耳！此间，弟惟竭力设法，君可不必以弟为念。细思弟不知何以有此厄运，真是天时人事相逼而来，使弟不可一日安心也！弟本有与君同来东之心，然君未毕业，此总是小事。且君有老父在，同来则不能，因年老也！不同来又不可，因无人也！试思弟以百忙之身，诸事日萦于脑际，又安能期身体之健康。弟惟不愿告君而已！盖弟爱君，誓必自始至终，毋负君也。即寄钱唐道伊之书，好话说尽，若为他人必不肯无志气至此，然君病旦夕不能正医，除求人之外，尚有何法。况有效与否，尚未可知。真真凄凉人也！前日以数篇文字，卖与上海新闻报，得二十余元。此时，君病之信未到。弟以家中兄弟甚多，我父函来又屡言困难，故不得已欲尽我心，又将二十余元全寄往金华。君试思，弟处境之苦，有以复加乎！君如谅及此，则弟虽死犹甘矣！潦倒海边，无家可归。书此以当吻！晤惟希爱照千万自重！

……

品读

  这是一封既普通又特殊的家书，它出自一位深陷困境、孤身亡命于海外的丈夫之笔，他在向爱妻倾诉自己艰难处境的同时，仍不忘对家庭和国家应尽的责任和义务，充满着对妻子的无限深情和坚持真理的傲骨之风。

  邵飘萍的妻子汤修慧出生于晚清苏州的一个商人之家，母亲早逝，从小便跟着父亲迁至金华酒坊巷开照相馆。邵汤二人相识于酒坊巷。后来，邵飘萍出资把汤修慧送进杭州女子师范学校深造。两人结婚后，常常一起外出采访，评论时事；一起翻阅资料，草拟稿件。夫唱妇随，谱写了一段佳话。在反袁斗争中，汤修慧越发为邵飘萍的精神气质所吸引，她渐渐地从一个崇拜者成为邵飘萍新闻理想最忠实的追随者。

  从信中可以看出，当年邵飘萍初到日本，立足未稳，又遇爱妻身患重病，金华老家也急需用钱，自己工作和日常生活开销也难以维持，寄往国内的通信稿费又不能及时结算等难题，入不敷出，在经济上遇到了空前的困难。但他并未退缩，一方面好言安抚爱妻，另一方面积极想办法筹措资金，以解燃眉之急。信中对于《时事新报》等国内报纸屈服于当局压力，乘人之危，有意拖欠稿费的胁迫，邵飘萍则去函表明自己的态度，坚持自己的政治观点，并严正申明"若曰随波逐流，同去附和，弟宁死不能为此！"的立场。

1926年4月26日，邵飘萍被张作霖以"勾结赤俄，宣传赤化"罪秘密枪杀于北京天桥。临刑前，他向监刑官拱手说："诸位免送！"然后面向天空，哈哈大笑，从容就义，年仅40岁。

一代"新闻才子"离世，汤修慧下定了终身守候亡夫、代其完成新闻事业的决心。1928年6月12日，汤修慧再次复刊《京报》，凭一人之力，将《京报》艰难维持至1937年的"七七事变"全面抗战后。

1936年，毛泽东曾对美国记者斯诺说："特别是邵飘萍，对我帮助很大。他是新闻学会的讲师，是一个自由主义者，一个具有热烈理想和优秀品质的人。"[1]1949年4月，毛泽东亲自批文追认邵飘萍为革命烈士。

---

[1] [美]埃德加·斯诺：《西行漫记》，董乐山译，东方出版社2005年版，第143页。

文学革命，须从八事入手
——1916年8月21日　胡适致陈独秀

作者简介

胡适（1891—1962），原名洪骍，字适之。著名思想家、翻译家、文学家、哲学家。徽州绩溪（今安徽绩溪）人。

胡适幼年就读于家乡私塾，19岁考取庚子赔款官费生，留学美国，师从实用主义哲学家约翰·杜威。1917年夏回国，受聘为北京大学教授。1918年加入《新青年》编辑部。胡适大力提倡白话文，先后主编《努力周报》《独立评论》等。

胡适信奉实用主义哲学，他在学术上影响最大的是提倡"大胆假设，小心求证"的研究方法。

《新青年》杂志　　　　胡适，摄于1921年

原信

独秀先生足下：

二月三日，曾有一书奉寄，附所译"决斗"一稿，想已达览。久未见《青年》[1]，不知尚继续出版否？今日偶翻阅旧寄之贵报，重读足下所论文学变迁之说，颇有鄙见，欲就大雅质正之。足下之言曰："吾国文艺犹在古典主义理想主义时代，今后当趋向写实主义。"此言是也。然贵报三号登某君长律一首[2]，附有记者按语，推为"希世之音"。又曰："子云、相如而后，仅见斯篇；虽工部亦只有此工力，无此佳丽。……吾国人伟大精神，犹未丧失也欤？于此征之。"细检某君此诗，至少凡用古典套语一百事。……中如"温瞩延犀烬（此句若无误字，即为不通），刘招沓桂英"，"不堪追素孔，只是怯黔嬴"（下句更不通），"义皆攀尾柱，泣为下苏坑"，"陈气豪湖海，邹谈必禆瀛"，在律诗中，皆为下下之句。又如"下催桑海变，四接杞天倾"，上句用典已不当，下句本言高与天接之意，而用杞人忧天坠一典，不但不切，在文法上亦不通也。至于"阮籍曾埋照，长沮亦耦耕"，则更不通矣。夫《论语》记长沮、桀溺同耕，故曰"耦耕"。今一人岂可谓之"耦"耶？此种诗在排律中，但可称下驷。稍读元、白、柳、刘[3]（禹锡）之长律者，皆将谓贵报案语之为厚诬工部而过誉某君也。适所以不能已于言者，正以足下论文学已知古典主义之当废，而独啧啧称誉此古典主义之诗，窃谓足下难免自相矛盾之诮矣。

适尝谓凡人用典或用陈套语者，大抵皆因自己无才力，不能自铸新辞，故用古典套语，转一湾子，含糊过去，其避难趋易，最可鄙薄！在古大家集中，其最可传之作，皆其最不用典者也。老杜《北征》何等工力！然全篇不用一典（其"不闻殷周衰，中自诛褒妲"二语乃比拟，非用典也）。其《石壕》

---

[1] 《青年》：指《新青年》杂志，由陈独秀在上海创立，是当时具有影响力的革命杂志，在五四运动期间曾发挥重要作用。
[2] 某君长律一首：指谢无量作《寄会稽山人八十四韵》，载《新青年》第1卷第3号。
[3] 元、白、柳、刘：分别为元稹、白居易、柳宗元、刘禹锡。

《羌村》诸诗亦然。韩退之诗亦不用典。白香山《琵琶行》全篇不用一典。《长恨歌》更长矣，仅用"倾国""小玉""双成"三典而已。律诗之佳者，亦不用典。堂皇莫如"云移雉尾开宫扇，日绕龙鳞识圣颜"[1]。宛转莫如"岂谓尽烦回纥马，翻然远救朔方兵"[2]。纤丽莫如"梦为远别啼难唤，书被催成墨未浓"[3]。悲壮莫如"永夜角声悲自语，中天月色好谁看"[4]。然其好处，岂在用典哉？（又如老杜《闻官军收河南河北》一首，更可玩味。）总之，以用典见长之诗，决无可传之价值。虽工亦不值钱，况其不工，但求押韵者乎？

尝谓今日文学之腐败极矣：其下焉者，能押韵而已矣。稍进，如南社[5]诸人，夸而无实，滥而不精，浮夸淫琐，几无足称者（南社中间亦有佳作。此所讥评，就其大概言之耳）。更进，如樊樊山、陈伯严、郑苏盦之流[6]，视南社为高矣，然其诗皆规摹古人，以能神似某人某人为至高目的，极其所至，亦不过为文学界添几件赝鼎[7]耳，文学云乎哉！

综观文学堕落之因，盖可以"文胜质"有一语包之。文胜质者，有形式而无精神，貌似而神亏之谓也。欲救此文胜质之弊，当注重言中之意，文中之质，躯壳内之精神。古人云："言之不文，行之不远。"[8]应之曰：若言之无

---

[1] "云移雉尾"二句：见杜甫诗《秋兴八首》之五。

[2] "岂谓尽烦"二句：见杜甫诗《诸将五首》。《诸将五首》是杜甫在大历元年（766）秋创作的政论体组诗。

[3] "梦为远别"二句：见李商隐《无题四首》。作为古诗的一个类型，无题诗往往更能表达作者的隐秘情感，可谓此处无题胜有题。李商隐则是擅写古人无题诗的代表人物。

[4] "永夜角声"二句：见杜甫诗《宿府》。杜甫所作七律诗，全诗表达的是悲凉和怀才不遇的心境。

[5] 南社：发起人为柳亚子，取"操南音，不忘本也"之意。支持资产阶级民主革命，提倡民族气节，反对清王朝的腐朽统治，为辛亥革命做了非常重要的舆论准备。

[6] "樊樊山"句：樊增祥，文学家，诗作艳俗，擅写骈文，遗作三万余首，是我国近代文学史上的高产诗人。与陈伯严、郑苏盦均为同光体诗人。

[7] 《韩非子·说林下》："齐伐鲁，索谗鼎，鲁以其雁（赝）往，齐人曰：'雁也。'鲁人曰：'真也。'"后以"赝鼎"泛指仿造或伪托之物。

[8] "言之不文"二句：意为文章没有文采，不可能流传很远。

胡适

物,又何用文为乎?

年来思虑观察所得,以为今日欲言文学革命,须从八事入手。八事者何?

一曰,不用典。二曰,不用陈套语。三曰,不讲对仗。(文当废骈,诗当废律)。四曰,不避俗字俗语。(不嫌以白话作诗词)。五曰,须讲求文法之结构。

此皆形式上之革命也。

六曰,不作无病之呻吟。七曰,不摹仿古人,语语须有个我在。八曰,须言之有物。

此皆精神上之革命也。

此八事略具要领而已。其详细节目,非一书所能尽,当俟诸他日再为足下详言之。

以上所言,或有过激之处,然心所谓是,不敢不言。倘蒙揭之贵报,或可供当世人士之讨论。此一问题关系甚大,当有直言不讳之讨论,始可定是非。适以足下洞晓世界文学之趋势,又有文学改革之宏愿,故敢贡其一得之愚。伏乞恕其狂妄而赐以论断,则幸甚矣。匆匆不尽欲言。即祝撰安。

胡适白　民国五年十月

品读

此信是正在美国留学的胡适写给在上海的陈独秀的,其时陈独秀正在主编《新青年》杂志,举起了新文化运动的大旗。此信被陈独秀发表在1916年出版的《新青年》第2卷第2号上。不久,胡适又把《文学改良刍议》的文稿寄给了陈独秀,发表在《新青年》第2卷第5号上。紧接着,陈独秀在下一期刊出了自己撰写的《文学革命论》进行声援，向旧文学发起了猛烈的冲击。二人遥相呼应，并肩战斗，成为宣传新文化的旗手，也结下了深厚的友谊。

　　胡适与陈独秀在新文化运动中同扛反封建、倡民主科学的大旗，却在性格和后来的信仰上格格不入，分道扬镳。世人多感叹胡适与陈独秀半生情谊，终究由于《新青年》的分歧而决裂，然而我们从二人的通信中，看到两位巨人的坦荡胸怀与相知相重的情谊，也是令人追慕的一道风景。

硬唱凯歌，算是乐趣
——1925年3月11日 鲁迅致许广平

作者简介

鲁迅（1881—1936），原名周樟寿，后改名周树人，字豫山，后改豫才。"鲁迅"是他1918年发表《狂人日记》时所用的笔名，也是他影响最为广泛的笔名。浙江绍兴人。文学家、思想家、革命家，新文化运动的重要参与者，中国现代文学的奠基人。

鲁迅与许广平、周建人等合影

毛泽东曾评价："鲁迅的方向，就是中华民族新文化的方向。"鲁迅一生在文学创作、文学批评、思想研究、文学史研究、翻译、美术理论引进、基础科学介绍和古籍校勘与研究等多个领域具有重大贡献。他对于五四运动以后的中国社会思想文化发展具有重大影响，蜚声世界文坛，尤其在韩国、日本思想文化领域有极其重要的地位和影响，被誉为"20世纪东亚文化地图上占最大领土的作家"。

原信

广平[1] 兄：

　　今天收到来信，有些问题恐怕我答不出，姑且写下去看。

　　学风如何，我以为和政治状态及社会情形相关的，倘在山林中，该可以比城市好一点，只要办事人员好。但若政治昏暗，好的人也不能做办事人员，学生在学校中，只是少听到一些可厌的新闻，待到出校和社会接触，仍然要苦痛，仍然要堕落，无非略有迟早之分。所以我的意思，倒不如在都市中，要堕落的从速堕落罢，要苦痛的速速苦痛罢，否则从较为宁静的地方突到闹处，也须意外地吃惊受苦，其苦痛之总量，与本在都市者略同。

　　学校的情形，向来如此，但一二十年前，看去仿佛较好者，因为足够办学资格的人们不很多，因而竞争也不猛烈的缘故。现在可多了，竞争也猛烈了，于是坏脾气也就彻底显出。教育界的清高，本是粉饰之谈，其实和别的什么界都一样，人的气质不大容易改变，进几年大学是无甚效力的，况且又有这样的环境，正如人身的血液一坏，体中的一部分决不能独保健康一样，教育界也不会在这样的民国里特别清高的。

　　所以，学校之不甚高明，其实由来已久，加以金钱的魔力，本是非常之大，而中国又是向来善于运用金钱诱惑法术的地方，于是自然就成了这现象。

---

[1]　许广平：时为鲁迅学生，称"兄"有不让须眉、平等交往之意。

鲁迅、许广平与儿子周海婴合影，1931年7月摄于上海

听说现在是中学校也有这样的了，间有例外者，大约即因年龄太小，还未感到经济困难或化费的必要之故罢。至于传入女校，当是近来的事，大概其起因，当在女性已经自觉到经济独立的必要，所以获得这独立的方法，不外两途，一是力争，一是巧取，前一法很费力，于是就堕入后一手段去，就是略一清醒，又复昏睡了。可是这不独女界，男人也都如此，所不同者巧取之外，还有豪夺而已。

我其实那里会"立地成佛"，许多烟卷，不过是麻醉药，烟雾中也没有见过极乐世界。假使我真有指导青年的本领——无论指导得错不错——我决不藏匿起来，但可惜我连自己也没有指南针，到现在还是乱闯。倘若闯入深渊，自己有自己负责，领着别人又怎么好呢？我之怕上讲台讲空话者就为此。记得有一种小说里攻击牧师，说有一个乡下女人，向牧师历诉困苦的半生，请他救助，牧师听毕答道："忍着罢，上帝使你在生前受苦，死后定当赐福的。"其实古今的圣贤以及哲人学者所说，何尝能比这高明些，他们之所谓"将来"，不就是牧师之所谓"死后"么。我所知道的话就是这样，我不相信，但自己也并无更好的解释。章锡琛[1]的答话是一定要胡涂的，听说他自己在书铺子里做伙计，就时常叫苦连天。

我想，苦痛是总与人生连带的，但也有离开的时候，就是当睡熟之际。醒的时候要免去若干苦痛，中国的老法子是"骄傲"与"玩世不恭"，我觉得我就有这毛病，不大好。苦茶加"糖"，其苦之量如故，只是聊胜于无"糖"，但这糖就不容易找到，我不知道在那里，只好交白卷了。

以上许多话，仍等于章锡琛，我再说我自己如何在世上混过去的方法，以供参考罢——

一、走"人生"的长途，最易遇到的有两大难关。其一是"歧路"，倘若墨翟[2]先生，相传是恸哭而返的。但我不哭也不返，先在歧路头坐下，歇一

---

[1] 章锡琛：上海开明书店负责人，鲁迅同乡兼好友。鲁迅认为章当时提倡的"新性道德"不切实际。此处以"章锡琛"为"不切实际"的代名词。

[2] 墨翟（约前468—前376）：春秋战国时小邾国人，思想家，墨家创始人。《吕氏春秋·慎行论·疑似》曾说他"见歧道而哭之"。

会，或者睡一觉，于是选一条似乎可走的路再走，倘遇见老实人，也许夺他食物充饥，但是不问路，因为我知道他并不知道的。如果遇见老虎，我就爬上树去，等它饿得走去了再下来，倘它竟不走，我就自己饿死在树上，而且先用带子缚住，连死尸也决不给它吃。但倘若没有树呢？那么，没有法子，只好请它吃了，但也不妨也咬它一口。其二便是"穷途"了，听说阮籍[1]先生也大哭而回，我却也像歧路上的办法一样，还是跨进去，在刺丛里姑且走走，但我也并未遇到全是荆棘毫无可走的地方过，不知道是否世上本无所谓穷途，还是我幸而没有遇着。

二、对于社会的战斗，我是并不挺身而出的，我不劝别人牺牲什么之类者就为此。欧战的时候，最重"壕堑战"，战士伏在壕中，有时吸烟，也唱歌，打纸牌，喝酒，也在壕内开美术展览会，但有时忽向敌人开他几枪。中国多暗箭，挺身而出的勇士容易丧命，这种战法是必要的罢。但恐怕也有时会迫到非短兵相接不可的，这时候，没有法子，就短兵相接。

总结起来，我自己对于苦闷的办法，是专与苦痛捣乱，将无赖手段当作胜利，硬唱凯歌，算是乐趣，这或者就是糖罢。但临末也还是归结到"没有法子"，这真是没有法子！

以上，我自己的办法说完了，就是不过如此，而且近于游戏，不像步步走在人生的正轨上（人生或者有正轨罢，但我不知道），我相信写了出来，未必于你有用，但我也只能写出这些罢了。

鲁迅　三月十一日

品读

1925年3月11日，许广平致信鲁迅，为中国教育前途担忧，内心苦闷，问鲁

---

[1] 阮籍（210—263）：字嗣宗，三国魏文学家、思想家。《晋书·阮籍传》曾说他"时率意独驾，不由径路，车迹所穷，辄恸哭而反"。

迅有什么办法"能在苦药中加点糖分"[1]？此时正处于"五四"退潮期，鲁迅本身也面临着茫然和焦虑。许广平的信让他感同身受，他便立即回信。

在这封信中，鲁迅回答了许广平关于对付苦痛的办法，是一篇十分重要的人生宣言。有研究者认为，这封信可以视作打开鲁迅心灵秘藏的一把总钥匙。鲁迅一直坚持"改造国民性"的"思想革命"。然而"改造国民性"能否根本解决问题，鲁迅也没有给出一个肯定的答案。绝望，然而反抗，这是《两地书》里所坦露的真实的鲁迅，他始终坚守原则，毫不退让。

---

[1]　《两地书》（第一集），载《鲁迅全集》（第十一卷），人民文学出版社1981年版，第12页。

何必因了一点小障碍而不走路
——1926年11月16日　许广平致鲁迅

作者简介

许广平（1898—1968），出生于广州。1917年，进入天津"直隶第一女子师范学校"读书。1919年，参加五四运动。1922年，考入国立北京女子高等师范学校国文系，成为鲁迅的学生，开始与鲁迅通信。1927年到上海，与鲁迅共同生活。1936年10月鲁迅逝世后，许广平开始整理鲁迅的作品。1949年9月，出席中国人民政治协商会议第一届全体会议，后被任命为中央人民政府政务院副秘书长。1960年，加入中国共产党。

原信

My DEAR TEACHER [1]：

今日（十六）午饭后回办公处，看见桌上有你十日寄来的一信，我一面欢喜，一面又仿佛觉着有了什么事体似的，打开信一看，才知道是这样子。

校事表面上好像没有什么了，但旧派学生见恐吓无效，正在酝酿着罢课，今天要求开全体大会，我以校长不在，没法批准为辞，推掉了。如果一旦开会，则学校干涉，群众盲从，恐怕就会又闹起来。至于教职员方面，则因薪

---

[1]　我亲爱的老师。

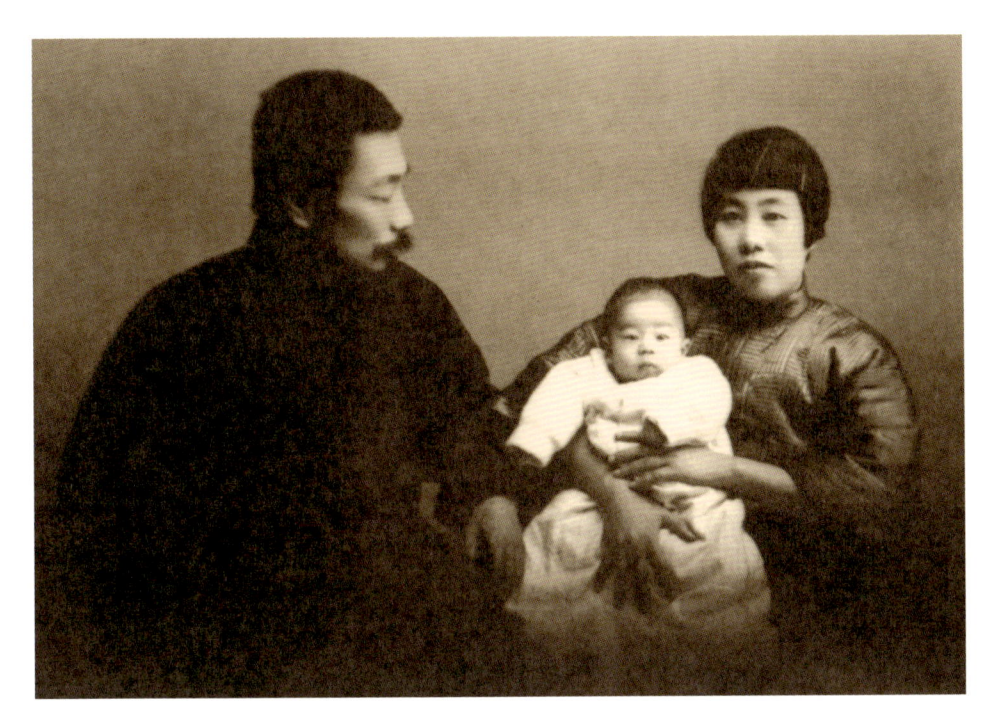

鲁迅一家合影，1930年1月4日海婴百日照

水不足维持生活，辞去的已有五六人，再过几天，一定更多，那时虽欲维持，但中途那有这许多教员可得？至于解决经费一层，则在北伐期中，谈何容易，校长到底也只能至本月卅日提出辞呈，飘然引去，那时我们也就可以走散了。My DEAR TEACHER，你愿否我趁这闲空，到厦门一次，我们师生见见再说，看你这几天的心情，好像是非常孤独似的。还请你决定一下，就通知我。

看了《送南行的爱而君》[1]，情话缠绵，是作者的热情呢，还是笔下的善于道情呢，我虽然不知道，但因此想起你的弊病，是对有些人过于深恶痛绝，简直不愿同在一地呼吸，而对有些人又期望太殷，不惜赴汤蹈火，一旦觉得不副所望，你便悲哀起来了。这原因是由于你太敏感，太热情，其实世

---

[1] 徐祖正作品，刊登于《语丝》。

鲁迅一家合影，1933年9月摄于上海

界上你所深恶的和期望的，走到十字街头，还不是一样么？而你硬要区别，或爱或憎，结果都是自己吃苦，这不能不说是小说家的取材失策。倘明白凡有小说材料，都是空中楼阁，自然心平气和了。我向来也有这样的傻气，因此很碰了钉子，后来有人劝我不要太"认真"，我想一想，确是太认真了的过处。现在这句话，我总时时记起，当作悬崖勒"马"。

几个人乘你遁迹荒岛而枪击你，你就因此气短么？你就不看全般，甘为几个人所左右么？我好久有一番话，要和你见面商量，我觉得坦途在前，人又何必因了一点小障碍而不走路呢？即如我，回粤以来，信中虽总是向你诉苦，但这两月内，究竟也改革了两件事，并不白受了苦辛。你在厦门比我苦，然而你到处受欢迎，也过我万万倍，将来即去而之他，而青年经过你的陶冶，于社会总会有些影响的。至于你自己的将来，唉，那你还是照我上面所说罢，不要太认真。况且你敢说天下就没有一个人是你的永久的同道么？有一个人，你就可以自慰了，可以由一个人而推及二三以至无穷了，那你又何必悲哀呢？如果连一个人也"出乎意表之外"[1]……也许是真的么?总之,现在是还有一个人在劝你,希望你容纳这意思的。

没有什么要写了。你在未得我离校的通知以前,有信不妨仍寄这里,我即搬走,自然托人代收转寄的。

你有闷气,尽管仍向我发,但愿不要闷在心里就好了。

YOUR H.M.[2] 十一月十六晚十时半。

品读

对于许广平而言,与鲁迅的交往、恋爱、结婚、厮守,是她生命中最为绚丽、最为快乐的时光。这从她给鲁迅的信中可以一窥全貌。

鲁迅病逝之后,许广平把所有的精力都投入整理鲁迅遗稿的事业中去。非但如此,她还继承了鲁迅遗志,在日本全面侵华之后撰写大量文章进行控诉,由此也惹恼了日本侵略者,被抓到日本宪兵司令部拘禁折磨了76天,她拒不屈服,最终在鲁迅的挚友内山完造的营救下才得以出狱。

这段民国时期的师生恋,让我们看到了鲁迅先生的硬汉柔情,也看到了真正伟大的爱情应当是怎样的。精神上的同声相应、同气相求,是爱情中最大的幸运。

---

[1] "出乎意表之外":这是鲁迅在1924年12月15日《语丝》周刊第五期上发表的《说胡须》一文中,有意模仿林琴南文章里的错误词句,以讽刺他的提倡古文原作"出人意表之外"。

[2] H.M.即"害马"汉语拼音的缩写。在北京女子师范大学风潮中,许广平挺身而出,被校长杨荫榆视为"害群之马",故鲁迅戏称许广平为"害马"。

我便成了抱红鸟了

——1927年4月7日　朱湘致妻子刘霓君

作者简介

朱湘（1904—1933），字子沅，原籍安徽太湖，出生于湖南沅陵，中国现代诗人。1919年考入清华留美预备学校。1921年加入"清华文学社"，开始新诗写作。1922年开始发表作品，是20世纪20年代清华园的四个学生诗人之一，与饶孟侃、孙大雨和杨世恩并称为"清华四子"。1927年7月从清华大学毕业，9月官费赴美留学，先后在劳伦斯大学、芝加哥大学攻读英文、法文、拉丁文、古希腊文等课程。1929年转学到俄亥俄大学，当年9月乘船离开美国。1930年春到达上海，被聘为安徽大学英文系主任。1932年暑假被解聘，后辗转漂泊于北平、天津、上海、杭州等地，生活艰难。1933年12月5日，朱湘在由上海开往南京的轮船上投江自杀，年仅29岁。代表作有诗集《夏天》《草莽集》《石门集》《永言集》，评论集《文学闲谈》《中书集》，书信集《海外寄霓君》等。

朱湘

原信

霓妹亲爱：

你的用我写的纸条寄来之信已经收到。我早不住在那里了，以后望不要再用那些纸条。还是你拿些信封托憩轩四兄打头一次他打的那些一样，就是留美学生监督处，不过上面的门牌号数本是二三一二，你这次托他打，可以请他改作二三〇〇（就是二千三百）。上一次他打的信封如若你不曾用完，还照旧可以用得，信不会掉的。你以后写信，千万不要忘记写日子，阳历就一直写阳历。我好知道你的信是那天写的，多少天到美国。我在此念书，等两年以后，再看考博士不考。我希望我的身体好，我们彼此相思不要多于过度，那便能在外国多住一年半或两年考博士。我前两天又做了一个梦同你相会，梦中我们同说了一番话缠绵悱恻，后来哭醒了。霓妹，霓妹，我看你信中口气，你大概忙碌得很，这又何苦呢。小沅[1]小东[2]已经很够你忙的了。我从前不是早就写过信叫你不要绣花不要忙别的事，省得太劳碌了，生病，又要我记挂忧愁。你前一封信内说你害了病，幸亏就好了。这都是你太

朱湘与刘霓君

---

[1] 小沅：朱湘和刘霓君的长子朱海士，字伯智，1925年生。
[2] 小东：朱湘和刘霓君的女儿朱雪，字燕支，1926年生。

劳碌了,所以害病。我求你千万不要再多劳了罢。每月我希望你至少有三封信给我,里面你可以说你自己怎样,做些什么事,小沅小东说些什么话做些什么事;你同他们两个的生活琐事我听来也颇有情趣,你说我的信很可爱,这是因为你是一个可爱的人,所以我写给你的信也跟着可爱了。霓妹我的爱人,我希望这四年快点过来,我好回家抱你进怀,说一声:"妹妹,我爱你!我永远爱你!"如今春天,外国有一种鸟处处看见,有麻雀那么大,嘴尖子漆黑,身子是灰鼠色,惟独胸口通红,这鸟的名字是"抱红鸟",这名字是我替它起的,它原来的名字叫"红胸"。四年以后,我们夫妻团圆,那时候我抱你进胸怀,又软和,又光滑,又温暖,像鸟儿的毛一样,那时候我便成了抱红鸟了。我买画片给你,这信已经写了,画片大概十天以后可以寄给你。你信中说你没有学问,这算得什么?你对我的心肠这好,你这样会管家,会带孩子,你的相貌又很美丽,我还不满意吗?这层你千万不要多心。

沅 四月七日

品读

  1924年3月,朱湘与刘霓君在南京结婚,婚后感情甚笃。朱湘在美国留学的两年多时间里,给妻子刘霓君写了90封情书,每一封信都有编号,这封信是第11封。在这些情书中,他写到谋生之艰辛,以及为钱所困的尴尬,更多的是如水的柔情,有日常生活的关照叮咛,夫妻间的体贴呵护,读来令人备感温暖。朱湘去世后,他的好友罗念生将这一组情书编辑出版,名为《海外寄霓君》。《海外寄霓君》与鲁迅致许广平的《两地书》、徐志摩致陆小曼的《爱眉札记》、沈从文致张兆和的《湘行书简》并称新文学史上的四大经典情书。

险些性命丢给豹做大餐
——1934年6月9日　许地山致妻子周俟松

作者简介

　　许地山（1893—1941），名赞堃，字地山，笔名落华生、落花生。祖籍广东揭阳，生于台湾一个爱国志士家庭。中国现代著名小说家、散文家、新文学运动先驱者之一。1917年考入燕京大学，1926年，留学回来的许地山在燕京大学、北京大学等学校任教。其间与瞿秋白、郑振铎等人联合主办《新社会》旬刊，积极宣传革命。五四运动前后从事文学活动。1935年应聘为香港大学中文学院教授，遂举家迁往香港。1938年当选为中华全国文艺界抗敌协会香港公会负责人。

许地山与妻子周俟松

原信

六妹子[1]：

　　五月九日和十四日的信都接到了，我现在只等款，款一来，马上就走。这封是最后的飞机信，此后还是每星期一给你信，你可以不必回信。若我的船位定好了，你可由飞机递到各埠船公司转给我。

　　写信给老太爷[2]，我自从到这里来，一步也没走开，没什么可报告的。许多地方应当去的都还没去。上星期赶着雨季之前到阿前多和伊罗去参拜佛教遗迹，用了一百元左右。在伊罗洞外约十里的丛林中遇见一只约一丈长（连尾巴）的大豹，险些性命丢给豹做大餐。那天（五月二十七）在道上遇见许多小野兽，因为洞离城市十七英里，我同一个学生坐马车去底，马车走三点钟才到。回来时，日已平西，过那丛林，已不见太阳，正是猛兽出来找吃的时候。车上三个人，一面走一面谈，忽然车夫嚷说："看！老虎在道上走，怎办？"那时已是黄昏后，幸亏是月明时候，车夫也有经验，他说："坐定了，提防着！"把马鞭了一下，走近那大豹约十码之地，车夫鞭车篷，发出大响声。那豹一双大眼睛看着我们，摇着尾巴，慢慢走到溪边去了。车夫看的是老虎，我看的是豹，可惜光不

许地山、周俟松结婚四周年纪念，摄于1933年

---

[1] 六妹子：许地山对妻子周俟松的爱称，周俟松（1901—1995），湖南湘潭人，长期从事教育工作，1929年5月与许地山结婚。

[2] 老太爷：似指周俟松之父周大烈，为晚清民初诗人。

足，不然照一张相片回家，多么有意思！当时并不觉危险，事后越想越玄，几乎晚上都睡不着，回家躺了好几天。那同走的学生太不关心，在走以前，我买了一本指导书（本地文）教他先看，看明白了再走，他没看。到那晚上，回家，他才翻起来看，说："指导书里也说在太阳未落山以前就得离开洞口，道上时常有野兽来往。"我听了，真是有气。印度人底不负责任，从这二点就可以看出来。还有一种爱占便宜底习惯，更令人看不惯。这宿舍，因为暑假，只住着四个人（连我算），那三个人，短什么东西，都到我屋里来借、来取，像我是他们的管家。胰子、牙膏、洋蜡、墨水、邮票、信封、信纸等等，凡日用所需，应备底都不自己去买，等我买回来，他们要现成。有时自己有，留着，先用别人底。有一天，出门，用旱伞，那个女学生底哥哥来说："请把旱伞借我使使。"我说："我底旱伞有一点破，不好使，你还是使你自己的罢。"因为我知道他有。他说："我底也有点破，反正你是要修理的，多裂一点，并不多花钱。"从我手里硬夺过去。你说世上真有这样人！出门去玩，吃东西，坐车，若是用他们的钱，回家一个子也算得清清楚楚，若是用我底，

许地山全家福

就当我请了客！在这里住底，个个家里都是十几廿万家事底子弟，还是这样酸，其他可想。所以这几个月，住在此地，天天都有气，我又面软，不便说什么，又不愿意得罪他们，这使他们想着我比他们更有钱。

　　燕京底房子，是不是"四美轩"或"三松堂"后面底那座？没自来水，可以把现在的抽水机移出去，钱要燕京花，把那水机送燕京都可以，但要高水池和水管。海甸地低，用不着打多深，所以水柜可以放在房顶上。

　　《藏经》消息又沉了[1]，我想还是找李镜池，分期交款办法本可以办，你主张（一次交款）不成，也许他们不要了，你可写信到上海。叫有骞先把书寄去，我到广州再同镜池交涉，或是你写信给镜池，应许他分期交款，看他怎回答。那书不卖，恐怕以后越难出去。日本金水跌得低，他们也许可以直接去订。

　　我定十五六离开此地，到孟买去定船。看这光景，是不能游历了。到现在钱还没来，教我真没办法。这次买船票先到香港广州再住几天，转回漳州，把几盆兰花带回来。我还要到南京去，找几个朋友。所以顶快也得七月中才能到家。

　　我身边只剩下三百卢比，若买三等票，也可以到香港。这两天就得定船位，下星期若钱还不来，真得定三等。日本船便宜，可不敢坐。欧洲船三等，不晓得怎样，还得打听。如有美国总统船，三等也可以。大概我会搭三等回家，我想我没来由借钱坐二等。

　　再谈吧。

地山
六月九日

　　正要发信，又接你五月十五底信，知道燕京许补一千。我想这便够了，不必再求什么人了。佛教会，有也好，没便罢，用人底钱又得为人做报告。汤芗铭先生可以去见见。××底话是靠不住底，他也是找朱子桥。

---

[1] 《藏经》消息又沉了：指《大藏经索引》一书的出版事暂时搁置。

品读

  许地山的文字，以平实舒缓见长，所谓"落地生花"，即是如此。这封写给妻子的信，当为佳作兼佳话。信中许地山称呼妻子为"六妹子"，充满浓浓爱意。他曾在另一封信中说："泰戈尔是我的知音长者，你是我的知音妻子。"可见夫妻二人感情深厚，志趣相投。

  这封信是1934年许地山在赴印度考察途中写的，充满了异域风情。特别是关于自己在伊罗洞外丛林中遇见大豹的危险经历，许地山在信中以幽默诙谐的语气向妻子讲述了出来。还有对于所遇印度人在日常生活中小气、爱占小便宜的性格的描述，也让人印象深刻。虽然身在国外，但对于国内的事情，许地山也一直惦记着，就连水柜的放置问题，他也对其位置和用具向妻子作了详细的叙述，字里行间流露出对家庭和亲人的惦念。

泰山鸿毛之训,早已了然于胸
——1937年10月18日 谢晋元致张萍舟

作者简介

谢晋元(1905—1941),字中民,广东省梅州蕉岭人,毕业于黄埔军校第四期,后参加北伐战争,屡立战功。1930年被调入第十九路军蔡廷锴部任少校营长、参谋等职,进驻上海。在1931年"一·二八事变"中,率部抗击日军。1934年,毕业于庐山军官训练团第二期。1936年,任第八十八师二六二旅中校参谋主任。

1937年"八一三"淞沪抗战爆发,谢晋元随部开赴上海,参加闸北八字桥战斗。后任五二四团团附,团长牺牲后接任团长,率部驻防闸北火车站,与日军血战。10月16日,大场防线失守,524团奉命掩护大部队撤退。10月26日,谢晋元受命坚守四行仓库,只有一个营的兵力,对外号称800人,孤军与日军激战4个昼夜,后被迫退入租界。仅在四行仓库的战斗期间,谢晋元率部打退敌人10余次,毙伤日军200余人。1941年4月,他被日伪收买的叛兵刺杀,时年37

谢晋元

岁。后国民政府追赠谢晋元为陆军步兵少将，毛泽东赞誉"八百壮士"为"民族典型"。1983年，上海十万民众前往瞻仰遗容。2014年9月，谢晋元被列入中华人民共和国民政部公布的第一批300名著名抗日英烈和英雄群体名录。

原信

萍舟吾兄：

　　九日示悉，昨日上函谅达。沪战两月，敌军死亡依情报所载，其数达五万以上。现在沪作战敌军海陆空军总数在廿万以上，现尚源源增援中，以现势观察，沪战纵有些微变化，决无碍整个计划，希释念可也。

　　弟十年来饱尝忧患！一般社会人情事故，影响于个人人生观，认识极为清楚。泰山鸿毛之训，早已了然于胸，故常处境危难，心神亦觉泰焉，望勿以弟个人之安危为念。

　　维诚在目前环境下，绝对不能来汉。如蕉岭有危险，汉口则不可以言语计矣。抗战决非短期可了，汉口商业中心，更非可久居之地。倘维诚属个人行动，自较便当，以今日而论，幼民姊弟[1]，绝不能片刻无人照料也。望速将弟意转知维诚，不论如何，绝不能轻易离开家中，切盼。

　　黄渡情形如何，此间何无所知，当加注意。款项只要可以寄去，必尽各种方法，遵命汇去，勿念。

　　岳母抵汉后，想因店铺放弃，而内心不安。吾兄经济情形若何？倘有困难，希函知以便设法接济也。弟衣物此间购买方便，望勿麻烦可也。敬祝
冬祺！

　　岳母大人以次敬叩安好！

中民弟　十月十八日

　　信由上海探投，勿写八字桥或其他地名，即可交到。

---

[1] 幼民姊弟：指谢晋元与凌维诚的四个孩子：长子幼民、长女雪芬、次女兰芬、次子继民。

薛君吾兄：

九日来电，昨日上海谅达庋，战岂月，敝军死亡依据报所载其数达三万以上，现尚观察。以现势观察，此战敝军海陆空军总数近廿万以上，现尚继有些微变化，决策碑卷，但源源增援中，以现势推测，计划

信中上海择援加幕各部队战况共化无足行公家理

释念不已。

沪已商业中心，更非可久居之地，偷能诚实个人行动，但极便宜，岂能继诚业个人行动，但极便宜，岂能日用诸如此类，如民埸界弟知不能完刻无人照料之处速将弟意非不知，但不能轻另离开宫中，所谓如何，绝不能轻另离开宫中，所谓黄澄情形如何，此向付无讯，必当

注意，款项只要可以写吾，必尽力程方使，遵命雕吾，自念

吾母抵沪复，想因店铺放弃，家内心不安，吾

无能为情形如何？倘有用难，知以後设法接济之，弟无

买方便，但尚须烦吾父致祺

吾母大人以次敬叩安好

不氏弟 十月十七日

弟十年来能曹庞逸之一般社会人情事故，影响於个人生观说诚抢务清楚，泰山鸿毛之训，早已了然於胞。故市唐境危难，泰高些句以弟个人之安危为念。

雜誠立日前瑝境下，絕對不能來濘，如蕙領有危險，彳口則無可以言諮計矣，抗戰決非短期可了

品读

  这封家书写于1937年10月18日，淞沪会战已进行了两个多月，大场防线刚刚失守，此时距10月26日谢晋元率部坚守四行仓库只有短短8天。

  司马迁在《报任安书》中说："人固有一死，或重于泰山，或轻于鸿毛。"从此，泰山鸿毛之论作为一种生死观成为千古遗训，有气节的人都会作出自己的选择。谢晋元的操守和气节从家书中可见一斑。"泰山鸿毛之训，早已了然于胸。故常处境危难，心神亦觉泰焉。望勿以弟个人之安危为念"。他用行动实践了自己的诺言。

  10月26日，谢晋元奉命率部坚守苏州河北岸的四行仓库，掩护部队后撤。孤军浴血奋战了四昼夜，击退日军十余次进攻，给敌人以重创。四行仓库巍然屹立，国旗高高飘扬。孤军的事迹为人所传颂，被称为"八百壮士"（实际人数为四百余人）。后接蒋介石"珍重退入租界，继续为国努力"的手令，于31日退入公共租界。

  尽管战斗激烈，但谢晋元还惦念着妻儿的安危。谢晋元与妻子凌维诚是在一次婚礼上结识的，当时两人分别是伴郎和伴娘。尽管凌母对女儿在战争年代嫁给军人表示担忧，凌维诚还是不顾反对，1929年，在武汉与谢晋元结婚。婚后两人聚少离多，大多靠通信交流。1936年春节过后，谢晋元预料日军全面侵华战争必然爆发，亲自将寓居上海的妻儿送回广东原籍。临别时对怀孕的妻子说："等到抗战胜利那一天，我亲自把你们接回上海。"谁知这一次分别竟成永诀。

古来征战几人回
——1941年12月27日　褚定侯致大哥褚定浩

作者简介

褚定侯（1919—1941），字勇深，号相藩，生于浙江莫干山。1936年，他在杭州一中读书。七七事变后，回到莫干山。1938年秋，进入战时浙西临时中学。不久投笔从戎，考入中央陆军军官学校二分校17期学习。毕业时，主动要求到一线作战部队，随后被编入国民革命军陆军第41师121团，到职不久即参加第二次长沙会战。1941年冬，在第三次长沙会战中为国捐躯。

褚定侯，摄于20世纪30年代

原信

浩兄：如握！

前日寄二书，不知收到否？弟已呈报告与团部，团长未能批准，云此非常紧急之时，不准弟请长假。弟部队已于昨日早晨出发进占阵地，而于昨日下午，师长亲自到弟阵地中侦察地形，改命弟单独守浏阳河北岸之村落据点，命弟一排死守此处，命弟与阵地共阵亡。又云若在此能坚守七天，则可有办法。因此弟于昨日（廿五）晚率部到守地，连夜赶筑工事及障碍物，阵地之后五十公尺处即为大河，河扩水深，无舟无桥，此真为韩信之背水阵矣。本日情报：敌人已达汨罗江，计程三四日后能到此，然前线队伍，能毕力能抵，则能否到此，是为问题。加之本日湘北本年冬首次飞雪，则敌人之攻势，该稍挫缓矣。然吾军各师官兵均抱视死如归之决心，决不让敌渡浏阳河南岸来。弟告部士兵"不要他渡河"一句话，敌此次不来则已，一来当拼一拼。弟若无恙则兄可勿念，若有不幸则请兄勿悲。古云"古来征战几人回"，并请告双亲勿悲，生死有命，富贵在天，然弟一切自知自爱，务祈兄勿念。

兄上次寄来洋二百元悉数收到，祈勿念。

家中近来有信到兄处否？弟已久无告双亲矣，请能代书告之，云弟安全也。时在阵地，一切不便，故不多作书。

待此次作战后，则弟当入滇谒兄安好也。兄若赐言，仍可寄浏阳军邮第一五〇号四一师一二一团二营六连弟收可也。时因北风雨雪交加，关山阻绝，希冀自爱，余不一一。即请

冬好

侯弟拜上
十二，二七〔二六〕。

品读

1941年12月下旬，日军重兵进攻长沙，与中国军队展开第三次长沙会战，褚定侯奉命率全排官兵坚守浏阳河北岸，阻敌南犯。在与日军决战的前夕，他提笔给远在云南昆明的大哥褚定浩（字经深）写下了这封信，书法潇洒飘逸，通篇贯穿着大敌当前、视死如归的紧张气氛与战斗豪情。读来令人荡气回肠，表现了一位军人忠于国家和民族的崇高气节。

这封家书写于12月27日，当时日军已经渡过汨罗江，正在向南逼近。发出这封家书后不久，日军就进至浏阳河一线，褚定侯率部与日寇昼夜血战，在前有

家书手稿

顽敌、后无援兵的困难情况下，直至全排官兵壮烈殉国，兑现了"与阵地共存亡"的诺言。

会战中，面对日军的疯狂进攻，中国军队进行了英勇的抵抗，与敌人展开了多次拉锯战。据报道，仅在元旦那天，中国军人就写了1500封家书寄交家人，表达了将士们勠力同心、视死如归的气概。到1942年1月中旬，由于我军官兵的合力抵抗，第三次长沙会战以中方的胜利而告终。这是自珍珠港事件以来，二战同盟国在亚洲战区中唯一的胜利，也是自太平洋战争爆发后盟军的第一次重大军事胜利。

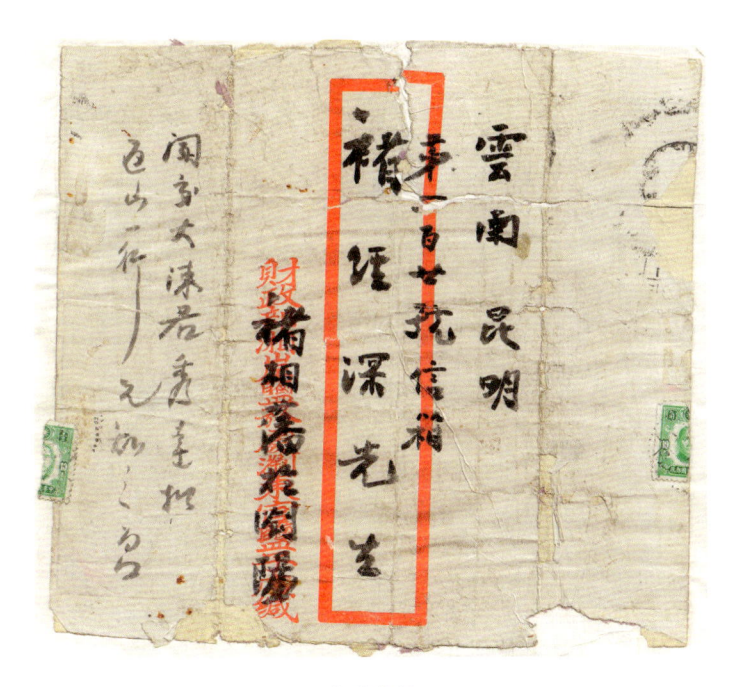

家书信封

为国战死 事极光荣
——1942年3月22日 戴安澜致妻子王荷馨

作者简介

戴安澜（1904—1942），原名衍功，号海鸥，安徽无为人。黄埔军校第三期毕业。曾任国民党第十七军第七十三旅旅长、第八十九师副师长，第二〇〇师师长。先后参加长城抗战、台儿庄战役、武汉保卫战、桂南昆仑关作战等。1942年年初，率二〇〇师作为中国远征军先头部队赴缅参战，3月率部取得东瓜保卫战的胜利，歼灭日军5000余人；4月克复棠吉；5月在率部突围战斗中遇敌袭击，5月26日殉国。

戴安澜任73旅旅长时，摄于庐山　1939年，第五军第二〇〇师师长戴安澜出征前摄于全州

原信

亲爱的荷馨：

　　余此次奉命固守同古，因上面大计未定，与后方连〔联〕络过远，敌人行动又快，现在孤军奋斗，决以全部牺牲以报国家养育！为国战死，事极光荣。所念者，老母外出，未能侍奉。端公[1]仙逝，未及送葬。你们母子今后生活，当更痛苦。但东、靖、澄、篱四儿，俱极聪俊，将来必有大成。你只苦得几年，即可有出头之日矣。望勿以我为念。又我去岁所经过之事，实太对不起你，望你原谅，我要部署杀敌，时间太忙，望你自重，并爱护诸儿，侍奉老母！老父在皖，可不必呈闻。手此即颂
心安

安澜手启
三，廿二

　　生活费用，可与志川、子模、尔奎三人洽取，因为他们经手，我亦不知，想他们必能本诸良心，以不负我也。又及……

品读

　　戴安澜将军牺牲后，战友们在他的皮包中发现了两封信，其中一封写给妻子王荷馨（作于1942年3月22日），另一封写给三位朋友，信中所透露出来的爱国情怀、报国之志，催人泪下。

　　这两封信均写于同古保卫战期间，二〇〇师挺进敌后，孤军作战，后援困难，全体官兵决心誓死抵御到底。师长戴安澜带头立下遗嘱：只要还有一兵一卒，亦须坚守到底。如本师长战死，以副师长代之，副师长战死以参谋长代之。

---

[1]　端公：戴安澜叔祖父戴端甫，知名爱国人士，是戴安澜人生道路引路人。1942年2月28日，端公于广西全州病逝，戴安澜因奉命远征，未能亲临送葬。

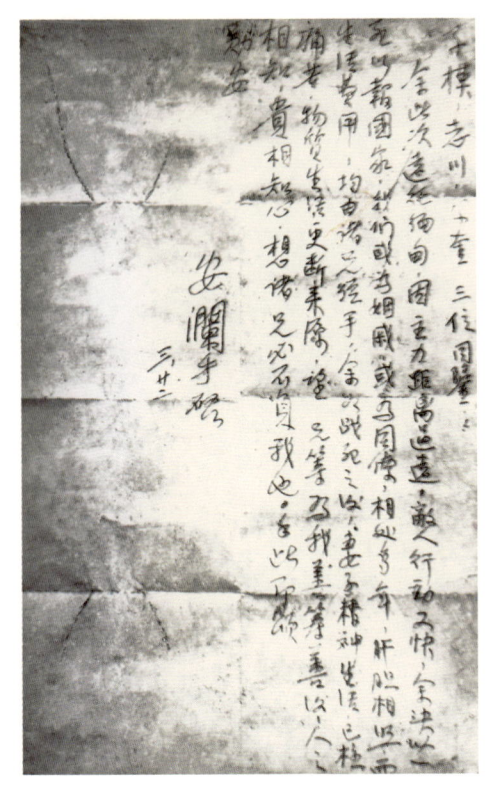

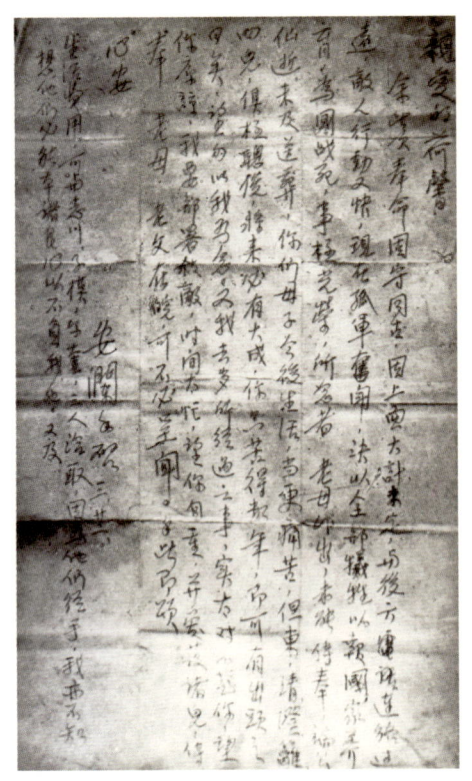

家书手稿

参谋长战死，以某某团长代之。全师各级指挥官纷纷效仿，誓与同古共存亡。敌人的猛烈进攻，造成伤亡猛增，掩体被毁。戴安澜指挥将士利用残垣断壁、炸弹坑继续抵抗。同古保卫战历时12天，二〇〇师以高昂的斗志与敌鏖战，以牺牲800人的代价，打退了日军20多次冲锋，歼灭敌军5000多人，打出了国威。

4月25日，戴安澜率部克复棠吉。5月初，"盟军"全面溃败。5月10日，远征军大部队退至胡康河谷，受到日军第56师团阻击。5月13日夜间，戴安澜率二〇〇师潜过曼德勒至腊戌的公路。5月18日傍晚，戴安澜在阻击战斗中不幸中弹受伤。5月26日下午，殉国于缅北的茅邦村。

10月16日，国民政府追赠戴安澜为陆军中将。1943年4月1日，在广西全州，上万人为抗日英雄戴安澜举行了隆重的安葬悼念仪式，国共两党领袖均亲撰挽词。

1956年9月21日,中央人民政府内务部追认戴安澜为革命烈士。2009年9月,戴安澜被中央宣传部、中央组织部、中央统战部等11个部门联合评为"100位为新中国成立作出突出贡献的英雄模范人物"之一。

戴安澜将军、夫人王荷馨和孩子们合影

我这辈子只谈这一次恋爱
——1973年1月20日　叶辛致王淑君

作者简介

叶辛，原名叶承熹，1949年10月出生于上海。1969年于贵州修文插队，在偏僻的乡间生活了十年。1977年发表的处女作《高高的苗岭》，被改编成连环画，拍成电影。此后出版长篇小说《蹉跎岁月》《家教》《孽债》《三年五载》《华都》《缠溪之恋》等。历任上海作协党组副书记、秘书长，中国作家协会副主席，上海文联副主席，上海作家协会副主席等。

叶辛

原信

毛头[1] 你好!

我归沪已一个星期了,一直没有见到你的信,心里很焦急,不知是什么原因。离开生产队那天,我曾寄一封信给你,可一直不见你的回音。

回到上海以后,我相当忙,为了"春耕"[2]。现在心才稍稍安定,在2月20日我就可以正式听到对它的结论以及完整的意见了。

随着时间的消逝,更加深了我对你的思念,不知是什么原因,使你没有写信。望收到我的信后,迅速来信,哪怕是一封短信也好。不管在什么样的情况下,我希望在春节前收到你的信,不要让我失望!

这次回上海,我受到很大的波折、心里非常不愉快。

到了家,我常常在饭桌前想起你,望着满桌酒菜,一点胃口也没有,想到你在那里的情形,我心里很不好受。如确定留下来,来信时定要提及你所需要的东西,我会给你买好设法送去的。手表我也在设法买。

上海还是过去的上海,由于确定不了你究竟落实与否,也不敢多写信,再说我实在有点忙。

等落实了,我再给你去信,把一切令人鼓舞的消息和一些波折告诉你。

毛头,亲爱的人,相信甜甜,他永远忠实于你。

当所有亲戚、朋友问起我和你的事的时候,我都是这样回答的:"我这一

"叶青经典知青作品文集"之《往日的情书》

---

[1] 毛头:叶辛对女朋友王淑君的昵称。
[2] "春耕":叶辛到贵州插队后首次尝试写作的长篇小说,历时几年,几经修改,几经周折,未能出版。

辈子只谈这一次恋爱，世上再没有第二个人可以代替她了。"不管怎么样，命运指定我爱上了你，那么，我只能永远爱你，绝没有第二条路了。

在新的一年里，祝福我们走向幸福和光明！

你的甜甜[1]
1973年1月20日中午

品读

这是著名作家叶辛写给妻子王淑君的情书，虽然不长，但是热烈的情感充满纸间，称呼、落款堪称蜜语。当然，那时的叶辛尚未成名，正在练习写作、艰难发表的爬坡路上。

十年知青生活给叶辛带来了丰厚的生活积累，成为他创作中取之不尽的来源，他的作品基本上都与知青有关。与此同时，十年知青生活也让叶辛收获了甜蜜的爱情。劳动之余，他就在简陋的知青小屋里伏案写作。他的刻苦与才华打动了一位温柔俏丽的姑娘，她开始为叶辛抄稿子，并默默陪伴着他。这位姑娘叫王淑君，也是来自上海的知青。

从1969年相识，到1979年元月结婚，叶辛和王淑君谈了近十年恋爱，其中几乎七年半的日子，他们是在分离、在两地相思中度过的。相互联系和沟通的办法，就是通信。

1972年，王淑君被招到国营修文水电站当工人，叶辛则成为乡村耕读小学的民办教师。在当时，这两种身份的青年，都是不允许也没条件恋爱的。但是，他们却频繁地给对方写着信，继续相互深爱着。"这封封书信，倾诉的是我们的爱情。但在每封信的字里行间，都能看得出当年我们的真实思想以及作为'知识青年'的心态。"[2]

---

[1]　甜甜：淑君对叶辛的昵称。
[2]　叶辛：《往日的情书》，百花文艺出版社2008年版，第115页。

这次地震对我们都是考验
——1976年8月4日　高御臣致邢文琴

作者简介

高御臣（1926—2017），原名经蔚，山东海阳人。1947年6月参加革命工作。曾任北京轻工业学院（今北京工商大学）教师，西北轻工业学院（今陕西科技大学）化工系主任、副院长，中国轻工科普教育委员会副主任等职。1991年离休。

高御臣

原信

文琴：

我于昨天晚上乘部里派的汽车回到留守处，看到了强强、高华[1]和贾克星[2]，也看到了小

---

[1] 高华：作者的长子，当时在北京。
[2] 贾克星：作者的长媳，当时在北京。

家书手稿

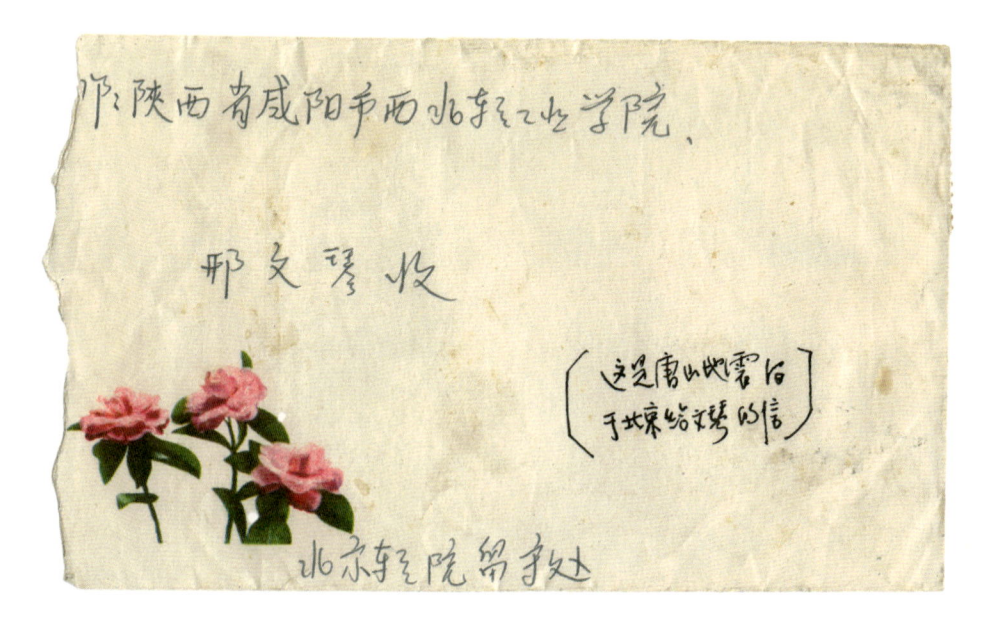

宗书信封

家书手稿

伟[1]和小斌[2]来信，询问我的情况。贾克星还抱头大哭，哭什么，人不是回来了嘛！而且很好。我想前几天，您的情况也很紧张，小伟来信我也看了。其实我比你们想像［象］的情况要好的［得］多。也许我在信里写的您不完全相信，不是见着人总不放心。但我不能马上回去。院党委几个领导今天就到了，这样我的担子就轻了。我只向他们汇报情况，伤员可以住院，食宿也有安排，不像在唐山，什么事都由我来管。

地震那时，我还睡着，房子倒塌时我才起来，我靠的那一边墙还有一小片未倒，我也未挂蚊帐，所以跑起来很方便，从窗子里出来的，没有受伤，只是手擦破了一点皮，现在已经全好了。我出来以后，就动手抢救埋在楼里的同志，那时也不知道累。第一天没有吃饭，饭有一些，但我吃不下，第二天解放军来了，帮助我们挖。经过几天战斗，情况好转了，从解放军来以后，我就不干重活了。也就是帮助照顾一下，做做思想工作。那时我千方百计把信送出来，可是送不出来。到8月1日周德明同志才出来，把我写的信向部汇报了，部领导很关心，当即设法弄两部车把我们拉回来了。回到高华那里，用热水洗洗头，还洗了个澡，感到轻松了些。高华还为我准备了一个西瓜和几个桃子。正好，强强也在这里，我们谈到11点睡着了。

---

[1] 小伟：指作者的四儿子高伟，当时在陕西咸阳附近农村插队。
[2] 小斌：作者的次子，当时正在吉林大学上学。

长子高华（后排中）应征入伍离京前全家合影，前排中为高御臣和夫人邢文琴，前排左为女儿高晶，右为四子高伟，后排左为三子高强，右为次子高斌，摄于1968年2月

  关于我的情况，您们知道了，高华也给高斌写了信，只是小晶不知道，她和县里的人到南方参观去了，可能再过十天八天就回来了。

  这次地震对我们都是考验，不仅思想上考验，对我身体也是考验。说实在的，我的身体还真不错，到第三天大便也正常了。别人也说，您怎么躺下不到两分钟就能睡着。我说，我就凭这个身体才好，您们也不要胡思乱想。如果我死了，您们也不是应该很好地工作吗？现在党中央、毛主席发出号召，大量的解放军、许多省市送来物资，还有大量的医疗队，唐山正在恢复，工人开始上班，形势发展很快，比外边人想象的要快。

  高伟先不要回生产队，陪妈妈说说话。现在西瓜下来了，每天吃一个西瓜，千万不要着急。还有我东西丢的很少，邮来70元收到了，也未丢，只砸坏了一些磁〔瓷〕器，被褥我不要了，总之损失很少。

高御臣
8.4

品读

1976年7月28日凌晨3时42分，河北唐山发生里氏7.8级大地震，造成24.2万多人遇难，16.4万多人重伤。

高御臣时任设在咸阳的西北轻工业学院（今陕西科技大学）化工系主任、陶瓷专业赴唐山实习队党支部书记。1976年夏，他率领该校陶瓷专业学生赴唐山实习。当时，实习已进入尾声，师生们已计划在7月29日回去同亲人团聚。没想到，就在他们离开唐山前的十几个小时，大地震突然发生了，与高御臣同住的26人中，只有7名师生跑了出来。天亮后，经过清点，高御臣带的两个班，41人不幸遇难，37名师生幸免于难。高御臣指挥幸存者组成抗震救灾小分队，团结奋战，努力自救，抢救伤员，后在解放军的帮助下，掩埋遇难同伴遗体，护理伤员。

地震后的七天七夜，学生与外界失联，分布在全国十几个省的亲人心焦如焚。根据常识判断，伤员即使受了重伤，被转移到外地，也会托人给家里打个平安电报，因此亲人们渐渐绝望了。高御臣的妻子几天不进饭食，学院办公室主任到他家看望时对他儿子说："孩子，地震已经六天了，不能不做个最坏的思想准备。"他的小儿子还写了一首长诗：《悼念爸爸》。当时，很多家属以泪洗面，不少人祈祷孩子平安回来。他们万万没有想到，高御臣及幸存者在地震后没有立即回家，而是在那里抗震救灾呢！在唐山的实习队幸存者也意识到家里的亲人一定很焦急，曾千方百计想法送出书信，但困难重重。

七天后，在当时的轻工业部领导关照下，幸存者撤出震区，回家同亲人团聚。高御臣到达北京休整，第二天就给妻子邢文琴写下了上面这封家书，描述了自己在地震中逃生的经过以及协助解放军抢救同伴的情况。不久，高御臣乘飞机回到咸阳，学院领导、同事、亲人挤满了他那十几平方米的斗室，连楼道也挤满了人。妻子含泪告诉他说："只要你能好好回来，即使缺胳膊断腿，我也伺候您后半辈子。"第二天，妻子才接到他这封迟到的家书，双手捧着，读了一遍又一遍……

惜慈母已故，悔之晚矣
——1977年3月24日　张闻乔致胞妹张骅

作者简介

张闻乔（1908—1988），原名张广信，满族，生于辽宁开原李家台。东北大学英文专修科毕业，后长期从事教育工作。

原信

胞妹骅：

三月十一日接到由三侄转来的手书，知你已到印第安纳，欣然良久。你谈，飞到曼谷想起各方亲人，这真是"一夜乡心五处同"了。

宋苏老泉[1]有"名二子说"，谈及为苏轼和苏辙起名的由来。而我的"名妹说"也是有些根据的。你幼时好动，妈妈总以女儿家像男孩子为虑，

张闻乔读书照

---

[1] 苏老泉：苏洵，字明允，自号老泉，北宋文学家，与其子苏轼、苏辙同以文学著称于世，世称"三苏"，"三苏"均被列入"唐宋八大家"。

1983年8月，张骅与胞兄张闻乔在美国重逢

所以我给你改名"希静"，字"居仁"：本着"智者乐水，仁者乐山；智者动，仁者静"的意思，愿你少动多静，作〔做〕个仁者。后来你越级升学，逐渐有些健谈。据此我再给你更名为骅骝之骅，取意腾达，字行敏，取意君子欲讷于言，而敏于行。愿你少说话，多作〔做〕事。而今你像行空的天马，归海的蛟龙。三十年来，漫游四方。你自称为"跑天下"，我看太俗，不如改为"海天游"吧！

你的英语程度怎样？你买一本《海外轩渠录》看看。这本小说很有趣。如果我作译者，把它译作《大小人国游记》多好！你和宝硕妹丈在海外三十年，"鸿飞那复计东西"，但"泥上偶然留爪迹"了吗？没留，真真可惜！你今后可否写些日记呢！清代沈三白写了一本《浮生六记》。你们哪管写上一、二、三记呢，我看也是好的。吾老矣，将作入"墓"之宾，生为无闻之人，殁成一棺之土。完了，什么也不想写了。

旧金山的得名：San Francisco 中国人原译为金山，后来澳洲（澳大利亚）的墨尔本也称为金山，所以就把它改为旧金山了。供你参考。中国汉唐壁画

张骅（后排右）与胞兄张闻乔一家合影，20世纪40年代初摄于海拉尔

家书手稿

自一月二十九日—三月十三日在旧金山中华文化中心展出,你去参观了吗?

1940年父亲已故,慈母尚在。我一次别母后,曾写一阕"满江红"。词的下半阕:故乡月,皎似雪;慈母泪,珍于璧。自今兹,誓把闲情抛却。魂梦不离亲左右,性灵常与神交结。苦修行,面壁效僧摩,心如铁。现在想起来依稀往事,有些凄然了。

夏历新年,你是在印第安纳过的。"五二"是幼女,一定会想你更深切,这次团聚给她无限慰藉和温暖。希望你今后要作〔做〕"慈母",多多给她们一些体贴,不要再像"严父"了。

回忆妈妈患足疾,当时不知是啥病,治不得当,死去,思之痛心。自我患病复原,常习医理,才知道母病"脱骨疽"是难症,不易治。但有成方,患者屡用屡效。惜慈母已故,悔之晚矣,伤哉!附药方,作不孝子之戒。

信笔直书,千头万绪,愿意你们生活得更美满,更有意义。并祝乃溟夫妇、五二夫妇,"生作人间有用人"。

附:脱骨疽(西医名:脉管炎)

汤药:桃仁四钱,红花五钱,赤芍五钱,生姜三钱,大葱根三个(带须的)水煎服,服时吃麝香一粒(高米粒大小)

三付药后加甘草三钱

敷药:用土蜂房(土蜂子窝)合香油敷患处。

兄乔
1977.3.24

品读

收信人张骅,字行敏,系张闻乔胞妹,1923年生于辽宁开原。青少年时期随兄长读书。2000年与丈夫周芳一起在北京定居。2014年九州出版社出版其自传体回忆录《明月乡心》。2017年11月在北京去世。

张骅女士自幼受父母教导,勤劳善良,知书达礼。父母去世早,但他们的言

张骅女士在家中，身后墙上挂的是《朱柏庐先生治家格言》，张丁摄于 2014 年 12 月

传身教影响了张骅一辈子。父母去世后，大哥张闻乔承担起照顾四个弟妹的责任。作为最小的孩子，张骅得到了更多照顾。数十年来，张骅一直保存着大哥张闻乔写给她的一百多封家书，在张骅眼里，"大哥最孝顺，实在能与上古时代的孝子比美"。

大哥张闻乔常常在家书中追忆父母的往事和教诲："回忆母亲生前送我行时，总不当面流泪，怕我惦念。泪水偷着流的。真是'慈母非无泪，不洒离别间'啊！老人用'刚强'二字教育我长大。我也总要用'刚强'二字教育孩子们。"他有时还引用古代著名的家训作为自勉："马援说：'穷当益坚，老当益壮。'"哥哥就是本着这种精神活过来的。今后，还要本着这种精神活下去。

分别四十年之后，1983 年 8 月，张骅与大哥张闻乔在美国重逢，享受天伦之乐，共同度过了将近半年的时光。在张骅的家里，客厅里挂着朱柏庐的治家格言，每天抬头即可看到，并且身体力行。家风是无言的家教，在张骅的影响下，她的女儿也继承了这种谦虚内敛、敬老爱幼、自立自强的品格，优良家风一代代传承着。

人不可能十全十美
——1981年7月9日 孙长河致黄少阳

作者简介

孙长河，1956年生，河南平顶山人。1976年12月参军，在基建工程兵原00271部队从事后勤工作。1978年8月加入中国共产党。1983年转业，次年调到核工业华南地勘局工作，先后担任科员、副主任科员、主任科员、副处长、处长。1993年调任深圳市核工业华南工贸有限公司总经理。2003年任广东省核工业科技信息中心主任、书记。2010年调任广东省核工业地质局二九二大队党委书记。

孙长河、黄少阳结婚照，摄于1982年年初

原信

少阳：你好！

七号下午我已安全地归回部队，因处理工作较忙，次日也就上班了，目前主要忙着搞总结，后勤部和团党委急待要材料、要数字，故眼下也就紧张一下子了。

少阳，大概你也和我同样感到：咱们的相识是意外的，并且是一种别有风味的巧遇。说来也真好笑，这是一个多么有意义的开头啊！

我们的认识只有短暂的八个小时，虽然这么短暂的一瞬，我对你却产生好感，从你的谈吐举止，可以基本了解到你的性格和为人。你虽然身居闹市而并没有被花花世界、靡靡之音所眼花缭乱；你虽然是年轻的女性，但你并没有忘记了时间的宝贵，常常在向知识的世界攀登；你那简单的陈设，朴素打扮，整洁的环境都给我留下了深刻的印象。你那诚恳的言语、美好的心愿、谦逊的态度把我平静和带有伤痕的心情触动。你不讲条件，不论地位，不嫌农村老土，但愿一颗诚实美好

黄少阳与丈夫孙长河，摄于80年代初

家书手稿

的心灵，这就是我们相爱的基础，有了这个最根本的基础，才有可能使我们的感情生花，友谊递增。

少阳，和你相识后，你的影子常在我脑海浮动，虽然我们只有短短的相处，我觉得有许多地方我们的性格、情趣相同。回队后，本想我们的事情要暂时保密，只因一些好心的首长和战友，总愿热情帮忙，因为咱又不会说假话，同时也不能骗这些人，所以不得不把咱们的情况给他们讲明。这些知音首长和战友大多数支持同意我们加深了解，继续发展，也有个别意见不同，这也是自然现象。对待一个问题，就好像一个人一样，不可能百分之百，十全十美，所以我们既不能强调别人意见都要一致，也不强求在选择上十全十美，你说是吗？

少阳，此次一行，我们初次见面，你对我那么热情，有些使我过意不去，在此我表示感谢！

少阳，初次见面不知你有无觉查[察觉]，我这个人说话很直爽，也可以说是有啥有说，心里存不住东西。有些该说不该说的话，只要一想起来，就

家书手稿

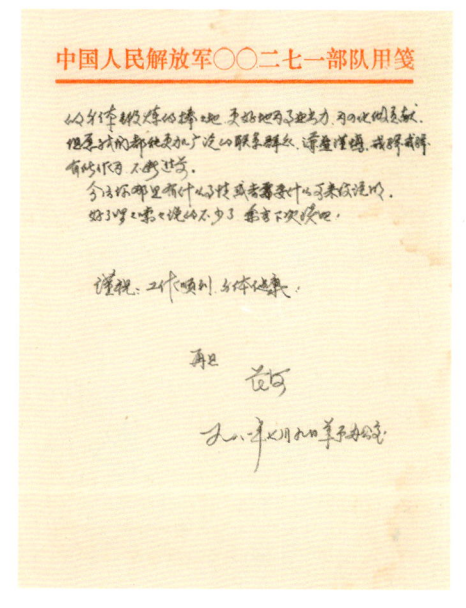

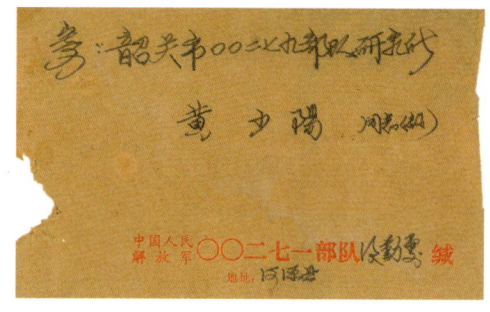

家书信封

毫无保留，这也是我多年养成的习惯，说错的地方，希望你能够谅解。

我们的事情，我已写信告诉了家里，你可能也给家去了信，如果家里同意，我们高兴，如父母阻力很大，我们要考虑老人的意见，不要让他们太失望，我们都应该做一个孝顺的儿女。

在所里搞绘图工作，业余时间还应当能发挥自己的爱好，尽量使自己的生活安排的〔得〕更丰富，更有意义些，遇到一些事情多来信谈谈你的想法，还希望你注意自己的身体，把自己的身体锻炼得棒棒地〔的〕，更好地为事业出力，为四化做贡献，但愿我们都能更加广泛地联系群众，谦虚谨慎，戒骄戒躁，有所作为，不断进步。

今后你那里有什么事情，或者需要什么可来信说明。

好了，啰啰嗦嗦说的〔得〕不少了，余言下次谈吧！

谨祝：工作顺利，身体健康！再见

长 河
一九八一年七月九日
草于办公室

孙长河与黄少阳，2019 年 5 月 2 日摄于汕头

品读

　　这是20世纪80年代初两位军人情侣第一次见面后写的信，应该算是一封情书。行文、措辞都具有那个时代的特点。

　　收信人叫黄少阳，1956年生，广东普宁人，父母都是东江纵队的老兵。1973年高中毕业后到普宁乌石良种示范繁殖农场工作。1976年3月参军，在基建工程兵原00279部队师部研究所从事技术工作。1978年6月加入中国共产党。

　　1980年10月，孙长河、黄少阳同时提干，分别任参谋和绘图技术员，婚姻问题也提上了日程。1981年7月初，孙长河到师部送材料，经老乡战友介绍，与黄少阳见了面。

　　恋爱期间，孙长河到师部出差两人才能见面，大约一个季度见一次面。黄少阳说："当时没有地方可去，没有公园，也没有电影看，只能在营房外的体育场台阶上坐着聊天，出去时还不敢并排走，一前一后错开走，怕被人看到，跟做贼似的。"经过半年左右的恋爱，1982年1月，两人结为伴侣。

　　1983年3月，孙长河和黄少阳都脱下了军装，由军人转为地质队员，继续为国家的核工业发展做贡献。1984年，两人都调到了核工业华南地勘局工作。黄少阳先后任助理工程师、工程师，2011年退休。2016年孙长河退休后，两人一起参加了深圳市宝安区志愿者活动，多次被评为优秀义工。

那一箩一筐的隽语，都消失了
—— 1983年3月20日　黄永玉致曹禺

作者简介

黄永玉（1924—2023），现代著名画家、作家。祖籍湖南凤凰，1924年生于湖南常德，土家族。笔名黄杏槟、黄牛、牛夫子，受过小学和不完整初级中学教育。黄永玉擅长版画、彩墨画。曾在上海、香港从事木刻创作活动，任长城电影公司剧本特邀撰写人，香港《新晚报》画页编辑。1953年从香港来到北京，在中央美术学院任教，先后任副教授、教授，曾任中国美术家协会副主席。

黄永玉

黄永玉与张梅溪游北京，摄于1950年

黄永玉自学美术、文学，被称为一代"鬼才"。不仅在版画、国画、油画、漫画、雕塑方面均有高深造诣，而且还是一位才情不俗的诗人和作家。代表作品有散文集《太阳下的风景》《火里凤凰》《沿着塞纳河到翡冷翠》《比我老的老头》，诗集《一路唱回故乡》等。出版有《黄永玉木刻集　1946—1957》《黄永玉画集》《画家黄永玉湘西写生》《永玉六记》《沿着塞纳河到翡冷翠》《太阳下的风景》《无愁河的浪荡汉子》等。1986年荣获意大利总统授予的意大利共和国骑士勋章。2011年入选首批16位中国国家画院院士之一。

原信

家宝[1]公：

　　来信收到。我们从故乡回京刚十天，过一周左右又得去香港两个月，约莫六月间才转得来，事情倒不俗，只可惜空耗了时光。

　　奉上拙诗一首，是类乎劳改的那三年的第一年写的，《诗刊》朋友问我要近作，而目下毫无诗意舒发，将信将疑从匣中取出这首给他看，却说好。人受称赞总是高兴。但这诗不是好，是公开的私事满足了人的好奇心而已。不过我老婆[2]是衷心快意的，等于手臂上刺着牢不可破的对她的忠贞，让所有的朋友了解我当了三十六年的俘虏的确是心甘情愿。歌颂老婆的诗我大概可以出一个厚厚的集子了。只可惜世界上还没有这么一个禁得起肉麻的出版社。

　　说老实话，真正地道的情诗、情书、情话，怎么能见得人？伟大如鲁迅特精熟此道。说是"两地书"，买的人图神奇，打开看来却都是正儿八经、缺乏爱情的香馥之感。全世界若认真出点这种东西，且规定人人必读的话，公安局当会省掉许多麻烦。人到底太少接触纯真的感情了。

---

[1]　家宝：著名话剧剧作家曹禺（1910—1996），原名万家宝，曾任中国文联主席、中国戏剧家协会主席、中央戏剧学院名誉院长、北京人民艺术剧院院长等职务。

[2]　黄永玉的妻子张梅溪（1922—2020），广东新会人，作家，著有《在森林中》《好猎人》《绿色的回忆》等作品。

曹公曹公，你的书法照《麻衣神相》看，气势雄强，间架缜密，且肯定是个长寿的老头，所以你还应该工作。工作，这两个字几十年来被污染成为低级的习俗。在你的生涯中，工作充满实实在在的光耀，别去理那些琐碎人情、小敲小打吧！在你，应该"全或无"；应该"良工不示人以朴"。像萧伯纳[1]，像伏尔泰[2]那样，到老还那么精确，那么不饶点滴，不饶自己。

在纽约，我在阿瑟·米勒[3]家住过几天，他刚写了一个新戏《美国时间》，我跟他上排练场，去看他边拍边改剧本，那种活跃，那种严肃，简直像鸡汤那么养人。他和他老婆，一位了不起的摄影家，轮流开车走很远的公路回到家里，然后一起在他们的森林中伐木，砍成柴。米勒开拖拉机把我们跟柴一起拉回来。两三吨的柴啊！我们坐在米勒自己做的木凳、饭桌边吃饭。我觉得他全身心的细胞都在活跃。因此，他的戏不管成败，都充满生命力。你说怪不怪，那时我想到你，挂念你，如果写成台词，那就是："我们也有个曹禺！"但我的潜台词却是你多么需要他那点草莽精神。

你是我的极尊敬的前辈，所以我对你要严！我不喜欢你解放后的戏，一个也不喜欢。你心不在戏里，你失去伟大的灵通宝玉，你为势位所误！从一个海洋萎缩为一条小溪流，你泥陷在不情愿的艺术创作中，像晚上喝了浓茶，清醒于混沌之中。命题不巩固、不缜密，演释、分析得也不透彻。过去数不尽的精妙的休止符、节拍、冷热、快慢的安排，那一箩一筐的隽语都消失了。

谁也不说不好。总是"高！"，"好！"。这些称颂虽迷惑不了你，但混乱了

---

[1] 萧伯纳（1856—1950）：爱尔兰现实主义戏剧作家、世界著名的擅长幽默与讽刺的语言大师。1925年因作品具有理想主义和人道主义而获诺贝尔文学奖。1933年曾访问中国，与宋庆龄、蔡元培、鲁迅等会面，与鲁迅结下诚挚的友谊。

[2] 伏尔泰（1694—1778）：18世纪法国启蒙思想家、文学家、哲学家。主张开明的君主政治，强调自由和平等，被誉为"法兰西思想之王""法兰西最优秀的诗人""欧洲的良心"。

[3] 阿瑟·米勒（1915—2005）：美国剧作家，主要作品有戏剧《推销员之死》《萨勒姆的女巫》等。

你，作践了你。写到这里，不禁想起莎翁《麦克白》[1]中的一句话："醒来啊，麦克白，把沉睡赶走！"

你知道，我爱祖国，所以爱你。你是我那一时代现实极了的高山，我不对你说老实话，就不配你给予我的友谊。

如果能使你再写出二十个剧本需要出点力气的话，你差遣就是！艾侣霞有两句诗，诗曰："心在树上，你摘就是！"[2]

信，快写完了，回头一看，好像在毁谤你，有点不安了。放两天，想想看该不该寄上给你。

祝你和夫人一切都好！

晚 黄永玉 谨上
3月20日

我还想到，有一天为你的新作设计舞台。

永玉　又及

我还想贡献给你一些杂七杂八的故事，看能不能弄出点什么来！

永玉，又及

品读

这是一封关于艺术批评的信，也是两位艺术家之间敞开心扉的交流。

曹禺是中国现代话剧史上成就最高的剧作家，被誉为"中国的莎士比亚"，早年就创作了《雷雨》《日出》《原野》《北京人》等家喻户晓的作品，随之社会地位

---

[1] 《麦克白》：英国剧作家威廉·莎士比亚创作的戏剧，创作于1606年，讲述了利欲熏心的国王和王后对权力的贪婪，最后被推翻的过程。自19世纪起，同《哈姆雷特》《奥赛罗》《李尔王》被公认为莎士比亚的"四大悲剧"。

[2] 艾侣霞：指法国诗人艾吕雅，此处作者引用的这首诗叫作 Ressemblant à un Sonnet，被收录在1921年出的 Répétitions 一书中，原意是：若情意已在心中，那不如大大方方、洒洒脱脱地让爱人把心摘了去吧！

也达到高峰。对于曹禺的这些成就，绝大多数人是颂扬和吹捧，而偏偏有黄永玉这么一位执着艺术、性格刚直的朋友，看到了曹禺后半生没有创作出优秀作品的遗憾，并且直截了当地指了出来。可见黄永玉对曹禺这位艺术大师充满了尊敬和热爱，希望他不要为名利、势位所累，而要像萧伯纳、伏尔泰那样，老而弥坚，永葆艺术青春。

谁都有缺点和不足，难的是有人给指出来，尤其是对于卓有成就的名人。这封信对于两个人都是考验，一个要敢写，另一位要能听得进去。无疑，黄永玉是一位诤友，他把想说的话一股脑儿写了出来，寄给了曹禺。那么曹禺接到信以后，会是什么反应呢？请看下一篇：《我在你身边，是不会变冷的》。

我在你身边，是不会变冷的
——1983年4月2日　曹禺致黄永玉

作者简介

曹禺（1910—1996），原名万家宝，字小石。祖籍湖北潜江，出生在天津。中国杰出的现代话剧剧作家。曹禺幼年丧母，在压抑的氛围中长大，个性苦闷而内向。1922年，入读南开中学，1925年参加了南开新剧团。1929年9月由南开大学转入清华大学西洋文学系二年级，在清华潜心钻研戏剧。1933年夏秋之间创作话剧处女作《雷雨》，入读清华研究院。《雷雨》在中国现代话剧史上具有重大意义，被公认为中国现代话剧成熟的标志，曹禺也因此被誉为"东方的莎士比亚"。1935年创作《日出》，1936年创作《原野》，1940年创作《北京人》等。

1949年，曹禺由香港抵达解放区，并当选中华全国文学艺术工作者联合会常务委员。1951年，北京人民艺术剧院成立，任院长。后曾任中国戏剧家协会副主席、中国作协理事、北京市文联主席、中央戏剧学院副院长等职。1996年12月13日因病在北京辞世，享年86岁。

曹禺在写作

原信

永玉大师：

　　收到你的信和歌颂你的充溢美的一切的夫人的长诗。好像一个一无所有的穷人突然从神女手里，得到不可数量的珍宝，我反复地看，唤出我的妻女一同看，一块儿惊奇上天会给人——毫无预感地给了我这样丰满、美好、深挚、诚厚的感情。

　　我确实没想到你会写给我这样一封长信，这样充满了人与他所爱的那样深厚的情诗，我一生仅看见这一首。

　　这首诗有太多真诚的诗句，要人背诵，背诵不出，就渴望一读再读。我读一段，便立起在小屋里踱一遍，又读，又管不住站起来来回踱着轻快的步子。它给我无限的幻想，想着你和她如何相遇，如何眷念，如何相慰，如何一步步踏上生活的艰难而又甜美的道路。这首诗有至性，也就有至理：

　　你常常紧握着我这和年龄不相称的粗糙的大手，

　　母性地为这双大手的创伤心酸。

　　我多么珍惜你从不过分的鼓励，

　　就像我从来不称赞你的美丽一样。

　　要知道，一切的美，

　　都不能叫出声来的啊！

　　你和你的夫人大约想象不出，一个七十三岁的人会对你们的情诗如此敬重，如此羡慕，我只想再引一段来遏制我的过分的喜悦之情：

　　中年是满足的季节啊！

　　让我们欣慰于心灵的朴素和善良

　　我吻你，

　　吻你稚弱的但满是裂痕的手，

吻你静穆而勇敢的心，

吻你的永远的美丽，

因为你，

世上将流传我和孩子们的故事。

关于你这首诗，我可以更多地引下去，更好地谈它是多么打动我，是我想遇多年，终于见到的情诗。

你鼓励了我，你指责我三十余年的空洞，"泥陷在不情愿的艺术创作中"。这句话射中了要害，我浪费"成熟的中年"，到了今日——这个年纪，才开始明白。

你提到我那几年的剧本，"命题不巩固、不缜密，演释、分析得也不透彻"。是你这样理解心灵的大艺术家，才说得这样准确，这样精到。我现在正在写一个剧本，它还泥陷于几十年的旧烂坑里，写得太实也陈腐，仿佛只知沿着老道跋涉，不知回头是岸，岸上有多少新鲜的大路可走。你叫我："醒来啊，把沉睡赶走！"

我一定！但我仍在矇〔蒙〕眬半醒中，心里又很清楚我迷了，道。但愿迷途未远，我还有时间能追回已逝的光阴。天下没有比到了暮年才发现走了太多的弯道更可痛心的了。然而指出来了就明白了，便也宽了心，觉得还有一段

曹禺

长路要赶，只有振作起来再写多少年报答你和许多真诚的朋友对我指点的恩德。永玉，你是一个突出的朋友，我们相慕甚久，但真见面谈心，不过两次。后一次还有别的朋友似乎在闲聊，我能得你这般坦率、真诚的言语是我的幸福，更使我快乐的是我竟然在如此仓促的机遇中得到你这样真诚见人的友人。

你说我需要阿瑟·密勒的草莽精神，你说得对。他坚实、沉毅、亲切，又在他深厚的文化修养中时时透出一种倔强，不失在尘俗中屈服的豪迈气概。

我时常觉得我顾虑太多，又难抛却，这已成了痼习，然如不下决心改变，所谓自小溪再汇为沧海是不可能的。

你像个火山，正在突突喷出白热的火岩，我在你身边，是不会变冷的。你说要写二十个剧本，如果我真像你举出的那种巨人，我是会如数写出的。不过，有你在身旁督促我，经常提醒我，我将如你所说"不饶点滴，不饶自己"。

你的画，你的"常在夜晚完成的收获"，世间有多少人在颂扬，用各种语言来赞美，"我再添什么是多余的"。我更敬重的，我更喜欢的是你的人性，你的为人，你的聪敏才智、幽默感，你的艺术与文章，是少见的。但真使我惊服的是你经过多少年来的磨难与世俗的试探，你保持下你在"一个明亮的小窗口下"的纯朴与直率。

大约任何有天赋、有真正成就的人，必须有纯真和质朴，否则不可能成为一个伟大的艺术家。永玉，我是多么美慕多么敬重你的朴实与坦率。你的真挚的热情使我惊异，使我感谢上天给人的多么可爱的赐予，多么可爱的品质。

我知道你不多，然即便那一次谈话，这一封长信，这一首长诗，我明白我现在想念的，是多么令人尊敬的一个人。

我终将有所求于你的。你引过的诗："心在树上，你摘就是！"日后，我们会见面，我们将长谈，不仅是你说的"杂七杂八"的故事，更多谈谈你的一生，你的习惯、爱好，得意与失意，你的朋友、亲戚、师长、学生，你所厌恶的人，你所喜欢的人，你的苦难与欢乐。一句话，我多想知道你，明白你。当然，这要等你工作之余，你有兴致的时候。

我很想一直写下去，可我也感到自己唠叨了。

有一件事想告诉你,读了你的信,我告诉我的女儿和李玉茹到街上买一个大照相簿来。她们很快买到了,你的长信已经一页一页端正地放在照相簿里。现在我可以随时翻,在我疲乏时,在我偶尔失去信心时,我将在你的信里看见火辣辣的词句,它将促我拿起笔再写下去;在我想入歪道,又进入魔道,"为势位所误"时,我将清醒地再写下去!

确实,我还有话可讲。我可以讲到半夜。但我的老婆说我不爱惜自己,刚病好,又扑在桌上写起没完了。

你的长信来时,我正上吐下泻,体虚气短。其实只是吃坏了。你的信给了我一股劲,我要活下去,健康地活下去,为了留下点东西给后代。但是目前这个剧本是庸俗的,可能下一个剧本要稍如意些。请问候你的夫人和那"两个年轻水手",感谢你,我的朋友,我的永玉大师。

曹禺
1983.4.2

(如本人已离京,可否转给他,或留在家里等他回来。)

品读

从这封回信可以看出,曹禺收到黄永玉3月20日的信之后,确是受到了极大的震动。一位晚辈,毫不留情地指出自己的缺点和不足,这对于已经73岁的中国戏剧界的泰斗来说,是多么大的打击!

面对这封信,曹禺没有愤怒、怨恨和逃避,而是真诚地接受了批评,他不仅恭敬地把黄永玉的这封来信装裱起来,张挂于家中,以时时警醒自己,还从上海给黄永玉写了这封虚心坦诚的回信,表示了诚挚的感谢,并以拥有黄永玉这样聪敏、幽默、纯朴与直率的朋友而深感欣慰。曹禺表示,要听取黄永玉的建议,赶紧振作起来,迷途知返,"追回已逝的光阴"。

川流不息的信邮局也烦了吧
—— 1987年1月8日　卢世璟致王洁君

作者简介

卢世璟（1924—2018），1924年12月出生，祖籍湖北宜昌。曾就学于原中国大学哲学专业，20世纪50年代开始，先后在北京医学院第一附属医院（今北京大学第一医院）和甘肃陇南医院工作，检验师。1984年退休，2018年去世。

卢世璟和王洁君在桥头卫生院，摄于1972年

原信

洁君：

　　发生[1]回来见彩电甚喜，但有雪花现象，今天已把乃东[2]天线拿去安装，想能克服。

　　礼物一一收到，乃东支援的材料极好。彩色洗印究竟好不好掌握，有开展价值否，希望表态谈谈见解，今年我想买虎丘相机。

　　昨下午发了我二人之1986年公费医疗费（我们发的是199.73元），想存入银行，给老大也存入50元，已还老二200元。

　　可以过一个肥年了，但我集中在精神享受上，要买耳机、磁带、音响等等，只有音乐才是最理想的伴侣。

　　老大[3]之一日到晚高度音响令我心烦，我只能关两扇门把音隔住，然后享受我自己的音响。他们买了60元肉，此外还要买米面。

　　你不回来生活也过于寂寞，伙食单调，我一人对付他也心烦。但你回来，必须阻挠我的音响爱好，或者我住到灶房去，开阔天地。你回来家里就来人，热闹，你不来鬼也不上门（现在老大忽外出，没说干什么，可能又去镇上了）。我们几乎没有可能去文县，故要你归计，我是无心过年了，什么扫房洗被都完了。

　　川流不息的信，邮局也烦了吧。

　　那插头还买两个回来，极好，已用上，是双插录音，质量好，你买的是2.5mm，有3.5mm的才好，买一个比这个粗的。

世璟
1987.1.8

---

[1]　发生：作者的四儿子。
[2]　乃东：作者的女婿。
[3]　老大：作者的大儿子。

上：卢世璟、王洁君与孩子们，1972年摄于陇南桥头
下：卢世璟、王洁君全家福，1985年摄于陇南碧口

品读

卢世璟、王洁君夫妇是原北京医学院第一附属医院医生，1969年响应毛泽东"把医疗卫生工作的重点放到农村去"的号召，举家迁到甘肃陇南桥头公社医院工作和生活。其间，夫妇或子女偶有返京或出差，遂以"两地书"沟通信息。1987年春节前，王洁君在北京治病，卢世璟的这封信，以简练质朴的文字，描述了远在西北的乡村变化，其中"彩电""虎丘相机"和音响等，正是中国改革开放之后的新生事物。同时，信中也表达了夫妻思念之情和对精神生活的向往。

在没有手机的年代，书信就显得尤为珍贵。当时书信之多，以至于卢世璟在写给妻子的家书中说："川流不息的信，邮局也烦了吧。"

后来，王洁君和卢世璟先后去世，子孙们守着他们留下的数百封家书，感慨万千。2019年年初，卢世璟的小儿子卢秋生把父母所留下的家书进行了整理，精选了五十余封，配上父母亲等家人的回忆录，还有三十余幅老照片，结集为《遥远的桥：北京医生的家书》，由广西师范大学出版社出版。作者把这些家书比作"桥"，寓意深刻，使人们得以通过这座桥走进那个特殊的年代，了解一个普通家庭的生活故事，感受一个大家庭的和睦家风。2015年，卢世璟之子卢和生家庭荣获"首都最美家庭"称号。

卢世璟和王洁君，1943年摄于北京

我时常会在梦里回家
——1987年5月11日 马友德致弟弟马友联

作者简介

　　马友德，女，原名马德容，1931年生于沈阳。出生不久即逢"九一八"事变，随在东北军任职的父亲移住北平。后随父亲在陕西宝鸡读小学和初中，在北平读高中。1948年考入上海国防医学院护理专科班。1952年在台湾结婚，生两男一女，成为全职的家庭主妇。

马友德家庭合影，摄于1948年

马友德、马友联姐弟合影，2009年5月19日摄于北京

原信

友联:

　　二姐离开家的时候你才五岁,没想到你还记得我,当我突然接到由李伟明先生请他弟弟李观威先生带来你的信时,虽然你不能肯定是否能找到我,李先生找了一年才找到我,当我看到时却是如获至宝。家书抵万金,真是欲哭无泪,我看了又看,不知看了多少次,想想要快点告诉你们我还活在这个世界上,让你们知离家四十年的游子如今的情况。1950年生肺病住院一年多,书没念完就离开学校在医院做事。在1952年8月结婚,我先生名叫俞信,比我大10岁,天津人,婚后生了三个小孩,长男取名叫俞明,女儿是老二叫俞慧,次男叫俞智。13年前我先生就过世了,当时的情况你们可想而知,不过如今情况已好转,两个儿子已成家立业,女儿在美国半工半读,三个孩子家轮流住,我自己也有个家,是先生留下来的,目前生活都很好,已经有两个孙子一个孙女了。

　　如今不知家里情况如何,爸爸还健在吗?母亲呢?友光呢?你没提他在那〔哪〕方面做事。家驹是我没见过的弟弟,他知道我吗?你离大姐家远不远,你们是否常见面。奶奶是那〔哪〕一年去世的,她走的时候还想我吗?离家这些年,

家书手稿

我时常会在梦里回家,每年过年时,还有清明,我都会烧点纸给妈。随信寄8张照片给你们(从1952—1987),看看还认得我吗?如今我是三代九口之家的家长了,下次再写吧。祝

健康

二姐 友德
5.11.87

回信请见信封地址俞慧转马友德收

品读

  这里是台胞马友德女士写给弟弟马友联的家书,一位离家近40年的游子第一次与大陆的弟弟恢复了书信联系,喜悦、思亲之情溢于言表。

  1948年,正值花季的马友德考取了在上海的国防部医学院高级护理系,弟弟马友联才5岁。1949年马友德随校迁至台湾,从此骨肉阻隔。马友联坚信二姐还活着,从1960年开始寻找,到处刊登寻人启事,寻找了27年,终于在台湾找到了离家近40年的二姐,双方开始通信。从1988年5月以来,马友德女士及其子女先后多次返回大陆探亲、旅游,与在大陆的亲人团聚。

  马友联也曾两次赴台与二姐团聚,并游览宝岛的美丽风光,激情满怀地拍摄了大量风景图片。马友联曾担任民革吉林市市直离退休总支主委、吉林市海峡两岸经贸文化发展协会副会长兼秘书长,为促进两岸经贸文化交流做了大量工作。此外,他还撰写了若干篇反映海峡两岸和平统一诉求的文章,编著了《海峡两岸三姐弟》一书。

  2017年1月,马友联在吉林市发起成立了全国抢救家书东北工作站,率先举起了区域性抢救民间家书的旗帜。他先后动员二十多人捐赠家书四千余封,组织吉林市的中小学生参加全国青少年家书写作征集活动,为中国家书遗产的抢救、保护与传承做出了突出贡献。

马友实、马友德、马友联（自右至左）三姐弟合影

我恨不得飞到你的身边

——1991年3月31日　谭安利致尹慕莲

作者简介

　　谭安利，湖南茶陵下东人，1943年5月出生于西安市。中共党员，经济师，注册企业法律顾问，作家。母亲为黄埔女兵谭珊英（1909—1992）。幼年随父母迁徙四川、安徽等地，1948年秋随母亲回到茶陵。1954年茶陵黄坪完小毕

谭安利、尹慕莲，1973年2月摄于武汉

母亲谭珊英（前排中）80寿辰时与家人合影，前排左一、左二为谭安利夫妇，1989年摄于湘潭

业，1960年茶陵一中毕业，考入湖南农业机械化学院，在湖南大学机械系代培。1961年8月，提前分配到衡阳建湘柴油机厂工作，1972年调衡阳市，长期在机械工业部门工作，曾任衡阳市机械工业销售公司经理兼党支部书记。1988年发起成立衡阳市机械工业物资经济学会，担任副理事长兼秘书长，创办会刊《衡阳工业物资》，任主编。1990年任衡阳市机械工业深圳展销部经理，后任深圳市衡湘机械贸易有限公司董事长兼总经理。退休后出版图书《黄埔女兵足迹》《岁月印痕》《安利家书选》《小草情韵》，参与出版《中国民间家书集刊》（第一辑第六册）等。

原信

慕莲：

   昨天接到你两个电话，知你近来身体欠安，心中十分挂念。今天一早去东莞，来回一百五十多公里，又下雨，下午四点才返回。前几日也是一早上车去工地，下午到办公室，很晚才返回住地。许多天都未出过门、上过街。一忙，没顾上在二十周年纪念日给你寄礼品，实在抱歉！但我心里是惦记着你的，廿年前的事，犹如还在眼前。那是一生中最难忘、最珍贵的日子，生活充满诗意，充满活力，我永远感谢你。从那时起，我们的心就连在一起。我们都是对待生活十分严肃的，以身相许，终生不悔，真心相爱，从此不变。二十年风风雨雨，真情可见。但是，为了工作，我常常顾不上照顾家庭，对妻子儿女也许有些亏待，无奈啊！我只希望得到理解，得到谅解……同时，也希望你自己珍重、保重，希望儿女像他们的父母一样，自立、自强。

我这几天忙于内部工作安排、交接、老工程结账、新工程进场等等许多

家书手稿

事务，暂无法回衡，望你设法去医院检查、看病、治疗，注意休息和调养。工作还是丢开一点，千万别把身体搞垮。切切！我近来感冒好了，留下咳嗽这个老毛病，但无关大局，请放心。

你身体不适，更要注意心情开朗，多想些高兴的事。当然，你一人在家，身边没一个亲人，发烧，头昏，浑身没劲，不想动，没人烧水做饭，没人说话，病痛之苦，孤寂之苦，思念亲人之苦，这一切，我都是可以想象得到的。我也恨不得飞到你的身边，给你一些安慰和帮助。但我却在这千里之外，只能趴在床上给你写几句话，你不怨我吗？我相信，再大的困难，我们都能顶过去，你说对吗？

时间不早了，写得潦草零乱。祝
身心愉快！

安利91年3月31日夜于深圳

赠慕莲

二十年前桃花红，苦辣酸甜风雨共。
春夏秋冬相守过，深情尽在不言中。
一九九一年三月廿七日写于深圳

品读

收信人尹慕莲，湖南衡阳人，1948年12月出生。1966年衡阳七中初中毕业，1969年1月到衡阳农村当"知青"，1969年9月招工回城，先后在衡阳建湘柴油机厂和衡阳互感器厂工作。

1973年，谭安利与尹慕莲在湖南衡阳登记结婚。婚后谭安利经常出差，如果时间稍长，他就写信回家，但更多的是写几句诗寄回，当作"情书"。特别是90年代后谭安利长年在深圳工作，家中装了电话，写信减少，但他仍间或寄回几页诗文，向妻子表达凝结于心中的情感。比如1993年11月16日自广东深圳《寄慕莲》："曾经风雨结同心，岁岁年年育真情。磨难几多随风去，晴空万里满天

谭安利、尹慕莲夫妇与子女，摄于 1984 年春节期间

星。"1995年5月16日自广东深圳《寄爱妻》:"归家数日又别离,千里奔波情相依。福祸风云等闲看,秋冬春夏志不移。"

在谭安利的带动下,尹慕莲也尝试写诗相赠,比如1996年5月8日尹慕莲自湖南衡阳《寄夫君》:"频频传书信,字字见真情。为妻文化少,难表心中情。篇篇柔情诗,字字甘露甜。三月桃花艳,永开我心田。千里迢迢情相系,风风雨雨心相依。千言万语道不尽,恩恩爱爱永不离。"

谭安利与夫人尹慕莲在陶铸致谭珊英书信展品前合影,2013年9月29日摄于中国人民大学家书博物馆

谭安利喜爱家书文化,重视家书遗产的保护和传承,积极参与抢救民间家书项目。他保存了母亲、哥哥、弟弟、岳父、女儿等家人之间的往来书信近1500封,退休后整理出版了系列图书。从2009年至2021年,他陆续向抢救民间家书项目组委会和中国人民大学家书博物馆捐赠家书近1500封,内容超过一百万字。其中包括陶铸、邓子恢、林默涵、谢冰莹、黄静汶等名人写给他的母亲谭珊英的多封重要书信。在他的支持下,2011年,哥哥陈洣加向中国人民大学家书博物馆捐赠了父亲陈柏生写于1939—1940年的日记。2014年,表姐朱传渝捐赠了巴金写给朱永光的一封书信。2017年春节期间,谭安利捐赠的部分家书参加了在"中华世纪坛举办的中华家风文化主题展",受到观众的好评。

普及科学思想、科学方法更重要
——1999年1月31日 王巨榛致大姐王竞

作者简介

王巨榛，1943年生于温州，1961年考入浙江大学物理系。毕业后长期从事科研工作，1988年被评为高级工程师。曾任无锡市政协委员、九三学社无锡市委会委员、江浙两省科普作家协会会员。退休后，担任无锡市老科协讲师团、九三学社关工委和校外辅导员等职。业余喜欢集藏，广泛收集科普实物和文献资料，自制多种科普教具，多年致力于向青少年传播和普及科学知识，被称为"科普园丁"。

王巨榛与姐姐王竞一起翻看写过的明信片，2005年6月摄于温州

原信

大姐：

　　刚刚，我去参加市科普作家协会会议回来。去年一年，我的科普活动成绩如下：1. 在无锡、上海、杭州各校作科普讲座12次，发表科普文章6篇（今天又在《江南晚报》发了一篇《科普读物，寒假里的美味佳肴》），到电台播讲科普6次，参加"我清洁了惠山"和"观测狮子座流星雨"两次活动，并经常性投身社会环保行动。

　　自中央发文加强科普工作以来，全国对科普的重要性的认识，都有了提高，但总体情况并不理想。前不久，科普所有文揭示，根据客观调查，近几年来我国公众的科学素质停滞不前，差发达国家好多倍，与我国经济发展的程度也不适应。此文叹息说科普往往成为"口号科普"。有的领导把技术

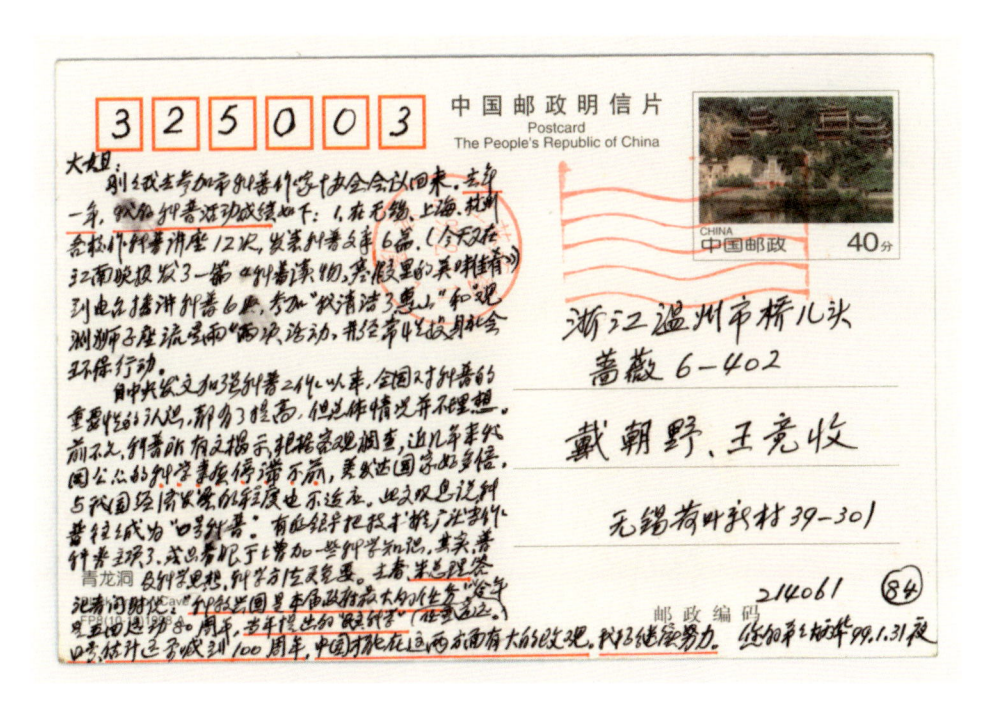

1999年1月31日明信片家书

明信片家书

推广就当作科普主项了，或只着眼于增加一些科学知识，其实，普及科学思想、科学方法更重要。去春，朱总理答记者问时说："科教兴国是本届政府最大的任务。"任重道远。今年是五四运动80周年，当年提出的"民主、科学"口号，估计还要喊到100周年，中国才能在这两方面有大的改观。我将继续努力。

您的弟弟炳华
99.1.31夜

品读

  这是一封写在明信片上的特殊家书。1998年11月9日，住在无锡的王巨榛（炳华）听说在温州老家的大姐王竞生病住院，每天书写一封家书，每天邮寄一张明信片给病中住院的大姐，直到大姐病愈出院。王巨榛在明信片中介绍了新闻时事，回忆出了家庭往事，展示出了浓浓亲情。

  一张张明信片就像"洁白的羽毛"飘越太湖片片南飞，由绿衣使者送到温州，带到大姐的病床前，给大姐带来精神的慰藉。有几天，大姐病得无法起身，就托人代读弟弟的来信，每天面对印着美丽风景的来信，沉浸在温暖的手足亲情中。1998年12月19日，王巨榛收到妹妹的来信，信中写道："明信片都已收到。我基本上都看了，很好，像拉家常。明信片都是护士小姐送来的，她们知道大姐有个弟弟每天都给她写明信片，觉得挺有意思的。一次一位护士还问我你什么时候会来医院，她要见见你。"

  1999年1月4日大姐终于出院回家，但王巨榛的回忆却像开闸的水渠，清流不断，自己也从中激发了美好的感情，心灵得到了净化，排除了浮躁的尘俗。当年春节，王巨榛举家南下聚到大姐床边，高兴地看到大姐精神矍铄。养病的半年时间以来，大姐从起身、下床到由人扶着下楼，身体基本上康复。他写的明信片则已按序编目插入了邮册，正好满了一百片。这百片家书记录了普通一家的伦理亲情，成了他们大家庭的一份精神财富。

2005年7月,他把写满家书的100张明信片无偿捐赠给了抢救民间家书项目组委会。这100张明信片先后入选中国人民大学家书博物馆"打开尘封的记忆——中国民间手写家书展"和"尺翰之美——中国传统家书展",成为展览中的一个亮点。2019年6月,他组编的一框邮集《香港航展家书》参加了在湖北武汉举行的中国2019世界邮展,通过一组家书、明信片,讲述了1991年中国航天科技展在香港展出期间他在现场宣讲航天科普的故事。2023年5月,王巨榛家庭被中华全国妇女联合会授予"全国最美家庭"称号。

王巨榛全家福,2013年摄于无锡市

后　记

　　为了更好地继承和弘扬传统文化，弘扬社会主义核心价值观，中央文史研究馆组织学术力量，以文献价值、文学价值、学术价值、时代价值为综合考量，从浩如烟海的家书遗存中采撷出亲情浓郁、境界高远、文采斐然、乐观向上的家书百余封，汇编成书，以飨读者。

　　收入本书的家书以家人之间的书信为主，也包括友人之间的书信，属于广义家书的范畴。作者既有领袖人物又有寻常百姓，既有历代先贤也有当代俊杰，既有仁人志士还有文人墨客。全书分为三个篇章：共产党员、革命先辈的红色家书，长辈与晚辈之间的亲子家书，兄弟、爱人、朋友之间的亲情家书。在每个篇章内按照家书写作的时间先后排序。同时，为方便读者阅读理解，我们对每封信中的文字进行适当注释，并在末尾附录"品读"文字，以期更好地帮助读者将思绪带入每封家书的情境之中。

　　本书的选编得到了中国人民大学家书博物馆的大力支持。需要特别指出的是，本书部分内容尤其是现当代部分，多为家书博物馆近年来开展的中国民间家书抢救工程所获得的最新成果。

　　国家档案局原局长毛福民、中央文史研究馆馆员陈祖武、邮政文史专家仇润喜、中国社会科学院资深研究员魏明孔等专家学者审阅了书稿，提出了中肯的修改意见，谨致以由衷的感谢！

本书编写组
2024 年 7 月